魔術師・模像殺人事件

佐々木俊介

幻冬舎 MC

装画／榊原一樹

目次

魔術師

神綺楼（岡山県）

平成五年築。

鉄筋コンクリート造、スクラッチタイル張り、四階建て、青茅建設施工。

日本実業界の巨人と謳われた青茅産業創業者・青茅伊久雄が瀬戸内海の盃島に建てた私邸。

島全体が個人所有であるため、そこに建つ館も長らく無名であったが、平成二十四年に発生した「神綺楼事件」を機に広く世間の知るところとなったのは記憶に新しい。


（平成27年刊『現代建築の〈西洋館〉事典』より）

後日

起

いつしか月日は流れた。年を追って猛々しさを増すかに見える酷暑がようやく鳴りをひそめた初秋の一日、小田急江ノ島線本鵠沼駅の東口を出て、昼下がりの線路ぞいを行く一人の青年があった。

持参の地図に導かれるまま、三つ目の踏切を渡ったところに夢想山本真寺という尼寺がある。開け放たれた門から覗く六地蔵を横目に、路地を抜け、秋麗の鄙びた町を海岸方面へ向かうこと十数分、青年が歩みを止めたのは瀟洒な建物の前だった。

白い門柱に「介護付有料老人ホーム　なぎさの郷（さと）」と真鍮のプレートが嵌っている。いかにも海辺の土地らしい名称をしげしげと眺めやったのち、青年は門をくぐり、花壇と駐車場に挟まれたアプローチを進み、奥まって建つ白堊の二階建てに足を踏みいれた。

受付で来意を告げるとすぐに話は通じた。応対の職員は朗らかな印象の丸々とした中年女性だった。見かけぬ訪問者を三和土に待たせ、玄関ホールを忙しなく奥へ向かった彼女は、途中で「ヒロさーん」と気心知れた調子の大声を発した。どうやらホールの奥は、ロビーとも団欒室ともいうべき空間に通じているらしい。開放された間仕切りの口から、幾人かの老人がくつろいでいるさまが、三和土にいても窺えた。

ほどなくして、くだんの職員に伴われ、一人の入居者が姿を見せた。みずからの手で車椅子を操り、ゆっくりと、しかし一直線に彼は青年の前までやってきた。白髪をこざっぱりと刈った、品の良い痩せぎすの老人だった。

眼鏡の奥から青年を見上げ、紳士的な口調で老人は「昨日電話をくだすった方ですね」といった。不躾な来訪を詫びる若者を笑みを泛べて手で制し、

「なに、暇を持て余している身ですから、来客は歓迎ですよ。今日は天気がいいようですね。良かったらテラスで話しませんか」

そういって背後の職員の許可を得たのち、もう一度青年に微笑みかけた。

「靴を脱ぐのもご面倒でしょうから、あなたは外からテラスにお回りなさい。私はロビーの窓から出ますので」

そのテラスには、正面玄関を出て建物づたいに半周すれば辿り着くことができた。芝生の中庭に面したささやかな露台に、白い円テーブルが二つ置かれている。柔らか

な陽ざしのもと、車椅子の老人は青年に先んじてそこにいた。テーブルの向こうに相手が着席するのを待って、彼は口を開いた。

「長時間、外にいると叱られますのでね、余計な前置きはなしにしたいのです。おおよそのことは電話で伺いましたが、いま一度お訊ねします。あなたは何をお知りになりたいのですか」

「はい。それでは率直に申しあげます」

青年は鞄からルーズリーフを取りだすと、挟んでおいた一枚の写真をテーブルに載せた。

「この館について教えていただきたいのです」

差しだされた写真を手にした老人は、眼鏡をずらし、じっとおもてに目を注いだ。

そこに写っていたのは一軒の邸宅だった。

外観は西洋館と呼ぶにふさわしい。母屋の大半は三階建てだが、右端にもう一段高い塔がある。館は屋根も外壁も黒ずくめと見え、そのぶん、鎧戸を備えた格子窓の白さが目を惹いた。

高さに劣らず間口もまた、開智学校や中込学校や——明治期の擬洋風校舎を思わせるほどに広い。玄関はファサードの中央にあった。巨大な西洋館の権威的象徴ともいうべき張りだした車寄せは見当たらず、五段ばかり階段を上がった母屋の壁面に、厳かな石柱に挟まれた扁平アーチの入口が刳り貫かれている。玄関扉はその奥の暗がりにあるようだった。

「神綺楼（しんきろう）ですね」

写真を見つめたまま、老人はつぶやいた。

「ええ。よくご存じかと思うのですが」

ここですこしの間があった。急かすことなく反応を待つ青年に、老人は新たな問いで応じた。

「どうして私の居所がわかりました」

「その写真を手掛かりに調べたのです。だいぶ時間を要しましたが。裏に撮影時期と島の名が書いてありますでしょう」

促された老人は写真を翻し、そこに書き留められた短い文言を見た。それから顔を上げ、瞼（まぶた）の垂れた小さな眸（ひとみ）で青年を見つめていった。

「たしかにこの家は、かつて私が慣れ親しんだ場所でした。ですから、お話しできることはそれなりにあると思います。ところであなた、この件は誰か、ほかの者にもお訊ねになりましたか。それともここへいらっしゃったのが最初ですか？」

「一番にここへ伺いました。それというのも、私が調べたかぎり、いまもご健在なのはあなたお一人と思われるのです」

「そうでしたか……いや、そうであっても不思議はないですね」

老人は巾着のように口を窄め、何ごとか追想するふうに中庭を見やっていたが、ふっと現実に引き戻された風情で「目的は何ですか」と訊いた。

「神綺楼で起こったことを詳しく知りたいのです」

「ですから、なぜです。なぜいまごろになって」

青年は包み隠さずわけを話した。質問者にはそれで十分らしかった。感に堪えない面持ちで、老人は食いいるように相手の目色を探っていたが、やがて細い息をついた。

「わかりました。そういうことでしたら、こちらからもお願いしたいぐらいです」

「では、お耳には入っていたのですね」

「ええ、報道ではずいぶんと。ですが、一連の出来事がいったいどういう次第なのか、こんな不自由な身では事情を訊ねる当てもなかったものですから」

そこで老人は痩身のいずまいを正すと口調を改めた。

「では、ひとまずあなたのお望みに従って、こちらの知っていることをお話しするとしましょうか。こんな歳ですが、幸いなことに頭はつつがなく働いてくれています。

いえ、だいたいが年寄りというのは古い話ほど憶えているものでね。もっとも、すっぽり抜け落ちていることや、記憶違いもないとはいえませんが……」

無言で一礼した青年もまた、軽く尻を浮かせ、姿勢を整えるように身じろいだ。

海辺の小綺麗な老人ホームで、いまでは紳士的な「ヒロさん」で通っているであろう老人は、穏やかな声で澱みなく語りはじめた。

「いまにして思えば、何とも淋しい島でした。その島の、人も通わぬ奥まった場所に、一軒の屋敷があったのです。住人は、主を筆頭に子供が四人……ただし、四人とも主人と血のつながりはありませんでした。皆、孤児だったのです。主人は自分のことをお祖父様と呼ばせていました。実の息子さんは別にいたのですよ。なにぶん高齢でしたから、ご子息もそれに見合った年ごろでした……と、ここまでが家族と呼ぶべき人々です。

屋敷には、ほかに使用人が数名おりました。みずからバトラーと称する忠実な執事がおりましたし、専属のコックもおりました。さらに下働きの男が一人、女中が二人、うち一人は、四人の赤ん坊が貰われてきた時分には乳母を務めていました。あとは、子供たちの家庭教師ですね。この人は島津先生といって、医学の心得もある秀才でしたよ。さて、これで何人になりますか……」

早くも引きこまれて聞きいっていた青年は、あわてて指折り数えた。

「十二名、ですか」

「十二名……そうでした。いま申しあげた十二名が、神綺楼で生活をともにしていたのです。四人の子供たちは揃って同い歳でした。女の子が一人、男の子が三人。乳児のころからずっと一緒ですから、四つ子の兄弟みたいなものですよ。火美子、渚、泰地、颯介。いずれも主人が……つまり、お祖父様が授けた名前です。そうそう、兄弟同然といいましたが、泰地と颯介は実の双子だったようです。引き取った主人がいうのだから間違いないでしょう」

「その主人……お祖父様という方は？」

「風変わりな人物でしたよ。畸人といっていい。それと同時に、大変な財産家でもありました。若き日を長らくヨーロッパで過ごしたそうです。いかなる青雲の志を抱いて日本を発ったのか、向こうで何をしていたのか、まったくわかりません。あの当時でさえ、誰も事情は知らなかったと思います。ともかく彼は、海外で莫大な富をなしたのち帰国して、素晴らしい成功を収めたのです。神綺楼を建てて島に移り住んだのは、老境を隠遁して送るためでしたが、世間から姿を消しても王様は王様でした。

私は彼……龍斎を尊敬していました。財産だけでない、地位だけでない、俗人とはかけ離れた高い精神性を具えた人だったのです」

「その龍斎氏というのが……」

「ええ、主人の名です」

「写真のお屋敷——神綺楼は、なるほど富豪にふさわしい豪邸ですね」

「豪邸……そう、たしかに立派な屋敷でした。しかしね、絢爛豪華というふうではありませんでしたよ。どこを取っても贅を尽くしてはいたでしょうが、受ける印象は質実でした。もっとも、いささか大きすぎる家ではありましたがね。これが宮家のお屋敷とでもいうならうなずけもしますが、いまから隠棲しようという孤独な老人が、終の棲家として建てたのですからね。

　この写真、鎧戸つきの窓がいくつも並んでいるでしょう？　無用の客室がたくさんあったのですよ。想像するに龍斎は、いずれ神綺楼をホテルか私設の学校にでもするつもりだったのではないかと思います。そう考えると、合点がいかないでもありません」

「島でホテルか学校を経営しようと計画していたということですか？」

「いまさら儲けなど要らぬ人でしたから、商売目的と捉えると語弊があります。ホテルという表現がそぐわないとしたら、選ばれた者たちの集う場所……一種の理想郷のような空間を想定していたのではないかと思うのです。或る種の資質の持主だけが招きいれられるというふうな……」

「かつてのフランスにおけるサロンのようなイメージでしょうか」

「さて、どうでしょう。似たところはあるかもしれません。といっても、あくまでこれは私の想像に過ぎないのですよ。本当のところはわからずじまいでしたから。いずれにせよ、傍(はた)から見れば、ずいぶんと謎めいた、薄気味悪い家だったろうと思います。ところが中で暮らしている身には、自然とそれが当たり前になるものでね」

「どんな暮らしぶりだったのですか」

「平たくいえば、静かで淋しい暮らしでした。十二人もの人間が住まっていたとはいえ、ぎゅうぎゅう詰めで肩を寄せあっていたわけではありませんから。ああ、それと、稀には来客だってあったのですよ。とはいえ、孤独の城だったことに変わりはありません」

「そうした環境下で、四人の子供たちが育てられていたのですね」

このときまで、一葉の写真のほか知りえなかった館の、鎖(とざ)された窓の向こうを思い描くように青年はいった。

「龍斎氏はなぜ四人も孤児を引き取ったのでしょう。子供たちについて教えていただけますか」

「龍斎は、彼らを学校に通わせませんでした」

淡々と老人は答えた。

「代わりに家庭教師が勉強を教えていたのです。そして、或る年齢に達してからは、主人みずからの手でまったく別の教育が始まりました」

「別の教育？」

「神秘学です。古代より連綿と連なる哲学の歴史に始まり、並行してキリスト教についても日々講義がなされました。そうして、魔術、錬金術、占星術、自然学……種々の方法論の組みあわせによって、この世界の真の姿を論理的に読み解く思考を……さまざまな技を駆使して、われわれを取り巻く自然のうちから神の力を取りだす術を……龍斎は幼い子らに授けようとしたのです。

魔術といっても魔法とは異なります。それは知の体系の一部であり、キミアなのです。現代科学と異なるのは、思想の根底に絶対的な神の存在があったことです。授業のあいだ、龍斎はノートを取らせようとしませんでした。カバラの流儀に則って、すべては口伝で教えられたのです」

声の大きさこそ変わらなかったが、老人の語調はいくぶん熱を帯びて聞こえた。

「それが先ほどおっしゃった私設の学校ということですか？」

「私の想像が事実なら、ひとつのテストケースではあったでしょう」

「実践も行われていたのでしょうか」

好奇心を隠さず青年は訊いた。

「例えば、魔術なり錬金術なり……それらを実地に行ったことはありましたか」

「魔術だの錬金術だの、現代においてはいささかいかがわしい響きですね。いえ、学んだのは思想史と理論だけです。龍斎がどんな計画を練っていたかは知りません。しかし、いずれにしても、実践に入るより先にタイムリミットが来ました」

「その龍斎氏の教えというのは、子供の頭で理解しうるものだったのですか？」

「どうでしょう。しかし皆、熱心に聞きいっていましたよ。不可視の神秘がたしかにわれわれを取り巻いているという前提で進みますから、子供心に胸躍るところがあったはずです。四人とも島津先生の授業よりよほど身を入れていましたよ。しまいには子供らだけで〈神秘の騎士団〉などという秘密倶楽部を結成してみたり……女の子が混じっているのに騎士団もないですが、大層な看板を掲げはしたものの、それで何をするわけでもないのです。いかにも子供らしい遊戯でしたね」

「女の子の名前は、火美子さんといいましたね」

「ええ、そう、火美子……」

その名を口にした途端、老人の顔には追憶が色濃く宿った。

「非常に美しい娘でした。本当に。両の眸の色が違うのがそれこそ神秘的でね」

「眸の色が違った……いわゆるオッドアイだったのですね」

「さあ、何というんですか、片方の黒目が薄い茶色だったのですよ。彼女は常に銀の鎖のペンダントを装着していました。ちょっと変わったペンダントです。紅い小粒の宝玉を散りばめたトカゲ――いえ、正確にいうと、それは火の精(サラマンダー)なのです。おそらく高価な品だったでしょう。むろん、龍斎が与えたものです。彼は誰よりも火美子を溺愛していましたから」

主人と少女の逸話を聞かされた青年は、わずかに眉をひそめ、あらぬほうへ視線を逸らすと、何ごとか考えこむ様子を見せたが、すぐにインタビュアーめいた態度に返って先を促した。

「学校へも通わせなかったとなると、屋敷の皆さんは外部と没交渉だったのですか」

「完全に閉じこもって生きることはできません。稀に客人があったことは先ほどもお話ししましたが、住人もけっして屋敷に縛られていたわけではありません。用があれば、大人は船で本土へも渡っていましたよ。ただし、四人の子供たちは特別でした。

彼らだけは屋敷の外に出てはいけない決まりだったのです。成人するまでという条件でね」

「成人するまで屋敷から出られない……それは、実際に守られていたのですか」

「もちろん守られましたとも」

「しかし、何のための規則だったのでしょう？　家から一歩も出さずに育てるというのは」

「表向きの眼目は、醜い世間に毒されていない聖域で、理想の教育を十全に施すためだったはずです。さっきもお話ししたように、龍斎は並の人間ではありませんでした。何を馬鹿げたことをお思いでしょうが、あの男は本物の魔術師だったのではないかと……いまでもふと考えることがあるのですよ」

「非常に特殊な環境にあったのは間違いないようですね」

うなずいた老人に、青年は訊ねた。

「そのような特殊な生活が当たり前になっていたというのは、俗にいう洗脳がなされていたことになりはしないでしょうか」

「洗脳、ですか」

老人は苦笑気味に唇を歪めた。

「それは龍斎によって、ということですね？　たしかに神綺楼の誰もが、大いなる感化を龍斎から受けていたでしょう。ですが、洗脳ならさすがにもう解けていてもいいのではないですか」

己が姿で月日の経過を示すよう、老人は痩せた胸の前で軽く両手を広げると続けた。

「世間に毒されずに理想教育を授ける。それも嘘ではなかったでしょうが、おそらく龍斎には、ほかに秘めたる目的があったのだと私は思っています。四人の子の面倒を見て、奇抜な教育を施して……振り返ってみると、それだけで彼が満足したとは思えないのです。しかし、繰り返しになりますが、その目的が何だったのかはわからずじまいでした。それが果たされる前に、あの夢のような世界は終わってしまったのですから」

「夢のような、ですか」

「ええ、夢のような……」

「その世界が終わったのはなぜですか。何かきっかけがあったのでしょうか」

老人は黙考ののち答えた。

「きっかけと呼んでいいかどうか、或る日、ふいに屋敷を訪ねてきた人物があったのです」

「ふいに訪ねてきた……それはどういう人物です」

「聖(さとし)という名の青年でした。まだ二十歳にもなっていなかったと思います。しばらくのあいだ神綺楼におりましたよ」

「その青年の訪問がどんなきっかけになったのですか」

「いえ、ですから、きっかけと呼んでいいものかどうかという話です。あいにくどうも、そのへんは曖昧なのです。はっきり憶えているのは、子供たちが揃って十七になる年の出来事だったということですよ」

「彼らが十七歳を迎えることに、何か特別な意味があったのですか」

「そういうことではなく……つまり、われわれが神綺楼で過ごす、それが最後の年になったからなのです」

初秋の昼下がりの白いテラスで、このとき、大きく歳の離れた二人のあいだに、いよいよ話は核心に向かうのだという気配が漂った。

「その年、その青年が現れたあと、神綺楼で何が起きたのでしょう？」

長い沈黙を経たあとで、老人はたゆたうような声音で答えた。

「すべてを崩壊させる、悪い出来事が続いたのですよ」

神綺楼事件

第一章

1

これから綴る物語は、平成二十四年の二月に遭遇した出来事です。世にも呪わしい殺人事件の一部始終です。立てつづく惨劇の渦中に身を置きながら、折を見てはしたためてきたノートが元になっています。

あの島で過ごした短い日々は、あまりに異様な、常識はずれな、妄執を因とした犯罪絵巻の一場でした。乱れた筆跡の走り書き、焦燥ゆえに捻くれた文法、こうして時を経てしまうと文意が読み取りづらい不明瞭な記述――、いま私は、古いノートの中身を整理し、正すべきは正し、加えるべきところは加えて、事の次第を筋道立ったものに改めてみようと思うのです。

冒頭、「世にも呪わしい殺人事件」と書きました。同時にこの物語は、これまた世にも美しい、或る少女の素描にもなりそうです。「島で過ごした短い日々」とも書きました。ほんのわずかな時間のうちに、私はその少女を愛していました。もし皆さんのなかに、身を焼き焦がすほどの狂熱の恋に堕ちた経験をお持ちの方がいらっしゃるなら、きっとわかってくださるでしょう。それは或る瞬間に、ふいに隙を衝いて心に取り憑くのです。悪魔のように取り憑き、呪いのように頭を支配して――、そうしてそのときから、己を取り巻く世界のすべてが一変してしまうのです。

この話をどこから始めるべきか、やり方はいくつもありそうです。例えば当時住んでいたアパートの出入口の郵便受けの前。例えば白波を蹴立てて瀬戸内海を行く船のデッキ。それとも島の高みに佇んで、荘厳寂寞たる館を初めて見下ろした場面か――、いっそくだくだしい前置きは全部端折って、屋敷の内部から始めてみるのもひとつの手かもしれません。

時に私は、平成二十七年現在の立場から過去を顧みるでしょう。時に私は事件の真っ只中に立ち還って、現在進行形の書き方を採るでしょう。いずれにせよ、何もかも書き尽くすつもりでいますから、問題はその順番だけというわけです。

三年前の二月十日、私はお昼の「のぞみ」で東京を発ちました。岡山で山陽本線に乗り換えて、笠岡に着いたのは四時でした。

初めて降り立った笠岡駅には、約束どおり迎えが来ていました。擦れ傷だらけの古びた皮ジャンパーを着込み、ごま塩の頭髪をくしゃくしゃに乱した小さな老人――、こちらの姿を認めて歩み寄ってきた彼は、開口一番の銅鑼声で、「あんたが光田聖さんかね」と問いました。それが青茅家からの使者、猫田日呂介でした。

正直なところ、手前勝手に想像していた人物とはだいぶん印象が異なりました。赤銅色の顔をした、やぶ睨みの、どことなく野卑な感じのする男――、間違っても先行きに安心をもたらしてくれるタイプではないのです。

それでもひとまず先方と落ちあえたことで、多少なりとも私は安堵していました。なにしろこのときの旅路は、そもそもの発端から妙な事情を含んでいました。出立前から私は、えもいわれぬ不安と二人三脚で歩むことを強いられていたのです。

猫田日呂介に連れられて向かったのは、駅からほど近い住吉港でした。旅客船の発着所のある港ですが、埠頭でわれわれを待っていたのは青茅家の自家用船でした。そこで初めて私は、このあと島に渡ることを聞かされたのです。船の操縦免許というのは大別すると大型と小型しかないそうですが、その区分で行くと、われわれが乗りこんだのは小型船舶だったでしょう。しかし、ずいぶんと立派な船でした。

港を出てすぐ眼前に展けるのは、離島の密集海域ともいうべき水島灘です。猫田日呂介は何もいわずに早々とキャビンに引っ込んでしまいました。狭い空間で膝突きあわすのも気づまりなので、私は後を追いませんでした。話すべきことがあるなら向こうから声をかけてくるでしょうし、何より、船上から見晴るかす眺めが格別だったのです。私はデッキの手すりに摑まって、もの珍しい瀬戸内海の風物にひたすら目を奪われていました。

　前の週に立春を迎えたばかりのこととて、海風は冷たく、飛沫を伴って強烈に吹きつけてきます。猫田日呂介のごま塩頭がくしゃくしゃだった理由がこれでわかりました。陽は大きく傾いて、そのぶん黄金色の光で海原を照らし、無数の波頭のひとつひとつをまばゆいほどに煌めかせていました。絶え間ないエンジン音が、いまでもはっきり耳の奥に残っています。後刻、島に着いた私は、滞在中に幾多の尋常ならざる出来事を目の当たりにするわけですが、行き帰りの船のけたたましいエンジン音と振動、デッキから眺望した景観は、それらと同じぐらい、いまなお脳髄の襞に焼きついているのです。

　一人暮らしの都内のアパートに、思いもよらぬ手紙が届いたのは一月十三日のことでした。前年の秋、郷里で母の葬儀を終え、家の片づけを済ませたのち東京へ戻って――、漸う気持ちの平静を取り戻したころでした。

　物心つく前に父が早逝したため、私は親一人子一人の母子家庭で育ちました。知るかぎり、わが家はいっさいの親戚縁者と没交渉でした。望んで母はそうしたのかもしれません。が、いざというときに頼る当てがないのはやはり難儀だったはず、幼な心にも暮らしぶりは厳しいものでした。

それでも母は昔から、私を大学に行かせるといって聞きませんでした。私は小中高を通して成績の良い子供でしたが、大学なんて行かなくともいっこうにかまわなかったのです。ところが、母は母でどうにも頑なで、それだけが唯一の願いとまでいいきって、けっして譲ろうとしないのです。結局押し切られて進学を決め、上京したのが平成二十三年の春、皮肉にも母子(おやこ)離れ離れになったわずか半年後に、母は苦労つづきの生涯を終えたのです。四十三歳の若さでした。

郵便受けの底に一通だけあった水色の封筒は、青茅産業の社用封筒でした。裏を返すと、手書きで青茅伊久雄(いくお)と見知らぬ署名があります。このときの私は、寡聞にして青茅産業という会社を知りませんでした。もっとも私と同等な世間知らずがあったとしても、さすがに青茅不動産や青茅建設なら、よもや聞き憶えのない人はいないでしょう。あとから調べて驚きました。青茅産業とは、くだんの青茅不動産、青茅建設をはじめ、ホテル、リゾート開発、警備、医療、社会福祉、飲食、出版、アミューズメント等々、国内外の異業種企業を統括する巨大な複合企業であり、グループ全体の従業員数は五千名にものぼるらしい。青茅伊久雄なる差出人は、そんな青茅産業の創業者にして総帥、その人だったのです。

まるで接点を見出せない縁遠い人物が、どういうわけで私などに手紙を寄越したのか。上書きと同じ筆跡でしたためられた便箋の文面は、あまりに唐突な、予想外の内容を伝えていました。

掻いつまんで説明すると、この私が青茅伊久雄の非常な「近縁者」であり、就いては折りいって話があるという主旨なのです。いきなりこんな手紙が届いたら、皆さんならどう考えるでしょう。白状すると、最初に脳裏をかすめたのは、夢のようにドラマじみた、遺産相続に類する話ではないかという想像でした。青茅伊久雄はかなりの高齢と思われましたし、近縁という語を用いていることにも、言外に仄めかすところがあるように感じられたのです。

そうこうするうちに、ふいに甦ってきた遠い記憶がありました。私がまだ小さい時分の話です。一度だけ母が、「あなたの名前はお祖父ちゃんが付けたのよ」と話してくれたことがあったのです。

先のとおりの事情で、私は父の顔を憶えていません。これが祖父母となるとなおさらで、特に母方のほうは名前すら聞かされていませんでした。そして、「あなたの名前はお祖父ちゃんが付けたのよ」という発言は、どうしてもその母方の祖父——母早季子（さきこ）の父親のことと思われるのです。なぜなら父方の祖父なる人は、私の父と同様、幼いわが子を遺して早くに他界していましたから（光田家は短命の家系なのかもしれません）。

　母の旧姓は生駒（いこま）といいます。結婚して光田姓となり、男児を出産、その二年後に夫を亡くしています。母は再婚せず、復氏届も出しませんでした。よって、母子ともどもずっと光田姓を名乗って生きてきたわけですが、いかなるいきさつがあったのか、母は父の家とはすぐに疎遠になったようです。それからは女手ひとつで私を養い、念願の大学に送り、月々の仕送りさえしてくれていたのでした。

　母方の祖父の話に戻ると、年端もいかぬころに名づけ親の件を教えられてのち、私は長ずるに従って、母が自身の父親に良い感情を抱いていないことを薄々感じ取るようになりました。ゆえにこちらから訊ねることも控えてきましたし、それが私に母方の祖父母の知識が欠けている理由なのです。

　もしも青茅伊久雄が母の父親、つまり、私の祖父だとしたら——。

　手紙は彼の住居へ私を招いていました。承諾の返事を急ぎ求めていました。訪問の日付も二月十日と指定してあり（学生によって多少の違いはありますが、この年、私は八日から春休みに入っていました)、周到にグリーン車の切符まで添えられていたのです。指定席券の販売開始は乗車日の一か月前のはずですから、切符を購入したのち、すぐさま同封して送ったものと思われました。

一点、手紙には気にかかることがありました。青茅産業の本社ビルが港区にあるにもかかわらず、切符の行先は岡山県の笠岡になっているのです（封筒の消印は高輪でした)。真意の読めない話だけに、そして、どうやら重大な用件と思われるだけに、なおのこと疑念が募りました。何かしら、おかしな事態に巻きこまれるのではないかという不安を拭い去ることができませんでした。

ともあれ、手紙の送り主に関しては、真偽を確かめる手段がありました。私は思いきって青茅産業の代表番号に電話をかけ、事情をただすことにしたのです。

その場で青茅伊久雄本人に取り次いでもらえるとは期待していませんでした。それどころか、けんもほろろにあしらわれることも覚悟の上の行動でしたが、応対に出た女性の声は、こちらの氏名を聞くなり、万事弁えているという口調に変わりました。アパートに届いた手紙は、まごうかたなき青茅伊久雄からの招待状だったのです。

心配は無用、文面の案内どおりおいでくださるようにと、電話口からは丁重な言葉遣いが聞こえました。それが会長から預かった伝言とのことでした。おそらくかの人は、私から問いあわせがあることまで見越して、前もって社員に指示していたものと見えます。

こうして私は、青茅伊久雄が東京ではなく岡山に住んでいるのを確認できたわけですが、招かれた屋敷が島にあることまでは、そのときは教えられませんでした。

「ほら、あそこでさあ、坊っちゃんをお連れするのは……」

ふいに声がして、夢を破られたようにわれに返りました。振り向くと、船室にいた猫田日呂介がいつのまにか背後に立っていました。彼の指し示す先へ目を転じれば、さて、どのぐらい距離があったでしょうか、なるほど海上に黒い島影がひとつ認められました。滑らかにうねる金波の向こう、目的地の島は思いのほか小さく、全体を暗い樹々に覆われているようで、遠目にはとても人が住んでいるふうには見えません。船から眺めたかぎりでは、端から中央に向かって隆起した円錐形のようですが、隆起といってもごく標高の低い、なだらかな形状をしています。

「盃島(さかしま)ってんですよ。旦那様がいらっしゃるまでは無人島でね。いまだって青茅家のお屋敷が一軒きりあるだけでさあ」

強風に顔をしかめながら、エンジンに負けじと張りあげた銅鑼声で、猫田日呂介が教えてくれました。盃島という名の由来は定かでないものの、いわれてみれば、底の浅い、広口の盃を裏返したように見えないこともありません。それに、盃島は逆しまですから、いかにもこれは適当な形容と思われました。

「無人島を一から切り拓いてお屋敷を建てたということですか?」

ようやく言葉を交える機会を得て、こちらも日ごろ出したためしのない大声で訊ねました。

「いや、なんでも昭和の初めに一度入植が進められたとかで、小人数でしょうが集落もできてたそうです。ところが三十年代にゃすっかり人も絶えちまって、以来長らく無人島だったんでさあ。むろんいまじゃ当時の建物なんか残っちゃいませんが、島ン中には元から切通しの道やらお膳立てされていましたから、イチから手を付けるよりゃよほど楽だったでしょうな」

「青茅さんはいつからあの島にお住まいなんですか」

「こうっと……かれこれ二十年近く前だね」

「二十年? そんなに前からですか」

「ポンと島ひとつお買いあげになって、東京からこっちに移って来られたんでさ。移住なさったのは平成六年……ですから十八年前ですか。屋敷が完成したのはその前年ってなとこでしょう。当時は旦那様もまだお若かった。それが急に隠遁生活に入られて、表舞台からふっつり姿を消しちまった。これにゃ外野だけでなしに、社内でも重病説……死亡説まで囁かれたって話でさあ」

例の手紙が届いたあと調べたところでは、青茅伊久雄は現在も青茅産業の会長職にあるようでした。そうであれば、猫田日呂介のいう周囲の臆測も当然の反応といえますが、はたしてそれで大企業の御目付役が務まるものかどうか。

そんなこちらの疑問に答えるかのように、猫田日呂介は続けました。

「実際のとこ、最初のうちは島から電話で指揮を執ってらしたということですがね、いまじゃ会社はご長男や忠臣の面々に任せて、旦那様は絵に描いたような悠々自適でさ。なんせ今年七十八におなりだからね。……さ、もうじき着きますよ」

こうして話してみると、猫田日呂介は思っていたより気さくで親しみやすい人物でした。「ネコさんなりヒロさんなり、気軽に呼んでくださいな」とにんまり笑う彼は、当年取って六十五歳、屋敷に生ずる雑用を一手にこなす自称「何でも屋」とのことです。野卑な感じのする男、と第一印象で悪いレッテルを貼ってしまいましたが、いくらか認識を改める必要がありそうでした。粗放ではあっても野卑ではない。坊っちゃんと呼びかけられるのには弱りましたが、気取りのない彼の態度のおかげで、私は島に着く前に少なからず緊張をほぐしてもらったのです。

そうこうするうちにも、船はみるみる盃島との距離を縮めてゆき、もうはっきりと様子を視認できるまでになりました。海面から粗い岩肌がそそり立ったその上に、こんもりと濃緑の樹々が生い繁っているため、やはり船からでは人の息吹の気配は感じられません。

これものちに知ったことですが、盃島は周囲半里余りの楕円形の小島で、水島灘の、前を向けば塩飽諸島、振り向けば笠岡諸島といった位置にあるのでした。

なだらかな島というのは先ほども書きました。最も高い中央部の標高がおよそ三十メートル、それでもいざ間近に寄ると、小高い山が重量感のある威容でずしりと迫ってきます。截り立った岩壁は有無をいわせず来る者を拒むようで、一見すると上陸の余地はなさそうですが、大きく左に舵を切った船がぐるりと回りこむと、それまで陰に隠れていた場所が徐々に見えてきました。元からの地形か、それとも昔人の賜物なのか、そこにはいい按配に平坦な岩場が展けており、コンクリートの船着場が作られているのでした。

巧みに横づけされた船のタラップをくだり、長い桟橋を渡って、旅行鞄ひとつ提げて島の土を踏んだとき、不思議と私は、出立前からいまのいままで消えやらなかった不安が吹っ切れるのを感じました。こうして人知れず島へ渡ってしまったのですから、もう肚を括るよりほか道はないのです。ただ一人、私が盃島に来たのを知っているであろう操縦士は、二人を降ろすや未練げもなくさっさと船を出してしまいました。

　そもそも、私が抱いていた不安は、あくまで未知に対する本能的な警戒でした。いざ蓋を開けてみれば、それは取越し苦労で済むかとも思われました。流刑地に連れてこられたわけじゃなし、それどころか、先に告白したとおり、私は近縁者として老富豪の恩恵に浴す未来すら考えないではなかったのですから。

　ここに至るまでの周到なお膳立て。この島が、否、この島に隠棲するまだ見ぬ実業界の巨人が、亡き母の、延いては私の最も身近なルーツかもしれない。そうでなくて、どうしてこれほどの手間暇かけて呼び寄せる理由があるでしょう。むろん、それはいくつもある可能性のひとつに過ぎません、が、おそらくはかなりの確率を有する可能性なのです。

　船着場の岩場から、冷え冷えとした暗い切通しを抜けて続く一本道がありました。猫田日呂介の先導で先へ進むと、これも過去の入植者たちの夢の跡か、草木に囲まれた無骨な石段が現れ、上方へと続いています。石段は途中で二度ほど屈折し、角度を変えて、のぼればのぼるほど、私たちは島の内側へと入りこんでゆくようでした。

　やがて最後の一段を踏みしめると、狭いながら平らかな場所に出ましたが、たぶんそこが船上から見えた頂だったはずです。てっきり私は、この石段の上に青茅家の屋敷があるものと想像していたのですが、現実はさにあらず、視界に飛びこんできたのは意外な光景でした。

眼前には新たな階段が待ちかまえていました。そこは頂（いただき）ですからむろん今度は下りの階段で、丸太の杭に厚板を渡したもののようです。それは緩やかな斜面をくだって、窪地の底へと通じていました。島外から見たのでは気づきようのないことですが、盃島のてっぺんには、火山の噴火口めいた擂鉢（すりばち）状の窪地があったのです。

どこを取っても鬱蒼たる島のなかで、そこだけは特別の地であるかのごとく、窪地の底は広々とした平地になっていました。妙に荒涼とした場所です。林とも呼べぬ黒い樹々の塊が点在するだけの、殺風景な枯れ野原なのです。打ち棄てられたような小島の、なお人目に触れぬ淋しい枯れ野の真ん中に、しかし、一軒の黒い館が鎮座しているのを、たしかに私はこの目で捉えていました。

もう日没が迫っていました。ふと仰ぎ見れば、全天は隅々まで濃密なオレンジに染めあげられ、眼下の窪地にも同じ色を映していました。その怖いぐらいに強烈な、むしろ人工的とも思えるほど鮮やかな自然の色彩も、刻一刻と濁りゆくのが実感できる、二月の黄昏どきでした。

「あれが坊っちゃんの行くところ、青茅家のお屋敷、神綺楼でさあ」

隣にいることさえ忘れかけていた猫田日呂介が、ふいに言葉を発しました。その声は、船のデッキで島を指さしたときとは別人のような、やけにうっそりとした調子でした。神が綺(いら)うか、それとも神をも綺うというのか、神綺楼なる名前を私が耳にしたのは、このときが最初です。

遠目にもそれは宏壮な邸宅と映りました。黒い大屋根に蓋われた家屋は縦横に広く、高さもそうとうあるようです。四辺を塀で囲い、庭さえ備えたそのさまは、突然異空間から現れ出て、たまたま荒野(あれの)のど真ん中に着地したかのような違和感を抱かせました。夕陽を浴びて千々(ちぢ)に陰翳を作る甍(いらか)の波は、あたかも黒龍の鱗かと見紛うよう、四角い煙突が突き出ているのは暖炉があるのかもしれません。

屋根瓦と同様黒っぽい外壁は煉瓦かタイルか石積みか。三階建てとおぼしき母屋の右側には、急勾配のとんがり屋根を載せた円塔が見えます。塔は四階建てと思われました。二十年近く前に建てられたというのですから、現代建築には違いありませんが、それは異国情調とロマンティックな郷愁を喚び起こす、あの「西洋館」という呼称にこそ似つかわしいお屋敷に見えました。

ああ、青茅伊久雄という爺さんは、あんなところに私邸を構えたのだ、物好きにも、人も通わぬ無人島を買い取って、それだけではまだ安心できぬというふうに穴底にひそみ隠れて──、これを隠棲と呼ばずして、何といえばよいでしょう。

波音も届かず、葉擦れの音さえ聞こえない森閑とした場所で、あの、イングランドじゅう探しまわってもまたとないという、世間から隔絶された地に建つ人間嫌いの理想郷、「嵐が丘(ワザリング・ハイツ)」とはこのような屋敷であったろうかと、窪地の底と丘の上ではまったくのさかしまですが、私はそんなことさえ思いながら、呆然と立ち尽くしていました。

「さあさあ、早いとこ行きましょう。真っ暗になっちまう」

こともなげな調子で猫田日呂介がいいました。その声に急かされて、ようやく私は足もとに置いた鞄を取ったのです。ついでに上着のポケットから携帯電話を取りだしてみると、時刻は午後五時二十分でした。電波は圏外になっていました。

2

東京駅を発って五時間半、こうして私は、猫田日呂介のエスコートのおかげで無事盃島の青茅邸に辿り着くことができたのです。正門の厳めしい鉄扉から、季節柄くすんだ色の前庭を割って長い甃（いしだたみ）のアプローチを進むほどに、いよいよ神綺楼の威容が間近に迫ってきました。真水に墨汁を垂らしたごとく、窪地の底に流れこんだ薄墨が見る間に濃くなりまさるなか、立ち塞がる洋館は闇より黒く、恐ろしい魔の巣くう古城めいて映りました。

いえ、むろんこんなのは雰囲気に呑まれたがための幻影に過ぎません。家主が遠来の客人を待ってくれている証拠に、石造りのアーチをくぐった奥、畳三枚分ほどの玄関には、ちゃんと明かりが燈（とも）されていたのですから。頼りなげな光に照らされているのは、荒々しい斫（はつ）りの痕をあらわにした扉でした。

見るも重厚な両開きのそれを猫田日呂介が引き開けると、目の前にいきなり広いエントランスホールが展けました。滑らかな床はめまいを誘引するような白黒の市松模様でした。吹き抜けではないものの天井は高く、枝付燭台型（ジランドール）のシャンデリアが、豪華なデザインとは裏腹な、弱々しい光をホールに投げかけています。

仄明かりのもと、正面奥に立派な階段が見えました。左右の壁の三時と九時の位置には、やはり燭台型の壁照明（ブラケット）を配した半円アーチの開口部があり、それぞれ邸内のどこかへ通じているようでした。

誰も出てくる気配はありませんし、明かりがなければ廃墟かと思うほど、物音ひとつ聞こえませんでした。猫田日呂介は私を随(したが)えて、いかにも勝手知ったる気軽さで、ドタ靴のままホールを突っ切って奥へ向かいました。大階段の曲線的な手摺(てすり)が、蛇のようにうねって上階へ続いています。猫田日呂介が足を止めたのは、その階段と、右開口部の中間にある、花唐草文様をデザインした引き戸の前でした。

あえて引き戸と書きましたが、間近に寄って初めて、私はそれがエレベーターの扉であることに気づいたのです。古風なその家にエレベーターが設置されているとは意外でした。しかし、青茅伊久雄はもう八十近いということですし、日々階段を上り下りするのは骨なのでしょう。こうして私は、ご親切にも電気じかけで二階まで運んでもらい、静まり返った長い廊下を経て、誰にも会わずにいきなり来客用の一室へと通されたのでした。

明かりを点けると、そこはまったくホテルの客室みたいな部屋でした。目立って贅を誇示するところはありませんが、一間のうちにベッドがあり、ガラス天板の小さなテーブルがあり、カーテンの閉じた窓ぎわには書き物机(ライティングデスク)が据えられて、机上の隅に電話機まで置いてあるのは、まさしくホテルのシングルルームです。

二階にはこの種の部屋が多数あるのだと、猫田日呂介が教えてくれました。いわれてみれば、エレベーターホールを出てから同様のドアの前をいくつか通りすぎたようです。

「さて、道中奇禍なく坊っちゃんをお連れしたところで、ひとまず私は御役御免でさあ」

戸口に佇んだまま猫田日呂介がいいました。

「あとのことは、追っつけもっと位の高い者が参りますんで、そいつに訊いてくださいな」

それだけ告げると、彼はやぶ睨みの目を細めてくしゃりと笑い、褐色の扉をすげなく閉じてしまいました。

この時点で唯一頼れる仲間のように感じていた男が、礼をいう暇さえ与えず、それこそ本当に御役御免とばかりに立ち去ってしまったので、取り残された私は何とも心細い気持ちになりました。ともあれ、バトンを引き継いだ誰かしらがやってくるというのですから、待つしかありません。

一人きりになって、急にこの日一日の疲労が実感されました。思いだしたようにボストンバッグを降ろし、作りつけのクロゼットを開けてみたり、ユニットバスが付いているのを見つけたり、うろうろと落ち着かずにいると、幸いにして、さほど待たされることもなくノックの音が聞こえました。控えめで硬質なその響きは、木製の扉が頑丈な作りであることを示していました。

　現れたのは、猫田日呂介とはおよそ対照的な印象を与える、黒いスーツに蝶タイというでたちの男でした。銀縁の眼鏡をかけ、白髪をきれいに整えた老人です。年のころは六十五の猫田よりひと回りも上のように見えました。

「光田聖様でいらっしゃいますね。執事（バトラー）の黒木孝典（くろきたかのり）と申します」

　深く一礼したあと、まろやかな声でそう名乗り、黒木という男はわざわざ丁重に断りを入れてから部屋に足を踏みいれました。

　それにしても、猫田日呂介の「何でも屋」に対し、こちらは「バトラー」と来ました。そんな気取った呼称を用いるところから察するに、よほど自分の地位にプライドを持っているものと見えます。青茅家がどれだけ人を雇っているのか知りませんが、年輩にしろ身のこなしにしろ、おそらくこの人が使用人の最上位にいるのではないかと思いました。

「さぞや長旅でお疲れになりましたでしょう」

　黒木孝典は労（ねぎら）うようにいって、とうに点検済みであろう室内にさりげなく視線を走らせました。

「当家にご滞在のあいだは、こちらの部屋をお使いいただこうと思うのですが、いかがでございましょう」

むろん不満などありはしませんが、それ以前に、この先どれぐらいここにいることになるのか、そんな話すら手紙では段取がついていないのです。目の前の老人なら万事把握しているに違いないので、はっきりしたところを確かめたいと思ったものの、どう口火を切って、何から訊ねたものか、こちらは受け身の立場なものですから、上手く切りだすことができません。

もごもごと口ごもっていると、老執事は慇懃な笑みを見せていいました。

「いましばらくお待ちください、メイドにお夕食を運ばせますので」

「いえ、待ってください」

あわてて押しとどめて私は訊ねました。

「まずはご主人にご挨拶申しあげるのが筋かと思うのですが、今夜は青茅さんは……」

相手に釣られてこっちまで馬鹿丁寧な調子になりましたが、どうも、勝手に上がりこんで食事まで馳走になったのでは、とんだ礼儀知らずと思われかねません。

ところが、黒木孝典は目礼してこんなことをいいました。

「それが聖様、めったにないことに、昨日より別のお客様方も見えているのです。旦那様はそちら様とお話がございますので、失礼ながら聖様のことは明日ゆっくりと皆にご紹介したいとの仰せでした」

　会った早々、名字ではなく下の名前で呼ぶというのはどういう習慣でしょう。なんともこそばゆい変な感じがしましたが、それはさておき、こんな辺鄙(へんぴ)の館にほかにも来客があろうとは思ってもみませんでした。時刻も時刻ですから、きっとその人たちも宿泊するのに違いありません。

　そういうことならこちらは文句もいえませんけれど、となると、今夜は一人きりでどう時間を潰したものか。いえ、それより何より、いったい自分がどうしてここへ呼ばれたのか――、ずっと抱えてきたこの疑問、このもやもやを晴らすのに、もう一晩待たなくてはならないらしいと知って、少なからず私は落胆していました。そこで、あわよくばぐらいの気持ちで訊ねてみました。

「黒木さんは僕が招かれた理由をご存じですか」

　案の定、返事はノーでした。仮に知っていたとしても、この忠実そうな執事が主人より先に口にするはずがないのです。

「じつは、いろいろとわからないことだらけのまま、どうにも落ち着かない気分でこうしてお邪魔しているのです。ご主人からいただいた手紙には詳細が書かれていなかったんですよ」

「さようでしたか」

相変わらずまろやかな声で、いかなる感情も滲ませずに黒木孝典はいいました。

「あいにく、それは龍斎（りゅうさい）様しかご存じないことですので、明日、直接お聞きになってください」

「龍斎様？」

思わず私は聞きとがめました。たぶんきょとんとした顔だったでしょう。

「こちらのご主人は青茅伊久雄氏ではないのですか？」

この発言に、黒木は黒木でつかのま不思議そうな顔をしましたが、すぐに得心（とくしん）したらしくうなずきました。

「では、お手紙はそちらの名義で差しあげたのですね？　ええ、おっしゃるとおり旦那様のご本名は伊久雄様でございますが、ここでは皆、龍斎様とお呼びしております。もともと書道の雅号であったとかで……ですから聖様もそのようにお呼びになってください」

そういえば青茅伊久雄からの手紙は、味気ない社用封筒で届いたのでした。消印が高輪で、電車の切符も同封されていたことを思うと、ポストに投函したのは東京の、さしずめ腹心の秘書あたりだったのではないでしょうか。それもこれも、突然の手紙に対する私の不審を解消するためだったのかもしれません。

御用の際は卓上電話で何なりと——、恭しい礼とともにいい残して、黒木孝典もあっさり出て行ってしまいました。

その後、しばらくして、最前の案内どおりにメイドが夕食を運んできました。豪勢な献立はありがたかったものの、それらを小さなテーブルに載せるのが一苦労で、後傾座面の椅子にしても、食事にはまるで不向きでした。要するに、客室での食事は明らかにイレギュラーな行為なのです。これほどの豪邸、ほかに適当な場所がないはずはないと思うのですが、あえて客室で済まさねばならぬ理由でもあるのでしょうか。

だんだん私は不安になってきました。着いた早々といえ、宛がわれた一室に軟禁されている気分なのです。ふと、今日のうちに事情が変わって、私は招かれざる客と化したのではないかという疑念がよぎりました。だから青茅伊久雄——いえ、青茅龍斎は、私に会うのを先延ばしにしたのではないか。いまや扱いに困る邪魔者でしかない私をどう追い返したものか、今夜、ほかの客とやらと話しあっているのは、そんな相談なのではないか。

もやもやが収まらない私は、食器を下げにきた中年のメイドに探りを入れてみることにしました。この人は柏木奈美（かしわぎなみ）といって、神綺楼に住みこんで七年になるそうです。

黒木孝典のような格式ばった堅苦しさもなく、しゃべりやすい人物でした。

彼女との会話でわかったのは、先客として階下にいるのは、青茅産業グループの「社長さんとその奥様」が二組ということでした。島に足を運ぶ機会は多くないようですが、過去にもたびたび来訪しているそうで、それというのも彼らは青茅龍斎の親族でもあるというのです。

親族——、何やら声なき声が囁きかけてくるようでした。私のほかに、日ごろはめったに訪わないという血縁者が、ひと足早く、しかも二組同時に集っているのです。これはたまたまなのでしょうか？

自分が神綺楼に招かれた理由について、財産分与に類する話ではないかと想像したことは、すでに書きました。仮に私の虫のいい想像が当たっていたとして、どこの馬の骨とも知れぬ若者が突然権利を盾に現れたら、どういう事態になるでしょう。その手のいざこざを、われわれは実社会でも虚構の物語でも、たびたび見聞きしているではありませんか。

いけません。どうもいけません。私の思考はあまりに先走りしすぎていました。自分の置かれた立場が曖昧なので、考えなくていいことまで考えて、頭がグルグルしはじめていたのはたしかです。

けっして私はそんなことを目当てに招きに応じたわけではありませんでした。うかうかしく期待に胸躍らせて来たのではありません。それだけはここに明記しておきます。もしも母が生きていたら、あの手紙は母のもとへ届いていたのではないか——、そう思ったがゆえに、私は遥々岡山までやってきたのです。ただ母と自分の出自をはっきりさせたくて、不可思議な誘いに乗ったのです。

母は何も語らぬまま他界しました。母の死を契機に、私は自身の血のルーツを意識するようになりました。推測どおり、青茅龍斎は母の実父に当たるのか。そうであるなら、母を産んだのは彼の妻なる人か。しかし、ではどうして母の旧姓は青茅でなく生駒だったのか？

忘れてはならないことがあります。なぜ母はあれほど侘しい生活を強いられ、辛苦を舐めねばならなかったのか。なぜ母は父親に悪感情を抱いている様子だったのか。思考がそこに向かうとき、私の気持ちは澱みました。

東京からの道のりは、出不精の私にとってついぞ経験したことのない長旅でした。すっかりくたびれたので、ひとまず余計なことを考えるのはやめにして、横になりたいと欲しました。

寝るにはいささか早すぎる時間です。けれど、メイドが食器を片づけたあとは、もう誰もやってきそうにありませんでしたし、そうかといって、勝手に邸内をうろつくのも憚られました。窓から外の様子を見ようとしましたが、カーテンを開くとガラスの向こうに鎧戸が閉じていたので、何となく億劫になって翌日に回すことにしました。

壁が厚いせいか、屋内の物音はいっさい聞こえませんでした。二階には誰もいないのかもしれません。もっとも、この階には客室が多数あると猫田日呂介がいっていましたから、ほかの客人たちはそこに泊まるのではないでしょうか。

静々と扉を開けて廊下を覗いてみると、来たとき点いていた天井の明かりはいつのまにか消え、数メートル置きのブラケットライトが、真鍮の金具を艶やかに光らせているだけでした。静まり返った廊下はいくつもの扉の前を通って長く延びています。数時間前に目にした神綺楼の威容を思うと、いったい屋敷全体でどのぐらいの部屋数があるのか想像もつきません。

ベッドの上にはタオルとパジャマとバスローブが重ね置かれていました。私はシャワーを使って楽な恰好になると、部屋の隅に据えられたフロアスタンドだけを燈して、快適なベッドに身を横たえました。フロアスタンドはヴィンテージと思われました。ステンドグラスのシェードを透かして、淡く美しい三色の光が、不規則な帯となって白い壁と暗い床を照らしています。

そうしてまた、無意識のうちに一日の出来事を反芻していると、ふいにどこからか流れだした音楽がありました。

それは、軽やかに澄んだ弦楽器の音色で奏でられる、幻想的な調べでした。枕もとの携帯電話（やはり電波は圏外でした）を見ると時刻は九時ちょうどです。おおかた時報がわりなのだろうと思って聞くともなく聞いていましたが、心地よい暖房と、瞑想に誘うようなメロディーと、何より疲れのせいもあったでしょう、眠気はないのにいつしか私は睡魔に負けていたようです。

どのぐらい経っていたでしょうか。言葉で表しようのない奇妙な夢から覚めると、あたかも夢の世界の続きのごとく、室内は点けっぱなしのフロアスタンドの幻めいた彩光をまとっていました。その甘美な明るみのなか、私は、閉めたはずの部屋の扉がわずかに開き、廊下の薄明かりが細く漏れ入っているのに気づいたのです。

いわば気配を感じ取ったということになるでしょうか。まさに扉が開くのと同じタイミングで私は目覚めたのでした。その証拠に、こちらがぼんやり眺めている前で、射しこむ光の幅が徐々に広がっていき、そこへまるで繁みのなかの動物みたいに、ひょこりと誰かが顔を覗かせました。どうやらそれは少女のように見えました。

用心深い人影は、黒い半身をこちらに曝したまま、しばらくじっと動かずにいました。ほどなくして、その頭の上にスッともうひとつの頭が現れました。これはいったいどうしたことでしょう。透き見のいたずら者が二人に増えたのです。

いつしか音楽は止んでいました。不思議と恐れも感じず、半ば呆然と注視する視線の先で、囁くように、笑いを噛み殺すように、「寝てる寝てる」とたしかに少女らしい声がして、扉は音もなく閉じられました。

3

青茅家の面々と正式に顔を合わせたのは翌十一日の朝でした。八時半ごろ、とうに朝食を済まし、客室で手持ち無沙汰にしているところへ執事の黒木孝典が現れました。「旦那様がお会いになります」というので、にわかに気が引き緊まったこのときの感覚を、いまもはっきりと憶えています。

一緒にエレベーターで階下へ降りると、窓のない玄関ホールには前夜と同じく明かりが燈って、市松模様の床を照らしていました。廃墟のような静けさも前の晩と変わりなく、あれ以来、時が凝って(こご)いたかと錯覚されるほどです。足もとに広がる黒白の連なりに、私はまた軽いめまいを催しました。

ここで説明しておくと、神綺楼という建物はおおよそ箱型の駆体であると思われます。既述のとおり、玄関は正面中央に位置しており、来訪者が最初に足を踏みいれるホールには、大階段とエレベーターと、屋敷の左右へ通じる開口が設けられています。よって、このホールこそが通行の要衝なのです。

一階は正面から見て右側が屋敷の顔となる空間、対して左側は使用人らの居室や納戸――、大雑把にいうとそんな振り分けがされていて、右翼を形成する主要な部屋は、手前から応接室、遊戯室、食堂、厨房、それから文字どおり広いスペースを占める広間と、最も奥まった場所には礼拝室があるのを、ほどなく私は知ることになります。

なお、これら数ある部屋の配置については、先の話にさして影響を及ぼしませんので、あえて図面を掲げる必要はないかと思いますが、唯一、建物の右側面に沿って奥へ延びる広間の位置だけは、少なからず意味を持ってきます。

さて、二日目の朝、黒木孝典に案内されたのもかくいう広間でしたが、そこに待ち受けていたのは思いもよらぬ光景でした。一歩踏みこんだ瞬間、私は虚を衝かれ、棒立ちに立ちすくんでいました。

それは瀟洒な寄木細工の床と、象牙色の壁を有する、明るく気持ちのよい空間でした。私の位置から見て左手に長い、矩形の部屋です。

明るいのは窓が多いせいでもありました。入口の向かいの壁一面に、床まで届いた大きな窓が数十センチ置きにずらりと並んでいるのです。そのひとつひとつを彩った辛子色のドレープカーテンは一様に開け放たれ、レースのカーテン越しに白い陽が射しこんでいます。盃島は晴天のようでした。

褐色の太い梁型を剥きだしにした天井には、いくつものシャンデリアが吊られていました。けれど、日中にあってはそれも目立たぬぐらい、神綺楼という建物はじつに贅沢に階高を取ってあるのでした。

その高い天井の下、寄木細工の床の上に、クロスを掛けた三つの円卓が据えてありました。手前、中央、奥という具合に、大きく距離を取って等間隔に置かれたそれぞれには、珈琲カップを前に、すでに人々が着席していました（この三つの円卓のことは、以降も手前、中央、奥と表記して区別します）。

手前の卓に四人、中央に五人、奥に一人、席に着いているのはちょうど十名でしたが、加えて、入口脇の壁を背に、畏まって整列した男女が五人――、彼らに黒木孝典を足した六人が、いわゆる使用人の身分なのでしょう。列の端には猫田日呂介もいて、私と目が合うと、周りに気取られない程度にニヤリと笑いかけてきました。

いかな巨大な胃袋といえ、この静謐な屋敷が腹のなかにこれほどの大人数を呑みこんでいようとは思いもしないことでした。総勢十六名もの人々が待ちかまえているところへいきなり引きだされたのですから、私は立ちどころに畏縮してしまいました。後ろ暗いことなどありはしないのに、心境ときたら針の筵でした。それもそのはず、或る者は興味深げに、或る者は気がなさそうに、それでも例外なく、顔という顔、目という目が、ただ私一人の上に集中しているのです。テーブルの人々の一部は背を向けていたものの、しっかり上体だけは振り向けて、品定めでもするようにこちらを見つめています。

いうまでもなく、私には彼ら一人一人を観察する余裕などありませんでした。それでも怖けた視線を人々の頭上に巡らせて気がつきました。三つの円卓のうち、どうやら奥のテーブルが上席らしいのです。そこには白髪頭の小さな老人がぽつんと一人で掛けていました。遠目ながら、十中八九、彼こそが青茅伊久雄――龍斎だろうと私は踏みました。

所在なげに佇む若僧を見かねたように、黒木孝典は私の腰に手を添えて、廊下側の壁づたいに奥へと誘いました。そうして中ほどまで進んだあたり、褐色に艶光りするマントルピースの手前で執事は足を止めると、眼鏡を押しあげ、一同の注目を喚起するよう咳払いをしたのち、「当家の皆様をご紹介申しあげます」と、改まった口調でいいました。

「あちらの奥から、ご当主の龍斎様……」

上向けた掌で彼が示したのは、案の定、上席の小柄な老人でした。持ちあげた珈琲カップを胸の前に留め、身じろぎひとつせぬまま、じっとこちらを見据えているようです。招待の礼を述べるには距離があったので、私は黙ってぎこちない会釈をしましたが、主人に口を開く気振りがないのを見て取るや、黒木孝典はすぐに真ん中のテーブルに向き直りました。

暖炉の位置からは、このテーブルが最も近くにありました。そこに席を占めていたのは、私より年下と見える四人の少年少女と、それら若者に混じってもう一人、面長の顔に長髪を垂らした四十年配の男が、鋭い眼光の皮肉っぽい目つきでこちらを見据え——、いえむしろ、値踏みでもするように観察していたというほうが的確だったでしょう。

意外にもこの男は、青茅龍斎の次男瑛二と紹介がありました。では、同じ卓を囲んでいることでもあり、少年少女のなかに瑛二の子供でもいるのかしらん、つまり、瑛二以外の四人は龍斎の孫ではないかと想像しましたが、彼らについては下の名前しか教えられなかったため、このときは青茅家との関係性がわかりませんでした。

線が細く、生真面目な印象を与えるのが颯介、着座していてもひときわ目立つ巨軀の持主が泰地で、愛嬌のある丸顔をしています。いま一人の少年は渚といって、こちらも愛くるしい色白の童顔でしたが、泰地とは較べるべくもない小柄な子供でした。最後に紹介された少女の名は火美子といいました。黒髪を飾り気なくひっつめにして、さっぱりとおでこを見せているのが初々しく好ましい、端正な顔立ちの娘です。古風な日本語でいうなら瓜実顔の面差しでしょうか。ただし目鼻はくっきりしていますし、隣の渚と較べると肌色もやや浅黒く、フィリピーナと名乗っても通用しそうです。五人で囲んでもなお余裕のある円卓の前で、渚と肩を寄せあうようにくっついているのがいやでも目につきましたが、その様子を見ているうちに、ピンと来るものがありました。

というのは、夜更けに私の部屋を覗いていた怪しい人影のことです。

なるほど――、あの二つの影の正体は火美子と渚と見て間違いなさそうでした。まだまだ子供らしいあどけなさを醸しだす二人は、周囲が儀礼的な静粛を保つなか、ゆうべのいたずらを思いだしでもしたのか、顔を俯け、互いに肘で突きあうようにして、クツクツと笑いを抑えきれずにいるのでした。

続いて入口に近い手前のテーブルですが、ここに集った人々が、前夜メイドの口から出た客人たちでした。「龍刃房」の代表取締役社長である田谷晋司と由香利夫人、「オルフェウス」代表取締役社長の朝井寿、和美の四名で、田谷晋司は青茅龍斎の従甥、朝井和美が従姪に当たることが黒木孝典から伝えられました。ご存じのとおり、龍刃房は高級志向を売りにした中華レストラン、オルフェウスはボウリング場やカラオケボックス、ゲームセンターなどを併設した複合娯楽施設――、ともに全国規模でチェーン展開している大企業であり、青茅産業傘下のグループ会社なのです。

　残るは高齢者ぞろいの使用人たちで、まずは四人の子供たちの家庭教師を務めるという島津芳太郎、本来この人は医者らしく、屋敷ではその役目も担っているそうです。

　それからコックの古村宏樹、メイドの水谷比佐子、あとは、すでに二度食事の用意をしてくれていた柏木奈美（使用人のなかで彼女だけが若く、四十代と見えました）と、「何でも屋」の猫田日呂介という、前の日にお目にかかっていた二人で、おしまいに「執事の黒木孝典でございます」と本人が慇懃に頭を垂れて、「駆け足ではございますが、青茅家ゆかりの十六名、これにてすべてご紹介し終えました」と、変に芝居がかった調子で締めくくりました。来客が四名ですから、神綺楼で暮らしているのは差し引き十二名ということになるようです。

　意外だったのは、私のことも「しばらく当館にご滞在なさる聖様です」と、ほんのそれきりで済ましてしまった点で、挨拶なり、質疑なり、家人の誰かしらが発言する場面さえ見られなかったのは拍子抜けでした。それでいて、この朝の集いの席は、私と人々の顔合わせのためだけに用意されたものらしいのです。目的が果たされるや一斉にぞろぞろと退出して行き、最後に広間に残ったのは、私のほかに龍斎翁ただ一人という按配になりました。

思うに、そこまでが前もって一同に指示された流れだったのでしょう。なぜなら、去りぎわに黒木孝典が、「聖様はこのままお待ちください」と耳打ちして行ったのですから。

二人きりになるとすぐ、奥の円卓から目顔で呼ばれました。もちろん私は急いで参じました。

その小さな王国に君臨する絶対君主は、間近に接した私の目に、天与の超人かと映りました。豊かな白髪白髯に包まれた顔は、西洋人のように高く尖った鼻梁、窪んだ目、こけた頬、額には深い皺が刻みこまれています。ひと言でいって峻厳な印象の老人ですが、禁欲的な厳しさのうちに知性と思索の奥行きが感じられる、おいそれとはお目にかかれないような人物なのです。

皆さんは十七世紀イタリアの画家、グイド・レーニの手になる「聖マタイと天使」

という作品をご存じでしょうか。青茅龍斎の風貌から、私は、あの絵のなかのマタイの姿を連想していました。同じ画題でレンブラントやハルスも描いていますし、いちばん有名なのはカラヴァッジョの大作ではないかと思いますが、ハルスやカラヴァッジョのマタイが禿頭なのに対し、レーニのそれは深い陰翳を湛えた知的な横顔を、まさしく豊かな白髪白髯が覆っているのです。

「光田聖くんか。よく来てくれた」

腰かけたまま、瞼の垂れた眸でこちらを見上げ、青茅龍斎は泰然としていいました。寄る年波のせいもあるでしょう、ひどくしわがれた声でした。

「いきなり大勢と引きあわされてさぞ面喰らったろうが、珍しく来客があったものでゆうべは失礼した。君はもうじき大学二年だったね」

「はい、歳は十九になります」

「もう学校は春休みだろう。何もない島だが、しばらくゆっくりしていってもかまわんだろうね」

「ええ、それはもちろん……」

緊張のせいで声が上ずりましたが、かろうじて私は言葉を継ぎました。

「わざわざグリーン車の切符まで送ってくださってありがとうございました」

「なに、こちらから一方的にお願いしたことだ。来てくれてよかった」

「いえ、体が空いている時期でしたから。ですが、このたびのお話はどういうことなのでしょうか」

　あの手紙が届いて以来、ずっと知りたかったことを、ここでやっと私は当人に訊ねることができたのです。

「とある事情があって、君と、君のお母さんのことを調べさせてもらった。姓が変わっていたので少々手間取ったがね。ああ、昨年はお母さんが残念なことをしたね」

　青茅龍斎という人は感情を交えることなく話をしましたから、はたしてその言葉のうちに、娘の死を悼む父親の気持ちが潜んでいたかどうか、私には読み取れませんでした。けれども、いまの発言から窺えるものはありました。彼は最初、生駒という母の旧姓を頼りに人捜しを始めたのではないでしょうか。

「それで、今回の……」

「ここへ招いたわけかね」

　君の気持ちは承知しているというふうに、老人は私の言葉を遮りました。

「はい。お手紙では、あなたと私に血縁があるとのお話でしたが」

「漠然とした内容でずいぶん戸惑ったろう、すまなかったね。だが聖くん、それについては後日ゆっくり話そうじゃないか。まだ着いたばかりで君も落ち着かんだろう」

いますぐ打ち明ける気がないのは明らかでした。落ち着かないというなら、生殺しみたいな現状のほうがよほど落ち着かないのですが、口には出せませんでした。それでも内心の失望が顔に表れたのでしょう、青茅龍斎はいくぶん懐柔するような調子でいいました。

「いずれ話そう。そのために招いたのだから。だが、いましばらくのあいだ、君という人物を私に見せてほしいのだ」

その言葉を耳にしたとき、変わらず曖昧は曖昧ながら、不思議と得心するものがありました。要するに私は、自分が一種の試験にかけられているのだと受けとめたのです。

「時に、君はなかなかの秀才だというじゃないか」

唐突に青茅龍斎がいいました。取ってつけたような問いでした。

秀才――、私は秀才なのでしょうか。どんな身辺調査から判断したのか知りませんが、取り立てて誇れるほどではないと思っています。たしかに昔から学業は優秀だったものの、たかだか十九歳の私のうちにある知識は、何ら経験を伴わない、数々の書物からの受け売りに過ぎなかったのです。

すでにお話ししたように、母子家庭のわが家はずっと切り詰めた生活のしどおしでした。大学も奨学金制度を利用して進学したのです。幼いころから私は自然と身の程をわきまえていましたので、母におねだりした憶えもありませんし、唯一の娯楽品といえば図書館の蔵書でした。この歳になるまで、私は読んでも読んでも読み尽くせない膨大な図書館の本を、次から次へ片っ端から手に取ってきたのです。

無限の容量を持つ私の小さな脳髄には、そうして多くの知識が蓄積されていきましたが、社会を渡っていく上で書物から得た知識が何ほどの力になるものか、このときの私にはわかりませんでしたし、三年経ったいまもわかってはいないのです。

「何か目標があって大学へ進んだのかね」

面接のごとくそう問われ、私は返答に窮しました。そんなものはなかったからです。

「進学は母のたっての希望でしたので」

「それだけか？　では、君自身に将来への見通しがあるわけではないんだな」

これも認めるしかありませんでした。なにしろこの時点で私は、大学を中途で止すことを半ば心に決めていたのですから。経済的な問題はさて置いても、進学を切望していた母が亡くなり、学校へ通いつづける意義は見出せなくなっていましたし、人づきあいの不得手な私は、学内に友人らしい友人を得ることもできずにいたのです。

「どうかな、聖くん。ここにいるあいだ、せいぜい子供たちと仲良くして、物事を教えてやってくれないか」

「子供たちとは、先ほどの四人のことですか？」

颯介、泰地、渚、火美子――、記憶に新しい彼らの面影が鮮明に泛びました。

「なかなか見込みのある子らでね。皆同い年で、もうじき十七になる」

「島津さんという家庭教師の先生がいらしたようですが」

「それはそれだ。何も君に勉強を教えてほしいというのじゃない。もっと広い意味での物事についてだ。第一、優秀な人材は何人いたっていいのだよ」

優秀な人材という表現を聞いた刹那、ふっと風向きが変わった気がしました。ひょっとすると私はこの広間の円卓に着席するのではなしに、壁ぎわに畏まって立つことを期待して招かれたのでしょうか？　いずれにしてもこのぶんだと、日ごろ足繁く図書館に通いつめていることまで、青茅龍斎はすっかり把握していると考えたほうが良さそうでした。

「あの四人は、瑛二さんやご長男のお子さんですか」

そう訊ねると青茅龍斎は、白い髭に包まれた口もとに、初めてほろ苦いような笑みを漂わせて「馬鹿な」と一蹴しました。

「瑛二はいい歳をして独り者だよ。あれの兄貴は東京本社で陣頭に立っているが、あいつは職にも就かずこの家に居候（いそうろう）しているる身なんだ」

実の息子を居候呼ばわりするのも変ですが、要は、引きこもりというべきか遊民というべきか、青茅瑛二は働きもせずに神綺楼で暮らしているということなのでしょう。育った環境が月とすっぽんの私には、金持ちの家庭にありがちな話という感慨しか湧きませんでした。

一方、青茅龍斎は不肖の第二王子を庇うようにいい添えました。

「瑛二は芸術家肌でね。それで稼いでいるわけじゃないが、リュートを弾くんだ。ゆうべ音楽が流れていたのを聞かなかったかな」

もちろん私は憶えていました。幻想的とも瞑想的ともいえる、不思議な美しいメロディーが流れるなかで、いつしか眠りに落ちたのを。

「あれは〈亡き母を恋うるシチリアーノ〉という瑛二の作品でね。自分で演奏したのを吹きこんだものだ」

「そうだったんですか。立派な才能ですね」

こっそり引きこもり扱いしたのは噫（おくび）にも出さず、皮肉ではなく、真面目に感心して私はいいました。亡き母を恋うる――、そういえば顔合わせの場にも夫人の姿はありませんでしたので、遠慮気味に訊ねてみると、青茅龍斎は淡々と答えました。

夫人は次男瑛二が七つの年に病没したのだそうです。以来、一度も後添えを娶ることなく老境を迎えたのだと、そんな事情を手短に話したあと、老人はその場に切りをつけるように両の掌で膝を叩きました。

「さあ、ではもう行きたまえ。部屋には一人で戻れるかな？　近々また話そう。昼からは食事も一緒に食堂で摂ろうじゃないか」

こうして最初の謁見はほんの五分余りで終わりました。期待していたところまでは至らなかったものの、一歩前進した実感はあったので満足でした。辞する際、広間の奥にもうひとつ出入口らしい扉が閉じているのに気づきましたが、勝手に開け閉てするのも気が引けたので、私はまた手前側の扉から部屋を出て、もと来た廊下を逆に辿りはじめました。住人全員への顔見せも済んだことですし、たとえ一人でうろついていても咎められることはないでしょう。

厨房の前を通ったとき、中からかすかに人声と物音がしました。朝餉の始末か午餐の仕込みか、それは神綺楼で初めて耳にする、ごく自然な日常生活の音でした。厨房の先には食堂があります。広間には劣りますが、ここもかなり大きな部屋です。その前に差しかかったあたりで、今度は別の音が聞こえてきました。ほかでもない、それがリュートの音色だったのです。

ついさっき話に出たばかりでしたから、私は気になって耳をそばだてました。前夜のように、見えないスピーカーから流れてくるのではありません。いままさに、誰かが爪弾いているか細い音なのです。廊下を進むほどに絃の響きは明瞭になりました。

食堂の前を過ぎると、次にあるのが遊戯室です。扉は開いていました。ビリヤード台に腰かけた男――青茅瑛二がリュートを膝に抱えてこちらを向いており、通りかかった私と視線がかち合いました。

彼がそこにいたのは偶然だったか、それとも私が広間から戻るのを待っていたのか。もし待っていたのだとすれば、目的は何だったのでしょう。

4

遊戯室の前で出会ったあと、青茅瑛二に連れられて向かったのは二階でした。エレベーターを降りた途端、またもや聞こえてきたのはあの音楽――「亡き母を恋うるシチリアーノ」と題されたリュートのソロ曲でした。二階だけで鳴っているのか、タイミングよく屋敷全体に流れはじめたのかわかりませんが、おそらくこのとき時計は正九時を打ったのでしょう。

「瑛二さんが演奏されているんだそうですね」

いくらかおもねる気持ちで私は訊ねました。

「ああ……この曲か」

足を止めた青茅瑛二は、見上げるともなく天井を見上げて、さも気がなさそうに「たいしたもんじゃないさ」といいました。音楽談義をするつもりはないらしく、それきり彼は何ごともなかったように美しい寄木張りの廊下を歩きだしました。

ひょろ長い私より頭半分ばかり低い、中背痩軀の男です。緩く波打って肩に届いた艶のない黒髪、凜々しい眉と冷徹な眸、薄い唇――、サルヴァトール・ローザの自画像に似ていると私は思いました。つまり、なかなか悪くない男振りなのです。さすがに親子だけあって、青茅龍斎の若い時分はこんなだったろうかと思わせるところもありましたが、老いてなお秘めたる意志の力を感じさせる父に対し、この次男はニヒルなたたずまいをしていました。

広間で睨めつけられた際には先が思いやられただけに、その人物から唐突に「面白いコレクションがあるから見学に来ないか」と誘われたのは、意外でもあり嬉しくもありました。実際、私に対して含むところがあるようにも見えず、ゆったりとしたグレーのネルシャツに、径（わたり）の広い千鳥格子のパンツという身なり同様、態度にもごく気楽な様子が窺えるのです。

さて、エレベーターを降りて案内されたのは、二階のまだ立ちいったことのない右翼側でした（私の部屋を含め、客室は左翼にあります）。青茅瑛二によると、そこには大きな図書室をはじめ、スクリーンを備えた映写室や録音スタジオや団欒室が設けられ、さらにいくつかの空き部屋を挟んで、いちばん外れにあるのが彼の居室なのだそうです。

それら一々の説明を聞きながら、私はおとなしくあとに随いて行きましたが、「ここが俺の部屋だよ」と指さされた扉を通り越し、そのまた奥へ向かったところで、突如目の前に不思議な光景が現れました。どういうわけか廊下のそこから先だけは、動脈血のごとき緋色（ひいろ）のカーペットで覆われているのです。距離にして数メートル、それは歩を進めるのをためらうような、特別な区域であることを明白に誇示する演出でした。

仄明かりに照らされて、両側の壁には額装の絵が三点ずつ、ジグザグに配置してあります。青茅瑛二に続いて赤いカーペットを踏んだ私は、それらが銅版の肖像画らしいのを見て取りました。てっきり青茅家代々のご尊顔でも飾ってあるのかと思いきや、そこに連なっていたのは意外にも、歴々たる思想家たちの姿なのでした。

　右側手前の一枚は明らかにプラトンで、アテネ大学の彫像を元にしたと思われるもの、時代はそこから一足飛びにルネサンス期へ移り、添えられたプレートによれば、左右交互に、フィチーノ、トリテミウス、ピーコ、アグリッパと続いています。そうして左奥の六枚目――、その一点だけは素描画で、ゆえにひときわ目についたのですが、私の記憶が正しければ、それはホルバインの筆になる若きパラケルススの横顔でした。

「どうだい、〈哲学者の廊下〉とでも呼びたくなるだろう?」

　青茅瑛二が笑みを含んでいいました。

「三階にはまた別の絵が飾ってあるんだ」

「これは……瑛二さんのご趣味ですか」

　訊ねると、相手はどことなく嘲弄を含んだ調子で、「いいや、親父だよ」と答えました。

「もっとも俺もだいぶ感化されて詳しくはなったがね。聖くん、君はずいぶん頭のいい男だって親父がいってたぜ。思想にも興味があるのかい?」

「ええ、まあ……といってもその手の本を斜め読みした程度ですが」

　隣に立つ男は父親から私のことをどのぐらい聞かされているのか、私が招かれた理由をどこまで知っているのか、このとき無性に訊ねたくなりましたが、暇を与えず青茅瑛二は続けました。

「ああ見えて親父は、いまの君ぐらいの年ごろにはパラケルススの信奉者だったんだ。俺にはパラケルススの著作はピンと来ないがね。ユニークな人物には違いないが、論理に一貫性がないだろう。親父にしても、思想よりは生きざまに浪漫を感じたのかもしれない」

　パラケルススに関する本なら私も何冊か読んでいました。プラトニズムに関心を持っていたころのことです。この人は、近代医学の祖とも評される十六世紀の医師であり思想家ですが、反体制の権化みたいな苛烈な人物で、同時に、死者を甦らせただの、人造人間（ホムンクルス）を生成しただの、悪魔を手なずけてその知恵を横取りしただの――、数々のオカルティックな伝説に彩られた畸人でもあります。定着しているパブリックイメージは、こうした錬金術師、魔術師としての側面でしょう。

　長年、実利の大海を泳ぎ渡ってきたであろう老人が、功を成し名を遂げる前にパラケルススに心酔していたというのは面白い話ですが、考えてみれば、こんな孤島のこんな館に隠遁する青茅龍斎という男もそうとうな変人に違いありませんから、何か相通ずる気質があるのかもしれません。

　私たちはそうしていっとき廊下にとどまっていましたが、では、その六点の肖像画が青茅瑛二のいう「面白いコレクション」なのかというと、そうではありませんでした。「哲学者の廊下」は、あくまでそこに至るための導入路（イントロダクション）であり、血の色をしたカーペットの終端、突きあたりの壁には、今度こそ本当に最後の扉――デューラーの「メランコリアⅠ」を精緻に彫りつけた青銅の扉が、異質な存在感を放って冷たく鎖されているのでした。

　この時点でもう私は、密かに禁忌に触れるような、妖しくも甘美な毒に冒されかけていましたが、鍵のない片開きの扉を青茅瑛二が開くと、蠟燭の炎にも似た卵黄色の明かりが燈っているのが見え、同時に鼻腔を刺激したのは、煙（けむ）っぽい匂いに混じった濃密なヴァニラ香――、扉の内部ではごく最近、お香（インセンス）が焚かれたようでした。

　異界への門をくぐるような心持ちで、恐る恐る足を踏みいれたそこは、いわばホールとおぼしき空間でした。全館に暖房が行き届いているらしい神綺楼のなかで、その部屋の空気は冷えきって、案内人が青銅の扉を閉じると、音楽もふっつり途絶えました。

　広さは判然としませんでした。それというのも、あまりに多くの物が詰めこまれているせいなのです。かろうじて確保された通路を除いて、フロアには数多（あまた）のショーケースやテーブルがところ狭しと据えてありました。ショーケースに陳列されているのは一目では見定めがたい雑多な品々で、さながら博物館めいた様相です。

　高い天井を仰ぎ見れば、蓄光塗料で描かれた星座の神々が朧に泛び、そこから吊られているのは翼を広げた剥製の大鷲と梟（ふくろう）、さらにはノコギリザメやハリセンボンや海亀まで遊泳しています。

　壁ぎわに立ち並ぶ飾り棚やショーキャビネットもまた、仄明かりに照らされた細々とした物たちでぎっしり埋め尽くされているようでした。あちらの火影のなかに西洋の甲冑騎士が佇んでいるかと思えば、そちらの隅では巨大な白熊が牙を剥いているという、それはそれは筆舌に尽くしがたい壮観ぶりです。多種多様な異形の仮面が高い壁からこっちを見下ろし、円卓に並んだ天球儀や望遠鏡やライデン瓶は、占星術と天文学、錬金術と物理学の過渡的浪漫を古色に秘めて、ひっそりとそこにありました。

　すぐには言葉が見つからず、度肝を抜かれた体（てい）で立ち尽くしていると、脇で青茅瑛二が誇らしげな一声を放ちました。

「ようこそ、わが〈驚異の部屋（ヴンダーカンマー）〉へ！」

　これこそがご自慢の「面白いコレクション」というわけでしょう。一刻も早く見せつけたかった気持ちも、なるほど理解できなくはありませんでした。

　青茅瑛二の口から出たヴンダーカンマーとは、十五世紀から十八世紀にかけて、初めはヨーロッパの王侯あたり、時代をくだっては市井の富裕層のあいだでも流行となった、博物館の前身とも見做される蒐集室の呼称です。貴賤を問わず、真贋を問わず、分類も系統立ても頭から無視して、無秩序こそが最大の価値とでもいうふうに、珍なるもの奇なるものばかりを集積した混沌の部屋――。

　神綺楼のヴンダーカンマーには、鉱物の標本がありました。稀少昆虫の標本がありました。隕石があり、カメラ・オブスクラがあり、一千年も前の義歯や義眼や義足がある。これ見よがしに巻物を開いて展示した作者不明の九相図に、いまなお猛烈な効力を保つという南米先住民の毒矢の鏃が十数本、「賢者の石」と但し書きしたひと塊の赤黒い石、実際に錬金術に用いたかとさえ見える蒸留器、人魚のミイラ、木製の人体模型、ルルスの術の円盤、果てはいったいどこで入手したものか、ホルマリン漬けの胎児や臓器まで――、これだけ挙げてもごく一部、ほかにも私の知識では説明できない変てこなものが、青茅瑛二いわく、優に三千点を超えて限りある空間を領しているのでしたが、この「限りある空間」というのは、同じ面積を有する三階分のフロア全体を指すのでした。

　そのとき私が入りこんだのは、母屋とつながった塔の内部だったのです。前に神綺楼の外観を描写した際、三階建ての母屋の右側に、とんがり屋根の円塔が接していることも書いておきました。この塔は一見すると四階まであるようですが、正確には母屋の一階——例の広間の天井の真上に、三階建ての塔が載っているのです。母屋の二階と三階には、それぞれ塔へ通じる扉があり、二階からは塔の一階へ、三階からは塔の二階に出入りできるようになっている。ですから、「哲学者の廊下」を経て青茅瑛二とともにくぐった青銅の扉は、塔の一階に通ずる扉だったというわけですが、屋敷の人々は塔の二階三階四階という具合に、地上から数えた階数で呼び習わしていましたから、混乱を避けるため、以後、私もそのように表記します。

「まさか、これほどのコレクションとは思いませんでした」

　梯子(はしご)を思わせる狭く急な階段をのぼって最上階に達したところで、私は心の底からの感嘆を吐露しました。

「喜んでもらえたかな」

　青茅瑛二の声は満足げでした。手放しの称讃と認めたのでしょう。

「ここにある大半は、親父が若いころに道楽で集めたものなんだ。のちに俺が引き継いで、こつこつ拡充に努めてきた。親父は国宝クラスの美術品だって所有しているが、そういう面白味のないものは、各地の美術館に寄贈なり無期限貸与なりしてるのさ。ここじゃあ管理だって楽じゃないからな。

わかるかい？　この塔は博物館でもなけりゃ美術館でも宝物庫でもない。ここには二束三文の紛いものだってたんとある。だがどうだ、このいかがわしさにして、この魅力、この昂揚。見世物小屋的怖いもの見たさ、俗臭芬々たる下世話な好奇心……これはこれで、れっきとした人類の知の吹き溜まりなのさ。

ここに眠るひとつひとつに、不可思議な世界に対する探究と考察、懼れと憧れ、いずれ失われゆくものどもへの愛惜や、死を想え(メメント・モリ)の教訓が宿っていると思ってみたまえ。ひと言でいうなら、愉(たの)しき哉、ヴンダーカンマー！　それが本質だよ」

「ええ、本当に素晴らしい、究極のレトロ趣味ですね。この神綺楼という館同様……いえ、それ以上に、ここにはノスタルジーの浪漫が充満しているじゃありませんか」

目一杯の讃辞のつもりで私はそういいました。当然悪気はなかったのですが、案に相違して、これを聞いた青茅瑛二は眉をひそめました。

「おや？　珍しく話の通じる青年だと喜んでいたら、まるでわかっていないようだな。ヴンダーカンマーはね、レトロ趣味なんかじゃないんだぜ。骨董品を買い漁るのとはわけが違うんだ」

これはしくじりました。どうやら自慢のコレクションを軽んじられたと受け取ったようです。

たしかに「レトロ趣味」は適当な表現ではなかったかもしれません。ただ、このとき私がぼんやり感じていたのは、いくら同じ名前を名付けたところで、いまと昔ではヴンダーカンマーの意味合いも違うのではないかということだったのです。

その膨大な、どれを取ってもユニークな蒐集品の魅力を、私は人一倍感受できる人間だと自負しています。けれども、それらが過去の遺物であることに変わりはありません。いかに驚異の品（ミラビリア）と称しても、現代のわれわれにはその原理も素材も、就中（なかんずく）、そこに巧まれた稚拙なトリックさえも丸見えなのです。そうなると、どうしても愉しみ方は、古きを愛で、昔人の微笑ましい創意工夫のあれこれに思いを馳せるという仕方になってくるでしょう。

一方、ヴンダーカンマー全盛の十六、七世紀は、大航海時代と時を同じくして、東方（オリエント）や新世界から異文化の見慣れぬ品々が持ちこまれ、数多の「新しいもの」がヴンダーカンマーをも飾ることになった。要するに、新奇な舶来物（エキゾティカ）に当時のヨーロッパは刺激的な昂揚を覚えたわけです。

世界が狭くなった現代では、なかなかそういうわけにもいきませんから、いささか夢のない時代になりましたね――、と、しどろもどろで補足すると、青茅瑛二はようやく機嫌を直してニヤリと笑いました。

「わかったわかった、いいたいことはわかったよ。しかし、探せばまだあるさ。いつの時代だって……現代には現代のミラビリアがあるはずじゃないか。いずれ俺はそうしたものをここに加えていくつもりだ。現代人の君が見てもアッと驚くような、それこそ新奇なものをね。ヴンダーカンマーは親父から譲り受けた俺の財産、もっともっと理想を反映させていくさ。この塔は俺のユートピアなんだ。ここにある品々に埋もれて、俺はこの島で朽ち果てる覚悟だ」

齢四十代にして孤島で生涯を終えると宣言する青茅瑛二の痩せこけた顔は、卵黄色の明かりの下で、ちょっと怖いぐらいな暗い熱情を孕んで微笑むのでした。

「さあ、残りの品も見るかい。君にとっちゃまさしくレトロ趣味かもしれないが、しかし、これはこれでなかなか面白いんだぜ」

皮肉まじりに促されて、私はふたたびコレクション鑑賞の続きに戻りました。

階下に比べると、四階はスペースにまだ余裕がありました。ぐるりと弧を描いた灰色の壁面に、鎧戸を鎖した腰高の上下窓が三つ四つと並んでいるさまも初めて眼に映り、改めてそこが円塔の内部であることが得心されるのです。

この階の中心をなす品は、アンティークの時計とオルゴールでしたが、大いに好奇心をそそられたのは、同じメカニズムを利用した自動人形（オートマタ）でした。青茅瑛二のお薦めもご同様だったようで、私の二の腕を抱えるようにそちらへ向かうなり、次々と説明を加える声は嬉々としていました。

黒い繻子布を掛けた腰高の台に並べられたオートマタは、全部で十体ありました。小さなもので高さ四十センチ、いちばん大きいのはその倍ぐらいでしょう、どれも十九世紀フランスの作とのことでした。

いくつか紹介しますと、まず、紅茶を飲む令嬢の人形がありました。右手にティーポット、左手にカップ、みずからカップに紅茶を注ぎ、笑顔を泛べてそれを飲み乾す。人形は本当にポットの液体を飲むのです。

「この仕掛けは体内のチューブと、両手の上げ下げによって操作されるんだ。右手を上げてポットの紅茶を左手のカップに移す。次にカップを口もとまで持っていくと、紅茶はカップ、左手、胴体、右手とチューブを伝っていき、ふたたびポットに戻る仕掛けさ」

隣にある「筆記者（エクリヴァン）」は、机に向かって手紙を書く人形です。世間がイメージするオートマタの代表格かもしれません。

そのほか、人形が人形（マリオネット）を操ってみせるオートマタは、どことなくメタフィクショナルな趣向で私を面白がらせましたし、可愛らしいビスクドールの少女は、青茅瑛二ほどではないにせよ、器用にリュートを奏でてみせるようです。極彩色の衣装をまとった道化師は、左手に持った喇叭（らっぱ）を吹き鳴らすのに違いありません。

道化師の隣、陶器の鉢から生えた木の枝には、鮮やかなサファイヤ色の羽を持つ、四十センチほどの立派な鳥が一羽とまっていました。

「極楽鳥ですね」

「ああ、正式にはアオフウチョウという。作り物じゃないぜ。剥製なんだよ」

「鳴くんですか？」

「そう、〈シンギングバード〉と呼ばれるタイプのオートマタだ。こいつは頭と尾羽を動かしながら囀（さえず）る」

残念ながらこのときは、どのオートマタも動かしてもらうことはできませんでしたが、それら驚くべき動作の機構（ムーブメント）は、平たくいうとバネとフイゴで成り立っているのでした。ゼンマイが動力を生み、フイゴを動かして空気を送る。その先に笛を取りつければ鳥の鳴き声が出ますし、風力でシャボン玉を飛ばすことだってできるわけです。

ちょっと興味深い話を耳にしたのは、「これらはいまでも動くんですか？」と訊ねたときでした。

「動くんだよ、全部。だからこそ価値があるんじゃないか。ひとつ動かしてみせよう……といいたいところだが、長年手入れもしてないからな。下手にいじって壊れたら修理に困る。猫田が昔、腕利きの時計職人だったそうだから、あいつならどうにかしてくれるだろうがね」

「へえ、猫田さんは時計職人だったんですか」

「それだけじゃない。あいつはやたらと色んなことに詳しいから重宝してるんだ。そうとうできた爺さんだよ、あれは。さっき、親父のコレクションを俺自身の手で拡充してるっていったろう？　いまのところ質量ともにたいしたもんじゃないが、本土でその取引をしてくるのが猫田なんだよ。俺自身は一歩も島を出ちゃいないのさ」

話を聞いていると、あのやぶ睨みのがさつな老人が、急に能ある鷹は爪を隠す式のやり手に思えてきましたが、青茅瑛二は薄い唇を歪めて微笑むと、

「もっともあの爺さん、何やら本土に後ろ暗いことがあって、向こうの土を踏んでる時間はすこしでも短くしたいらしいんだ」

と、付け足しました。

その口ぶりは、猫田日呂介が何らかのトラブルを抱えているか、悪くすると過去に

犯罪でも犯したかして、神綺楼に潜伏しているとでもいいたげでした。もっとも、犯罪者と知りながら雇うのも妙ですから、これはたいした話ではないのかもしれません。

　とにもかくにも、猫田より、瑛二より、私にとって真に興味深いのは青茅龍斎の人物像でした。ヴンダーカンマーを目の当たりにしたいまとなっては、こうして私が招かれたのだって、まったく想像の外にある秘密の目的のためではないかと思えてくるのです。

「瑛二さんは僕がここへ呼ばれた理由をご存じですか？」

　第一印象よりずっと饒舌な目の前の男に、私は訊ねました。

「そういう話を、さっき親父としてきたんじゃないのか？」

　青茅瑛二は怪訝そうに問い返しました。

「ええ、ですが、肝心なことはまだ何も教えてもらってないんです」

「そうか。いや、俺は何も聞いてないな。隠してるわけじゃあないぜ。知っていたら教えてやるよ、俺は誰の味方でもないんだから。それにしても、じゃあ君は何ひとつわからないままここへ来たっていうのかい？」

　実の息子とはいえ、私信を明かしてよいものかどうか一瞬ためらいましたが、こちらから質問した手前、私はそれを打ち明けてしまいました。

「お父様の手紙によると、どうやら僕は青茅家と続き柄にあるらしいのです」

「続き柄？　うちと君が？　じゃあやっぱり、俺の耳には入ってないな。とはいえ、そういう話がないともいいきれないが……ええと、聖くんといったな。名字は？」

「光の田んぼで光田です」

「光田、光田ね……いや、わからないな」

「光田はずいぶん前に他界した父の姓で、母の旧姓は生駒というんです」

なにげなくそう伝えた途端、青茅瑛二の顔に目に見えて変化が現れました。

「生駒……ああ、そうか。そういうことなんだな」

と、にわかに嬉しげな調子になって、

「なるほど、それなら君はたしかに親戚筋だよ」

太鼓判を押すように青茅瑛二はいいきるのでした。

「心当たりがあるんですね？　どういうことでしょうか」

「まあ待て。焦るな。もうそろそろ午餐(ひる)だろう。続きは午後にしようじゃないか。だけど妙だな。それならそれで、なぜ呼ばれたのが君だったんだろう。本当なら君のお母さんが呼ばれるべきじゃないか。なぜそうしなかったのか……」

　この発言を聞くかぎり、よほど空(そら)っ惚(とぼ)けているのでなければ、たしかに青茅瑛二は今回の件について何も知らないのだと、私には信じられたのです。

夢中のあまり、どれぐらいヴンダーカンマーにいたのかわかりません。周囲には山ほど時計がありましたが、いずれも新しい時を刻んではいませんでした。いつでも見学に来てかまわないという青茅瑛二の言葉を締めくくりに、私たちはまた二階のデューラーの扉から塔を出ました。

「一緒に食堂に行こう。ちょっと待っててくれ」

そういって青茅瑛二はいったん自室に引っ込むと、ほどなく一冊の本を手に戻ってきて、「まだ十一時前だったよ」と苦笑しました。二人ともいささか時間の感覚が狂っていたようです。

礼をいって客室へ帰ろうとした私に、無造作に本が差しだされました。

「暇つぶしに読むといい」

「これは?」

「むかし親父が出した自伝だよ。中身のない、恐ろしくつまらん代物だがね」

受け取った本の表紙には『魔術師』とありました。

5

　四人の子供たちの二人、火美子、渚と接したのは塔から戻った直後でした。エレベーターと階段の前を通って左翼の客室に戻ると、扉の前でうろうろしている彼らに出くわしたのです。

　私の姿を見つけた火美子が、「来た！」と甲高い声を発しました。

「どこ行ってたの？　さっきから待ってたのよ」

　初めて言葉を交わすのに、ずいぶんと馴れ馴れしいのです。

「瑛二さんに誘われて塔のコレクションを見せてもらっていたんだよ」

「〈驚異の部屋〉ね。びっくりしたでしょう」

「そりゃびっくりしたさ。あれは大変なお宝だね」

　火美子は私が手にした本を目敏く見つけると、「お祖父様に借りたの？」といいました。ということは、彼女もそれを読んでいるのかもしれません。

「いや、瑛二さんからだよ」

「へえ、あっというまに仲良くなったのね」

「そういうわけでもないけど……ところで、何か用？」

そう問うと火美子は、「お兄様は何しにここへいらしたの？」と、どこまでも素直な調子で訊いてきます。猫田日呂介の「坊っちゃん」、黒木孝典の「聖様」に続いて、今度は「お兄様」です。くすぐったいような据わりの悪さを感じながら私は答えました。

「それが何しに来たんだかはっきりしないんだ」

「変なの。わからないのに来たっていうの？」

火美子は屈託のない笑い声をあげました。

「たしかにおかしいよね。でも、龍斎さん……お祖父様には、君たちと仲良くするようにといわれたよ」

「そう。だったらお部屋に入れてくれない？　お話ししましょうよ」

まるで物怖じというものをしない、人懐っこい娘のようです。

私は人付きあいが苦手で、初対面では過度に身構えてしまう悪癖があります。ですから、こうやって難しいことを考えず、遠慮なく懐に飛びこんでくる相手というのは、煩わしいどころか却ってありがたい存在でした。向こうの気安さに乗っかって、こちらもいくらか口が軽くなるのです。

青茅瑛二も似たタイプでしたから助かりましたが、あちらは年嵩（としかさ）であり、ほんの弾みで機嫌を損ねかねない人物でもあったので、やはり気を遣いました。その点、同世代で年下の火美子（四人の子供は私の三学年下でした）は、与(くみ)しやすいといっては何ですが、気楽に接することのできる相手なのでした。

「やぁだ、カーテン閉じっ放し。すこしはお日様を入れたらどう？」

　中に入るなり火美子に叱られて、私は二日目にしてようやく部屋の窓を開けました。白い木枠の古風な上下窓で、やはり白く塗られた鎧戸は両開きになっています。開け放つと、部屋が暗かったぶん白々と感じられる二月の陽光と、すがすがしく冷えた空気が目に肌に沁みました。

　望見した窓外は屋敷の表側でした。眼下の斜め前方に甃の長いアプローチが見え、一直線に門扉まで続いています。門の向こうは荒野(あれの)でした。前日、日暮れどきに見たあの窪地の荒野が、ひどく淋しげな、それでいてなぜだか安らぎをもたらすような、ちょっと類のない感慨を胸に生ぜしめて、遠くまで広がっているのです。

　いま自分は人跡稀な見知らぬ島にいるのだという紛れもない事実と、その事実が現実味を伴っていないことの不思議さを、このとき私は急に意識しました。

　二人を招きいれたままではいいですが、落ち着ける場所といって、テーブルと書き物机(ライティングデスク)にそれぞれ椅子が一脚ずつと、あとはベッドぐらいしかありません。なにしろ神綺楼は西洋式の土足ですから。

ところが私が口を開くより先に、火美子は弾むような勢いで白いベッドに腰を落とすと、脇のマットを乱暴に手で叩いて、「あなたもここにお座りなさいよ」と渚を呼び寄せました。初対面の私への態度といい、世話焼きなのか、お姉さんぶりたい年ごろなのか、あるいはむしろそれが彼女流の甘え方なのかもしれませんが、とにかくまあ勝気で元気がいいのでした。

私は書き物机の椅子に座って、改めて火美子の容姿に視線を注ぎました。広間で最初に見かけたとおり、やはり美しい娘でした。前述したひっつめ髪は、化粧っ気のない、生気に溢れた少女にこそ似合うものでしょう。凛とした目鼻立ちにエキゾチックな雰囲気があるのも前に記したとおりで、上目遣いの眸と、常に笑みを湛えているかに見える口角の上がった唇には、ちょっと小悪魔的なところがありました。

皆さんは、私が青茅龍斎のことをグイド・レーニの描いた聖マタイに、息子瑛二の容貌をサルヴァトール・ローザの自画像に、それぞれ擬（なぞら）えたのを憶えておられるでしょうか。そうした喩えを用いたのは、卵形の顔だの、切れ長の目だの、お決まりの慣用表現をいくつ重ねたところで、具体的なイメージを喚起するには程遠かろうと思ったからなのです。

そこで、同様の手法でもって火美子を表すとすれば、私は彼女の上に、クラナッハの「ジビュレ・フォン・クレーフェ姫の肖像」を投影させるでしょう。ワイマール城美術館にある、ザクセン公（のちにザクセン選帝侯）ヨハン・フリードリヒとの成婚記念に制作された肖像画のことです。

この絵のなかの姫君は、クラナッハの他の作品の女性像、例えばヴィーナスであったりイヴであったりサロメであったり――と似通った顔をしていますので、画家の好みに合わせて変容、美化されている可能性もありますけれど、初々しい少女性、凛とした清らかさ、それでいて蠱惑的でもある上目遣いの細おもての美貌は、火美子の姿を伝えるのにふさわしかろうと思うのです。

一方、いわれるまま火美子の隣にちょこんと腰かけた渚は、それこそお坊ちゃんと呼びたいぐらいに品のある、まず実年齢より幼く見られるだろう可愛らしい少年でした。火美子とは好対照の、口数の少ない消極的なたちですが、引っ込み思案とか気難し屋とかいうのではなく、おっとりと笑って一歩後ろに控えているというふうな、誰もが好感を抱かずにおれないタイプの子供なのです。

神綺楼は大富豪の大豪邸ではありましたが、だからといって家人の日常が、浮世離れした、舞台衣装のごときいでたちで営まれているはずもありません。唯一、老執事の黒木孝典だけは、常にディナージャケットに身を固めて動きまわっていましたけれど、あれはいわば一張羅の制服みたいなものでしょう。

この日の火美子も上は水色のパーカ、下はスウェット生地のショートパンツに黒タイツというカジュアルな恰好、渚は渚で紺色のトレーナーを着て、せいぜい中学生ぐらいにしか見えませんでした。

ベッドに並んだ二人をじつに綺麗だと思いながら、私は「ゆうべ遅く、この部屋を覗いていたろう」と、ちょっと意地悪な声で問いただしました。

一瞬ピクリと身じろいだ火美子が、「えっ？……何のこと。知らないわよ。ねえ？」と、しらばっくれて同意を求めるのに、渚は苦笑しながら無言で首を捻っています。

このぶんだと、どうせ火美子が無理やり付きあわせたに決まっています。

「誰かがお部屋を覗いてたの？　怖いわね。お兄様、お化けでも見たんじゃない？」

「馬鹿な」

「どうしてそれがあたしたちだってわかるの？　なんで声をかけなかったのよ？」

「君らは僕が眠ってると思ったんだろ？　だからこっちもそのままにしといたんだよ」

「賊が接近してるのに平然と狸寝入りしてたのね。剣の達人みたい」

そういって今度は二人揃ってコロコロ笑いだすのです。

「そうだ、仲良くしろってどういう意味？」

思いだしたように火美子がいいました。

「どういう意味って、何の話」

「お祖父様にいわれたんでしょう？　あたしたちと仲良くしろって」

「ああ、そのことか。君たちに物を教えてやってくれって頼まれたんだよ」

「物を教えるですって！」

さも心外そうな顔つきで火美子は渚に目を向け、それからこちらを見据えて、「あのねお兄様、あたしたちはとっても頭がいいのよ」と、それこそ物を教えるみたいな口ぶりです。

「ああ、龍斎さんも褒めてたよ。見込みのある子らだってね」

「でしょう。あたしたちはお祖父様から勉強を教わってるんですもの」

「お祖父様から？　家庭教師の先生からじゃないのかい？」

「島津先生に教わるのは学校で習う教科よ。お祖父様のはまた別なの。といっても、島津先生のほうは、もう教わることがないくらいまで行き着いちゃったし、お祖父様は近ごろ体調が優れないから、いまはどっちもお休みしてるんですけど。あのね、お祖父様は神秘学を教えてくださるんだわ」

「神秘学だって？」

よもやそんな単語が飛びだそうとは思ってもみなかったので、私は呆気に取られました。

「あたしたちの勉強はノートなんて取らないの。全部耳で聞いて憶えるのよ。昔からそういう教わり方なの」

「へえ……まるでカバラのようだね」

古代神学の原則は師から弟子への口伝だったといいます。大事なことは文書に残さない、それが精神から精神へと伝えられるべき秘儀だからです。

私は「哲学者の廊下」にあった六枚の肖像画を思い泛べました。老いたる富豪の、一風変わった安息の地と受けとめていた神綺楼が、徐々に別の顔を見せはじめたように思われました。そんな心の内を見透かしたわけではないでしょうが、「この家のこと、どう思った？」と、火美子が訊ねました。

「どうといわれても、まだ着いたばかりだもの。けど、正直いって、ずいぶん変わってるなあとは思う。君たちはいつからここに住んでるの？」

「いつからって、たぶん生まれたときからよ、ねえ？」

火美子がいい、渚もコクリとうなずきました。

「そうか、じゃあずっと島で暮らしてるんだ」

学校はどうしているのか訊ねると、一度も通ったことがないという返事です。だからこそ家庭教師がいるのだと。それどころか、四人の子供らは島から出たことさえないと聞いて、私は驚きました。

「でも、どうして……何か事情があるのかな」

「それはお兄様にはわからないわ」

妙に気のない調子でつぶやいた火美子は、しかし次の瞬間、予想外の行動を見せました。ちらりとまた渚のほうを見やったのち、やにわにベッドから立ちあがってこちらへ駆け寄ってくると、両手で私の頭を抱きかかえ、ぴたりと耳もとに口を寄せて――、或るひと言を口早に囁いたのです。

心臓が大きく一拍、不規則な鼓動を鳴らしました。少女の柔らかな体臭や温もり、こしょこしょと耳をくすぐる可愛らしい息漏れ声を間近に感じたからではありません。いえ、それはそれで私をドキリとさせましたが、火美子の発した短い言葉に、このとき私は名状しがたい衝撃を受けたのです。

片や、当の火美子はあっけらかんとしてすぐに踵を返すと、まるで舞い踊るような足取りで室内をうろつきまわりながら、

「そうそう、明日は泰地くんと颯介くんの十七歳のお誕生日なの。あの二人、双子な

のよ。信じられる？　ちっとも似てないでしょ？　だって二卵性双生児なんですもの。一応泰地くんがお兄さんね。あたしたちは四人とも十六歳なの。二人はひと足先にセブンティーンになるんだわ。

　それでね、お祝いに礼拝室で瑛二さんの演奏会があるの。そのあと広間でパーティーを開くから、お兄様も参加なさるといいわ。今夜じゃないわよ、明日の晩よ」

　半分独りごとみたいに一気にそれだけいうと、またもや私の前に駆け寄って顔を突きあわせ、「参加するわよね？」とまっすぐな目で念押しするのでした。

　火美子の双眸の色が左右違っているのに気づいたのはこのときです。窓明かりの明るみのおかげで、右の虹彩は黒に近い茶色、一方、左のそれは薄茶色であることがはっきりわかりました。

「ヒミちゃん、あまりお邪魔しちゃ悪いよ」

　音もなくベッドから腰を上げて、渚が小声でいいました。気遣いのできるいい子です。

「いけない。あたし、お昼ご飯のお知らせに来たんだった。十二時になったら食堂に来てくださいって、黒木さんが」

「ああ、わかったよ、ありがとう」

優しい声で渚が、「食堂は一階の広間の手前ですから」と教えてくれました。

「お兄様はいつまで島にいらっしゃるの？」

廊下に出たところで火美子がいいました。

「それもわからないよ。でも、今朝のお祖父様の口ぶりだと、まだ何日かお世話になるかもしれない」

「そう、よかった。でも、どのみち長くは一緒にいられないわ」

渚にパーカの裾を取られて火美子は歩きだしましたが、その華奢な背中がもう一度振り向くと、明るい声で「またあとでね」——、泛べた笑顔がどこか悲しげに見えたのは、私の思い過ごしだったでしょうか。

十六歳相手とはいえ、コミュニケーションの不得手な自分が、照れも気負いもなく自然に接することができたのが、不思議でもあり、嬉しくもありました。しばらく私は少女の残した余韻にぼんやり浸っていましたが、ふとわれに返って一人赤面しました。

そうやって、どこか甘酸っぱい気分を味わう一方で、それとは異質な印象を残したいましがたの出来事——吐息とともに火美子が耳の奥へ注ぎこんだ、謎めいた言葉を思い返さずにはいられませんでした。

　あのとき彼女はこういったのです。

「あたしはこの世に存在してないの……」

　そう、たしかに火美子はそういったのでした。

　このあと、初めて屋敷の人々と共にした昼食時のあれこれについては、特筆すべきことはありません。使用人のなかで同じ食卓に就いたのは医師で家庭教師の島津芳太郎一人でした。それが神綺楼における彼の地位なのでしょう。二人のメイドが給仕をし、黒木孝典が監督者然として全体に目を配る。私に用意されていた席は、四人並んだ子供たちの向かい側――、偶然にも火美子と渚の前だったので面映ゆさを感じましたが、火美子はついさっきの出来事などすっかり忘れたみたいに素知らぬ顔をしていました。

　朝に続いて大勢の前に顔を出すというので、すこしばかり気が重かったのですが、誰に話しかけられることもなく、静かな食卓で淡々と食事を終えると、私はふたたび部屋に戻り、改めて青茅瑛二に借りた本を手に取りました。

　それは四六判の上製本でした。表紙は落ち着いた趣のある紺青の布クロス、名刺大の雁皮紙を貼りつけて、素朴な筆文字で『魔術師』と書名だけが記してあります。背文字は箔押しで、こちらには書名とともに、青茅伊久雄という著者名も刻印されていました。実業家の顔で上梓した本ですから、伊久雄名義を用いているのはうなずけます。

奥付に記載された発行年は昭和六十二年でした。青茅龍斎が盃島へ居を移したのは平成六年のことだと、来しなの船上で猫田日呂介がいっていましたから、自伝『魔術師』はそれより七年前に出たことになります。

巻頭に戻って扉をめくったとき、裏面に「2/50」と小さくナンバーが印字してあるのが目に留まりました。どうやら自伝は五十部限定の私家版だったと見えます。してみると、貴重な一冊目は青茅龍斎こと青茅伊久雄の書斎にでも収められているのでしょうか。

さて、この『魔術師』、装幀こそ立派ですが、肝腎の中身となると、わずか百頁にも満たない小部で、稀に見る立志伝中の大人(たいじん)が語る半生記にしては、あまりにささやかで、不親切で、素気なさすら感じるものでした。読書慣れしている私は、途中でひと息入れるまでもなく、あっというまに読み終えてしまいましたが、書中の青茅龍斎の生涯には省略や空白が多いうえ、抽象的な表現も多用されていて、なるほど、この男は斯(か)くして人生の成功を摑み取ったのであるか、といった具合の読み方はできませんでした。誰が読んでもきっと同じ感想を抱いたろうと思います。

　こうした印象が、著者に文才がなかったせいとは、しかし私には思えないのでした。おそらくそれは意図的な韜晦（とうかい）なのです。事実、あとになって次男瑛二が語ったことには、この著作の刊行後、青茅産業の要職にある長男慧一（けいいち）氏を窓口に、複数の大手出版社から加筆刊行の打診があったそうですが、父龍斎はすげなく断ってしまったというのです。

　出版社が望んだのは、稀代の実業家が講ずる痛快な成功譚であり、ビジネスマン向けの啓発書でした。二十代で起業し、一代で巨大な複合企業を構築した手腕を思えば、その求めも当然ですが、青茅瑛二は皮肉の笑みを湛えながらこう説明するのです。

「あいにく、富も地位も名声も手中に収めちまった親父には、いまさらそれをひけらかす気もなけりゃ、虚栄心のかけらすら持ちあわせちゃいなかったのさ。何より、無知蒙昧な庶民に秘儀（アルカナ）を明かすことはできないというんだ。光田君、君にもわかるだろう。たとえ力を手にしたところで、愚民は必ず使い方を誤るからね。それに親父という男は、本質的にビジネスってやつを軽蔑してるんだからな」

　青茅龍斎ほどの傑物の心境など、私には及びもつかないところですが、しかし、それではこの自伝は何のために書かれたのでしょうか。「魔術師」という奇妙なタイトルは、事業面の魔術的手腕を指すと考えれば納得できないこともありません。が、あるいはそこには何か別の意味が託されているのではないでしょうか。

——昭和九年六月、青茅伊久雄は宮城県の七ヶ浜村に、五人兄姉の末子として生まれました。七ヶ浜村は現在の七ヶ浜町、日本三景松島を形成する風光明媚の地です。実家のなりわいは海産物の加工業、二人の兄が家業を継いだこともあってか、末っ子の伊久雄は束縛とは無縁の気楽な立場にいたようです。ほかに家族のこと、幼少期の事どもは、自伝にはほとんど記されていません。

昭和二十二年、学制改革の年に新制中学校へ入学した伊久雄は、親元を離れ、二つ上の三男とともに下宿生活を送るようになります。進学した高校では常に学年トップの成績を維持し、卒業するころには英語はもちろん、自前でドイツ語、フランス語にも習熟していたといいます。

さて、何がどうしてそうなったものやら、いっさいの事情が端折られているのですが、くだんの高校を卒業した青茅伊久雄は、その翌年、突如として単身海外へ飛びだしたのです。昭和二十九年のことと思われます。渡航費用がどこから出たのか、一青年がどのように手筈を整え、向かった先でいかにして衣食住を賄ったのか——、自伝の著者は読み手をはぐらかすように何も語ってはくれません。

その一方で、日本を発ったあとの己の道のりについて、青茅伊久雄は明確に書き記していま す。驚くことに彼は、十九の年から九年もの歳月を費やして、欧州諸国を訪ね歩いたというのです。ルートは定かでないものの、記載順に記すと、イタリアはフェラーラ、ヴェネツィア、ボローニャ、フィレンツェ、シエーナ、ローマ、ナポリ、サレルノ、シチリア島、ジェノヴァ。フランスはマルセイユ、モンペリエ、トゥールーズ、パリ。スペインはバルセロナ、カルタヘナ、コルドバ、セビリア、グラナダではアルハンブラ宮殿を見物したと書いています。さらに、ポルトガルはリスボン、イギリスではスコットランド、ロンドン、コーンウォールとくだったのちアイルランドへ渡り、ベルギーのブリュージュ、ルーヴァン、アントウェルペン。ドイツではハンブルクからリューベックへ。リューベックはトーマス・マンの故郷です。デンマーク――コペンハーゲン。スウェーデン――ストックホルム。国家主権を取り戻したばかりのポーランドに、人民共和国時代のルーマニア。スロヴェニアはクラーニ、イドリヤ。ギリシアではアテネ、デルポイ遺跡の村デルフィ、ロードス島、女神ヘーラーの島サモス、サッフォーの生誕地レスボス島と放浪して、最後はオーストリアのフィラッハで旅を終えたとあります。

大戦後の世界には、いまだ紛争、動乱、革命のさなかに置かれていた地域もなかったはずはなく、日本の一青年がこれらすべてを実際に歴訪しえたものか、どうも眉唾の印象も受けますが、九年の月日をあちらで過ごしたことだけは確かなようで、そんな若き情熱の日々を著者は、みずからの「大遍歴時代」と称しているのでした。

では、長い放浪生活で青茅伊久雄が手にしたものはいったい何だったのか。彼はそれをたった二行で済ましています。

　私は古い権威の陰で蠢く数多の正統でないものばかりを学んだ。
　秘儀（アルカナ）はその中（うち）にあった。

はたしてこの自伝のどこまでが真実で、どこからが作り話なのか、私にはとても判別がつきません。が、帰国後の昭和三十八年に青茅産業を創業したのを皮切りに、信じがたい短期間で巨大なコングロマリット企業に成長させた実績から想像するに、旅路の過程で青茅伊久雄は、後年の栄華を約束する何ものかを会得したのではないでしょうか。

それは「秘儀」という言葉で匂わせているような、魔術的ともいえる業（わざ）であったのか、それとも新機軸のアイディアのようなもの、あるいは、もっと想像を逞しくするなら、帰国後の起業の元手になるような一財産であった可能性もないとはいえないように思うのです。

先に記したとおり、自伝の刊行は昭和六十二年、計算するとこれは、龍斎五十二歳の年です。それから数年ののち、彼は打ち棄てられた瀬戸内海の無人島、盃島を買い取ると、およそ場違いな豪邸を建て、自伝から七年後の平成六年、実務の指揮を長男や腹心の部下に委ねてそこへ移り住んだのです。

そうして彼は忽然と姿を消した。少なくとも実業界の表舞台からは。青茅龍斎は、影の王となったのです。

いうまでもなく、『魔術師』には島へ移ったあとのことは書かれていませんし、移住計画の気配すら嗅ぎとることはできません。周囲にとっては青天の霹靂だったであろう、のちの大転換の兆しを無理にでも探すとしたら、ただ一点、謎めいた自伝の表題だけがそれに相当するでしょう。

魔術師とは何を――、否、何者を指しているのでしょうか？

いま振り返ると、神綺楼滞在二日目のこの段階ですでに、私のうちには何やら得体の知れない悪い予感が胚胎し、膨らみ、嵐の前触れの黒雲めいて増殖しつつあったように思います。

それが現実の事象となって顕れたのは、翌二月十二日のことでした。

6

青茅龍斎の自伝を読み終えたあと、私は暇に飽かして書き物机(ライティングデスク)に向かうと、二日間の出来事を、折々の心境も交えてノートに綴りはじめました。誰に頼まれたわけでもないこの密かな作業は、島を去る日まで続けられることになります。

途中で珈琲と茶菓子が運ばれてきました。朝まで食事の用意をしてくれていたのは柏木奈美さんでしたが、このとき現れたのは年嵩のメイド、恰幅のいい、桃色の頬をした水谷比佐子さんでした。

「坊っちゃん、明日はリュートの夕べとお誕生日会がございますよ」

と、火美子に続いてこの人も同じことをいうのです。それがまるでお祭りの前日みたいに浮き浮きした調子だったので、私は感興をそそられました。

考えてみれば娯楽のひとつもない孤島です。そんなささやかな催しでも、きっと彼らには大きな愉しみなのでしょう。その点では無職引きこもりの青茅瑛二だって、音楽の才でもって屋敷の生活に寄与しているわけです。それにしても、青茅父子はともかく、雇われの身の人々は、どんな喜びを糧に、何を目当てに神綺楼の淋しい境遇に忍従しているのでしょうか。

「こんな大きなお屋敷を柏木さんと二人でお世話するのはさぞ大変でしょう」

ペンを休めて訊ねると、

「はい、一日仕事でございます」

と、どこの馬の骨とも知れぬ若僧に向かって、こちらが恐縮するぐらいの丁重な言葉遣いで彼女は答えました。

「掃除がいちばんのご苦労でしょうね」

「ええ、ですが、使われていないお部屋が多ございますから、そういう場所は毎日というわけではないんでございますよ。何しろもう長く働いておりますので、旦那様も細かいところはこちらの裁量にお任せくださるって」

「水谷さんはいつからこちらにお勤めなのですか」

「平成七年からでございます」

「では、このお屋敷ができてまもなくだったんですね」

「もともとわたくしは、火美子様、渚様、泰地様、颯介様の乳母としてここへ参ったのです。わたくしより古株なのは黒木と猫田、コックの古村ですが、それでも一年とは違っておりません。以来、お子様方が大きくなられてからも、こうして今日までご奉公させていただいております」

なるほど、青茅龍斎が盃島に移住したのが平成六年ですから、それに合わせて雇われたのが黒木孝典、猫田日呂介、古村宏樹だったのでしょう。そうして翌年には水谷比佐子が呼ばれた——というのも、四人の赤ん坊を世話する人間が必要になったからです。今年十七歳になる子供たちは平成七年生まれなので、ちょうど符合するではありませんか。

「今夜のお誕生日会というのは泰地くんと颯介くんのお祝いですね。彼らは二卵性双生児だと火美子さんから聞きましたが、二卵性とはいえ、あんなに見た目が違うものなんですね」

「ええ、本当にねえ。それでも赤ん坊のころはよく似てらっしゃったのですよ。成長されるにつれて……」

懐かしさ半分、可笑しさ半分といった顔で水谷比佐子はいいました。

「あの四人のお子さんたちはどういう身の上なのですか。龍斎さん……いえ、龍斎様のお身内なのですよね？」

ずっと抱いていた疑問——、何となく気後れがして、火美子と渚には訊きそびれた疑問を、私は老メイドにぶつけてみました。襁褓のうちから面倒を見てきたというのですから、この質問に答えをくれるのに彼女ほど適任者もないでしょう。

好人物らしい水谷比佐子は、すこし戸惑いの素振りを見せたのち、「もちろんお身内でございます」といいました。

「ただ……ええ、これはお子様方もご存じのことですから申しあげますが、旦那様と御四名に血のつながりはないのです。旦那様は里親なのですよ。身寄りのない可愛そうな赤ちゃんをお引き取りになったのですわ」

「ああ、そういう事情があったのですね。では、龍斎様はお祖父様と呼ばせていらっしゃいますが、実際には養父に当たるわけですか」

「はあ、そうでございますねえ、呼び方はさまざまでしょうけど……」

水谷比佐子はあやふやないいかたをして、この話はそれきりになりましたが、養父云々は私の早合点で、青茅龍斎はあくまで里親なのであり、四人の子供たちの親権は有していないことが、のちにわかりました。顔合わせの場で四人の名字が伏せられた理由も、どうやらそこにあったようです。

ともかく、思いきって訊ねた甲斐あって、納得のいく答えでした。と、そうなると、神綺楼という豪邸は、恵まれない子供たちを養育するために作られたのではないか、青茅龍斎はそのために事業の第一線から身を退いたのではないかとも思えてきますが、だからといってこれは、あの四人を育てるためという意味にはなりません。なぜならば、神綺楼の建設計画は彼らの誕生以前にもう進んでいたはずなのですから。

この日、昼食後にまた話そうじゃないかという青茅瑛二の言葉は果たされずじまいでした。せっついて催促するほどの間柄でもなし、結局午後の時間は、いつしか没頭していた手記の執筆と図書室の閲覧（これは午前中に青茅瑛二から許可を得ていました）のうちに過ぎ、やがて夜が訪れ、夜は館内に流れるリュートの旋律に乗って更けゆき、そうしていよいよ私は、運命の三日目――二月十二日を迎えることになったのです。

朝食後、食堂を出しなに黒木孝典に呼びとめられました。今夜の催しに正装が必要だというのです。

「いえ、正装と申しましても、ジャケットにホワイトシャツにネクタイで十分なのでして。それもけっして規則があるわけではございません。聖様はお持ちあわせがなくて当然ですから、普段着でけっこうなのですが、周りが皆正装ではお気が引けるかと思いまして」

それはそうです。さすがは執事（バトラー）、よく気づいてくれました。一人だけ目立つのは御免です。

「では、どうしたらいいでしょう……どなたかに拝借できますか？」

たまたまいまの会話を聞いていて声をかけてくれたのが、それまで挨拶程度の関わりしかなかった泰地でした。縦にも横にも大柄なこの少年は、比例して頭のサイズも大きいのですが、目鼻はやけにちんまりとして、薄い八の字眉毛とおちょぼ口が赤ん坊のよう、要するに、あの福助人形によく似ているのでした。

「颯介の服ではどうですか？　たぶんあなたの体格に近いと思うから。ねえ、どう？」

と、笑顔で泰地が振り返ったのが、対照的に細身の颯介で、いわれてみれば私とほぼ同じ背格好に見えます。私は背丈こそあれど、いくら食べても太れないたちで、鏡に映した裸体の貧相なことといったらないのです。

颯介という少年もまた、見るからに虚弱な印象の長身痩軀で、性格的にも生真面目かつ神経質なタイプと私の目には映りました。それでもこのときはごく気さくな態度でこちらに微笑みかけ、「僕のでよければ喜んで。試着にいらっしゃいますか？」といってくれました。

兄泰地と弟の颯介、この日十七歳を迎えた、似ても似つかぬ双子です。彼らのために催されるパーティーに、ちゃっかり主役の服を着込んで臨席するというのもどこか滑稽で気恥ずかしいですが、どうもこれは致し方ありません。黒木孝典も「ぜひそうなさいませ、聖様」と勧めるので、早速四人で三階に上がって、颯介の部屋にお邪魔することにしました。

母屋の最上階となるこの三階にあるのが、青茅龍斎の居室と書斎、四人の子供たちにもそれぞれ一部屋ずつが与えられ、学習室、浴室、残りは空き部屋で、二階と同様、右翼の外れから円塔に通じているのはすでに述べたとおりです。

隣室を宛がわれているという泰地と廊下で別れて、三人して颯介の居室に入ると、そこは二階の客室とは比較にならないほど広い部屋でした。

「選んでもらうほどのものもないんですが……」といいわけする颯介に案内されて、ウォークインクロゼットに足を踏みいれると、どうしてどうして、作りつけのハンガーには、いったいどういう機会に着用するのだろうと不思議になるぐらいのシャツやジャケットが、堅いものからカジュアルなものまで一緒に掛けてあります。

黒のスーツがいいだろうということで、その場で上下とも試着させてもらったところ、「黒木さん、丈が合わなかったら夜までにお直ししてあげてください」という颯介の気配りも幸いにして杞憂で、彼のスーツは誂(あつら)えたように私の体にぴったり合ったのです。

「むしろお二人こそ本当の双子のようですな」

そういって笑った黒木孝典の発言は、なるほどいい得て妙でした。

続いてドレスシャツとネクタイを見繕って、最後に棚（シェルフ）に並べられた革靴から一足を選びましたが、

「ほとんど新品ですから、よかったら聖さん、持って帰ってくださいよ。だって僕には履く機会なんてないんですから」

本気とも冗談ともつかぬ口調でいった颯介の言葉は、まさしく私の感想そのままで、火美子いわく、いまだかつて島から一歩も出たことがないという彼らには、まったく無用の長物と思える品々なのでした。

おかげで夜の準備は首尾よく調いましたが、もう一つ、この朝の颯介の部屋で、ささやかな印象を残した出来事を最後に記しておきます。シャツを選んでいたときのこと、不意に鼻先を掠めたかすかな匂いがあったのです。

燻（いぶ）したように煙臭くて、仄かに甘い名残をとどめた匂い――、どこかで嗅いだ気がして、思いだしました。それはあのヴンダーカンマーに立ちこめていたインセンスのヴァニラ香なのでした。

さて、こうした朝の一場を前段として、時計の針を一気に夜へと進めることにしま

す。

前日より早い六時から食堂で夕食を摂ったあと、銘々の部屋に戻って着替えや化粧をし、ふたたび一同が集ったのは広間の先の礼拝室でした。

礼拝室――邸内では習慣的にそう呼ばれていましたし、ここでもそれに倣って表記しますが、一階右翼の最奥にあるその一室が、本来的な意味で礼拝室といいうる場所なのかどうか、私にはわかりません。たしかに青茅龍斎はクリスチャンであったようですが、彼が日常的にその場所を使用していたかどうかも、いまとなっては確かめようがありません。

そこは定石どおり縦長に設計された一室でした。白壁に褐色の羽目板を腰高に配した質素な部屋です。廊下の突き当たりにある両開きの扉を開けると、中央の通路を挟んで、左右に木製の長椅子が五列連なっています。正面の壁の高い位置には銀の十字架がひとつきり――、聖像もなければステンドグラスもない、たったそれだけの空間です。

神綺楼はまごうかたなき豪邸ですが、一方で、質実を旨としているかのような印象を与える館でもありました。この家の主人には、表面を豪奢に飾りたて、富や地位を顕示したいという俗物的な欲求が稀薄なのです。

あの過剰なヴンダーカンマーにしても、成金趣味とは一線を劃(かく)した価値観のうちに在りました。そんな屋敷にあって特に殺風景な礼拝室で、この夜、七時半から催されたのが青茅瑛二のリュート独奏会でした。

時間になると、使用人も含めた人々が、三々五々、フォーマルないでたちで集まってきました。なかでも私の目を釘づけにしたのは、見違えるように着飾った火美子の美しさでした。部屋着のパーカ姿と打って変わって、オーガンジーを多用したイエローのワンピースドレスに、花柄を透かしたレースのボレロを重ね、膝丈のフレアスカートがふうわりと広がっています。そんな歳相応の可愛らしい服装に添えて、控えめなパールのネックレスとヒールのある靴が大人っぽさを醸していました。

ヘアスタイルも、ひっつめを解いて前髪を作り、後ろは編みこんだようなアップスタイルにまとめあげ、ドレスと共色の髪飾りで留めている。明るく、柔らかで、気品があって、このときの火美子の印象は、まるでひと足早い春の菜の花畑のような——、いえ、彼女自身が春の蝶となって、暗く淋しい邸内に飛びこんできたかのごとく映じました。

客人へのもてなしでしょうか、黒木孝典の計らいで私はいちばん前の席に誘導されました。右隣には青茅龍斎、その向こうに火美子——、最前列に座ったのは、結局三人きりでした。

龍斎、火美子、泰地、颯介、渚、客人の田谷晋司と由香利夫妻、朝井寿と和美夫妻、黒木孝典、島津芳太郎、古村宏樹、水谷比佐子、柏木奈美、猫田日呂介、それに私を加えた十六人が着席し終えて、いよいよ主役の登場となりました。

ふいに背後で聞こえた疎ら（まば）な拍手に振り返ると、細身のロングタキシードを着こなした青茅瑛二が、褐色のリュートを片手につかつかと歩を進め、ほぼ正面に据えられた円椅子に腰をおろしました。無造作な長髪をきっちり縛って、もともとがいい男振りですから、いっそう風采が上がって見えます。

双子の誕生日祝という名目があるのですから、何かひと言、前口上があってもよさそうなものでしたが、青茅瑛二は右手のごつい指輪を外してジャケットの腰ポケットにしまうと、おもむろにリュートを胸に抱え、まるで目の前に聴衆なんぞ存在していないみたいに、いきなり澄んだ絃の音を響かせはじめました。

リュートの音量はけっして大きくありません。それでも礼拝室の壁と天井が素敵な反響をもたらしてくれました。演奏曲のほとんどは一分から三分程度の小品でしたが、各々が長大な一作品の楽章であるごとく、つかのまの小休止を挟んで、青茅瑛二は次々と曲目を重ねていきました。自身の紡ぎだす世界に吸いこまれるように演奏に没入してゆく彼は、最後まで一度たりとも口を開かず、こちらに目を向けることもなかったのです。

愛想のない、極めて不遜な態度にも見えました。しかしそれをちっとも不快と感じないぐらい、彼の音楽はじつに素晴らしいものでした。

総演奏時間四十分強、聞き憶えのある曲はレスピーギで有名な「シチリアーナ」と、瑛二のオリジナル「亡き母を恋うるシチリアーノ」だけでしたが、私はさながら時空を超えて、ルネサンス期のフィレンツェにでもいるような心持ちになって、すっかりリュートという楽器に魅了されていました。

実際、終演と同時に起こった拍手は最初のそれとは熱の入り方が違っていましたし、青茅瑛二がそそくさと礼拝室を去ったあと、席を立って周囲を見まわすと、涙を拭うしぐささを見せる者さえいたのです。

意外だったのは、誰より深い感動に打ち震えていたのが右隣の老人だったことです。青茅龍斎が芸術を解する感性の持主であることを、このとき私は知ったわけですが、せっかく隣りあわせの機会を得たにもかかわらず、龍斎とも火美子とも、礼拝室を出るまで一言も言葉を交わすことは叶いませんでした。

7

　青茅瑛二の独奏会が終わって、一同が移動したのは隣の広間でした。礼拝室の戸口から最も奥まった席にいた私は、ぞろぞろと退出する人々の背を見送ったのち、一人遅れて広間に入ることになりました。世話役たる黒木孝典は、次の催しを仕切るためでしょう、いち早く姿を消していましたし、隣に掛けていた火美子も、例の人懐っこさはどこへやら、私には目もくれずに渚と連れ立って行ってしまったからです。

　くどいようですが、元来私は引っ込み思案の人見知りなのです。置いてきぼりにされ、身の置きどころのなさを味わいながら、後ればせにおずおずと広間へ足を踏みいれると、真っ先に目に入ったのは、前日の顔合わせのときと同じ円卓の同じ位置に着席した青茅龍斎と、その脇に佇んで、何やら話しこんでいる泰地、颯介の姿でした。広間の口が二箇所あることは三節で書きました。このとき私が用いたのは、前日には閉じていた奥の扉でした。

　広いフロアを見渡せば、とうに陽は落ちたというのに、壁一面に並んだ大窓の辛子色のカーテンはどれも開いたままで、白いレースのカーテンがかろうじて島の闇夜を覆い隠していました。

ややや薄暗く感じられるシャンデリアのもと、誕生日祝の宴席はあらかた整っているふうでした。三つの円卓には花瓶の花を中央に食器が並び、新たに持ちこまれた長テーブルが壁ぎわに据えられています。そこにはビールやワインやウイスキー、バカラのボウルに湛えたフルーツパンチ、オレンジジュースに烏龍茶、それから、すでに夕食を済ましていたこともあって、大皿に盛られた軽食がいくつか用意されている。

独奏会で着ていた衣服の上にエプロンを付けた水谷比佐子と柏木奈美が、甲斐甲斐しくそれらを運び並べていくそばから、早、群がった人々が勝手気ままにグラスを満たそうとしているところでした。どこにいても目立つ火美子の黄色いワンピースドレスも、その輪のなかに認められました。

パーティーは立食形式でした。主以外の椅子はあらかじめ壁ぎわのひとところに寄せ集めてあり、席次も特に決まっていないふうでした。総勢十数人——といってもそれ以上に大きな部屋ですから、とても賑わっているとはいいがたく、むしろうそ寒いような寂しみを感ずるぐらいでしたが、無礼講とまではいかずとも、顔合わせの際には席を与えられなかった猫田日呂介や島津芳太郎や、その場の料理の調理者であろうコックの古村宏樹までが、長テーブルの端のほうで互いにビールを注ぎあっていて、表情には穏やかな笑みが見えました。

場違いの惑い者みたいに突っ立っている私に気づいて、柏木奈美が手招きしてくれました。彼女から烏龍茶のグラスを受け取ったちょうどそのとき、それまでとりとめのない話し声だけが揺蕩（たゆた）っていた密やかな広間に、華やかで雅な音楽が聞こえだしました。「ブランデンブルク協奏曲」の第一番です。

これが八時半ジャストだったのです。その後も第二番、三番と続けざまに流れつづけたバッハの調べをきっかけに、いよいよ泰地と颯介、二人の少年の十七歳の誕生日祝が始まりました。

ただし、いま振り返ってみても、それは宴、パーティーと称するには、いささかおかしな空気をまとった集いでした。特別に祝辞があるでなし、ケーキこそ用意されていましたがロウソクを吹き消すお定まりのセレモニーがあるでなし、それどころか、乾杯の音頭を取る者すらないまま、当の主役二人も一同のうちに紛れてしまって、なし崩しみたいにてんでに飲み食いが始まったのには、部外者ながらひどく締まらない心地がしました。

いえ、はなから誕生日祝の名を借りた歓談の場というなら、それでいいのです。けれど、一見和やかに見えて、フロア全体にどことなく心ここにあらずみたいな空疎な気配が漂っていたのはどういうわけだったでしょう。あとになって本当のことを知るまで、私はその印象を、自分が彼らと隔たりのある第三者なもので、ついつい皮肉な見方をしていたのだろうと考えていました。

実際、この晩広間で過ごした時間、私はどこまでも傍観者であり、それゆえ静かな観察者でした。馴染のない人々が集う馴染のない空間の端で、明らかに私は孤立していました。神綺楼における自身の役割、立場が不明なものだから、余計に踏みこむことができなかったのです。一方、私に対する他の人々の心情もまた、きっと似たようなものだったでしょう。

廊下に面した壁の中央付近には、煉瓦積みの暖炉が設(しつら)えられ、壁から張りだしています。もともとが装飾品なのか、汚れひとつなく、火を熾(おこ)した跡も見えません。この暖炉を囲っているのが、流麗な彫刻を施した褐色のマントルピースで、その上には高さ三十センチばかりの彫像が飾ってありました。綺麗に彩色された聖母子像です。

聖母子像——、いえ、正確にはそうではありません。像がまとった目もあやに際だつ紅の着衣と、気高い紺瑠璃のローブは、いわずもがなの聖母のアトリビュートですが、赤ん坊を抱きかかえるような恰好でマリアが掲げているのは、幼な子イエスではなく、直径十センチほどの金時計なのでした。

この時計のおかげで時刻がわかりました。宴の始まりから三十分以上、私は一人きりでマントルピースの脇に佇んでいました。そうしてさも気楽にくつろいでいるさまを演じてグラスを口もとへ運びながら、意味もなく広間を眺めていたのです。

切り分けたケーキや酒が振る舞われ、最初の三十分が経過したころには、人々の体内にアルコールが行き渡ったか、多少なりとも陽気な雰囲気が醸成されてきたように思われました。そんな酒の力が最も顕著だったのが、この夜は中央の円卓に陣取っていた四人の客人、田谷夫妻と朝井夫妻でした。

特に、いやでも目を引いたのが「龍刃房」の田谷晋司です。でっぷりと肥えて頭頂部の禿げあがったこの人は、元来が陽気なたちと見えましたが、お世辞にも品が良いとはいいがたい御仁で、いち早く顔面を朱に染めあげ、ネクタイもだらしなく緩めてしまって、時を追うほど濁声（だみごえ）のボリュームが上がっていくのがわかりました。

もっともその酔い方もけっして愉快から来ているのではなく、何となく捨て鉢というか、半ばヤケクソの空元気みたいに映るのが妙といえば妙でしたが。

主役に指名されたにもかかわらず、蓋を開けてみれば泰地と颯介は、その他大勢の役回りに追いやられていました。彼らは最初のうち青茅龍斎と奥の円卓におりましたが、気づけばちょうど私の真向かいあたりの窓ぎわに立って、二人でおしゃべりしている様子です。遠目にも彼らがニコニコ笑顔を見せていたのは何よりでした。

たまに響く、華やいだ明るい笑い声の主は火美子でした。いつのまにやらずいぶんと、それこそほろ酔いみたいにご機嫌な様子なのです。黄色い蝶のようにあちらへ舞ってはこちらにとまる、軽やかでみずみずしい少女の姿を目で追ううち、私は興味深いことに気がつきました。ひとり上座に座って杯を傾ける青茅龍斎の視線が、自分と同様、火美子の挙措を、さりげなく、それでいて執拗とも思えるぐらい熱心に追いかけていたのです。

そうこうするうち、第一番に始まったＢＧＭの「ブランデンブルク協奏曲」は、第二番の第三楽章を終えて、つかのまのインターバルのあと、第三番へと移りました。そのタイミングで、孤独な私のところへ、水割りのグラスを手に歩み寄ってきたのが、医師で家庭教師の島津芳太郎でした。

平成二十四年当時の年齢は六十五歳、この晩だけはお仕着せみたいな礼服でしたが、ふだんはいっこう見てくれに頓着しないタイプで、飾りのない、朴訥な――、大いに偏見を発揮するなら、薄暗い小部屋に籠って、俗人には縁のない風変わりな研究にでも従事しているのがお似合いの人物です。極度の近眼らしいのが、銀縁眼鏡の分厚いレンズから窺われました。

当たり障りのない挨拶を前置きに、半白の前髪が眼鏡に落ちかかるのを指先で除けながら、もともと覇気のない声をさらに落として彼はいいました。

「時に聖さんはどういう立場の方なんです？」

おそらく島津芳太郎は、この質問をしたくて私のもとへやってきたのに違いありません。すぐには言葉が出ない私に、彼は「田谷氏、朝井氏とご同様ですか」と重ねました。同様とは何のことだろうと考えるに、要はお前も青茅家の親戚筋なのかという意味らしいのです。

私はすこし言葉に詰まり、曖昧な返事をしたようです。島津芳太郎は怪訝な顔をしました。不審とまではいわないまでも、瓶底レンズのせいで小さく窄まって見える目で、彼は真正面からじっとこちらを見据えました。焦った私は出まかせに話を変えました。

「島津さんはいつからこちらのお屋敷にいらっしゃるのですか」

「私が来たのは十三年前です。あの子たちがまだ三つ四つのころですよ」

「元はお医者さんだったと伺いましたが、最初から家庭教師として招かれたのですか」

「そう、彼らは学校へ通いませんでしたのでね。むろんこんな島ですから、私が医学を心得ているのはこの家にとって好都合だったでしょう。そうでなければ、別にまた医師を雇っていたかもしれません」

酔いも手伝ってか、訥弁ながら気軽に答えてくれる態度に力を得て、いまが機会とばかりに私は訊ねました。

「四人のお子さんを学校へ行かせなかったというのは、どういう理由に因るものなのでしょうか。龍斎さんの判断なのですよね」

「むろん、龍斎様のご判断です」

いい直して、島津芳太郎は続けました。

「而して、その目的は理想教育のためですよ」

「理想教育……ですか」

「この屋敷で立派な教育を授け、いずれ適齢となったら、四人を各界の要職に送りこむと。私はそう聞いています」

「はあ、そういう目的で……」

思わず腑抜けたような声が出ました。何だかそれは納得の行くような行かないような答えでしたから。こちらの口調にいくらか疑念が混じっていたのか、相手は「龍斎様は方々に強力なコネクションをお持ちなんです」と付け加えました。

青茅龍斎の有する人脈、これに関しては疑う必要もないでしょう。それに各界の要職といってもいろいろですから、ありえない話ではないのかもしれません。けれど、どうも私にはしっくり来ないものがありました。たったいま聞かされた子供たちの将来に関する計画と、こんな淋しい島で、純粋培養みたいに社会から切り離して育てる行為とのあいだには、大きな乖離があるように感じられたのです。

　いきなり世の中に出されたとき、はたしてあの四人の少年少女が円滑な人間関係を構築できるものかどうか。加えて、火美子がいっていたお祖父様による神秘学教育のことも引っかかりました。

　たぶん私は、「各界の要職」などというお堅い答えは想像していなかったのです。とはいうものの、こんなのはまったく凡人の考えで、あるいはそこには青茅龍斎ならではの、私などには解しえない狙いがないともいいきれませんでした。

「それで、目的は上手く達成されそうですか？」

「さて、どうでしょう」

　島津芳太郎は気がなさそうにかぶりを振りました。

「その点については関与も関知もしていないもので。私は報酬をいただく代わりに決められた範囲の仕事をする。してきた。ただそれだけです。そしてね、聖さん、私の役目はもうじき終わるんですよ」

　こちらを見つめてそういったとき、分厚いレンズの底で瞬いた島津芳太郎の小さな目は、にわかに若やいだ生気を帯びて輝いたのでした。

　このやりとりを機に、私はようやくマントルピース脇の陣地から踏みだす決心をすると、まずはひとつの目的を持って青茅瑛二の姿を捜しました。運よく彼は一人きりで手前側の円卓におり、脇目も振らずに大皿のピザを貪っているところでしたので、そばへ行って「瑛二さん、瑛二さん」と声をかけました。

「おお、聖くんか」

　顔を上げた青茅瑛二は間延びした声でいって、親指のソースを舐め取りました。独奏会で着用していたロングタキシードはすでに脱ぎ捨て、ウィングカラーの白シャツにストライプのベストという姿、長い黒髪こそまだ後ろで結わえてありましたが、シャツの袖も無造作に肘まで捲りあげて、黒木孝典が見たら嘆息しそうな逸脱ぶりです。

「君、いままでどこにいたんだ？」

　気抜けした調子の問いには答えず、私は傍らに寄り添って声をひそめました。

「じつはいまさっき、島津さんに訊かれたんです」

「訊かれたって、何を」

「お前はどういう立場の人間なのかって」

「ああ、そのことか。そりゃまあ、気になるだろうな。君の素性は誰も知らないんだから」

「それで弱ってるんです。このあとまた誰かに訊かれたら、僕には答えようがないんです。だってそうでしょう、僕自身が自分の立場を理解していないんですから」

「そんなもの。適当に答えときゃいいじゃないか」

青茅瑛二はこともなげにいいました。

「適当というと？」

「だから例えば、東京の、親父の親友の孫だとか何とかさ……。そんなのは何だっていいんだよ」

「なるほど、それで一時しのぎにはなるかもしれませんが……でも、島津さんに訊かれて、僕、瑛二さんにちゃんと確かめておけばよかったと思ったんです」

「確かめるって、何を」

「昨日〈驚異の部屋〉でおっしゃったことですよ。あなたはあのとき、お前はたしかに青茅家の親類筋だといいました。それも、母の旧姓が生駒だと聞いてそう断定なさったんです。あれはどういうことなんですか。いま、この機会に教えてほしいんです」

うーんと喉の奥で唸って、青茅瑛二は露骨に嫌そうな顔をしました。

「別にいまじゃなくたっていいだろう？　せっかくのパーティーなんだ。もっと楽しもうぜ」

でも、と、珍しく私は粘りました。

「瑛二さんが確約をくれたら、僕は誰に何を訊かれようが、今度はもっと自信を持って応対できるんですから」

「そうかい、だったら確約してやるよ。昨日の昼にも請け合ったろう、間違いなく親類だって。あれは確約じゃないのか？」

「ですから、どういう続き柄の親類なんですか」

「うるせえなあ、そんなに気になるなら直接親父に訊いてこいよ」

本気で怒ったふうでもなく、しかし心底面倒臭そうに吐き捨てながら、青茅瑛二は伸びあがるように広いフロアの奥を見やりました。釣られて目を向けると、向こう端の円卓には、小柄な青茅龍斎が相変わらずこちら向きに着座しており、そばに控える者とてなく、心中どんな思いでいるものか、外目にはじつに悠然たる風情で構えています。

このとき、われわれの脇を通りかかったのが泰地と颯介でした。

「お、今宵の主役のご両人じゃないか」

私との話は片づいたみたいに、青茅瑛二が軽薄な調子で呼びかけました。二人は揃って足を止め、無言で微笑み返しましたが、ちょっと様子がおかしいのは、泰地の福々しい丸顔の笑みがいびつにこわばって、どこか具合が悪そうに見えることでした。

「おい、泰地、さては飲んだな？」

青茅瑛二がニヤニヤ笑っていいました。

「ええ、すこし……」

体格に似気ない弱々しい声で泰地は答えました。その顔色は赫らんでいるどころか、むしろ血の気が引いて見えます。飲みつけないアルコールのせいで悪酔いしたというところでしょうか。泰地の蒼い顔を見て「飲んだな？」と訊くぐらいですから、これが初めてではないのかもしれません。

「すみません、僕、ちょっと新鮮な空気を吸ってきます」

そういって泰地は、青茅瑛二と、それから私に対しても緩慢に会釈すると、「一緒に行こうか」と颯介がいうのを手ぶりで断って、けだるげに広間を出て行きました。

開け放した手前側の扉から、大きな背中が廊下へ消えるのを三人して見送ったのち、思いだしたように青茅瑛二が「俺も便所へ行こう」とつぶやきました。現にこのとき彼は一度テーブルを離れかけたのですが、機会を待ち侘びていたとばかりに颯介が直前の独奏会への讃辞を並べはじめたため、ニヒルが身上みたいな音楽家も、明らかに照れ隠しの仏頂面を作りながら、うんうんとその言葉に聞きいるのでした。

優れたリュート奏者に一片の労(ねぎら)いを贈ることさえ忘れていた私は、颯介の尻馬に乗って、後ればせながら礼拝室の感銘を表すべく努めましたが、何ともそれはみっともない次第でした。

幸いにして青茅瑛二の顔つきは満足げなままで、皮肉のひとつも口にせぬまま、みずからへの褒め言葉を「わかったわかった」といい加減で押しとどめました。そうして彼は卓上のグラスを手に取ると、ふらふらと広間の奥へ向かって行ってしまいました。どうやら便所に緊急の用があったわけではなさそうです。

こうして私は図らずも颯介と二人きりになりました。改めてスーツと革靴の礼をいい、それから誕生日のおめでとうも忘れずに伝えてから、「泰地くんはずいぶん気分が悪そうだったね」というと、颯介は面目なさそうな顔をしました。

「弱いくせにワインなんか飲むからですよ。いえ、弱いも何も、飲んじゃいけない歳なんですけど、今夜は特例で……」

私が外の人間だからでしょう、弁解気味にそういって、「あいつは大丈夫です。たいしたことないですから」と付け足しました。

「君は平気？」

「ええ、僕はお酒は飲んでませんから」

颯介という少年は、忌憚なくいって、地味な印象の人物と評していいでしょう。似ても似つかぬ兄の泰地と、同等なのは背丈だけです。見るからにひ弱な長身痩軀と、生真面目で神経質な性格――、前に私はそう描写しておきました。

あくまで第一印象ですから、実際の颯介とは違いがあるかもしれませんが、ナイーブで傷つきやすい感じはひしひしと伝わってきます。それというのも私自身がそうだからで、本当の双子のようだと冷やかした黒木孝典の言葉も宜なるかな、少なくともこの段階においては、背格好だけでなく内面まで、たしかに私たちは似ているように思われたのでした。

8

喚声とも哄笑ともつかぬ濁った声が、ふいに短く響きました。発信源は中央の円卓でした。パーティーの始まりからずっと、そこには客人の四人、田谷夫妻と朝井夫妻の姿がありました。

「あの方々はいつまで滞在予定なんだろう」

そんなつぶやきを、自分でも気づかぬうちに漏らしていたと見えます。「気に障りますか？」と颯介にいわれてハッとしました。

「ああ、いやいや、気に障るなんてことはないけど」

田谷、朝井両夫妻は、九日に到着したのだと黒木孝典がいっていました。私が神綺楼を訪れたのが翌十日の金曜ですから、この広間のパーティーが催されたのは日曜の晩でした。てっきり私は、四人が週明け月曜の仕事に間に合うように帰るものと思いこんでいたのです。

「社長のくせに呑気なものでしょう」

颯介がぼそりといいました。その声があまりに冷淡だったので、彼らの存在が気に障るのは颯介自身なのではないかと疑われました。

われわれのいる手前の円卓から中央の円卓まで、なにしろだだっ広い部屋のことですから、だいぶ距離がありました。けっして褒められた話ではありませんが、離れているのをいいことに、ゆくりなくも私は、ちらちらと客人たちの様子を偸み見ながら、当の人々の噂話に興ずる恰好になりました。

「呑気にしてられるのも当然なんですけどね」

颯介が続けました。

「あの二人は、社長といっても肩書きだけのお飾りみたいな立場なんですよ。会社を動かす人間は別にいるんだって」

あの二人というのはむろん田谷晋司と朝井寿のことでしょう。どちらも天下の青茅産業グループの一翼を担う人物と紹介があったのに、十七になったばかりの少年が、嘘かまことか、ずいぶんと辛辣な、いえ、それ以上にずいぶんと踏みこんだことをいうので驚きました。

「その話、誰に聞いたの？」

「瑛二さんです」

なるほど、青茅瑛二の受け売りかと納得しました。

「だけど、そんなお飾り程度の人たちが、どうしてまたここに呼ばれてるんだろう。来るのは初めてじゃないそうだね」

「それはだから……聖さんも昨日の朝、この広間で聞いたでしょう？　親族だって。田谷家は晋司さんがお祖父様のいとこ甥で、朝井家は奥さんの和美さんのほうが、やはりお祖父様のいとこ姪だそうです。寿さんは婿養子なんです」

私はまたさりげなく中央の円卓に目を向けました。四人のうち、田谷晋司の人となりについては先ほどすこし触れました。淋しくなった頭髪（あたま）にしろ肥満体にしろ、五十二歳という年輩では珍しくもなく、垂れ目の丸顔には愛嬌がないこともないですが、どういったらいいか――、喩えるならこの人は、生きることの張りを失って、それが因で塞ぎこむ代わりに、心身ともに自堕落に崩れてしまったみたいな印象なのです。ぱっと見にはとてもやり手の経営者とは思えません。むしろ安い居酒屋あたりで、無理やり付き合わせた部下にくだを巻いているほうがイメージしやすいのです。

対照的に由香利夫人は細身な人でした。四十四歳、夫より背が高く、夫よりよほどしゃんとして、それがために却ってとっつきにくい感じを受けました。狐目の顔つきに刺々しい険があるものですから、濃いメイクをして、黒いロングドレスをぞろりとまとったこの夜は、どことなく魔女めいて、いっそう恐ろしげに私の目には映りました。

一方、オルフェウスの社長、婿養子縁組によって青茅龍斎の傍系卑属となった朝井寿は、この年この時期、田谷晋司より二つ下の五十歳でした。短髪に浅黒い肌をして、容貌は受け口が目につきます。さほど背はないものの、衣服の上からでも体幹の強靭さが窺われるような、みっしりとした肉体の持主ですが、そうしたスポーツマンタイプの個性を超えて、強く印象づけられる特徴が彼にはありました。どことなく邪な底意が見え隠れするような、狡っ辛い目力をしているのです。

この夫にエネルギーを吸い取られたみたいに、頼りなげで、常に悲しみの淵に佇んでいるふうな影をまといつけているのが和美夫人でした。彼女は田谷由香利と同い年です。小づくりな薄い体つきが万年少女みたいですから、歳より若く見えてもよさそうなものでしたが、陰気な影が邪魔をして、ベイビーブルーのサテン地のドレスまで、光沢を失い、汐垂れて映るのでした。

「そうすると、仕事がらみで来ているわけじゃないってことか」

「さあ。何しに来たのか、僕にはわからないです。だけど、ねえほら、やっぱり聖さんはあの人たちのことが気になるんですね」

心なしか笑みを含んだ目色で颯介がいい、私は軽い狼狽を覚えました。そう、たしかにそれは図星でした。皆さんがすでにご承知済みの理由で、私は自分と同時期に神綺楼を訪れていた彼らの存在が、いえ、彼らの訪問の意味するところが、気にかかっていたのです。

こうした事情は、しかし目の前の少年に打ち明けても仕方のないことでした。私はどう答えてよいかわからず黙りました。すると颯介が、「聖さん」と、ちょっと改まった口調でいったのです。意図してかせずか、彼はこちらを見ずに、卓上のあれやこれやに目を落として続けました。

「僕はあなたが何者なのか知りません。でも、きっとあなたにも想像がつくでしょう。お祖父様の財産って、とてつもないものなんです。そうなると、それが欲しくて欲しくてたまらない奴らがすり寄ってくる……」

暗にお前もその一人だろうといわれたようで動揺しましたが、それを押し隠して私はいいました。

「すり寄ってくるというのは、あの四人のこと……」

そうだともそうでないとも颯介は表明しませんでした。代わりに彼はこちらの目を見て、柔和な顔にいたずらっぽい笑みを泛べると、「彼らはいま戦々恐々なんですよ」といって首を竦めてみせました。

「戦々恐々って、何に対して」

「聖さんも、青茅産業が多くの異業種企業を抱えたコングロマリットだっていうのはご存じでしょう？　グループ会社は国内外合わせて四十社もあるんです。瑛二さんによると、お祖父様は仕事に関しちゃ徹底的に実力主義で、間違っても縁故主義者じゃないそうですが、どういうわけかあの二人だけは上手いこと取り入った。四十社もあるなかで、青茅家の親戚が社長に収まっている企業は二つきりなんですよ。龍刃房と、オルフェウスと」

「その二社だけは実力主義に基づいてないというのかい？　そうか、それで肩書きだけのお飾りと……」

「ええ。だけど聖さん、実際、神様ってのはいるのかもしれませんね。ハプスブルク家じゃないですけど、陽の沈むことのない帝国……ずっと右肩上がりで巨大化してきた青茅産業グループにあって、龍刃房とオルフェウスだけはジリ貧で、チェーン店の閉鎖が続いてるらしいんです。その二つだけがっていうのが象徴的じゃありませんか。

瑛二さんがいうには、田谷さんも朝井さんも、お祖父様に対して立つ瀬がないそうですよ。それどころか、もうお尻に火が点きかけてるんじゃないかって。二人の首が飛ぶだけならまだしも、お祖父様が本来の実力主義に立ち戻ったら、彼らは会社ごと切り捨てられるかもしれない。もともと龍刃房もオルフェウスもグループ内の序列は末席ですから、小枝の二本や三本折れたところで大本の根っこはびくともしないんだって、それが親父の築いた企業形態なんだって、瑛二さんはそういうんです」

「へえ……じゃあよっぽど居心地が悪いわけだ」

私はそれまでとは違う目で中央の円卓を眺め、他人ごとながら少々やるせない気持ちになって、溜息が出ました。颯介の話が本当なら、田谷晋司のあの空元気めいた酔態のわけも理解できる気がしますし、パーティーの最初から私が感じ取っていた微妙な雰囲気にしても、あるいは中央の円卓から立ちのぼり、夜霧のごとくフロア全体に蔓延したのかもしれません。

「それならやっぱり仕事の話で来てるのかな」

「そうでしょうか」

「というと？」

「だって、お飾りに小言をいっても始まらないでしょう？」

「じゃあ、何だろう。まさか、それがさっき君がいっていたお祖父様の財産のことと関係が……」

何やら急に心にさざ波が立ちはじめた気がしました。

「わかりません。僕なんかにはわからないですよ、本当に何も。でも……」

と、そこで颯介の顔色が目に見えて翳りました。

「ここだけの話、僕は不安なんです。何かとんでもないトラブルが起こりそうな気が、このところずっとしてたんです。ああ、すみません聖さん、僕トイレに行ってきます」

取ってつけたようにそういうと、颯介はふいと円卓を離れ、泰地と同様手前の扉から廊下へ出て行ってしまいました。どうもこの家の人々ときたら、相手のことは斟酌せず、ひと言いい残してそっけなく姿を消す癖があるようです。

それにしても、何ともえげつない話を青茅瑛二は子供相手に聞かせたものではありませんか。いまの話を知っているのは颯介一人か、それともほかの子らも一緒でしょうか。少なくとも、颯介が知っているなら泰地の耳にも入っているのではないかと思いました。

さて、この晩の広間で私がどんな行動を取ったか、誰と接触したか――、先ほどからそれらの一々をくどくどと描写しているのには相応の理由があるのですが（もうじきそのわけをおわかりいただけると思います）、しかしすでにもう、思いのほかに紙数を費やしていますので、ここからはできるだけペースを上げることにします。

このあと一人になった私のもとへゆらゆら近づいてきたのが、ほかでもない田谷晋司でした。彼は幾度となく向けられた私の視線に気づいていたようで、最初から喧嘩腰で噛みついてきたのです。明らかに泥酔していました。

「おい、聖くんといったな？　君は何者なんだ？　何しにここへ来たんだ」

島津芳太郎と同じことを、こちらは咎め立てするようなきつい調子で吐きだしました。肉厚の赤黒い手でぐいと私の腕をふん摑まえた彼は、

「おじさん、われわれにもこの青年を紹介してくださいませんか」

大声でそんな言葉を繰り返しながら、周囲が呆気に取られるのを尻目に、奥へ奥へ

と引っ張っていくのです。田谷晋司が、公私の上位を気安くおじさんと呼んだのは意外でしたが、この箍（たが）の外れた五十男の蛮行を一喝のもとに圧したのも、ほかならぬおじさん、正式にはいとこおじの青茅龍斎でした。

奥の円卓まではまだ数メートルもありました。しかし、白髪白髯の小さな長老が着座したまま発したしわがれ声は、怒気を孕み、電撃のように田谷晋司を撃ったのです。

「たわけ者、身のほどを弁えろ」

百年の恋も冷めるといういいまわしがありますが、さしずめこの場合は百年の酔いも醒めたという体だったでしょう。田谷晋司は一瞬にして呑まれたふうに棒立ちになり、私の腕を鷲づかみにしていた手からも力が抜けました。赤ら顔に怖（おじ）じけた表情を泛べた彼は、急に照れ隠しのようなぎこちない笑みを作ると、「氷をもらおう……」などとつぶやきながら、悄然と中央のテーブルへ帰っていくのでした。

つかのまの張りつめた余韻が消えやらぬなか、私は私で人々の注視を受けていたたまれなくなり、例の暖炉のそばに渚の姿を認めるや、これ幸いとそこへ向かいました（このとき、手前の出入口から青茅瑛二が広間に戻ってきたのが視界の端に見えました）。

壁を背にした渚は、いましがたのひと悶着にもどこ吹く風の風情、呑気な顔で小皿にのせたチョコレートケーキを口に運んでいるところでした。マントルピースの上の時計はほとんど九時半になろうかという頃合、よってこのときの時刻を九時二十九分としておきましょう。あえてこんな書き方をするのは、それから十数分ののち、広間の一同が斉しくあの恐ろしい悲劇を目の当たりにすることになったからです。いよいよ私はその場面に筆を進めねばなりません。

渚との会話はたわいのないものでした。

「聖さんはお酒を召しあがらないんですか」

「うん、僕は飲まない。君も？」

「ええ」と渚がうなずいたところへ遠くから聞こえてきたのは、火美子の甲高い笑い声でした。姿を捜すたびに彼女は、あっちにいたりこっちにいたりと落ち着きがないのです。

「あの子は酔っぱらってるのかな」

いつにも増して陽気な様子を眺めながら、私は独りごちました。

「ヒミちゃんはさっきシャンパンを飲んでましたよ」

「道理で。だいぶご機嫌だね」

「飲まなきゃやってられないこともあるんでしょう」

愛くるしい幼な顔の少年から妙に老成した言葉が出たので、思わず私はその横顔を見やりました。何とはなしに意味ありげなものいいに聞こえたからです。そうこうするうちに、先ほど青茅瑛二が入ってきた手前の出入口から、今度は颯介が戻ってきたのが目に留まりました。

「主役がどこ行ってたのよぉ」

火美子が大声をあげて颯介のもとへ駆け寄って、渚と私の姿を見つけた二人が揃ってこちらへやってきた――、これを九時三十五分とします（誤差があっても一、二分程度のものだったでしょう）。

あのとき広間にいたのは――、否、広間にいなかったのは誰だったでしょうか？中央の円卓では、失意の田谷晋司を交えた客人四人が声をひそめていました。青茅瑛二は元いた手前の円卓に戻ってウィスキーの手酌酒、奥の円卓ではカリスマ的支配者がぐるりと睨みを利かせている。では使用人たちはどうだったか。いかな観察者たる私でも、さすがにそこまで把握していたはずがありません。

壁ぎわの暖炉脇に三人の子らと集い、ずいぶん久しぶりに火美子と言葉を交わすような気がしました。シャンパンに頬を染めた火美子の無邪気な美貌に、私は幾度も見惚れました。そうして酒も飲まぬのに微醺（びくん）を帯びたような心地よさを味わったり、そんな内面を見透かすような颯介の視線に気づいて、慌てて緩んだ頬を引き締めたりしていたときでした。突如現前した受けとめがたい出来事に、誰もが声を失うことになったのです。

前述のとおり広間の外壁側は、天井付近から足もとまである巨大な窓が数十センチ置きにいくつも連なって、レースのカーテンで闇夜を遮っていました。そのレース越しの屋外――ちょうど中央付近の窓の向こうを、一瞬、黒い影のようなものがよぎったのを、たまたま私は目にしていました。と同時に、颯介から拝借した革靴の底に伝わってきたのは、ドスンと重たい、じつに嫌な感じのする振動でした。

相も変わらず奏でられていたバッハの調べ以外、あらゆる物音がぴたりと止みました。よほど驚いたのか、勢いよく渚がしがみついてきたので、私は一、二歩よろけました。少年の柔らかな黒髪を鼻先に感じながら、衝撃音のしたほうにじっと私は目をそばだてました。いま考えても妙な話ですが、私の薄い胸板で、このとき渚がぽそりとつぶやいた言葉がありました。

「九時四十三分……」

ハッとして、横向けになった少年の視線を追うと、行き着いたのはマントルピースの上のマリア像――、いかさま、金時計の針が指し示していたのは九時四十三分でした。

私が渚を抱きとめていた時間と、ただならぬ静寂が広間を領していた時間と、ほぼ同じでした。それから一時停止ボタンを解除したかのように、あらゆる音が一斉にしはじめました。誰とも知れぬ金切り声の女の悲鳴、言葉にならない男たちの怒号、しかし叫ぶだけ叫んだなり、皆が皆、事態を呑みこめない様子で石化しているのです。

次なる言葉を放ったのは、私と同様、窓外を向いていたオルフェウスの朝井寿でした。

「誰か墜ちた！」

おそらく彼は、私以上にはっきりと恐ろしい光景を目撃したのでしょう。続けざまのかすれ声で、「逆さに降ってきた……」と、そういったのです。

私はしがみついた渚の手を引き離すと、無意識のうちに窓ぎわへ歩を進めていましたが、このときにはもう他の人々も動きだしていました。問題の窓のカーテンを引き千切る(ちぎ)ように開いたのは、青茅瑛二でした。

連なる大窓の外は、建物に沿って幅一メートルばかりの甃(いしだたみ)が敷かれ、その先にあるのは黒い植樹を配した芝生の庭でした。広間のシャンデリアは、枯れた芝生の二、三メートル先までを照らして溶暗しています。ほの明かりを受け、甃の上に誰かがくの字形に倒れ伏しているのが目と鼻の先に見えました。

「泰地じゃないのか」

ふいに詰問するような厳しい声が広間全体を貫きました。それは窓から最も遠い位置、いまなお奥の円卓に着座したままの青茅龍斎の声でした。

そう、そうなのです。今宵の主役の一人、三十分ばかり前に酔いを醒ましてくるといって出て行った泰地の、あのよく目立つ巨軀が、たしかに広間のどこにも見当たらないのです。ガラス越し、横たわった人物はこちらに背を向けていました。顔は見えませんが、体格と服装から、それが泰地であることは疑いようもありませんでした。

「ドクター！　早く外へ」

斬りつけるように青茅瑛二が背後の島津芳太郎に命じました。

「黒木はどこにいる！　猫田は！」

尖った目で周囲を見回す若主人にもう一度「ドクター！」とどやされ、学究徒然とした島津芳太郎はやっとわれに返った体でぶるっと身を震わすと、「どなたか、一緒に来てください」といい残して廊下へ飛びだしていきました。それを追って、命じた青茅瑛二自身があとに続く。広間の窓は嵌め殺しになっており、出入りができなかったのです。

どこを通れば窓外の庭へ出られるのか、新参者の私にはわかりませんでしたが、ほどなくバラバラと男たちの姿が窓の向こうに現れました。若い青茅瑛二を先頭に、島津芳太郎、猫田日呂介、黒木孝典の四人でした。

ガラスに隔てられた目の前で、眼鏡のドクターは甃に片膝をつき、薄暗いなかで横たわった巨体を検分しはじめました。やがて彼は自身の腕時計に目を凝らしたのち、しゃがんだまま青茅瑛二を仰ぎ見て、ゆっくりとかぶりを振りました。ドクターは取り囲んだ三人に何ごとか声をかけました。そこで初めて全員が泰地の周りにしゃがみ込みましたが、ほどなくして、まるでタイミングを計ったみたいに四人いちどきに顔を上げ、何やら信じがたいものを見たとでもいいたげに、互いを見交わしたのです。

いちばんに腰を上げた青茅瑛二が、こちらに向けて鬼気迫る形相で何か訴えました。あいにく分厚いガラスのせいで、その言葉をはっきり聞き取ることはできませんでした。振り向いた彼は足もとの泰地を勢いよく指さしました。それに応じたほかの面々が、力を合わせて遺体の向きを変えました。死に顔がこちらを向いて、ようやくそこで室内の私たちにも異様な状況が得心されたのです。

暗い冷たい甃の泰地は、白い布で猿轡を噛まされており、よくよく見れば、背中に回された両手首と、足首までも、それぞれやはり白い布で縛られているのでした。

呆然自失のわれわれを尻目に、宴の始まりから流れていた「ブランデンブルク協奏曲」が、このとき当たり前のように第五番を終え、最後の作品に移行しました。長調で奏でられはじめた弦楽のカノンが、さながら私には優美な鎮魂曲のごとく聞こえたことでした。

後日

承

受付で応対した女性職員は情味のある人と見え、話しこむ二人のために茶を出してくれた。ほかの老人たちは気を利かせたものか、時折こちらに目をくれるだけでテラスに出ようとはしない。ロビーの掃きだし窓に職員の姿が引っ込むのを待って、いったん途切れた会話がふたたび始まった。

「もうすこし聖という青年のことを伺いたいのですが」

「ええ」

「その青年はふいに神綺楼へやってきたと。それは前触れもなくという意味でしょうか。龍斎氏に招かれたのではなく」

「招かれた……？」

奇抜な新説に接したみたいな口ぶりで、車椅子の老人はつぶやいた。

「なるほど、あるいはそうだったかもしれません。何も聞かされていなかったもので、私には急な訪問と見えたのですね」

「そうしてその日から、しばらく生活をともにするようになったと」

「ええ」

「当然、それは龍斎氏の許しを得てということになりますね」

「もちろんそうです。ああ、いや……してみると、やはり龍斎が前もって招いていたのかもしれませんね。いわれてみればそのほうが腑に落ちます」

「名字は何といいましたか」

「さて、当時耳にしたでしょうが、もう憶えてはおりません。彼は屋敷にいるあいだ、ただ聖とだけ呼ばれていましたから」

「それも妙な話ですね。急に現れた人間なら、普通は名字で呼びそうなものですが」

「そうでしょうかね。しかしあの家では、火美子は火美子、渚は渚、泰地は泰地、颯介は颯介……そう呼ばれていましたから、特に不思議はなかったのですよ」

さして関心がなさそうにいったあと、老人は穏やかな声にいくぶん軽薄な調子を加えた。

「今日あなたがお知りになりたいのは、あの青年のことなのですか？」

「いえ、それも含めてということですが」

「やけに彼のことが気になるようですね」

青年は戸惑ったようにテーブルに目を伏せ、そのさまを見つめていた老人は、広がる中庭の遠くへ視線を移すと、

「私が憶えているのは聖という名前だけなのです」

と、もう一度繰り返した。

「しかしこればかりは歳のせいともいいきれませんよ。なにしろ彼が神綺楼に寝泊まりしていたのはごく短いあいだだったんですから、どうも仕方のないことです」

「ごく短いあいだ……そうしてその短期間のうちに、悲劇が起こったのですね？」

「ええ」

「それは……偶然でしょうか」

「どういう意味です？」

老人は目を細めてじっと相手を見た。

「忽然と神綺楼に現れて、忽然と立ち去った謎の青年。そのあいだに事件が起こった……」

「そこに何か関わりがありはしないかというのですね」

「いえ、偶然にしては……と、ちょっと思ったものですから」

青年は鞄から携帯電話を取りだして時刻を見た。

「あまり時間をかけてもご迷惑でしょうから、そろそろ事件の話に移りたいのですが」

と、みずからそういいつつも、彼の口からはなかなか次の言葉が出なかった。質問の順序を決めあぐねるように黙りこみ、青年はさしあたり沈黙を埋めるみたいにいった。

「龍斎氏はさぞやショックを受けられたでしょうね」

「いかにもそのとおりです。あの偉大な老人が見るも憐れに意気銷沈して、とうとう床に就いてしまったぐらいですから。龍斎があれほど悲しんだというのは……」

そこで老人はふっと口を噤み、一種幻視者を思わせる顔つきで瞼の垂れた眸を眇(すが)めていたが、しばしのち、「あなた、お気づきになっていましたか」と訊いた。

「何のことでしょう」

「なに、四人の子供たちの名前のことです。火美子、渚、泰地、颯介。これらは四大(しだい)元素に基づいて命名されているのですよ」

「四大元素……」

「ご存じでしょう?」

「かつて、世界のあらゆる事物を形成すると考えられていた四種の基本要素ですね」

「ええ。最初に唱えたのは古代ギリシアの思想家であり医師でもあったエンペドクレスといわれています。以後、ルネサンス期にくだってもなお自然学の理論の基盤となりえていたのが、四大元素の概念です。火、水、土、空気——土は地に、空気は風にも置き換えられる。いまあなたは、四種の、といわれたが、適切な表現ですよ。それらは四つの固有物質ではありません。四種の性質、四態の様相ともいうべきものなのです」

「では、龍斎氏は引き取った四人の孤児……四人の赤ん坊の名に、四大元素を振り当てたというのですね。つまり、火は火美子、水は渚、土は泰地で風が颯介と」

「そのとおりです」

話は脇道に逸れたかに見えた。青年は老人の意図を測りかねるふうに黙し、また口を開いた。

「そのことと事件と、関係があるのですか？」

「何ともいえません。ただ、あなたが妙にあの青年にこだわるものだから、ちょっと私も奇妙な想念に囚われかけたのですよ」

「奇妙な想念、ですか……」

老人の言葉は漠然としていたが、青年はここでは追及しなかった。代わりに彼は、心なしか挑むような調子を押しだして訊いた。

「第一の悲劇は転落死……そうでしたね？」

「おっしゃるとおりです」

老人は静かに肯(がえ)んじた。

「あの塔の四階、〈驚異の部屋(ヴンダーカンマー)〉から墜ちたのです。それが世界の終焉の始まりでした」

神綺楼事件

第二章

1

午後十一時、人々はふたたび一堂に会しました。宴の跡もそのままに、時折二人のメイドのすすり泣きだけが侘しげに響く広間です。

せめてもというべきか、泰地の亡骸はもう窓の外から消えていました。男手によってひとまず礼拝室へ移されたのです。事件現場をむやみにいじるのは御法度と、聞きかじりの知識で私は認識していましたので、この措置には多少の疑問を覚えないではありませんでした。だからといって、正論をぶって人々の行為を押しとどめることなど、できる立場でも雰囲気でもなかったことは、きっとわかっていただけると思います。

立食パーティーのために片づけられていた椅子を人数分だけ戻し、この期に及んでは誰がどの位置を占めようが気にもならぬというふうに、銘々が思い思いに、それでも寄り添うように広いフロアの中央に集い――、一様に蒼ざめ、うつむき、押し黙っているさまは、まるでマネキン置場のようにも見えました。

密かに顔を上げてその光景を見渡したとき、部外者たる私と同じように、キョロキョロと周囲を観察する不謹慎な顔に出くわしました。火美子でした。さすがに笑みこそ泛べてはいないものの、至って無邪気な顔つきで興味津々といった様子、それが私と目が合った途端、バツが悪そうにチロリと舌を出すと、急ごしらえの神妙な顔を作って白々しく首(こうべ)を垂れるのでした。

いったいあれはどういう娘でしょう。彼女にとって、亡くなったのはじつの兄弟同然の少年なのです。呆れてよいやら憤ってよいやら、なんとも変てこな気持ちにさせられたところへ、静寂を破る青茅瑛二の声がしました。

「ではドクター、初めにあんたから報告を」

若主人に命じられ、瓶底眼鏡の朴訥な医師は、起立すべきか否か逡巡した末に立ちあがると、つっかえつっかえの低声で、改めて少年の死を告げました。やはり泰地は高所から逆さに落下し、甃の地面に打ちつけられて亡くなったのです。首の骨が折れたせいでほぼ即死だったそうです。では、彼はどこから墜ちたのか。集会に先立つこと一時間以上前に、その現場は有志によって特定されていました。

いうまでもなく、泰地は真上から降ってきたのです。屋敷を正面から見た右端、一同が集っている一階広間の上に円塔が載っていることは前に触れました。ですから、泰地の絶命を確認したのち、窓の外の人々は揃って塔の入口を目指したわけです。エントランスホールからエレベーターで二階に上がり、右翼の外れの青銅の扉から塔へ入ったといいます。そうして彼らは、あの「驚異の部屋（ヴンダーカンマー）」の最上階、数多の古時計とオルゴール、十体の自動人形（オートマタ）が陳列された四階に至って、長年鎖されたままだった上下窓のひとつが開いており、冷たい夜風が吹きこんでいるのに出くわしたのでした。くだんの窓の真下が泰地の倒れ伏していた場所だったのはいうまでもありません。塔の部屋に明かりは点いていなかったそうです。

　自身のために催されたパーティーのさなかに、どうして泰地はそんなところにいたのでしょう。彼は飲みつけない酒を飲んでいました。酔っぱらって、誤って窓から転落したのでしょうか？　否――、とてもそうは思えませんでした。転落現場の探索に私は加わっていませんが、四階の窓は前日の昼間に見ています。あれは腰高窓ですから、間違っても蹴躓いて転落するような代物ではありません。泥酔して窓枠に腰かけでもすれば別でしょうが、泰地は酩酊してはいなかったし、何より上下窓の構造上、開くのは半分きりですから、あれだけの巨体が不注意で外へ転がり落ちるはずもないのです。

事故死とは思われない理由はほかにもありました。甃に横たわった泰地の、例の異様な恰好です。あろうことか猿轡を噛まされ、後ろ手に手首を縛られ、両足まで括られている。島津先生の言によると、それらはいずれも容易に解けないぐらいに緊縛されていたといいます。

ですからおそらく、いえ、十中八九、被害者以外に誰かが塔の四階にいたのです。そうしてその何者かが無理やり泰地を窓から突き落とした……

塔内部の階段は、窮屈な上に梯子みたいに急勾配です。ゆえに泰地の巨体が他者の手で四階に運びこまれたとは考えにくい。猿轡はともかく、少なくとも彼は手足が自由な状態でみずから四階へ上がり、そこで縛られた挙句に最期の時を迎えたと推測されるのでした。

猿轡と手足の結束に使われていたのは同種の白いタオルでした。これらは、厨房をはじめ、主に使用人たちのあいだで日常的に活用されているものだそうです。消耗品ですから大量のストックが納戸に保管されており、誰でも容易に持ちだすことができたと――、島津芳太郎はそこまでの説明役を事前に仰せつかっていたようで、話し終えると小さく安堵の息をついて、すぐに腰をおろしてしまいました。

代わって席を立ったのは青茅瑛二で、彼は一同の中ほどへ進み出ると、珍しく言葉が見つからない様子で立ち尽くしたあと、誰にいうともなく「なんでまた泰地はあんなところにいたんだろう……」と、やけにぼんやりした調子でつぶやきました。

誰もが抱くこの疑問に、答えうる者はいませんでした。そしてまた、今度はもっと長い沈黙――、放っておいたら永遠に続きそうな静けさに、だんだん私は我慢がならなくなって、われながら意外な行動ではありましたが、「あの……」と小さく手を挙げていました。

「なんだ、聖くん」

青茅瑛二に促され、私はおそるおそる訊ねました。

「警察にはもう通報なさったのでしょうか」

これが本土なら、とっくにパトカーなり救急車なりが来ているはずです。そこはしかし辺鄙な島ですから、到着は朝にでもなるのかしらと私は一人考えていたのですが、青茅瑛二の返答はまったく理解しがたいものでした。

「ひとまず警察にはいわないでおく」

短い空白を挟んで、彼はそういったのです。

「それは……どういう意味ですか」

「そのままの意味さ。いずれは……そう、犯人がわかったら、そのときは縛りあげて突きだしてやるが、当面は伏せておくことにした」

私は思わず周りを見まわしました。が、神綺楼の人々の顔という顔、表情という表情、そこには奇妙なくらいに賛意も反意も泛んではいなかったのです。

ふいに私は孤独を覚えました。ここには世間とは異なる常識があるのだと思いました。出会って間もない彼らと自身のあいだに横たわる、埋めることのできない何ものかを、強く意識せざるをえませんでした。

「聖くん、これは親父の決定だ。君にも従ってもらう」

有無をいわせぬふうに青茅瑛二がいいきったそばから、青茅龍斎が初めて口を開きました。

「いまはまだそのときじゃないということだ。聖くん、君に迷惑はかけんよ」

その言葉がすべてでした。それでもなお依怙地(いこじ)な正義感を振りかざすことなど、できようはずがありませんでした。青茅龍斎のしわがれ声は、あらゆる感情を抑えた、落ち着き払った声でした。けれどもこのとき、年老いたカリスマ的支配者の上に私は垣間見たのです。それは他の面々には認めえなかった種類のものでした。深い皺と豊かな白髯に覆われた峻厳な彼の顔には、怨嗟とも懐疑とも懊悩ともつかぬ、言葉で表しようのない不可解な表情が泛び、しかし蠟燭の炎のごとく揺らめいて、あっというまに掻き消えました。

どうあっても泰地は生きて帰っては来ないのだ——、心のなかでつぶやいた、それが私のせめてものいいわけとなりました。こうして悲劇の事後処理は、図らずもわれわれの手に委ねられることになったのです。

私の発言のせいで生じた気まずさを繕うように、黒木孝典が声をあげました。

「泰地様が塔へいらっしゃった理由でございますが……」

話が先へ進むのを歓迎するように、うん、と青茅瑛二がうなずきました。

「もしや、ヴンダーカンマーのお宝が目当てだったのではございませんでしょうか」

「何だって。泰地が……？」

「いえいえ、滅相もございません」

執事（バトラー）はあわてて鼻先で手を振りました。

「泰地様に手をかけた盗賊がでございます」

ちょっと考え顔になったあと、青茅瑛二は目を輝かせました。

「つまり、泰地の案内で塔に入った奴がいたんじゃないかというんだな。泰地を脅して先導させて……なるほどな。そうか、そいつは口封じに泰地を突き落としておいて逃走した。われわれはすぐに塔へ向かったわけじゃない。賊には逃げる時間は十分にあった。うむ、こりゃ念のためコレクションを確認してみなくちゃならんな」

筋がよく通っているというふうに青茅瑛二はうなずきました。が、はたしてそうでしょうか。本当にヴンダーカンマーのコレクションが動機なのでしょうか。

ありえなくはない話です。泰地が塔にいた理由にも説明がつきます。

青茅瑛二の口ぶりからすると、彼は外部犯を想定しているのでしょう。今夜、何者かが屋敷に侵入することは可能だったか？　可能か不可能かといえば、これは可能だったかもしれません。しかし、そんな人間がこの島に潜んでいるものでしょうか。人知れず神綺楼に忍びこみ、経緯は不明ながら泰地を拘束して、無慈悲に窓から突き落とす……

私は想像してみました。けれどやはり、可能性の有無ではなく心理的に、この段階では素直に納得することはできませんでした。ただそうなると、いやでも犯人は屋敷内のXということになります。そして、仮に内部の誰かが犯人であるなら、わざわざ泰地にヴンダーカンマーへの道案内などさせる必要はないのですし、塔への扉が無施錠であることは周知の事実なのです。

泰地と一緒に「驚異の部屋」にいたのは誰か。そしてあの悲劇の瞬間、広間にいなかったのは誰だったでしょう。

そこへ頭をめぐらせたとき、ふたたび青茅瑛二の声がしました。

「パーティーの最中、泰地が広間を出るのを見た者は？」

知るかぎり、これに手を挙げられるのは、私と颯介と、それからほかならぬ青茅瑛二自身でしたが、何か思うところがあるのか、二人は名乗りを上げませんでした。ここで青茅瑛二の視線がまっすぐこちらへ向いたので、意図を汲むつもりで私は口を開きました。

「泰地くんはワインのせいで気分が悪そうでした。それでちょっと新鮮な空気を吸ってくると。そうでしたね、瑛二さん」

「うん、そういって一人でこの広間を出て行ったんだ。俺と颯介と聖くんがそれを見ている。しかしあのあと泰地はここへ戻ってきたのかな。どうだい、颯介」

被害者の弟に青茅瑛二は水を向けました。広間の双子はずっと一緒にいましたから、彼に訊ねるのは妥当です。

その颯介は見るからに蒼い顔をしていました。神経質な面がいつにも増して表に出て、ひりつくような緊張を痩身にまとわせていました。立場が立場だけに当然の話ですが、それでも彼は精一杯の気力を振り絞って、「僕は……見ていません」と、蚊の鳴くような声で答えました。

「お前、泰地から何か聞いていないか？」

「何か、というと……？」

「例えば塔に用事があるとか、そういう話をだ」

「いえ、僕は何も……」

「そうか」

青茅瑛二はフンと短く鼻を鳴らし、まるで同情の感じられない探るような目でじっと相手を注視していましたが、ふっと全体を見渡していいました。

「ほかのみんなはどうだろう。泰地の姿を最後に見たのはいつだった？」

火美子が声をあげました。

「泰地くんが酔い醒ましに出て行ったのはいつなの？」

そう、そこは大事な点でしょう。

「あれは何時ごろだったか。時計を見ていたわけじゃないからな……」

一人つぶやく青茅瑛二の声を聞きながら、私は目まぐるしく計算を始めていました。

八時半きっかりに始まった誕生日祝、開始から三十分以上もマントルピースの脇に佇んでいた私（これはマリア像の金時計で確認しています）のもとへ、島津芳太郎が近づいてきて話をした。あのとき――、そう、彼が私のところへ来たちょうどそのとき、「ブランデンブルク協奏曲」の第三番が始まったのでした。島津先生とは、当たり障りのないところから五分以上しゃべっていたように思いますが、長く見積もっても十分には及ばなかったはずです。

「島津先生、暖炉のそばで僕と話したのを憶えておられますか」

突然呼びかけられたドクターは、えっ、と驚いて瓶底眼鏡の奥の目を見開きましたが、いまのところ、あれが私とのたった一度の会話ですから、ほろ酔いだったとはいえちゃんと憶えていてくれました。そうして彼もまた、くだんの会話が五分から十分のあいだだったという私の見立てに賛同したのです。

あのあと先生が立ち去って、私は私で、根っこを生やしていた定位置から手前の円卓へ向かい、一人で飲み食いする青茅瑛二と合流した。ものの二、三分もしゃべらぬうちにそばを通りかかったのが泰地と颯介で、泰地は弟を残してふらふらと廊下へ姿を消した――、こういう具合に考えていくと、「ブランデンブルク協奏曲」の音源を調べさえすれば、泰地が広間を出た時刻に関しては割りだせそうな気がしました。

いずれにせよ、それが九時よりあとで九時半より前だったのは間違いのないところですので、ひとまずそれだけを指摘すると、青茅瑛二は特段ありがたくもなさそうに

「そうか」といいました。むろん、あれから泰地が広間に戻ってきたなら意味のない計算ですが、青茅瑛二が重ねて証言を募っても、九時半以降に泰地の姿を見たという者は現れませんでした。してみると、私と颯介と青茅瑛二が見送った大きな背中が、泰地の最後の姿であった可能性は否定できないのです。

「ドクター、泰地の死亡を確認したのは？」

青茅瑛二に問われた島津芳太郎は、さすがに医者だけあって即答しました。

「九時四十九分です」

「転落したのはその五分前ってところか」

この言葉に対して、ふいにどこからか「九時四十三分……」と声がしました。

「なんだって？」

「あれは、九時四十三分でしたよ」

振り返ると、声の主は渚でした。深刻で、悲痛で、恐ろしい、およそ生涯に二度はあるまいと思われる性質の集いにおいて、あどけない少年の童顔は、その場の誰よりも冷静を保っているかに見えました。

「渚、いやに正確じゃないか。なぜそういえるんだ？」

「たまたまマントルピースの置き時計を見たからです。あのとき、僕は聖さんといたんです。それからヒミちゃんと颯介くんも」

「そうか、お前らは一緒だったんだな」

安堵ともつかぬ息をホッと吐いて、青茅瑛二はまたグルリと全体を見渡しました。

「九時四十三分……そのとき広間にいなかったのは誰だ？　黒木と猫田はいなかったっけね？」

「さようでございます」

黒木孝典がわざわざ起立して答えました。

「そうだよな。俺がドクターと外へ向かったとき、廊下でお前たちに会ったんだから。あの時間、二人はどこにいた？」

これに対する黒木孝典の返答はこうでした。彼と猫田日呂介は厨房で立ち飲みしながら一服していたというのです。叫びながら慌ただしく廊下を駆ける音を聞いて、何ごとかと戸口から出たところで青茅瑛二、島津芳太郎と遭遇し、ともに現場へ急行することになった。彼らが休憩している様子は、やはり厨房で作業していたメイドの水谷比佐子が見ていました。

では、問題の時刻に広間にいなかった者はほかにあったか――、私の記憶では、青茅龍斎は間違いなくその場にいた、田谷夫妻と朝井夫妻もいた、火美子、渚、颯介の三名は私と一緒でしたから確実ですし、青茅瑛二は惨事の十五分ぐらい前に広間に戻ってきて、以後ずっと手前の円卓にいました。それから島津芳太郎、彼は青茅瑛二に命じられて現場へ飛びだして行きましたので、おそらくもっと前から広間にいたのではないでしょうか。残るはコックの古村宏樹とメイドの柏木奈美ですが、二人ともあの転落の瞬間には広間にいたと主張しました。

これらの一々を確認し終えたあと、青茅瑛二が「今夜、塔へ行った者は？」と問いましたが、さすがに該当者は現れませんでした。そんな人間がいたら、それこそ大問題です。

「するとやはり、黒木のいった線が正しいのかな。ここにはいない未知の誰か……盗っ人野郎が泰地を縛りあげ、突き落としたと」

そう、そうなります。事故死でない、家人のしわざでもないとなれば、真相は当然そこに落ち着きます。ところがここで、長らく緘黙していた青茅龍斎が、喉の奥で唸るように「馬鹿な」とひと声発したため、全員がギクリとしてそちらを向きました。

先ほども書いたとおり、たしかにそれは私にとっても疑問符のつく解釈だったのです。とはいえ、即座に可能性を否定したということは、青茅龍斎にとっては邸内に犯人がいるほうがありうる話ということでしょうか。

「馬鹿な、とは？」

進行役の次男が訊ねましたが、父君は目を閉じて腕組みしたまま、もう何も語ろうとしませんでした。

「ところで聖くん、あのとき……酔いを醒ましてくるといって出て行った泰地は、行き先をいっていたっけね？」

「いいえ、聞いていません。僕はてっきり庭へでも出るのかと思っていましたが」

「そうだな、家の外か、あるいは自分の部屋で一休みするか、普通はそのどちらかだろう。ところが、実際にあいつが向かったのは塔の最上階だった」

「あんなとこじゃ新鮮な空気も吸えやしないわね。お香の匂いで却って気分が悪くなりそうだもの……」

火美子が澄まし顔でいいました。

事件直後のこの集会に、これ以降、新たな局面が生じることはありませんでした。

翌日からの方針すら示されぬまま、日付の変わるころに散会となって、眠れぬ島の夜は更けてゆきました。

2

　翌二月十三日月曜日、朝の食堂には、私のほかに青茅瑛二と島津芳太郎、客人四名の姿しかありませんでした。日ごろから就寝が早いらしい神綺楼において、前夜は異例ずくめの夜でした。とはいえほかの面々は、寝不足で起きられないというより、揃って食事をする気分にはとてもなれなかったのだと思います。

　砂を噛むようなひとときを終えて食堂を出るとき、青茅瑛二に声をかけられました。

「午後に内々で作戦会議をすることにした。君も参加してくれ」

　昼飯のあとそのまま遊戯室へ来るようにいわれて、断る理由もありませんから私は了承しました。遊戯室というのは食堂の並びにある、二日目の顔合わせ後に初めて青茅瑛二と接点を持った部屋です。

　戻りがけにわけあって厨房を覗いてみると、さすがに使用人たちはふだんどおり起きていて、いまから朝食にしようかというところでした。私の目当ては執事（バトラー）でした。彼は一度食堂に顔を出したあと引っ込んでしまいましたから。幸いその姿は厨房にありました。手振りで廊下へ呼びだして、前夜のパーティーで流れていた「ブランデンブルク協奏曲」の音源について訊ね、その足でＣＤを借りることができました。

自室で確認すると、それは第一番から六番まで、全曲を一枚に収めたＣＤでした。付属のブックレットには一〇四分という総収録時間のほか、各曲の演奏時間も記載されています。これは願ったりでした。

第一番が二十分四十四秒、二番が十五分五十二秒とありますので、曲間のインターバル五秒を二回足して、第三番はおおよそ三十七分めに始まることになります。これを前夜に当てはめると、午後八時半、ＣＤの再生開始と同時にパーティーが始まる。壁を背に三十分以上も立ん坊だった私のもとへ、島津芳太郎がやってきたときに第三番が流れだしたので、それが三十七分めで九時七分。島津先生との会話は五分から十分程度でしたから、間を取って七分と仮定してみます。

そうすると私は、九時十四分に青茅瑛二の円卓へ向かったことになります。彼との話しあいはほんの二、三分の尻切れトンボでした。会話が尻切れになったのは泰地と颯介が円卓の脇を通ったためです。泰地はその場に颯介を置いて、一分としないうちに新鮮な空気を吸ってくるといって広間を出たのですから、十四分に三分と一分を加えた九時十八分ごろに姿を消したと考えられます。概算ですから多少のズレはあるかもしれませんが、この場合、多少ならば問題はないように思われる――と、これだけの成果を携えて、昼食後、私は青茅瑛二のいう「作戦会議」とやらに臨んだのでした。

遊戯室はビリヤードと卓球台、あとはダーツボードが掛かっているぐらいで、何ら特筆すべきこともない一室です。十二時四十五分、集まったのは青茅瑛二と私、それから三人の子供たちでした。この五人が青茅瑛二のいう内々のメンバーというわけでしょう。

目に見えて憔悴しているというほどではないものの、少年少女の表情は硬く、居心地悪そうで、説教を喰らうために召集されたみたいな様子でした。前夜は不謹慎なぐらいお気楽だった火美子や、誰より平常心を保っているかに見えた渚でさえそうなのですから、片割れを喪った颯介はいわずもがなです。時間の経過とともに、皆、却って事の重大さが実感されてきたのかもしれません。その意味では、事件直後の火美子や渚のああした態度も、むしろ異常な精神状態の表出だったのではないかと思われてくるのでした。

円陣に一座したところで、発起人の青茅瑛二が、さて、と口火を切りました。

「こうして集まってもらったのはほかでもない。ゆうべの一件について、改めて意見を交わしたいと思って声をかけたんだ。それでだ、どこから話しはじめるにしろ、まずは何かひとつ取っ掛かりが必要になるわけだが……俺が思うに、やはりいちばんの疑問は、何ゆえ泰地が塔にいたのかってことじゃないだろうか」

誰もすぐには言葉が出ませんでした。いかにもまだエンジンが温まっていない様子で戸惑いが窺えたので、年上でもあることですし、手始めに私がきっかけを作ることにしました。

「ゆうべの泰地くんの言葉が本当とすれば、彼は酔い醒ましのために広間を出たことになります。その場合、屋外か三階の自室か……どちらかに向かうのが普通じゃないかと、瑛二さんはそうおっしゃいました」

「ああそうだ。ところがあいつは塔にいた。どうもそれがわからない」

サルヴァトール・ローザ似の彼は、ニヒルな顔つきで長髪を掻きあげて続けました。

「人間……特に泰地やお前らぐらいの年代には、思いもかけない妙ちきりんな行動をしちまうもんだ。俺にも大いに憶えがある。だから、あいつがみずから塔に出向き、暗がりのなかで窓を開け、もの思いに耽りながら夜風に吹かれなかったとは必ずしもいいきれない。だが、仮にそうであっても理由はなくちゃならない。いちばん落ち着ける自分の部屋じゃなく、わざわざそんな場所を選んだ理由がな」

「塔へ行った理由はわかりませんが、タオルで縛られた泰地くんの姿から、そこで誰かと一緒だったのは間違いないと……ゆうべはそういう話になりましたね」

「ああ。泰地はその人物と一緒に塔へ行ったのか。それともどちらかが一人でいるところにたまたま鉢合わせでもしたんだろうか。あるいは二人は前もってそこで待ちあわせていたとは考えられないか……」

「その一緒にいた誰かが泰地くんを縛りあげて、ちっちゃな窓から無理やり突き落としたというんでしょう？」

胸もとの真っ赤なペンダントヘッドをいじりながら、火美子がいいました。この日の彼女は、カジュアルな服装にまるでそぐわない煌びやかなペンダントをさげていました。これが一風変わった代物で、尾を上にしてSの字形(なり)に体をくねらせたトカゲのペンダントなのです。トカゲは無数の赤い宝石で形づくられていました。

「一緒にいた誰かっていうのは一人だったのかしら。ひょっとして複数の可能性もあるんじゃない」

「というと？」

興味深そうに青茅瑛二が訊きました。

「泰地くんってあんな体格のわりに喧嘩が強そうには見えなかったわ。でも、一対一なら抵抗できたんじゃないかと思うの。瑛二さん、泰地くんと本気で格闘して組み伏せる自信があって？」

「それは、いや、たしかにそうだな……」

中背痩軀の青茅瑛二も、ひ弱というわけではないですが、泰地とは較べるべくもありません。いわれてみれば火美子の意見はもっともです。私は瑛二に訊ねました。

「泰地くんの体に争った痕はありましたか？」

「礼拝室に運んだあと、ドクターに再度検めてもらったが、そんな報告はなかったな」

となると、火美子のいうとおり、敵は複数かとも思えてきます。

「ゆうべの龍斎さんは、泥棒の犯行ではないという口ぶりでしたが、瑛二さんはどうお考えですか」

「ああ、いや、親父は言下に否定していたがね……じつをいうと泥棒は本当にいたんだ」

「何ですって。じゃあ、コレクションが紛失でもしていたんですか？」

私はほかの三人と顔を見合わせました。すっかり元気のない颯介でさえ、思わず身を乗りだしていました。

「そうなんだ。ゆうべはさすがに疲れていたから、さっき、午前中に調べてみたのさ。といってもお前らもわかるだろう、なにせあれだけの数だ、よほど目につくものでなけりゃ、たとえ盗まれたってすぐには気づきようがない。じっくりチェックリストと照合でもしないかぎりな」

「それで？　泥棒が入った痕跡でもあったんですか？」

「あったさ。まさしくその、よほど目につくものが失くなってるんだよ。自動人形（オートマタ）が一体行方不明なのさ」

「オートマタが？」

「一体だけ？」

颯介と火美子がほとんど同時にいいました。

「ほかにも何か盗まれてるかもしれんが、いまのところは人形一体だ。しかし、一体だろうが十体だろうが、盗まれたことに変わりはないだろう？」

やはり時間が経つとだんだんわかってくるものです。一体でも十体でも盗難は盗難――、たしかにそうです、が、わざわざ危険を冒して忍びこみ、どうして一体きりなのでしょう。その人形には特別の価値でもあったのでしょうか。

私は前々から疑問に思っていたことを訊ねました。

「この島には定期的に船が出入りしているのですか？」

「定期便は週に一回、木曜の昼間に来る。むろんうちで雇っている船だ。それ以外にも、緊急時や親父が要請したときにはすぐに飛んでくるよ」

「船着場からここまで荷物を運ぶのは大変でしょうね」

「そうだな。しかし大物はめったにないからな。食料やら衣類やら郵便物やら、あとは各人個別にリクエストしたものなんかも届けてくれる。猫田が船着場で待っていて、たいていは二人で荷物を担いでくるんだ。定期便の担当は屈強の者だからな」

「屈強の者ですか……」

つぶやいた私の言葉に青茅瑛二が反応しました。

「おいおい、まさかそいつを疑ってるのか？」

「いえ、そういうわけでは。木曜日、先週の木曜というと、僕がここへ着いた前の日……田谷夫妻と朝井夫妻がいらっしゃった日ですね。あの方々はその船に乗って来られたのでしょうか」

「そうじゃない。君と同じだよ。客があるときは別誂えの船を立てて送迎するんだ」

荷運びを猫田日呂介が手伝っているというのがなんとなく引っかかりました。職務柄、そこに不思議はないものの、私が気になったのは、前に青茅瑛二に聞いた話です。「驚異の部屋（ヴンダーカンマー）」のコレクションを買いつけるのに、交渉の万事を猫田日呂介に任せているといと瑛二はいっていたではありませんか。あの老人はそれだけ目の利く男なのでしょう。

もしも猫田日呂介が悪心の持主で、本土の誰かと組んで企みごとをしていたとしたらどうでしょう。それはいまに始まったことではないのかもしれませんし、たまたま今回、泰地に悪事の現場を見られるかして、やむなく口を封じたとは考えられないでしょうか。

至って根拠に乏しい想像ではあります。しかし、それを後押しするかのような言葉を、このあと青茅瑛二は発しました。渚が、「とにかく、やっぱり外部犯のしわざだったんですね」といったときでした。

「待て。俺は泥棒が入ったとはいったが、外から来たとはいってない」

妙に意味深長な口調で青茅瑛二はそういったのです。

「じゃあ、屋敷の誰かが盗んだというんですか？」

颯介が怪訝そうに問いました。

「何のために？　そんなの意味がないじゃない」

火美子も不服げに可愛い唇を尖らせます。

「ああ、意味がないな。誤解しないでもらいたいが、外から来たとは限らないというだけで、俺だって身内のしわざと決めつけてるわけじゃないぜ」

「意味はないけど可能性はあるっていいたいのね」

誰に対しても物怖じしない火美子は、紅いトカゲのペンダントを弄びながら、まるで年長者のような鷹揚なものいいをしました。

　青茅瑛二が思い描いているのも猫田日呂介なのではないのか――、私はそう考えて、にわかに胸が波立つのを感じました。ところが、続いて彼が矛先を向けたのは意外な人物でした。

「なあ颯介、ゆうべの話だ」

　青茅瑛二は椅子ごと颯介のほうに向きを変えて切りだしたのです。

「泰地が出て行ったあと、数分してお前も広間を出たろう」

　唐突な問いかけに、颯介はつかのまポカンとしたあと、困惑顔で弱々しく答えました。

「そうでしたっけ。よく憶えてないですけど……」

「聖くん、君はどうだ？　君は憶えてるんじゃないか。ほら、颯介と君が俺の演奏をむやみに褒めちぎったあとのことだ」

　昨日の今日で、まだ真新しい記憶の頁を私は繰りました。

　あのとき、泰地が手前の戸口から廊下へ消えたあと――、そうでした、直前の独奏会について颯介が青茅瑛二に讃辞を贈り、私も追随したのでした。それから青茅瑛二はグラス片手にふらふらとフロアの奥へ去り、私は颯介と二人きりで話をした――田谷晋司、朝井寿両名に関する噂話をです。颯介がトイレに行くといって円卓を離れたのは、そのあとでした。

「ええ、颯介くんが広間を出るのはたしかに見ましたが、それがどうかしたんですか」

「颯介が立ち去ったのは、泰地が出てからどのぐらいあとだった？」

「そうですね……」

私はしばし考えたのち、「ブランデンブルク協奏曲」から割りだした時間のことを一同に説明しました。

「つまり、泰地くんが広間を出たのは九時十八分ごろと見て、極端に違ってはいないだろうと思うんです。そこでいまの瑛二さんのご質問ですが、颯介くんと僕がリュート演奏の感想をお伝えしたのはせいぜい一、二分だったはずです。瑛二さんがいなくなったあと、僕らは二人だけでちょっとした会話を交わした……颯介くん、あれは五、六分ぐらいのものだった気がするけど、どうだろう？」

「さあ、どうでしょう。でも、だいたいそのぐらいだったように思います」

颯介はこちらには目も向けず、細おもての蒼い顔を俯けて力なくいいました。

「では、仮に六分としておきますか。その後、颯介くんは会話を切りあげてトイレに立ちましたから、九時十八分の二分の六分の……とおおよそ足し算すると、あれは九時二十六分ごろじゃなかったでしょうか」

「泰地が出てから八分後、九時二十六分に颯介も広間を出たというんだな。そうかそうか、いや、聖くん、君はなかなか優秀だよ」

「だけど、それが何だっていうのよぅ」

一同の声を代表するように、まどろっこしそうに火美子が鼻を鳴らしたときでした。

青茅瑛二は狙いすましたみたいに手札を切ったのです。

「颯介、便所ならすぐそこの廊下にあるだろう。なのに、なんでお前はあのとき、エントランスホールまで行ってエレベーターに乗ったんだ？」

えっ、と思わず私は声をあげていました。一方、火美子や渚や当の颯介は、瞬時に凝固したかのようでした。誰も何もいわず、遊戯室はしんと静まり返りました。やがて火美子と渚が、表情らしい表情のない顔で、スローモーションみたいにゆっくりと颯介のほうを向いた——、いまだに印象強く記憶に残っている光景のひとつです。

「お前、わざわざ階上の便所まで行ったのか？」

青茅瑛二は重ねて追及しました。

「エレベーターが何階までのぼって行ったか、のちにあんなことが起ころうとは思わないから、そこまでは俺も見ちゃいない。だが颯介、塔に入るには二階なり三階なりに行かなきゃならないよな？」

　ここに来てようやく私は、泥棒が外部犯とは限らないといった青茅瑛二の本音を理解したのです。

「なあ、お前はあのときどこに向かったんだ？」

「いいたくありません」

床に目を落としたまま颯介は、いつになく頑なな調子で答えました。

「便所じゃないのは認めるんだな？」

「それは……認めます」

「聖くんに嘘をついて広間を出たってことだな？」

「そうです」

「聖くん」

青茅瑛二は急にこちらに向き直っていいました。

「優秀な君に訊こうじゃないか。颯介が広間に帰ってきたのはいつごろだった？　姿が見えなかったのは二分や三分じゃなかったろう？」

　そのとおりです。私は颯介が帰ってきたのをこの目で見ていました。渚と二人、マントルピースの脇でしゃべっていたときのことです。その颯介を「主役がどこ行ってたのよぉ」と火美子が出迎えて、二人は揃ってわれわれのもとへやってきた……

「そんなの事件に関係ないじゃないの」

　押し黙る颯介に助け舟を出すように火美子がいい、続けて私も口を添えました。

「そうです。あの出来事が起こるより前から、颯介くんは僕らと一緒だったんですから」

「それは知ってるさ。わかってる。颯介に泰地を突き落とせたはずはない」

　青茅瑛二は長い髪をまた両手で掻きあげると、椅子にもたれ、けだるげに天井に息を吐きました。

「ただな、颯介、お前の取った行動が妙だから訊いてるんだ。あんな恐ろしいことが起こって、それでもなお答えたくないとなりゃ、いよいよ妙じゃないか。泰地を除いて現在この家には十六人……今回の件に関して、ひとまず俺はここにいる五人だけでも全幅の信頼を置ける関係にしておきたいんだ」

　青茅瑛二としては、それが召集の目的だったのかもしれません。しかし、

「信頼も何も、どうしてあたしたちが疑われなくちゃならないの？　しかも真っ先に颯介くんを責めるなんて、どうかしてるわ」

　火美子がむくれて反発しました。

「そうやって人を疑うときは、まず自分が潔白の証を立てるべきよ。ちなみにあたしはパーティーの初めから一度も広間を出てませんから。渚だってそうじゃない？　どう、違って？」

それこそ責めつけるみたいに問われて、渚はやれやれというふうにつぶらな眸をクルッとさせました。

「うん、たしかに僕もずっと広間にいたよ。だけどそんなのはあくまで自己申告さ。証人がいるわけじゃないから。それはそれとして」

と、そこで彼はふいと青茅瑛二のほうを向きました。

「ヒミちゃんじゃないけど、じつは僕も瑛二さんに訊きたいことがあったんですよ」

「俺に？　なんだよ、渚」

「ええ。颯介くんがエレベーターに乗りこむのを見たってことは、瑛二さん自身も広間を離れてウロウロしてたことになりますよね。何をしてたんですか？」

思わぬ矛先を向けられて、青茅瑛二はわずかながらたじろいだようでした。渚のいうのはもっともです。危うく忘れるところでした。颯介同様に青茅瑛二の行動だって不明なのです。

泰地が広間を出たあと、手前の円卓で彼は「俺も便所へ行こう」とつぶやいた。それを引き留めたのは颯介による讃辞で、照れ隠しもあってか青茅瑛二は広間の奥へ逃げてしまった。グラス片手に立ち去ったのですから、すぐさまトイレに向かったとは思えません。

　次に私が瑛二の姿を見たのは、例の田谷晋司に絡まれた一件の直後です。暖炉脇に渚を見つけてそこへ向かう際、手前の戸口から広間に戻ってくる姿が見えた。こうして並べて見ると、青茅瑛二の行動も颯介のそれとよく似ているではありませんか。

　私はいまの流れを本人に説明し、「瑛二さんこそ、トイレに行くといって行かなかったんじゃありませんか」と追い打ちをかけました。

「わかったわかった。君までそんなことをいうなら、まずは俺自身の行動から弁明しようじゃないか」

　機嫌を損ねた様子もなく、青茅瑛二はあっさりいいました。

「そうだったたな。あのとき俺は便所へ行こうとして気が変わったんだ。それで、どうしたっけ……ああ、そうだ火美子、お前とすこししゃべったっけな」

「そう？　ああ、あれかしら。颯介と聖くんの褒め殺しに遭ったから逃げてきたよって……」

　なるほど、そんな話が出たのなら本当でしょう。

「でも、瑛二さんはそのあと一度広間を出られましたよね？」

「ああ。例によって時間なんて憶えちゃいないが、火美子と別れてすこししてからだ。じつは俺、礼拝室に行ったんだよ」

「礼拝室。どうして？」

渚がおっとりといいました。

「これさ」

と、青茅瑛二が掲げて見せたのは、右手の中指に嵌めた重厚な銀の指輪でした。

「火美子と別れたあと、俺はこいつをしていないことに気づいたんだ。このごついリングはリュートを弾くのに邪魔だから、独奏会の頭で外した。ズボンのポケットに入れたつもりだったが見つからない。それでてっきり礼拝室に落としてきたのかと思って捜しに行ったんだ」

「その指輪ならタキシードのポケットにしまってましたよ」

最前列で見ていた私は指摘しました。

「そうなんだよ。礼拝室に行ってから思いだした。ジャケットはパーティーの序盤に脱ぎ捨てちまったもんだから、頭が回らなかったのさ。ともあれ俺が礼拝室にいたのは一、二分だったろう。そうして廊下に出たところで、やけに足早な颯介の後姿が見えたから、声をかけようとしてあとを追った。意味はない。なんとなくだ。そうしたら……」

「エントランスホールのエレベーターまで行き着いたと」

「ああ。繰り返しになるが、その後あんな事態が起ころうとは思いもしないから、そこで引き返して広間に戻ったってわけだ。この行動に証人はないが、信じてもらうしかないな」

　説明を終えて、青茅瑛二はまた颯介のほうを向くと、今度は糾弾じみた調子を抑えて穏やかに訊きました。

「俺の事情はそんなところだ。それで、もう一度だけ訊くが、あのときお前はどこへ行っていたんだ？」

　ようやく颯介も折れました。蒼ざめた顔をほんのすこし、はにかむように歪めて彼は、「本当は自分の部屋に行ったんです」と白状しました。

「じゃ、エレベーターで三階まで上がったんだな？」

「ええ」

　颯介の部屋は、前日に正装を借りる際に入った左翼の一室です。塔への扉とは正反対といえば正反対ですけれども、三階から塔に入れることもたびたび記したとおりです。

「何しに行ったんだ？」

状況ここに及んで、生真面目な颯介はいよいよはにかむと、チラリと火美子を見やって顔を赧らめ、告白しました。

「パーティーが始まってすこし経ったころ、じつは僕、一度トイレに行ったんです。そのときに……こんなこといいたくなかったけど、うっかりパンツを濡らしてしまったんですよ。いったん広間に戻ったはいいけど、どうにも気持ちが悪くって、それであのとき、部屋まで下着を替えに上がったんです」

これには一同、呆気に取られてしまいました。

「なんだい、じゃあ最初からそういえよ……」

苦い表情を隠そうともせずに青茅瑛二が吐き捨てました。意気込んだ結果がとんだ空振りに終わって、誰よりも気まずげでした。

「やだ、最低。ばっかみたい」

火美子がそっぽを向くと颯介は、「ほらね、こういうふうにいわれるから嫌だったんですよ」と、それでもいくらか安堵したように息をつきました。

「どっちみち事件には関係ない話ですよ。だいたいこの僕が泰地をどうこうするはずがないでしょう。僕は五分かそこらで広間に戻ったし、それはヒミちゃんや渚や、聖さんも知ってます。泰地があんなことになったのは、もっとあとだったんですから」

ここで渚が、抜かりなく持参してきたノートを私に差しだしました。

「聖さん、一度これまでの流れを整理してみませんか。いまの瑛二さんや颯介くんの動向も含めて」

その作業はのちほど私も行うつもりでいたものでした。それならということで、皆に確認を取りながら書きつけてみたのが以下のタイムテーブルです。颯介は五分で広間に戻ったといいましたが、精査した結果、実際にはもうちょっと遅く、八分ぐらいかかったろうという結論になりました。

こうして全員でひとしきりノートを眺めたあと、颯介が口を開きました。

「着替えを終えて戻るとき、じつは僕、泰地の部屋も覗いてるんです」

一同ハッとしました。双子の部屋は隣りあわせですから、颯介の行動はごく自然なものだったといえます。

「あいつは部屋にいなかったんだな？」

「ええ。だからもう広間に戻ったのかもしれないって、そのとき僕、思ったんです」

「ということは颯介くんは、泰地くんが酔いを醒ますのに、自分の部屋に帰ったって

2月12日夜のタイムテーブル

20:30	「ブランデンブルク協奏曲」第一番とともにパーティー開始
21:07-21:14	光田聖、島津芳太郎と会話 ※21:07「ブランデンブルク協奏曲」第三番が始まる
21:14-21:17	聖、青茅瑛二と会話
21:17	泰地と颯介が通りかかる
21:18	泰地、広間を出る
21:18-21:20	颯介と聖、瑛二の独奏会を絶讃
21:20	瑛二、広間の奥へ移動
21:20-21:26	颯介と聖の会話
*21:21	瑛二、火美子と会話
*21:24	瑛二、礼拝室へ行く
21:26	颯介、広間を出る ※礼拝室を出た瑛二、颯介がエレベーターに乗るのを目撃
21:27-21:29	田谷晋司が聖に絡み、龍斎に一喝される
21:29	聖、暖炉脇の渚のもとへ 瑛二、広間に戻る
21:29-21:44	渚と聖が一緒にいた時間
*21:34	颯介が広間に戻り、火美子が迎える
*21:35	颯介と火美子が渚、聖と合流
*21:43	泰地の転落
21:49	島津芳太郎、泰地の死亡を確認

考えてたわけね」

火美子に問われた颯介は、曖昧に首を捻りました。

「そう……そうだね。根拠はないけど、なんとなくそう思ってたみたいだ」

帰りもエレベーターを使ったのかと青茅瑛二が問いました。

「いえ、帰りは階段でした。これも特に意味はないけれど……」

「エレベーターで三階に上がったときと、その後、階段で降りてきたときと……どちらも怪しい人影を見たなんてことはなかったんだろうな」

「はい。まさか泰地が塔にいるなんて思わないから、わざわざ三階まで行っておきながら、僕は何も気づかずに帰ってきてしまったんです……」

「それはだって、しょうがないよ」

柔和な声で渚が慰めたところで、少なくともその場にいる五人には不審な点なしと確認しあった体で、いったん作戦会議は締めくくられました。

お前らの潔白は証明された、今度はほかの面々の動きを探ってみようという青茅瑛二の声を聞きながら、われわれは重い足取りで遊戯室を出ましたが、そんなことをしているあいだにも、このとき陰では次なる悲劇の計画が着々と進行していたのです。

3

同じ午後、四時ごろのことです。早くも日課となったノートを書き終え、だらしなくベッドに引っくり返っているところへ火美子がやってきました。

「お兄様、瑛二さんと颯介くんが大変」

部屋に入るなりいうので驚いて飛び起きました。さては泰地に続いてまたも兇事があったかと、にわかに緊張して先を促すと、「瑛二さんってば、気が狂れたみたいに走りまわるからいけないのよ」との返事です。いったい何の話でしょう。

聞けば、いまさっきまで火美子は、渚とともに、青茅瑛二の素人探偵譚を拝聴していたのだといいます。そういえば瑛二は、屋敷の人々の動きを探ってみるといっていました。「動き」というのは、事件前後の行動のことです。実際、鉄は熱いうちにといわんばかりに、さっそく彼は応接室に使用人らを呼びつけて、個別に話を聞いたのだそうです。火美子いわく、その面談に先立って実行されたのが、「気が狂れたみたいに走りまわる」ことで――、青茅瑛二はわが身をもってひとつの実験を試みたらしいのです。

未知なる人物Xの存在についてはひとまず留保するとして、前夜の事件、一見すると邸内の人々には残らずアリバイが成立しているかに見えました。そこに抜け道があるとすれば、私見では次のようなケースが考えられます。塔から泰地を突き落としたのち、犯人は急いで一階に駆け戻り、何喰わぬ顔で広間の人々に紛れこんだのではないか――、どうやら青茅瑛二もその点に気づいていたようです。

九時四十三分の泰地転落後、三十秒ばかりは広間の誰もが茫然自失、視線は窓の外に釘づけで、時が止まったみたいに身動きできずにいました。それから堰を切ったようにすべてが動きだし、人々はいっせいに窓ぎわへ集まった。「黒木はどこにいる！猫田は！」と、頼れる家臣の姿を青茅瑛二が目で捜し、二人が見当たらないと知るや、島津芳太郎とともにみずから廊下へ駆けだして行った――、転落からここまでが、だいたい二分程度ではなかったかと思います。

つまり、九時四十三分から二分ほど、人々の視線と関心は窓に向けられていたのですから、その間にこっそり広間に戻り、前からいたふうに装うことだってできたかもしれません。いえ、戻ったのは必ずしも広間とは限らない。駆けこむ先は厨房でもよかった――、そこでこの午後、青茅瑛二は神綺楼を駆け抜けたのです。

二分というのは考えるまでもなく非常に厳しい数値です。塔の四階から急な階段をくだり、三階または二階の扉から母屋の右翼端に出る。長い廊下を走って中央の大階段、もしくはエレベーターで一階ホールに降り、そこからまた右翼の廊下を駆けて手前の戸口から広間に入る――、これを数パターン繰り返してタイムを計ったのだそうで、日ごろ運動と無縁な四十四歳の青茅瑛二が叩きだした最短記録は、三階からエレベーターで降りるルートで約二分四十五秒だったようです。

この問題、パーティーの始まりから片時も広間を離れなかった人々に関しては除外してもかまわないでしょう。それに該当するのは青茅龍斎と四人の客人たちで、彼らは常に私の視界のうちにありました。ほかに、火美子と渚も広間を出なかったと主張していますが、渚本人が認めたとおり、こちらには証人はいないようでした。同様に、私が広間を出なかったことは私自身がよく知っていますけれども、証明してくれる人がいない点では火美子や渚と一緒です。

それ以外の人々は、青茅瑛二の調べに対し、少なくとも一度は広間を出入りしたと答えたそうですが、目を向けるべきはあの悲劇の前後に当たる時間帯です。そこにフォーカスを定めると、ピックアップすべき人物はおのずと絞られてくる。

あの悲劇の瞬間、黒木孝典と猫田日呂介、水谷比佐子の三名は厨房にいたと証言しました。では、黒木と猫田が厨房にいたのはどのぐらいだったかというと、彼らはそれぞれ十分から十五分程度と答えたそうです。先に猫田日呂介だけがコップ酒をちびりちびりやっていて、あとから黒木孝典が現れた。水谷比佐子が広間の下げ物を抱えて厨房に入ったとき、二人の姿はすでにそこにあったそうで、騒ぎが起こったのはそれから約五分後のことといいます。

この「騒ぎ」とは、青茅瑛二と島津芳太郎が、がなりたてながら廊下を走る音を指すので、転落から二分以上経った頃合です。ゆえに、九時四十三分を中心とした前後の数分間は、黒木孝典、猫田日呂介、水谷比佐子の三人は揃って厨房にいたことになるのです。

その後、黒木と猫田は若主人に随いて外へ向かい、水谷比佐子はうろたえながらもすぐに広間へ返して、そこで初めて事の次第を知った。このとき水谷比佐子は、古村宏樹、柏木奈美両名の姿を捜して歩み寄ったため、彼女が広間に入ったときにはすでに古村も柏木もその場にいたことが裏づけられる――、というのが、青茅瑛二の聞き取りの成果でした。

もう一人、若干動きが曖昧だったのが島津芳太郎、しかし彼に関しても、悲劇の瞬間には柏木奈美が水割りを作ってあげていたそうですから、やはりちゃんと広間にいたのです。

どうでしょう、人々のこうした証言を信じるなら、広間だろうが厨房だろうが、泰地を突き落としたあとにこっそり帰りえた人間は存在しないことになります。ましてや神綺楼を駆け抜けた青茅瑛二のタイムは、とうてい老人連にこなせる芸当ではなさそうですし、あの戦慄の広間で、息も乱さず何喰わぬ顔を繕えたはずなんてないのです。

「それで、瑛二さんと颯介くんが大変っていうのはどういうこと」

ベッドの上で胡坐をかいたまま、私は火美子に訊ねました。

彼女は書き物机（ライティングデスク）の椅子にもたれて、いまここに記した進捗を澱みなく報告していましたが、やにわに前屈みになって身を乗りだすと、「だから、いきなり運動しすぎたんだってば」といいました。

「あたしたち、たまたま瑛二さんと会って食堂でいまの話を聞かせてもらったんだけど、あの人、面談の途中からすでに気分が悪かったみたいで、顔色ときたら紙のようなの。結局、もう吐きそうだっていってトイレに駆けこんじゃった。いまごろきっとお部屋で臥せってるわ。そりゃそうよ、瑛二さんが走ってるとこを見たの、ゆうべが初めてだもの。驚いちゃった」

笑っていいやら労っていいやら、ともあれ、警察には告げないと宣言した青茅瑛二が、彼なりに解決に取り組もうとしている様子は見て取れたので、その点についてはいくらかホッとする思いでした。

「そりゃ災難だったね。名誉の負傷、でもない、名誉の体調不良かな。しかし、瑛二さんのことはわかったけど、颯介くんはどうしたって？」

どうせ大した話じゃあるまいと思いながら私は訊ねました。仮に大ごとであれば、青茅瑛二の件より後回しにするはずがないからです。

「それがね、お兄様、寝込んじゃったのは瑛二さんだけじゃないの。颯介くんも倒れちゃったのよ」

「颯介くんが倒れた？」

火美子がいうには、颯介は颯介で、昼間の遊戯室での「作戦会議」のあと、にわかに調子を崩したのです。島津先生に診てもらったところ、風邪らしい症状も見えないので、純粋に精神的なダメージから来たものだろうということでした。当人から、何もかも忘れてぐっすり眠りたいとの訴えがあったため、睡眠導入剤を処方して寝(やす)ませたそうです。

青茅瑛二はともかく、颯介のほうは何とも致し方ないところです。気丈に振る舞ってはいましたが、やはり兄の変死がそうとう堪えていたのでしょう。肉親が不慮の死を遂げ、あまつさえその場面を目の当たりにしたら――、参ってしまったのも当然でした。

「ところでヒミちゃん、今日は面白いものをつけてるんだね」

渚や颯介に倣って、このとき私は初めて火美子をヒミちゃんと呼びました。さりげないふりをして、意識的にそう呼びかけたのです。馴れ馴れしい気もしましたが、当の火美子はなんら気にする素振りも見せず、「ああ、これ？」と、例のトカゲのペンダントを掌に載せました。

「今日だけじゃないのよ。物心ついたころからあたし、肌身離さずつけてるの。ゆうべのパーティーだって外さなかったんだから」

「へえ、気がつかなかった」

「ゆうべは見えないように隠してたから。だってあのドレスにはちょっと合わないでしょう？　鳩の血(ピジョン・ブラッド)ですって。天然ルビーの最高級品よ。お祖父様からいただいた御守なの」

「御守？」

「ええ、御守だなんてあたし、本気で信じてるわけじゃないのよ。けど、絶対に外しちゃ駄目だって。お祖父様はめったにあたしたちを叱らないけど、これを外したらこっぴどく怒られるの」

掌で輝くペンダントを見つめながら無心に話す火美子の顔を、私はベッドの上から、えもいわれぬ幸福感をもって眺めていました。火美子が美貌の持主であることには何度か触れました。けれどいくら言葉を継いでも足りないぐらい、これほど美しい少女に会ったことはかつてないと、このとき私は改めて感じ入り、陶然としていたのです。

火美子の美貌は、和洋折衷といっては変かもしれませんが、日本式の清楚さと洋風の派手やかさの好いとこ取りで、そこへ少女の初々しさと溌剌たる生気が加味されて、嫌味のないまばゆい魅力を放っているのでした。

「これはね、お兄様、サラマンダーなのよ」

彼女のその言葉を聞いて私は横手（よこで）を打ちました。

「なるほど、だからお祖父様は君に贈ってくれたんだね」

古来より火中に棲むと伝えられる火の精（サラマンダー）――、ペンダントが先か名づけが先かわかりませんが、青茅龍斎は火美子の名にこそふさわしい品としてそれを授けたのではないでしょうか。意味合いとしては誕生石に近いもの――、となれば、ほかの三人にも、同様に象徴的な宝石が与えられているのかもしれません。これについて訊ねると、火美子は小首を傾げました。

「どうかしら。聞いたことがないわ。みんな男だし、そんなのもらっても嬉しくないんじゃない。それより、ね……」

　と、そこで彼女は急にしかつめらしい顔になって、左目の淡い、あの特徴的なオッドアイで私を見つめていいました。

「ゆうべのこと、お兄様はどう思う？」

「なぜあんなことが起きたのか……君らがわからないのに僕にわかるはずがないよ。ただ、パーティーの最中に、颯介くんが妙なことをいってたんだ」

　これは部屋に帰ってから思いだしたことです。

「妙なことって？」

「彼はここんところずっと不安だったらしい。この家に何かとんでもないトラブルが起きそうな気がしてしょうがないって」

「トラブル？　その予感がゆうべ的中したってこと？」

「いや、あの出来事がそうというわけじゃないけど……でも、昨日に始まったことじゃなく、ずっと不安だったっていうのはどういうんだろう。ヒミちゃんにもそれらしい感覚はあった？」

「いいえ、ちっとも」

　火美子はあっけらかんと否定しました。

「颯介くんはあたしと違ってデリケートですもの。でもね、よっぽど差し迫った心配ごとがあるなら、あたしたちに相談してたと思うの。そのぐらいの信頼関係はあるのよ。たぶんこれはお兄様が訊いても駄目ね。彼が元気になったら渚と一緒に確かめてみるわ」

「妙なことといえば……」

ずっと気にかかっていた疑問を思いきって私は口に出しました。

「君もこの前、不思議なことをいっていたっけね」

「何の話……」

前々日、初めて火美子と親しく言葉を交わした日――、ところも同じこの部屋で、彼女が囁いた謎めいた言葉を、私はずっと忘れられずにいました。

「聞き違いでなければ君はこういったと思う。あたしはこの世に存在してないの……って。あれはどういう意味？」

「ああ、そのこと」

口では素気なくいったものの、火美子の表情には、はにかみとも困惑ともつかぬ揺蕩いがわずかにかすめ過ぎたようでした。彼女は何ごとか思議するふうに黙したあと、やけに静やかな調子でいいました。

「いま、あたしはこうしてここにいる。なのに本当はこの世に存在していない。そんな馬鹿げた話って、ないでしょう?」

「ああ。じつは幽霊なの、なんていうつもりじゃないだろう?」

「それなら面白いけど、残念ながら幽霊じゃないわ。ね、お兄様、ほかにはどんなケースが考えられる?」

「どんなケースって?」

「だから、あたしがこの世に存在していないわけよ」

「そんなもの、わかるわけないじゃないか」

「わからないじゃなくって、考えてみてっていってるの」

駄々を捏ねるように火美子はいいました。それがまるで正解をいい当ててくれるのをせがむみたいな熱心さなものですから、私は無理に頭を捻って答えました。

「例えば戸籍がなかったりしたら、法的には存在しない人間といえるんじゃないかな」

うっかり口にして、後悔しました。火美子の置かれた身の上が身の上だけに、青茅家の事情次第で、それは非常に際どい答えにもなりうると気づいたからです。

そもそもが奇妙な一族なのです。特異な環境に置かれた子供たちなのです。四人が一度たりとも学校へ通っていないこと、島から一歩も外へ出ていないこと、顔合わせの場で彼らの名字が紹介されなかったこと——、いっぺんにそれらが思いだされて私は動揺しました。火美子、渚、泰地、颯介は、あたかも蜃気楼みたいな存在で、姿は見えども実体はない、この島から離れれば離れるほど、みるみる透き通って消えてしまうのじゃないか。ゆうべ警察が呼ばれなかったのもそれがためで、礼拝室にあるという泰地の遺体も、じつはもう跡形もなく消滅しているのではないか——、愚にもつかない空想が四方八方に脳裏を経めぐって、目の前で火美子の唇が動いたのに、声を聞きそびれました。

「えっ、何だって？」

「悪くない線ねっていったのよ」

変わらず静やかな口調で彼女はいいました。

「でも、はずれよ。戸籍は所詮紙切れだけの問題でしょう？　たとえ書類に記載がなくたって、誰かが産んだからこの世にいるわけでしょ」

「そんなことはわかってるさ。君が催促するから適当に捻りだしただけだよ」

わざと些事みたいに私はいい返しましたが、恬惔（てんたん）を装いながら火美子は、たしかに何か、いうにいえない秘密を話したがっているように見えました。あと一息の勇気を出せなくて、こちらがズバリと看破してくれるのを待ちわびているように見えました。

私はその秘密を知りたいような知りたくないような、複雑な心境を持て余して狼狽し、そうしてまたひとつの場面を思いだしていました。

あの謎めいた言葉を耳もとで囁いたあと——、当分は神綺楼に滞在すると告げた私に、彼女はこういったのです。

「でも、どのみち長くは一緒にいられないわ」

あれはどういう意味だったのでしょう。私がひとときの滞在で島を去る、ただそれだけのことでしょうか。ひょっとして火美子は重い病気でも患っていて、残酷な余命宣告でも受けているのではないでしょうか。

訊きたいことは数あれど、このときの私には明確な言葉でただすことはできませんでした。秘密を打ち明けるのに、火美子にあと一息の勇気がなかったというなら、私もまた、無理にそれを暴きたてる勇気を持たなかったのです。

変に気詰まりな沈黙が続いて、次の言葉を探しはじめたとき、「お兄様はいつかこの島を出るでしょう?」と、火美子がいいました。

「それはもちろん、そうなるね」

「そのとき……もしもあたしが一緒に行きたいっていったら連れてってくれる? あたしがこの家から逃げだしたいってお願いしたら……」

火美子がいい切らぬうちに、私はベッドから転げ落ちるようにして、衝動的に彼女のもとへ詰め寄っていました。

それは或る種の誘惑だったのでしょうか。火美子という少女は、無邪気で、いたずら好きで、甘えん坊で、すこし意地悪な森精（アルセイド）でした。片や私は、ニンフの森に迷いこみ、たぶらかされ、ゆく道に惑う旅人でした。火美子から色香が匂いたつことはありませんでしたが、それでも彼女は私を虜にしました。

「ヒミちゃん、何か僕の知らない心配ごとがあるんじゃないか？　あるなら話してほしい。一緒に考えよう」

勢いこんで私は訴えましたが、火美子の表情は思いがけず冷静でした。はぐらかされた気がして私はまたうろたえました。いいように手玉に取られているみたいで癪に障りました。

「まさか、いまのは全部、たちの悪い冗談というんじゃないだろうね？」

「冗談なんて……」

うっそりと笑ってつぶやくと、火美子は机の上のクッキーをひとかけら、パクリと口に入れました。三時に柏木奈美が持ってきてくれたおやつです。そうして蜜を吸い終えて飛び立つ蝶々みたいに、彼女はすっと立ちあがってドアへ向かいました。

「お兄様、話せるときが来たら話すわね」

「うん、いつでも」

心から私はそう答えました。

思い起こせば、この午後のひとときのうちに、きっと私は火美子に恋をしたのです。

4

午後六時の夕食の席、青茅瑛二はやや遅れて欝々として現れましたが、颯介はやはり寝入っているものか姿を見せませんでした。使用人たちはもともと食卓を異にしていますので、泰地が欠け、颯介も来ずとなると、だだっ広い食堂の光景は淋しいものでした。

あの人の好い水谷比佐子が、魂を抜かれたみたいな無表情で給仕をし、黒木孝典が黙々と補佐をする、その場にいる全員がどことなく機械的な動作で、いかにもルーティンじみた食事が始まったとき、ただ一人、人間らしい感情をあらわにした人物が飛びこんできました。柏木奈美でした。明らかにふだんと異なる惑乱、まるで命からがら逃げてきたみたいな荒い息遣いの下から、かろうじて「颯介様が……」という一語が聞き取れました。

「颯介がどうした」

よく通る大声で青茅瑛二がただしました。

「はあ、たったいま、水谷さんにいわれてご様子を窺いに参ったんです。そしたら、とても恐ろしい顔になられて……」

「恐ろしい顔？　どういうことだ。あいつは薬で眠ってるんじゃないのか？」

てっきり私は、颯介が癇癪を起こしてメイドを怒鳴りつけでもしたのかと思いました。青茅瑛二も同じだったのではないでしょうか。ところが、「はい、いえ、でも……」としどろもどろで口ごもっていた柏木奈美が、急に白目を剥いたかと思うと、ドゥッと真後ろに卒倒してしまったので、一同弾かれたように立ちあがりました。

怒鳴りつけただのなんだの、そんなつまらない話でないのはもはや明白でした。昨日の今日ですからみんな大いに不安がって、誰が提案したわけでもないのに、揃って颯介の部屋へ様子を見に行くことになりました。食堂の異変に気づいた古村宏樹や猫田日呂介まで、厨房から出てきて、一緒に向かったのです。同行しなかったのは水谷比佐子だけで、彼女には気絶した同僚の介抱をお願いしました。こうして図らずも柏木奈美は、第二の悲劇を報せる使者となったのです。

三階にはエレベーターと階段に分かれて上がりました。颯介の部屋は左翼側にあります。パーティーの正装を借りるために入ったことは前に記しました。そこは二階の客室とは比較にならぬ広い一室で、ウォークインクロゼットとサニタリーが付された造りになっています。四人の子供たちの部屋はいずれも同等と聞いていました。

青茅瑛二を先頭に踏みこんだ颯介の部屋は、ぞろぞろとやってきた十数名をたやすく呑みこみました。天井の明かりは燈っていました。奥の壁に接して横向きにベッドが据えてあり、ヘッドボードの宮棚に置かれた小さな電気スタンドが点灯していました。じつは天井のほうは柏木奈美が点けたもので、直前に彼女が入った際にはスタンド照明だけだったことが、のちにわかりました。

ベッドの上には、白いパジャマ姿の颯介が仰臥していました。われわれから見て頭が左、足が右になる向きです。

ベッドの手前の床、ちょうど颯介の頭部の真横あたりの位置には、一脚のスツールが置いてありました。それはあたかも、看病に来た誰かが腰かけていたみたいな按配でしたが、スツールの座面にはずいぶんと不思議なものが載っていました。人形なのです。高さ五十センチほどの人形が一体、後ろ向きに、つまり部屋主のほうを向いて立っているのです。

ほんのかすかにお香(インセンス)の匂いを嗅いだ気がしました。後姿であっても私にはすぐにわかりました。スツールの人形は、あの「驚異の部屋(ヴンダーカンマー)」で見た、十体の自動人形(オートマタ)のうちのひとつなのです。あまりに目立つ場所にこれ見よがしに置いてあるものですから、皆、颯介より先に人形に注目したぐらいでした。

青茅瑛二もベッドに近づくなりアッと叫び、「なんで〈目覚まし男〉がこんなところに……」とつぶやきましたが、すぐさまわれに返って島津先生を呼び寄せました。

そこから数分の展開は、前日に見た場景と同様でした。あのときは嵌め殺しの窓を隔てた薄闇のさなかでしたが、今度はそうではありません。仰向けになった颯介の紫の顔色、その凄まじさは誰の目にも瞭然でした。わずかに寄せた眉根と、食いしばった口もとに、苦悶の痕が見て取れました。

「容態は」

若主人が気遣わしげに訊ねました。しかしわれわれは、島津先生から颯介の病状を聞くことはできませんでした。先生が口にしたのは、「窒息死ですね……」というにべもないひと言だったのです。声低く、短いその言葉は、人々の間(あわい)を禍々しい効力をもって貫き過ぎていきました。声にならない呻きが背後でいくつか漏れました。とてつもなく嫌な、吐き気を催すような感覚に苛まれて、私は喘ぎました。

颯介は毛布の一枚も掛けずに横たわっていました。暖房が効いていますから寒くはなかったでしょうが、布団のたぐいは足もとに畳まれたままです。

「颯介も死んだ……窒息死だって？」

青茅瑛二が大きく息を吸いこむのが隣にいてわかりました。おそらく彼は激情的な言葉を吐きかけたのです。けれど、それより早く島津先生がいいました。

「ここを見てください。おかしなものが落ちています」

先生が示したのはベッドの上、遺体の手前側の枕の脇でした。そこに何か、小さな見慣れぬものが落ちているのが、私の目にも留まりました。先生が用心深くハンカチでつまみ取って、青茅瑛二の前に差しだしました。

「コルクピンですね。右の頬に刺し傷らしきものがありますから、ほっぺたに刺さって落ちたんじゃないでしょうか」

白いハンカチに載せられたそれは、たしかにコルクピンでした。画鋲ほどの太さの針は長さが三センチぐらいもあって、円柱形のコルクヘッドが付いています。

「これは……」

受け取ったピンを凝視していた青茅瑛二が喉の奥で唸りました。心当たりがありそうな様子なので横から訊ねると、「これは……この人形の付属品だ」と、よくわからないことをいいます。

「瑛二さん」

肩越しに渚の声がしました。

「盗まれたオートマタというのはひょっとして……」

「ああそうだ。まさしくこいつなんだよ」

そこで彼は見回すでもなく背後の人々を顧みて声を高めました。

「まだ一部の者にしか話してなかったが、この人形がヴンダーカンマーから消えていたんだ。まさか、こんな形で現れるとはな……」

それは四角い木製の台座に載った道化師の人形でした。台座を含めて五十センチほどの背丈ですから、なかなか存在感があります。

突如現れた道化師は、艶やかな生地の派手な衣装を身に着けていました。トリコロールカラーの段だら模様の服です。帽子はかぶっていません。髪は青、顔はうっすらと白塗り、唇と鼻先が赤いほか奇抜なメイクは施されず、そのために人間らしいリアリティが感じられます。黄金の喇叭を左手に持って、腕は腿のあたりに下ろされていました。

「そのピンが人形の付属品というのはどういう意味ですか？」

訊ねると、青茅瑛二は血走った目でこちらを見据えました。

「君にはこの前、説明しなかったかな」

「この人形については聞いていません。喇叭を吹く仕掛けだろうとは思いましたが」

「喇叭を吹く……いや、正確にはそうじゃないんだ。こいつは〈目覚まし男〉といって、一種のジョークグッズでね……家に招待したパーティー客やなんかに少々意地の悪いいたずらをするのさ」

「いたずら？」

「吹き矢だよ。あらかじめゼンマイを巻いておいて、時間が来たら腕が上がる。てっきり起床喇叭でも吹き鳴らすのかと思いきや、そうじゃない。喇叭の奥からこのピンが飛びだすんだ。フイゴの空気によってな」

ああ、ゼンマイ仕掛けの発射装置――、では、飛びだした吹き矢が颯介の頬を直撃したとでもいうのでしょうか。子供じみているぶんいっそう不気味なやり口に私が言葉を失ったとき、後方から久しぶりに聞く猫田日呂介の濁声が響きました。

「先生、窒息死ってのは縊（くび）られたわけじゃないんで？」

「ああ、ヒロさんか。いや、首を絞められたんじゃない。おそらく神経毒だろうと思う」

「なんと、毒ですかい？　そいつの針に毒が塗ってあったとは初耳だあね」

　悪気はないでしょうが、やけに呑気そうな猫田日呂介の声に青茅瑛二は憤慨し、

「馬鹿野郎！」と罵りました。

「吹き矢に毒なんてあってたまるか。しかし……まさか……颯介はそれで死んだのか？　馬鹿な、いったい何がどうしたっていうんだ……」

　薄気味悪そうに、暫時彼はつまんだコルクピンの針先を見つめていましたが、「毒……神経毒……」そうつぶやいたかと思うと、やにわにアッと叫びました。

「鏃！　鏃の毒だ！　ドクター、以前あんたに調べてもらったな？　ヴンダーカンマーの鏃をさ」

　私も憶えていました。二階のショーケースにあった十数本の鏃。それらは南米先住民の持ちもので、いまなお効力のある猛毒が塗りこめられていると、あのとき青茅瑛二は説明してくれたのでした。

「えっ、では、クラーレ……」

　島津先生が激しい動揺とともにいいました。

「症状はどうだ、合致するだろう」

「たしかに……麻痺状態から呼吸困難に陥った……」

「すぐに絶命するんだな」

「ええ、速やかに……」

「猫田！……いや、いい、俺が行く」

日ごろのニヒルな物腰などかなぐり捨てて、青茅瑛二は殺気立ち、抑えきれない憤りに震えていました。

「すぐに戻る。お前らはここを動くな。何も触るな」

いい捨てるや彼は一人で部屋を飛びだして行きましたが、十分ばかりして戻ってくると、悄然として、「案の定だった」と告げました。

「鏃の数は減ってないが、先端を削った痕跡があった。誰かが毒を削ぎ落としたんだ」

「鏃の毒を溶いて、ピンに塗って刺したってこと……？」

怯えた声で火美子が訊ねました。

「ああ。だが、なんでこんなしち面倒くさい真似をしやがったんだ。毒で殺りたいなら、じかに鏃を刺したらいいじゃないか。颯介は薬で熟睡していたはず、起きる気遣いはなかったろうよ」

そのとおりなのです。仮に猛毒の得物を所持していたのなら、人目を偸んで部屋に入り、さっさと事を済まして逃げだせばいい。自動人形（オートマタ）の仕掛けなど馬鹿げた話です。

薬の効いた颯介には騒ぎたてることも叶わなかったでしょうから、すべては円滑に運んだはずなのです。

「アリバイ作りではないでしょうか」

　恐る恐る進言したのは黒木孝典でした。

「アリバイ作り……そうだな。考えられるのはそれしかないか」

　人形の動作について私が訊ねると、青茅瑛二は苛立った様子で口早に答えました。

「コルクピンをセットしてネジを巻くだけさ。ゼンマイは最後まで巻き切ってちょうど一時間もつ。半分だけ巻けば時間も半分だ。時が来れば腕が持ちあがって吹き矢が飛びだす」

　一時間、一時間――、ほかのオートマタにはなく、盗まれた「目覚まし男」にあったのが、一時間のタイマー機能だったのです。それが理由でしょうか。「目覚まし男」だけが盗まれた理由は、そこにあったのでしょうか。犯人には、颯介の傍らに人形をセットし、ネジを巻く時間さえあればよかった――、では、その犯行はいつだったのか。

　私の心の声をなぞるように、青茅瑛二もしきりに「一時間、一時間」とつぶやいていましたが、ふいに振り返ってギロリと目を剥くや、一気に激情を迸(ほとばし)らせました。

「わかっちゃいたが、やはり泰地も事故死なんかじゃなかったんだ。殺人だ。これは連続殺人だぞ。いったい誰のしわざだ！」

無差別に突きつけられた強烈な詰責は、それまで忍従してきた人々にとって、或る種のトリガーとなりうる刺激でした。突如背後で勃発した諍いがその証拠でした。

「お前かっ。お前がやったのか！」

怒号の主は田谷晋司でした。

いきなり牙を剥かれたその相手、朝井寿は、一瞬鼻白んだあと、「馬鹿をいいなさんな」と、侮蔑を込めたふうに吐き捨てました。

「何が馬鹿だ、お前以外に誰がいる。二人だぞ。泰地と颯介。二人ともだぞ。お前以外に誰が……」

いいきらぬうちに田谷晋司は朝井寿に摑みかかりました。たるんだ肥満体で滅茶苦茶にむしゃぶりつく姿は完全に理性が弾け飛んでいます。対する朝井寿も頑健な肉体にものをいわせ、相手の禿頭をこれでもかと上から肘で押さえつける。死者の枕辺で起こった五十男の醜い揉みあいに、さしもの青茅瑛二も唖然として立ち尽くすばかりでしたが、ほどなく騒動を収めたのは、やはり青茅龍斎でした。彼の目配せで、黒木孝典と猫田日呂介が田谷晋司を羽交い絞めにすると、有無をいわせず部屋の外へと連れだしたのです。

　じつはこのときまで、私は青茅龍斎がそこにいたことに気づいていませんでした。彼は圧倒的権力を持つカリスマ的支配者ですが、ごく小さな老人でした。特に泰地の事件からこっちは、憐れなくらい弱々しく、急激に老いさらばえて見えました。あのパーティーの席で田谷晋司を一喝したときのように、もはや鶴の一声では場を鎮めることができないほど、たしかに彼は打ち拉がれていたのです。とても演技とは思えない落胆ぶりでした。一族中、二つの死に最もショックを受けているのは青茅龍斎にほかならないと、私は思いました。

「警察だ。もう警察を呼ぶべきだ！」

　廊下の向こうから田谷晋司の喚き声が聞こえました。

　通報しないと決めたのは青茅龍斎です。ところがこれに逆らっていま、絶対服従の部下からも反抗的な台詞が飛びだした――、明らかに事態は潮目を変えつつあるようでした。

　それにしても、なぜでしょう。なぜ双子の死が朝井寿のしわざなのでしょう。田谷晋司はどうしてそんな疑いを持ったのでしょう。

　私はすっかりわからなくなりました。それでもおぼろげに察せられたこと――、これまでさほど注目してこなかった客人の四人、田谷夫妻と朝井夫妻は、今度の事件と無関係というわけではない。彼らもまた、私の知らない何ごとかを知っているのかもしれません。

もはやその部屋にはいたたまれませんでした。いまや父に代わって主導権を握ったかとも見える青茅瑛二が声をかけて、皆をいったん食堂に帰しました。むろんこうなっては夕食どころでなく、一同が席に着くのを待って、泰地のときと同様の話しあいが持たれることになりました。先に出て行った三人も食堂へ戻っていて、田谷晋司の激情もひとまず落ち着きを取り戻した様子でした。

このときの話しあいは前夜と違い、青茅瑛二と島津芳太郎の問答が主となりました。死亡推定時刻を問われ、島津先生が私見を述べました。気が張っているのか、平時よりずっと堂々として見えました。

「そんなに前ではありません。先ほどの発見が六時十分ぐらいでしたか。体温から見ても、せいぜいその二、三時間前というところじゃないでしょうか」

「二、三時間前というと、三時十分から四時十分のあいだってことだな」

「あくまで見当です。いくらか誤差はあるかもしれませんが、四時半以降ということはないでしょう」

「午後に颯介の診察をしたそうだが、いつごろだ？」

「あれは……二時前でした」

遊戯室で開かれた「作戦会議」は十二時四十五分に始まり、途中でタイムテーブルを作成したこともあって四十五分ほどかかりました。ですから、一時半ごろに散会して自室に戻ったあと、さほど時を置かずに颯介は島津先生を呼んだのでしょう。

「あの部屋で診察したのか？」

「そうです。あのベッドで……」

「睡眠薬を飲ませたんだろう？」

「ええ」

「それは、どういう薬」

「即効性のあるタイプと、緩やかに長時間作用するタイプと、二種類出しました」

青茅瑛二は眉をひそめました。

「二種類も必要だったのか？」

「颯介くんは私に、二十四時間ぐらいぶっ通しで眠りつづけたいと訴えたんです。あんなことがあったんですから、気持ちはわかります。彼はもともと寝つきが悪く、眠りも浅いたちでしたから、それで二種類出してあげた。どちらも弱い薬ですが、彼が睡眠導入剤を服用するのは初めてですから、耐性もついていません。さすがに二十四時間は無理にしても、十分に効くよと安心させて飲ませた……」

理路整然とした説明だと私は思いました。

「薬を飲ませたのが二時前ということでいいかい？」

「いえ、薬は持参していなかったのです。いったん取りに戻りましたので、目の前で服用してもらって、私が彼の部屋を出たのは二時十分あたりだったでしょう」

と、そこで眼鏡の医師は失せものでも発見したみたいにパッと表情を変えて、「そうそう、瑛二さん、あのときあなたは……」といいました。

「そうなんだ」

青茅瑛二もうなずいて請けあいました。

「二時ごろといえば、俺が家のなかを駆けずりまわっていた時間帯なんだ。あれには驚いた奴もいただろうが、泰地の件を調べるのにタイムを計っていたんだよ」

「薬を取りに部屋に戻る際、三階でちらっとお見かけしたんです」

「そうか、声をかける間もなかったろう」

青茅瑛二は自嘲気味に微笑みました。

「俺は塔と広間のあいだを何度か往復したんだがね、残念ながら左翼側には足を踏みいれなかった。いずれにしても、犯行が三時十分から四時十分見当となると、そのころにはとっくに駆けっこをやめて、応接室で個別に君らと面談を重ねて……いや、そっちもすでに済んでいたんじゃないかな」

「そうよ」

　裏づけるように火美子がいいました。

「だってあたしと渚が瑛二さんを見かけたのが四時前だもの。そこから食堂で素人探偵の活躍ぶりを聞かせてもらっていたら、火美子、もう駄目だ、吐きそうだって。ねえ皆さん、瑛二さんは急に運動しすぎてダウンしちゃったのよ。そのあとあたし、一人で聖さんのお部屋に行ったんだわ」

　無様な姿を火美子に見られたのが照れ臭いのか、青茅瑛二は極まり悪そうに顔をしかめると、すぐに島津先生のほうを向きました。

「ドクター、睡眠薬のことだがね、即効と長時間の二つってことは、颯介は飲んですぐに眠ったろうね？」

「ええ、間違いなく。じきに頭がぼぉっとして来ます。無理に堪えでもすれば多少は抗えるでしょうが、当人が眠りたがっていたんですから寝つくのに十分とかからなかったろうと思いますよ。彼は疲れていましたから、もっと早かったかもしれません」

「そのあとは死んだように眠りつづける？」

「ええ、死んだように……いえ」

と、不穏当な喩えを繕うように空咳をして、「本来なら明日の朝まで熟睡していてもおかしくなかったでしょう」と島津先生はいいました。

「わかった、ではひとつ考えてみようじゃないか。実際には数分かかったろうが、颯介がコロッと眠りに落ちたと仮定して、二時十分だ。死亡推定時刻が三時十分から四時十分。犯人がさっきの仕掛けをセットした時刻は、二時十分から四時十分のあいだということになる。違うか？」

ゼンマイの巻き戻る時間の最大を一時間とすればそれが正解ですが、ふと思いついて私は口を出しました。

「四時前後にセットしたという線は薄いかもしれないですね」

「というのは？」

「人形をタイマーとして用いる場合、犯人は事前に実験して一時間という数値を確かめたでしょう。それをアリバイ作りに生かしたいなら……」

「一時間を最大限有効に使うだろうってことか」

薄い唇に手を当てて、青茅瑛二は考え顔になりました。

「颯介が三時十分にやられたなら二時十分、四時十分にやられたなら三時十分に〈目覚まし男〉をセットすればいい……」

「でも、〈目覚まし男〉自体がフェイクって可能性もありますよ」

そう反論したのは渚でした。

「〈目覚まし男〉がフェイクとは？」

青茅瑛二に問われて、渚はいつもながらのイノセントな口調で淡々と話しはじめました。

「あんな場所にカラクリ人形が置いてあったら、誰もがトリックに利用したんじゃないかって考えるでしょう。でも、ほんとのところはわからない。犯人は直接その手でコルクピンを刺したのかもしれない。だって喇叭から飛びだす吹き矢なんて、あまりに不確実だもの。本当は直接刺した、ところがオートマタのおかげで、僕らはアリバイトリックを疑うことになる……」

渚のいいたいことはよくわかりました。彼は四時前後の線は薄いという私の仮説に異を唱えたのです。その主張はもっともでした。タイマーを使ったアリバイトリックなんて幻なのかもしれません。この段階で時間を絞るのは危険なのです。

じつに聡明な少年です。しかし、だんだん私は渚のことがわからなくなってきました。はじめのうちは単純に、穏やかで天真でおっとりとした、見た目も性格も人好きのする可愛らしい子供だと思っていました。が、それにしてはあの落ち着きぶりはどうでしょう。十七年の長きをともにしてきた同い年の兄弟（そう呼んでかまわないでしょう）の死を、はたして彼はどのように受けとめているのか。悲しみも、懼れも、喪心した様子さえ、渚からはほとんど伝わってきません。その点では火美子にも似たところがありますが、私にとって渚は、火美子以上に謎めいた存在になりつつありました。

「よし、わかった」

青茅瑛二は一人合点するように二、三度うなずきました。

「とにかく二時十分から四時十分あたりまで、各自の二時間の行動を、あとでまた調べさせてもらう。全員残らずだ。それからドクター、コルクピンの分析を頼む」

ここで「あのう」と小さく右手を上げたのが朝井寿でした。受け口特有のしゃべり方で、彼は疑問を呈しました。

「ピンに鏇の毒が塗られていたといいますが、現実問題、そんなに古い毒が効くもんなんでしょうか？」

「効くんだよ」

青茅瑛二は即座に断言しました。

「去年だったか試してみたことがある。猫田が捕まえてきた海鳥を鏃で刺したのさ。すぐに死んだよ。火美子と渚は一緒に見たよな？　黒木も見ただろう。そのあとドクターに成分を分析してもらったんだ」

「T*********」

島津先生がぼそりとつぶやきました。

「去年じゃありません、あれはおととしでしたよ。これから急いで調べますが、コルクピンから同じ物質が出れば確定です」

この食堂の集いのあいだ、私はひそかに、田谷晋司の口から何かしらの暴露があるのではないかと期待していました。ところが彼はすっかり虚脱状態に陥って、終始テーブルに目を落としたままでした。それからもう一人、いまやすっかり影が薄くなったかに見える青茅龍斎――、早いうちに一度あの人と向きあわねばならないと私は思いました。二人きりで会って、今度こそすべての話を聞かせてもらわなくてはなりません。

今夜のうちに全員のアリバイ調べを行う旨が念押しされて、いったん集いは解かれることとなりましたが、締めくくりに青茅瑛二が放った言葉は、何より切実に人々の胸に刺さったに違いありません。

「みんなよく聞いてくれ。犯人がこのなかにいる可能性は十分にあるんだ。各自気をつけろ。そして疑え。もしもそいつがいまこの場にいるなら、俺は絶対に逃がさないぞ」

それこそは悲劇の継続について言及した初めての発言であり、非常事態宣言の布告にほかなりませんでした。

やがて颯介の遺体も礼拝室に運ばれて、二つの死は神綺楼を混沌の魔窟に変えました。

なぜ双子は殺されたのか。動機は何でしょう。事件はこれで終わりか、それとも……

暗澹たる心境のその一方で、しかし私は、颯介の死が解決への突破口になりうるとも考えていました。

犯人は策に溺れたかもしれないのです。なぜなら、自分が「驚異の部屋(ヴンダーカンマー)」に詳しい人間だと告白したようなものだからです。ここへ来て、ひとつの方向が見えてきたようでした。

第一に、犯人はヴンダーカンマーに出入りできる人間でなくてはなりません。四人の客人たちはどうでしょう。過去に何度も屋敷を訪ねているそうですから、塔の存在は知っているだろうし、無施錠ですからその気になれば容易に入れるでしょう。となると当てはまるのは全員ですが、もう一点、コレクションに精通しているという条件を加えると、話は違ってくるのではないでしょうか。

鏃に猛毒が塗られており、その威力が現在でも有効だと知っていて、なおかつ自動人形(オートマタ)の機構(ムーブメント)まで熟知している。特に鏃に関しては、あの膨大な品々のなかから選び取らねばならないわけです。

そこまでの知識を有しているのは誰かということです。

5

二月十四日月曜日、神綺楼での五日目が明けました。

長い夜のあいだにも、寝つかれぬままに私は考えつづけていました。

この日は、朝いちばんで青茅龍斎に直談判するつもりでした。今日こそはすべてを話してもらおうと心に決めていました。私と青茅家の関係、私が神綺楼に招かれたわけ、四人の子供たちの立場と、二つの死の意味。最後の項目は、さしもの青茅龍斎でも想像で答えるしかないかもしれません。けれど、ほかの三つについてははっきり答えられる。それらに答えうるのは彼をおいてほかにない。

今日教えてくれなければすぐに警察へ届ける。そうして私は島を出る。そのぐらい強硬に訴えるつもりで朝食の席に赴きましたが、意気込みは見事に肩透かしを喰いました。食堂に長老の姿はありませんでした。それどころか、こちらの心理の動向を計算ずくで見透かしたように、老人はこの日一日、部屋に籠ってしまったのです。青茅龍斎は体調を崩したのだと黒木孝典に教えられました。

政治家やなんやら、お偉い有名人が不祥事を起こすと、じつにタイミングよく体調不良で入院するでしょう。私はあれを思いだしてじりじりしましたが、前々日来の老人の憔悴ぶりは現にこの目で見ていましたので、さすがにせっつくわけにもいかず、ひとまず退却するしかないのでした。

昼食のあとには二度目の作戦会議が持たれました。当然ながら参加者は一人減って、青茅瑛二、火美子、渚、そして私の四人きりでした。

通告どおり、青茅瑛二による個別面談は前夜のうちに実行されていました。むろん私も例外ではなかったですし、瑛二は父親にも話を聞いたようです。その成果が午後の会議で披露されましたので、一応ここにも提示しておきます。ただし、前もっていい添えると、今回のタイムテーブルから得られる収穫は、残念ながらほとんどないように私には思えるのです。それというのも、青茅瑛二はアリバイ調べを行うと息巻いていましたけれども、時間的「機会」だけに限っていうなら、颯介殺しは屋敷の誰にでも可能だったといわざるをえないからです。皮肉にもこれは、何人にもチャンスがなかった泰地の事件とは正反対の様相を呈していました。

　その要因は例の「目覚まし男」にあって、あらかじめ喇叭の奥に毒矢を嵌めこんでおきさえすれば、ネジを巻いた人形を、颯介の部屋のスツールに据えて立ち去ることなど、ものの五分もあれば事足りるでしょう。五分程度の間隙なら誰にだって作れます。おまけに島津先生が颯介の部屋を出たという午後二時十分から、四時台の前半あたりまでは、屋敷の人々の自由が利く時間帯なのです。使用人一人一人には独立した部屋が与えられていましたし、泰地のときに作成したタイムテーブルのごとく、分刻みで己の行動を証言できる者などいたはずもありません。結果として青茅瑛二の報告は、五分十分単位の甚だ大雑把なものとなっていました。

　そうそう、順序が逆になりましたが、颯介を絶命させた兇器はやはり毒を塗布したコルクピンだったのです。夜のうちに島津芳太郎がそれを突き止めていました。

「先生がいてくれて本当に助かりましたね」

2月13日午後のタイムテーブル

青茅龍斎	①13:30-14:30 自室で午睡 ②14:30-16:30 書斎で書き物
青茅瑛二	①13:45-14:10 タイム計測 ②14:25-15:50 応接室で個別面談 ③15:50-16:00 食堂で火美子、渚と会話 ④16:00以降 一階トイレで嘔吐後、自室で休憩
火美子	①13:35-15:30 渚の部屋でゲーム ②15:30-15:50 渚と厨房へ行き、その後食堂へ ③15:50-16:00 食堂で渚、青茅瑛二と会話 ④16:00-16:30 聖の部屋で会話
渚	①13:35-15:30 自室で火美子とゲーム ②15:30-15:50 火美子と厨房へ行き、その後食堂へ ③15:50-16:00 食堂で火美子、青茅瑛二と会話 ④16:00以降 猫田日呂介の部屋で会話
光田聖	①13:35-16:00 自室で書き物、休憩 ②16:00-16:30 自室で火美子と会話
田谷晋司	①14:00以降 二階の遊戯室にて客人四人でカードゲーム
田谷由香利	同上
朝井寿	同上
朝井和美	同上
島津芳太郎	①13:00以降 自室で音楽鑑賞、読書
黒木孝典	①13:45-15:00 一階左翼、使用人用の休憩室で古村宏樹と将棋 ②15:00-15:30 午睡 ③15:30-16:30 自室で読書
古村宏樹	①13:45-15:00 一階左翼、使用人用の休憩室で黒木孝典と将棋 ②15:00-16:00 自室で休憩 ③16:00以降 厨房で夕食の準備
水谷比佐子	①14:00-16:00 自室で休憩 ②16:00以降 厨房で夕食の準備
柏木奈美	①14:00-16:00 自室で休憩 ②16:00以降 厨房で夕食の準備
猫田日呂介	①14:00-16:00 自室で休憩 ②16:00以降 自室で渚と会話

※瑛二の②の時間帯に、各自一度ずつ一階応接室へ出向いている（田谷夫妻、朝井夫妻は四人一緒に）

前日と同じ遊戯室で私はいいました。

「うちの使用人はみんな優秀だからな」

青茅瑛二が自分の手柄みたいに答えました。

「猫田が切れ者だって話はしたろう。黒木は見てのとおりだし、古村の料理も文句なしだ。だがドクターの才能は、ああ見えてそれ以上かもしれない。むろん君は知らないだろうが、彼の部屋はちょっとしたラボだよ。あの人は医者というより化学者と呼んだほうが似つかわしい」

「でも、問題を起こして東京にいられなくなったんでしょ」

つんと澄まし顔でいった火美子の言葉に、私は死角から頭を小突かれたみたいにハッとしました。

「えっ、島津先生が？」

「おい、かわいそうなことをいってやるなよ」

青茅瑛二が珍しくやんわりと窘めましたが、そういう彼だって、先ごろ私にいっていたではありませんか、猫田日呂介は本土に後ろ暗いことがあるのだと。島津芳太郎と猫田日呂介、二人について仄めかされた少々怪しげな疑惑。この符合はどういうわけでしょう。

思えば疑問ではあったのです。うちの使用人たちは優秀だといいますが、そして実際、私の目にもそう映ってはいましたが、それほどの人々が、どうしてこんな僻地で退屈な暮らしを送っているのでしょう。こんな辺鄙な島で、どうして島津芳太郎は十三年ものあいだ、一家族のためだけの家庭教師や「侍医」に甘んじてきたのでしょう。それこそが青茅龍斎の比類なきカリスマ性というわけでしょうか。しかし、ではあのパーティーの片隅で、自分に託された役目がもうじき終わると語ったときの島津先生の若やいだ眸の輝き――、はたしてあれは何を意味していたのでしょう。今度の事件との関連こそ不明ですが、私は忘れずにこれを記憶にとどめておこうと思いました。

閑話休題、青茅瑛二の報告内容に戻って、その場にいる顔ぶれに聞いたことを補足しておきます。

三時半に火美子と渚が厨房へ行ったのは、おやつのお代わりをするためだったそうです。自分たちで紅茶を淹れ、お菓子と一緒に隣の食堂へ運んでくつろいでいるところへ、三時五十分、個別面談を終えた青茅瑛二が前の廊下を通りかかって三人で話をした。四時、青茅瑛二が体調不良を訴えて退席したのを機に、火美子は私の部屋へ、渚は一階左翼の猫田日呂介の部屋へ遊びにいく。渚のこの行動はごく日常的なものだそうです。猫田日呂介なら、友達のない神綺楼で、少年のいい退屈しのぎになったでしょう。この日はちょうど猫田が読み返していた『神州纐纈城』の話を聞かせてもらったといいます。

　さて、このような次第で、犯行の機会を有する者をいっさい絞りこめないとなると、次なる活路は、これまで蔑ろにされてきたようにも思える動機の検討に見出すべきでしょう。つきあいの短い私には、双子が殺されねばならない理由など想像もつきません。そこは目の前の三人に頭を捻ってもらうよりないのです。

「犯人は同一人物でしょうね」

　議論の糸口にと、いわずもがなのことをいうと、「そうでなかったら、それこそ恐ろしいな」と青茅瑛二がつぶやきました。

「被害者が双子……兄弟だったことに、何か意味はあるんでしょうか」

「意味？」

「ええ、これはあまり考えたくないことですが……」

　夜のあいだじゅう不安に思っていたことを、私は口に出しました。

「これで事件が終わるのであれば、何らかの理由であの二人が標的だったのだと思えます。しかし、いま僕が心配しているのは、犯人の魔手が引きつづき火美子ちゃんや渚くんの上にも及びはしまいかということなんです。それどころか、ターゲットの範囲はさらに広いかもしれない」

「青茅家鏖殺（みなごろし）……そして誰もいなくなるってわけか？」

心なしか顔色を曇らせつつも、青茅瑛二は虚勢の笑みを泛べました。

「笑いごとじゃないですよ。ゆうべ瑛二さんがみんなに気をつけろと注意喚起なさったのは正解だったと思います。もっと強くいってもよかったぐらいです。いかがでしょう、泰地くんと颯介くん、あるいは火美子ちゃん、渚くんを交えた四人でもいい、彼らが命を狙われるような理由に心当たりはありませんか」

余計な首は突っこみたくありませんが、こうなっては私も、青茅家の内情に積極的に踏みこまざるをえませんでした。ところが互いに顔を見合わせた三人からは、捗々（はかばか）しい返答はありませんでした。青茅瑛二は難しい顔で腕組みをしてうーんと唸るばかり、火美子は「渚、あんたも気をつけなさいよ」などとふざけた調子でいって私を苛立たせました。

どうにも妙なことですが、こうして話していると、目の前の三人からはいまひとつ恐れの感情が伝わってこないのでした。さすがに事件を愉しんでいるとまではいいません、が、それなりの緊張感、それなりの危機感は持ちつつも、一方では常にないスリルを歓迎しているかのような感じがするのです。それは娯楽のない退屈な島で、ささやかな独奏会の開催を心待ちにしていた、先日の水谷比佐子の態度とダブって見えました。

もしもいっさいが催しもの、お芝居でもあったなら、たとえ騙されたと知ってもどんなにか私は救われたでしょう。しかし、あの呑気で愛嬌のある顔をした泰地も、ナイーブでどこか私と似ていた颯介も、現実に無残な死体となって眼前に横たわったのです。兄は冷たい甃に首の骨をへし折られ、弟は猛毒の苦痛に顔面を紫色にして。

「動機がわかれば防ぐ手立てもあるだろうし、犯人をとっ捕まえることだってできるだろうがね」

青茅瑛二がいいました。これでもまだ警察にいわないのかと訊くと、無言のイエスが返ってきたので、それならと私も臍（ほぞ）を固めました。今日のこの場は自分が主導しようと決めたのです。

「昨日の事件で一点、はっきりしたことがあります。犯人は〈驚異の部屋（ヴンダーカンマー）〉に通じた人物だってことですよ。塔のなかには皆さん入ったことがあるんですか？」

「うちの人たちは全員入ってるわ」

火美子が答えました。

「なぜっていうと、瑛二さんが自慢たらたらで見学を無理強いするからなの。お兄様も着いた早々餌食になったんでしょ?」

「バカ、餌食とは何だ。聖くんは同好の士なんだぞ」

「では皆さん、それなりにあそこの品々には精通していると思っていいのでしょうか」

「そうだな。いや、メイドの二人に関しちゃほとんど知識はないだろう。水谷の婆さんなんて、おお怖い、おお気味が悪いの連発で、とても価値なんかわかりそうにないからすぐに帰らせた。詳しいといえるのは、親父と黒木と猫田とドクター、あとはここにいる可愛らしい坊っちゃん嬢ちゃんさ」

二人を見やって青茅瑛二は、「お前らは何度も俺のコレクション自慢につきあってくれたな」と笑いました。

「泰地くんと颯介くんも詳しかったでしょうね」

「ああ、それはこの二人と一緒さ」

「〈目覚まし男〉の動作についても?」

「うん、君も知ってるだろうが、オートマタは俺のいちばんのお薦めだからな。みんな講釈は聞き飽きたぐらいだろう」

「そうすると」

私は少々ためらった末にいいました。

「颯介くんが、文字どおり目覚まし時計の代わりに人形を置いたってことはないでしょうね」

「何だって？」

一瞬呆気に取られたあと、青茅瑛二は高らかに手を打って笑いました。

「面白い。さすがだよ聖くん、その発想は俺たちにはなかった。たしかに目覚まし時計なら枕の脇に据えてあっても不思議はないな。しかし、残念ながらいま話したとおりだ。颯介はあれの仕組みを知っていたし、二十四時間ぶっ通しで眠りたいといっていたぐらいだから、目覚ましなんて不要だったろうよ」

あくまで確認でしたから、気を取り直して私は質問を続けました。

「では、鏃の毒はいかがです？　皆さんご存じだったんですか」

青茅龍斎は当然知っていたでしょう。憐れな海鳥を実験台に毒の効果を試したとき、火美子、渚、黒木孝典はその場にいたそうです。海鳥を捕獲したのは猫田日呂介といいますから、彼も知っているでしょうし、島津先生は毒の成分分析をした当人です。では、それ以外の人々はどうだったか。

「鏃のことは夕食の席で話した憶えがあるな」

「自慢げにね。瑛二さんはおしゃべりなのよ。ほんの数日でわかったでしょ？」

「その夕食の席には田谷夫妻と朝井夫妻はいらしたんですか」

「いや、あいつらは来てなかったと思う。ただし、ヴンダーカンマーには招いたことがあるがね」

「昨日、颯介くんの部屋に入ったとき、〈目覚まし男〉からお香の匂いがしたんです」

そういって私は、日曜の朝のことも初めて口外しました。颯介の部屋のウォークインクロゼットで、パーティー用のシャツを選んでいたときの話です。あのとき不意に鼻先を掠めたかすかなヴァニラ香……

「はじめ僕は、近ごろ颯介くんがヴンダーカンマーに入ったのかなと思いました。でも、よっぽど長くあそこにいなけりゃ、残り香なんて染みつかないだろうと思い直した。それこそ〈目覚まし男〉のように長くあの部屋にいないとです。ということは……」

ようやく強い興味を眸に漲らせて、火美子がいいました。

「誕生日の朝、ウォークインクロゼットに〈目覚まし男〉があったっていうの？」

「そんな馬鹿な」

青茅瑛二も語気を強めました。

「殺された当人が人形を持ちだしたっていうのか？」

「さあ、仮にクロゼットに人形があったとしても、颯介くん自身が持ちだしたとまではいえませんから」

「あるいは……」

と、それまでずっと黙っていた渚が独りごとのようにつぶやきました。

「誰かが前もって颯介の部屋に隠しておいたか」

「なるほど。となると、だ。泰地が殺されるより前から、第二の事件もしっかり準備されていたってことになるな」

青茅瑛二は心中の興奮を抑えきれないように立ちあがると、当てもなくフロアをうろつきだしました。

「計画的だ……計画的だな。これは周到に巧まれた殺人事件なんだ」

「瑛二さん、塔の四階で最後に〈目覚まし男〉を見たのはいつですか」

「そりゃ、君と一緒に見たときだよ」

「では、十一日の昼から十二日の朝のあいだに移動した可能性があるってことですね」

「畜生！」

やにわに青茅瑛二が吼えました。

「舐めやがって……いったい誰のしわざなんだ」

この日の作戦会議で、渚の発言はたったの一度きりでした。これまでになく、彼は彼で何ごとか考えこんでいる様子が窺えました。散会した帰り、青茅瑛二と火美子はつまみ食いをしに厨房へ入っていきましたので、私は渚と二人きりでエレベーターに乗りました。こちらは二階まで。彼は三階まで。

ゆっくりと上昇する籠のなかで、渚はみずから口を開きました。

「僕、無差別殺人について考えていたんです」

「何だって？」

「主義主張のためじゃなく、己の腹にダイナマイトでも巻きつけるみたいに、わが身が社会から抹殺されるのを承知の上で行われる殺人のことをです」

「君は……今度の事件についていっているのかい？」

「聖さん、本土ではそういうことが日々起こってるんでしょう……？」

二階のドアが開いて、それが渚と交わした最後の会話となりました。

6

十二、十三日と続いた悲劇も、幸いにして三日連続とはならずに済みました。もちろんそれは、翌朝になって皆の無事を知って初めてわかったことですが、ともかく神綺楼での五日目は、低く垂れこめた曇天下の凪のごとく、表向きは不気味な静けさに包まれて終わるかに見えました。ところが、最後の最後になってこの日は、私にとって重大な意味を持つ一日となったのです。

午後九時すぎ、恒例のリュートの調べが、ひとしきり邸内に鳴り渡ったころでした。ふいにノックの音がしました。扉を開けると、いつ何時も慇懃で黒ずくめな老執事が立っていて、部屋明かりに眼鏡のレンズを光らせながら、「旦那様が書斎でお話しになりたいと仰せです」といいます。

驚きました。初めて謁見した際、青茅龍斎はこういっていました。「いましばらくのあいだ、君という人物を私に見せてほしいのだ」と。どことなく一時逃れのようにも取れるものいいでしたが、してみると、ようやくその「いましばらくのあいだ」とやらが済んだというわけでしょうか。朝方にいっぺん透かされていたこともあり、なんにせよこれは願ってもない機会でしたから、私は二つ返事で従って、そのまま二人で三階へ上がりました。

長い廊下を行くうちに、どんどん緊張が高まってきました。連れられて行ったのは左翼の最奥部にある部屋でした。聞けば廊下を挟んだ向かいが、同じく青茅龍斎の居室だそうです（子供たち四人の部屋は大階段に近いずっと中央寄りに位置していました）。

黒木孝典とは書斎の前で別れました。彼はみずからの拳で扉をノックしておいて、そこから先は私に任せて立ち去ったのです。こちらに黙礼して踵を返した彼の所作は、いかにもあらかじめ決められていたふうでした。それで私は、書斎の主があくまで二人きりでの会談を望んでいるのだと受け止めて、いっそう緊張感に気を引き締めたのです。

重い扉をおそるおそる開けば、そこは思いのほかに狭い空間でした。当然、設計段階からの意図と思われます。狭いといっても八畳かそこらはあったでしょうが、不必要なほど宏壮な屋敷を統べる身には、書斎なんかはそれぐらいのほうが秘密基地めいて落ち着くのかもしれません。

その部屋が初っ端にもたらした印象は赤い色彩でした。どぎつい赤ではなく——、あれは深紅と表すべきでしょうか、明度を抑えた濃い色調の壁紙が、部屋全体をすっかり覆い尽くしているのです。仄暗い照明のせいで、おそらくは実際以上に黒ずんで見えたはずですが、初めて訪れた人間に強い印象を刻むには十分でした。

しかし、あくまでそれは感覚に訴えるイメージです。より現実的に、真っ先に私の視界に飛びこんできたのは、正面の壁に架けられた額装の絵でした。何年か前、同じものを私は平凡社のセリグマンの労作中に見たことがありました。美術作品というよりは図像と呼ぶのがふさわしい絵です。元はミュリウスの『医化学論集』に掲載されていたマトイス・メリアンの銅版画で――、書斎の壁にあったのは、どうやらそれを拡大複製したものと思われました。壮大で、混沌として、細々と入り組んで、これでもかといわんばかりにあらゆる要素を詰めこんだその絵を、具体的にわかりよくここに描写することは、とても私にはできません。そこに腐心していては、肝心のことがお留守になってしまいます。ですからいまは、それが錬金術的価値観から俯瞰した、世界の成り立ちのいっさいを表した絵であることをお伝えするだけでご勘弁願いますが、ともあれその意味深長な世界図の真下、立派な書斎机の向こうに、青茅龍斎の小さな体は泰然としてありました。

向かいあわせの椅子に招じられ、腰をおろしてからも、知らずしらず私は室内の様子に目を走らせていました。ほかの部屋部屋と同様、その書斎も一貫して簡素に徹しているふうに見えました。数少ない調度類はむろんどれも高価に違いなく、眼前の書斎机も、私に与えられた椅子も、壁ぎわのショーキャビネットにしても、過度にデコラティヴでない、重厚かつすっきりとしたフォルムの美しさをまとって、新古典主義、もしくはジョージアン様式らしく思われます。となれば、材質はマホガニーということになるでしょうか。背後の一隅には、二メートルはあろうかという赤褐色のグランドファザークロックが、振り子を止めたまま飾られていました。

ひとわたり見渡してから、ふとわれに返ってあわてて頭を下げました。

「お加減はいかがですか」

老人は節くれだった手をゆっくりと白い顎鬚の前で揺らしました。まだ体調が優れないという意味なのか、余計な気遣いはするなということなのか、私にはわかりませんでしたが、返事の代わりに彼は、こちらの思いを汲んだかのように口を開きました。

「近いうちに話をしようと約束していたね」

私はもう一度頭を下げていいました。

「早くお話ししたいと願っていました。しかし思わぬ事態になってしまって……」

「まったくだ。君には大変すまないことをした」

まっすぐこちらを見据えたまま、青茅龍斎は低いしわがれ声でいいました。

豊かな白髪白髯、西洋人のごとき鼻梁、落ち窪んだ目、深い皺にこけた頬、峻厳で禁欲的な印象のうちにも知性と思索の奥行きが窺える老人――、そんなところが前に私が記した主の描写でしたが、いまやその額の皺はより深く、こけた頬はなお窶れ、高邁な知性と思索の奥深さや、それが源かと見える超人性も、そっくり苦悩の前にひれ伏したかのようでした。目の前の大人の小さな痩身を覆っているのは、ひと言でいって無力感でした。

私は内心いい知れぬ憐れみを覚えましたが、意地の悪いいい方をすれば、それは頑固な老人の口を割らせる絶好のチャンスでもありました。

「いったい、この家で何が起きているのですか」

彼と会ったらただそうと決めていた質問のひとつを、さっそく私はぶつけました。すぐには答えが返ってこなかったので、事前に用意していた台詞も重ねました。

「二人も死者が出ているんです。もう腹を割って話してはくださいませんか。さもなければ僕は警察へ通報する覚悟でいます。それから、お手数ですが船を呼んでください。自分がこの家にとって何者だろうとかまいません、もともと違う世界で生きてきたんですから。明日、僕は東京へ帰ります」

青茅龍斎は特段あわてた素振りも見せませんでした。じっと目を閉じ、何ごとか黙考したのち、「おそらく……」と彼はつぶやきました。

「どうやら、私を苦しめようとしている者がいるらしいな」

それは、いかようにも解釈できそうな言葉でした。

「なぜ泰地くんと颯介くんは殺されたのでしょう」

より直截的にそう聞き直してから、はたと思い当たって私はいい添えました。

「まさか……もしや彼らは、あなたを苦しめるのが目的で殺されたとおっしゃりたいのですか？」

老人は肯定も否定もしませんでした。しかし、確信とまではいかずとも、その疑いを抱いていることだけは、漂う気配と仄明かりに翳る表情でわかりました。

被害者自身に原因があるのではない――、いままで考えもしなかった動機でした。孤児といえど血縁がないといえど、手塩にかけて教育してきた子らが命を落としたら、その者は間違いなく嘆き悲しむでしょうし、現に私は、老人のまごうかたなき落胆を目撃してきました。加えて、いまのところ、ほかに双子殺害の動機を見出せていないのも事実です。

「泰地くんが亡くなったあと、あなたは外部犯の可能性を言下に打ち消すような口ぶりをされた。かくいう僕も、どうも初めからそのような気がしているのです。これほどのお屋敷ですから、見知らぬ闖入者が潜んでいないとはいいきれませんが、影みたいな奴が人知れず家のなかを跳梁しているとも思えませんし、何より颯介くんを殺めたあの特異なやり方を見ても、犯人は勝手知ったる既知の人物ではないかと思うのです。あなたは……すでに目星がついているのではありませんか」

　老人はふたたび目を閉じ、黙考したのち答えました。

「聖くん、君には伝えねばならぬことがいくつかある。どういう順序で話すのがいいか、いささか考えあぐねていた。しかし、こういう次第になったからには、まずはいまの話を片づけてしまおう」

　そこで青茅龍斎は、折りいって打ち明けるような語調に変じました。

「じつは、この書斎から盗まれたものがあるのだ。いつ盗られたのかはわからない。気づいたのはゆうべのことだ。君も知ってのとおり、ここではわざわざ部屋の戸締まりなどせんからね」

　たしかにこの環境では戸締まりの必要はないでしょう。

「何が盗まれたのですか」

「古い革の手帳なんだ」

「手帳、ですか」

「この机の抽斗にしまってあったものだがね、最後に手に取ったのはもう半年も前だろう。手に取らずとも、そこに書かれた内容は、一言一句違(たが)えず暗誦できるぐらい頭のなかに入っているのだから」

不得要領な話に当惑を禁じえませんでした。戸惑いながら、しかし肝心なところをはぐらかされぬよう用心して、私は訊ねました。

「手帳の中身を知られると、あの子たちが殺されるのですか？　その内容によって、誰かがあなたを憎むことになるのでしょうか」

「手帳が彼らの死に直結するわけじゃない……そんなことはない。ただ、そこに記されているのは、なかなか余人には理解しがたい、納得しがたい事柄なんだ。あれを読んで、私を恨みに思う者が出ないとも限らない」

「つまり……」

考え考え私はいいました。

「誰かが手帳を盗み、書かれた事柄を読んであなたに恨みを抱いた。そうして憎きあなたを苦しめんがために、泰地くんと颯介くんを殺めた……そう考えていらっしゃるのですね？」

青茅龍斎ほどの百戦錬磨の老将が、いわれなき疑念に囚われて悩み悶えるとも思えません。ですから相応の根拠があっての疑いなのでしょう。

それにしても、金をくすねるのでもない、宝石をちょろまかすのでもない、よりによって手帳なんぞ持ち去ったのは誰なのか。もしこれがたわいないいたずらのたぐいなら、私はすぐにも容疑を可愛らしい少年少女の上に向けたでしょう。ところが青茅龍斎によれば、その手帳の中身とやらは、深刻な事態を引き起こしかねない大変なものらしい。窃盗犯はそれと知って犯行に及んだのか。当然、そうあるべきでしょう。そうでなくて誰が古びた革の手帳なんて盗むものですか。例の消えたオートマタは死の狙撃手として姿を現しましたが、手帳で人を殺せるわけがありませんから、おのずと盗みの動機は人形のときとは性質を異にしているはずなのです。

「内容を教えていただけませんか」

この求めに、しかし青茅龍斎は断固として応えてくれませんでした。それだけは話すわけにいかないというのです。

「では、家内で手帳の存在を知っていたのはどなたですか」

「知る者は、ない」

語気を強めて老人は断言しました。

「瑛二も、黒木も、その他の人間も。私はあれに関してだけは誰にも明かしたことはなかった」

本当でしょうか？　そうなるとまた、話は違ってくるようです。盗まれたというのが老人の勘違いでないなら、犯人は手帳の存在を知らずに書斎に忍びこみ、たまたまそれを見つけたということになるのでしょうか。ともあれ、どうあっても手帳の詳細だけは教えてくれそうにないので、私は話を変えました。

「あの四人の子供たちは孤児だったと水谷さんに伺いました。その事実は彼らも承知ということで教えてくださったんです」

「そのとおりだ。何も隠してはいないし、話すことを禁じてもいない」

「島津先生はこうおっしゃいました。あなたが子供たちを引き取り、この島で育ててきたのは、理想教育を施して社会に送りだすためだと」

「ああ、そうとも」

「そのために水谷さんを乳母に雇い、教育係として島津先生を招いた？」

「そうだ」

「一方で、火美子さんからはこうも聞いています。彼らはあなたからも勉強を教えられてきたそうですね。その勉強とは神秘学だという。それも理想教育に必要なものだったのですか」

青茅龍斎はいくぶん反身になって背もたれに身を預けると、

「必要か必要でないか……私は必要だと信じたからそうしたのだよ」

と、淡々といいました。

「君だってよもや学校教育だけが勉学とは思っちゃいるまい」

「もちろん、もちろんそうです。自伝〈魔術師〉……僕は瑛二さんにお借りしてあの本も拝読したんです。かつての青茅伊久雄青年の大遍歴時代。あなたは九年の歳月をかけて、古い権威の陰で蠢く数多の正統でないものを学んだとお書きになった。その過程で秘儀（アルカナ）を手にしたのだと。子供たちに授けようとなさったのは、それらの知識や経験ですか？」

　と、そこまでいって、突如私は天啓のような衝撃を感じて唖然としました。

「ああ、あの子たちは四大元素なのですね？」

　火美子から火の精（サラマンダー）のペンダントの話を聞き、そこに火美子という名前との符合を見出しながら――、いえ、誕生石のようなニュアンスで、四人の子供たち全員に宝石が与えられているのじゃないかとまで想像しながら、その先へ考えを敷衍（ふえん）できなかったとは、とんだ私は虚（うつ）けでした。

「四大元素……火美子さんは火だ。渚くんは水だ。泰地くんは地、颯介くんは風。それはけっして上辺だけの遊戯ではなかったのでしょう。あなたは何か確固たる目的を持って子供たちを引き取った。その数は四人でなければならなかった。あなたにとって、それは晩年の日々を賭するに足る大いなる夢だった。だから泰地くんらの死に、誰よりも落胆なさった……違いますか？」

青茅龍斎は暫時椅子にもたれたまま黙していましたが、やがて身を起こすと穏やかな調子でいいました。

「孤児を引き取ったのはただの慈善行為ではないというのだね？」

「そうです。誰もが驚いたという突然の隠遁……この島は四人を教育するために購入した。この神綺楼は四人を教育するために建てられた。ここで働く人たちもそのプロジェクトのために集められた……ただし、四大元素の四人は、必ずしもあの四人でなくてもいい。時期的に見て、彼らが生まれる前から神綺楼の建設計画は始まっていたんですから。ただ四人の子が必要だった。四人でさえあればよかった。そこでたまたま選ばれたのが彼らだった……」

何が本当で何が嘘か、私にもはっきりとわかってはいませんでした。半ば想像で、憑かれたように言葉を吐きだしながら、頭は麻痺したみたいにじーんとしていました。心の底が冷え冷えとし、それでいて滾るように無闇に昂揚して、まるで氷の炎とでも呼びたいような、ついぞ味わったことのない異常な状態に、このとき私は置かれていました。すべては赤い部屋のせいだったかもしれません。

「おそらく、君が想像していることと事実には差があるだろう」

青茅龍斎がつぶやきました。その声の響きに、どことなく慰めるような、こちらを思いやるような響きを認めて、私は自分がまるでとんちんかんなことを口走った気がして怯みました。それを悟られたくなくて、すぐに私はいい募りました。

「僕が呼ばれたのも同様の理由ですか。僕はあなたにとって何なのです？」

「君は……私の孫だ」

ここに至って、ようやくその事実が告げられました。それはある程度予想できていた答えでした。東京を発つ前からそうではないかと疑っていたことでした。が、それでも私は一種の感動に震えました。このとき老人の口から語られたのは、およそ次のような内容でした。

その昔、青茅龍斎には、生駒勢以子という、いわゆる愛人がいたのです。昭和四十四年、三十六歳のときに生駒勢以子は東京で青茅龍斎の子を出産、しかし同年、いかなる事情があったのか、生まれたばかりの赤ん坊を抱えて姿を消したといいます。そのときの赤ん坊が私の母、早季子です。昭和四十四年生まれですから、存命なら青茅瑛二と同い年ということになります。

自分のもとを去った愛人の行方を、はたして青茅龍斎は捜したのでしょうか。必死に捜したが見つからなかったのか、それともあえて追おうとしなかったのか、老人は明かしませんでした。しかし、これも想像になりますが、勢以子はけっして龍斎を憎んで消えたわけではなかったような気がするのです。なぜなら彼女は、いつの日か娘早季子が子をなしたとき、その子を聖と名づけるようにと、龍斎の希望をちゃんと娘に託したのですから。だからこそ私の名は聖となり、生前の母の「あなたの名前はお祖父ちゃんが付けたのよ」という言葉につながってくるわけです。

「それで……」

私は硬い声でいいました。

「いまごろになって僕をお呼びになったのは、どういうわけでしょう」

「当然、理由があって招いたのだ」

あの峻厳な老人が、ますます慰め口調で答えました。

「君には近々話すつもりでいた。だが、あんなことが起きて、いささか事情が変わってしまった。すまないが、いますぐそれを話すことはできない」

「小出しにするのは止してください」

急激に込みあげてきた怒りを私は抑えられませんでした。先延ばしはもう真っ平でした。

「では、なぜわざわざ今夜ここへ呼んだのです。あなたの孫だという、ただその事実を伝えるためですか」

　彼との関係がはっきりしたせいもありますが、もう私は感情を隠しませんでした。まだまだ何か裏がありそうで不信感ばかりが募り、母の労苦と短い生涯を思って、柄にもなく涙腺がつんとしました。目の前のこの老人がもうすこしどうにかしてくれていたら、母の人生も違っていたのではないか。もしや私は贖罪のために、亡き母の代わりに呼ばれたのでしょうか。そうであるなら、いまさら施しなど受けたところで意味がないと思いました。

　ところが、そんな私の怒りも涙も、青茅龍斎の次の発言によって、一時棚上げされることになったのです。頭こそ下げはしませんでしたが、真剣な面持ちで机に両手を突くなり、彼はいいました。

「聖くん、どうか火美子を守ってやってくれまいか」

「守る？　守るとはどういう意味です？」

　ついつい突っ慳貪になった質問に、苦渋の顔で青茅龍斎が吐露した言葉こそは、紛れもない衷情であったと、いまでも私は思っています。

「恐ろしいのだ……」

　彼はそういったのです。

「私は恐れているのだよ、事件はまだ終わっていないんじゃないかと。誰を措いても火美子だけは護りたい。何としてもあの子を死なせてはならない。どうか気をつけてやってくれ。火美子を護ってやってほしい。それが、今夜ここへ君を呼んだ理由だ……」

待望していた謁見はそれで終わりました。書斎を出て、枝付燭台型のライトだけが壁に燈る薄闇の廊下を戻るとき、私は火美子の部屋と聞かされている扉の前で立ち止まり、しばらくその場に佇んでいました。結局、何をすることもできずに大階段で二階に戻りかけ、ふと思いたって右翼側の奥へ足を向けました。二階から塔に入ったことはありますが、三階からは初めてです。

右翼の廊下の終端には、やはり緋色のカーペットが敷かれていました。二階の同じ場所には六人の思想家たちの肖像が掲げられていましたが、こちらの壁にも六点の絵がありました。そういえば青茅瑛二が、三階には別の絵が飾ってあるといっていましたっけ。

ブラケットライトに照らされて、左右の壁に三点ずつ。優に幅三メートルはあろうかというボッティチェリの「プリマヴェーラ」を筆頭に、ブロンズィーノ作「愛のアレゴリー」、ホルバインの「大使たち」、ヴィットーレ・カルパッチョ「聖アウグステイヌスの幻視」、トーマス・ヴァイク「アルケミスト」、ジョルジョーネ「三人の哲学者」――、それらはどれも皆、ルネサンスの神秘思想の根幹や一側面を象徴する絵画なのでした。

　突きあたりにやはりデューラーの扉があり、私は事件後初めて、人知れず「驚異の部屋（ヴンダーカンマー）」に足を踏みいれました。

　手探りで明かりをつけ、急な階段をのぼって四階へ、無数の時計とオルゴールと、いまは九体に減った自動人形（オートマタ）――、香（こう）の染みついた冷ややかな夜の秘密室は、この上もなく不気味でした。

　取り巻く壁にはいくつも上下窓が並んでいます。それらはすべて閉じており、泰地がどの窓から落とされたのか、私にはわかりませんでした。方向から見当をつけて、そのうちのひとつを開けてみます。窓も鎧戸も容易に開きました。首を突きだし、見下ろせば、地上には庭があり、真下には屋敷に沿って甃が敷かれているはずでしたが、あいにくと外は真っ暗で、何も見えませんでした。一階広間の明かりが消えているせいなのです。

　この晩、盃島は小糠雨でした。

7

翌日も雨は降りつづいていました。前夜、ひとときの会談において青茅家との関係を言明してもらえたことは、一夜明けた私の精神に、思っていた以上の安定をもたらしていました。それまで頼りない橋上でおぼつかない足取りだったのが、ようやく袂の地面を踏みしめた感じです。反面、立場が明確になったらなったで、新たに考えなくてはならないことも増えたようでした。あの手紙を受け取った日からこっちの諸々の記憶、それらがにわかに具体性を帯びだしました。ひとつ、またひとつと出来事を思い返し、吟味しながら、私はあてどない思考をめぐらせて悶々としました。

出立前、手紙をよこした青茅伊久雄なる人物が、母方の祖父ではないかと疑った私は、もしも母が健在なら、神綺楼へ招かれたのは母だったのではないか、不幸にもそれが間に合わなかったので、代わりに私が呼ばれたのではないかと考えたことがありました。ところが事態が進行してみると、じつは真相は逆で、青茅龍斎は母が他界するのを待って私を呼んだのではないか、だからこそ十九のこの年に手紙が届いたのではないか――、そんな奇妙な想像が脳裏をよぎったりもするのでした。

われながら、おかしな話です。おかしな話ではありますが、そんな考えを持ったのは、いまや私も天涯孤独の身になったからでした。つまり、事情は違えど、四人の子供たちと立場が似ているように思われるのです。そういえば――、ああ、そうです。名前に関してもそうなのです。泰地、颯介、火美子、渚と同様、聖という私の名もお祖父様がつけたものだと、生前の母がいっていたではありませんか。そのお祖父様というのが青茅龍斎であったことが、ようやく当人の口から語られました。残る謎は私が神綺楼に呼ばれた理由です。

冒頭、精神の安定と書きました。が、目下の難題である事件に関しては、前夜の対面によって却って不安は増幅していました。なぜならば、青茅龍斎に今度の事件を解決する力がないことがはっきりしたからです。あろうことか、彼はこんな私を恃みにしたのです。豪胆な王様が、弱々しい姿を曝して机に手を突いたのです。それはちょっとした衝撃でした。青茅龍斎はいま、家内の誰が敵か味方か信じきれない状態にあるのではないかと思いました。

いよいよ私は火美子の身が心配でした。すぐにも彼女に会いたいと思いました。片時も離れずそばにいたいと欲しました。その火美子から突然の誘いを受けたのは、お午餐(ひる)のあとでした。二日続いた作戦会議が、この日は持たれなかったのです。

「お兄様、礼拝室に行ってみない……」

食堂を出たところで、背後から寄ってきた火美子がいいました。

礼拝室――、そんな場所にいったい何の用だろう、不審に思ったのもつかのまのことで、すぐに私は察しました。きっと何か人に聞かれたくない大事な話があるのに違いありません。

二人きりの時間を持てるのは喜ばしいことでした。廊下の人影が絶えるのをさりげなく待って、私たちは広間の前を通って奥まった扉へ向かいました。

なかに入るのはいささか勇気が要りました。リュートの独奏会以来のその部屋は、いまや青茅家にとって特殊な意味合いを持つ場所でした。肌寒い内部、入ってすぐの壁ぎわの床には、真新しい二つの柩が並べ置かれているのです。ものいわぬ存在となり果てた泰地と颯介、柩の上にはいつ誰が調達したものか白い花束がひとつずつ――、なぜこうも手際よく柩なんて用意できたのだろうと思っていると、心の声が聞こえたみたいに火美子は、猫田日呂介が拵えたのだと教えてくれました。

「あの人、あといくつ柩を作らなくちゃならないのかしら……」

うそ寒いような調子でつぶやいた彼女の声に、私は強い決意を持って返しました。

「もうこんなことは終わらせなくちゃいけない」

「ええ。それはそうだけど」

「明日、定期船が来るはずだったね」

「え？　ああ、そうね、明日は木曜だっけ」

「いざとなったらそのときに……」

そのときに、どうしようというのでしょう？　猫田日呂介と一緒に荷物を運んでくるという担当者にすべてを話す。そうして警察へ伝えてもらう。可能でしょうか。その者は主人の意に逆らってまで行動してくれるでしょうか。冷静に考えて、脈は薄そうでした。しかし盃島に船が着くという事実は、まさしく「いざとなった」ときの一縷の希望のように思われました。

火美子は柩の前で小さく手を組みました。喪に服したつもりでもないでしょうが、この日はモヘアの黒いセーターにグレーのスパッツ姿で、うなだれた首筋に、ペンダントの銀のチェーンが見えました。

「彼らを亡きものにしようなんて考えるのは誰だろう。心当たりはない？」

背後からそっと訊ねると、

「心当たりなんて……」

白い花束のあたりに視線を落としたまま、火美子は小声でいいました。

「本当に些細な、もしかしたらってことでもいいいいんだけど」

「ないわ、そんなの。だっておかしいわよ。どうして泰地くんと颯介くんが……」

やはり、あの二人の少年自身に殺さるべき理由があったとは考えにくい状況のようでした。私は新参者ですからわからなくても不思議はないですが、兄弟同然の火美子にも思い当たる節がないというのは、この限られた空間、限られた人数の生活にあっては、奇妙なことといわざるをえません。

「座らない？」

そう促されて、私たちは中央の通路をなかほどまで行き、木製の長椅子に並んで腰をおろしました。正面の壁に掲げられた質素な銀の十字架を、しばらく火美子は無言で見つめていましたが、ほどなくして、「お兄様、突然ごめんなさい」といつになく殊勝な態度を見せました。

「何か話があるんだろう？」

「そうなの。じつをいうと、昨日の続きなの」

「続きって？」

「ええ……」

と、わずかにためらったあと、意を決したように火美子はいいました。

「あたしがこの世に存在してないって話」

「ああ……」

　柔らかな吐息とともに耳朶をくすぐった、あの幻のような囁きを、私はまた、まざまざと思い起こしました。初めて火美子を間近に感じたあの日――、しかし事ここに至っては、甘やかな気分などもはやなく、ただ暗い予感ばかりが押し寄せて、ふいに胴震いが出ました。火美子がまとった気配から、私は彼女が秘密を打ち明ける決心をしたことを理解しました。そのために選んだ特別の場所が、礼拝室だったのでしょう。

「お兄様、あたしたちが孤児だったことはもう聞いてるんでしょ？」

「うん、教えてもらったよ。ずっとこの家で理想教育を受けてきたって話も」

「そう」

　消えいるようにつぶやいて、また火美子は逡巡したようでしたが、すぐに続けました。

「でも、本当は違うの。うぅん、孤児といえばそのとおりなんだけど……あたしの場合はちょっと普通じゃないのよ」

「それは……泰地くんたち三人とは事情が異なるってこと？」

「ええ、いえ、そう……あの子たちとは違う……そうね、違うのよ、まるっきり」

　そこで火美子と目が合いました。上目遣いの彼女は、ふいに泣き顔みたいな笑みを作ると、どうにか絞りだしたというふうな、聞いているこちらまで息苦しくなるような口調で、「驚かないで聞いてくれる。嗤わないで聞いてくれる」といいました。

私は怖気づいていました。いい話であるはずがありません。できれば聞きたくないことを、きっとこのあと火美子は口にするのです。

それでも私は精一杯平然を装いました。

「誰が嗤うもんか」

所詮口先の言葉ですから、それで火美子が勇気を得たとはいいません。それでも彼女はわずかに俯くと、自分の足もとを見つめて、とうとうその異様な告白をしたのです。

「あたしはね、お兄様……、孤児は孤児でも人造人間なんだわ。余所から貰われて来たんじゃないの。この家で、島津先生の実験室で、人工的に創られた存在なのよ」

ホムンクルス――、ホムンクルスだって⁉

私は絶句しました。

錬金術の恐るべき成果、生なきところから生まれ出た奇蹟、パラケルススが創造した精霊、未来を予知する万能の小人、ガラス瓶のなかでしか生きられぬか弱き生命体――、かの『ファウスト』の作中を彷徨うホムンクルス。異色作『魔術師』でモームが製造法を描いたホムンクルス。ここに立ち現れた神秘思想の幻影、青茅龍斎が体得したという秘儀(アルカナ)の正体――。

馬鹿な、といいかけて、私は寸(すん)でのところでその言葉を呑みこみました。どれほど衝撃的な告白を覚悟していたとて、ここまで突飛で奇想天外な話が出てこようとは、誰に予想ができたでしょう。とうてい信じがたい告白です。常識はずれな人外の与太話です。

これが数日来の常軌を逸した状況でもなければ、私は即座に失笑していたかもしれません。けれど、あの住み慣れた東京の平凡な日常、あの多数者専制の社会とは明白に隔絶した、盃島の、神綺楼の、あまりに異常な雰囲気と禍々しい体験が、それを一笑に付すことをためらわせました。ああ、どこまで皆さんに伝わるでしょう。このとき、ホムンクルスという奇怪な一語を聞いた刹那に私を領したのは、得体の知れない、総毛だつような恐怖だったのです。

「だけど、何のためにそんなことを……」

いっとき言葉を失ったあと、半ば呆(ほう)けたように私はいいました。

「君は、どうやってそれを知ったんだい」

「瑛二さんが教えてくれたのよ、ちょうど去年のいまごろ、〈驚異の部屋(ヴンダーカンマー)〉で。現代科学ではそれが可能だそうよ。それまではずっとあたし孤児だって聞かされてきたし、疑う理由なんてなかった……」

青茅瑛二が——、なるほどあの男ならさもありなんという気がしましたが、おいそれと鵜呑みにできない話であることに変わりはありませんでした。

「十六年ものあいだ秘密だったってことだよね？　なのに、なぜ瑛二さんは急にしゃべる気になったんだろう」

「それね……」

虚ろな目色で宙を見つめ、火美子は記憶を辿るようにいいました。

「もしかしたら瑛二さん、あたしに秘密を明かしたことすら憶えてないかもしれないの。あの人、すごく酔っ払ってたから……それでうっかり口を滑らせたのよ。でもね、忘れてるならいっそそのほうがいいわ。あたしも自分がその事実を知ってるってこと、誰にも打ち明けてないの。お兄様が最初よ。だから、しばらくはお兄様も口外しないって約束してくれる？　誰にも絶対にいわないでほしいの」

「わかった。約束するよ。だけどヒミちゃん、神綺楼でその話を知っているのは誰だろう。お祖父様と、瑛二さんと、島津先生と……」

これまでの人々の言動を思いだすに、私は全員が秘密を知っているのではないかと疑いました。火美子にそれを伝えると、彼女は細い肩をみずからの両手で寒そうに掻き抱きました。

「そうかもしれない。みんな知ってるのかもしれない。だから怖いのよ。けど、泰地くんと颯介くんと渚と……少なくともあの三人だけは知らないはずよ。たいていのことは話せる仲だったけど、これだけはあたし、話さなかった。心配かけたくないもの」

「君とあの三人は違う……つまり彼らはどこか余所から引き取られてきたってことなんだね」

火美子はいくぶん捨て鉢な様子でひっそりと笑いました。

「もしもあの子たちもあたしと同じだったら、すこしは慰めになったかもしれないわね。でも、そうじゃないの。あたしだけがこの世に存在していないのよ」

「わからない……僕にはまるでわからない」

言葉にできない激情に駆られて、私は衝動的に頭を掻き毟りたくなりました。

「いったい何が仕組まれてるんだ。この家で何が進行しているというんだ」

「初めてお話ししたとき、この家のことをどう思うって訊いたでしょう？　ここには何か、あたしたちにも伝えられてない秘密があるんだわ」

「ヒミちゃん」

長椅子の上で彼女のほうに向きを変えて、私はいいました。

「じつはゆうべ、書斎でお祖父様と二人で話したんだ。僕は彼の孫だそうだ」

え、と、つかのま火美子はきょとんとして、それから或る種の感慨をおもてに表しました。

「青茅家の血を引く本当のお孫さん……そうなのね。それで、これからお兄様はどうなるの」

「さあ。たとえこの家との関係がわかったところで、それで何がどうなるのか……まだ先の話だよ。それより何より、いまは解決しなきゃならないことがあるよね」

そうね、といったきり口を鎖して、火美子は暗い目でもの思いに沈みこんでいましたが、やがていいました。

「今日ここで話したこととの要点が、お兄様にはわかって？」

「要点？」

「いまの話の要点はね、あたしには神綺楼のほかに行き場がないってことなの。たとえどんなにここから逃げだしたいと願っても、どこにも行くことができないのよ。だってあたしはこの世に存在していないんだから」

わかりました。私にはもうすべてがわかった気がしました。私の部屋で、ここから一緒に連れだしてといったあの言葉も、冗談なんかではなく、哀しい少女が口にできた、ぎりぎりの訴えだったのです。

私は火美子を抱きしめようとして、かろうじて自重しました。

「お祖父様は君を誰より大切に思っているね」

「そうね。それは本当にそう思うわ」

「いま君が打ち明けてくれた話が本当なら、君を創りだしたのはお祖父様だといっても過言じゃないだろう。だから大切なのか、それとも純粋に君を愛しているのか。僕はもう一度あの人に膝詰めで談判しなきゃいけない」

私は身震いするほど激していましたが、火美子は困ったような顔で何もいいませんでした。

「僕はね、君を守ってほしいとあの人に頼まれたんだ」

「えっ？　ゆうべ？」

「うん。あの人は真剣だった。あれほど真剣に頼むというのは、事件がまだ続くんじゃないかと憂慮しているからだ。そうして次の被害者が、君や渚くんではないかと危惧しているからなんだ。同感だよ。僕もそう思う。なぜなら……」

「なぜなら……？」

「君たちが四大元素の子だから」

　火美子の美しい顔に、心なしか赤みが差したようでした。

「やっと気がついたのね」

「たしかに君たち四人は何らかの目的でここに集められたんだ。その目的を知ることが、あるいは今度の事件を解決する鍵になるかもしれない」

「まさか、お祖父様が殺人に関わっているというの？」

「いや、それは何ともいえないけど……」

　火美子に語りかけながら、同時に私は頭のなかで推理の道筋を探っていました。

「君はお祖父様の書斎机にしまってある革の手帳を知ってるかい」

「手帳？……いいえ、それは何？」

「いつのまにか盗まれていたんだそうだ。彼は言葉を濁していたけど、どうやらその手帳と今度の事件には深い関わりがあるらしい。手帳を盗んだ奴が殺人犯じゃないかって、お祖父様はそう疑ってる。ねえヒミちゃん」

　雨に濡れた小鳥みたいな火美子に、私は問いました。

「隠さずに教えてほしい。君は手帳の存在を知っていたかい？　消えた手帳の行方に心当たりはないかい？」

その言葉を聞くや、隣で火美子が反射的に身を引きました。心細げな表情が、一瞬にして険のあるものに変わりました。

「どうしてそんなことを……お兄様はあたしが泥棒だっていうの？　いいえ、それどころじゃないわね。その泥棒が殺人者でもあるというなら、泰地くんや颯介くんを殺したのがあたしだっていってるのと同じじゃない」

「そうじゃない、君であるはずがないじゃないか」

思わず声を荒らげながら、もう私は居ても立ってもいられなくなりました。

「もう終わりにしよう。全部終わらせよう。君はここにいちゃ駄目だ。一刻も早くこの家を出なくちゃいけない。明日、定期船が来たら一緒に海を渡ろう」

えっ、と声なき声を発して、火美子は驚いた顔で私を凝視しました。眸が潤み、ほんのつかのま希望の明るみが頰に差したようにも見えましたが、すぐに彼女は目を背けました。

「駄目よ……駄目よそんなの。だって、それからどうするっていうの？」

「あとのことはあとのことさ。大丈夫、僕が何とかする」

「無理よ。お祖父様が許さないわ」

「僕が説得する。駄目なら強硬手段に出る。僕は彼から君を守るよう頼まれたんだ。

君を守る最も安全な手段は何だ？　島を出るのが最善じゃないか」

憐れな火美子への同情と愛が溢れだし、この娘を救えるのは自分しかいないと思いました。もう私は、火美子のいうこと、すること、いっさいを信じようと固く心に決めていました。この先何があっても彼女の味方でいようと、灼けつく思いで誓いました。

「でも、待って」

思いつめた顔で何ごとか考えていた火美子がいいました。

「自分がホムンクルスだってこと……あたしがとっくにその事実に気づいてるってこと、これまで誰に対しても口を噤んできたっていったでしょ？　なぜだかわかる？　知りたいのよ。何のためにあたしは造られたのか。お祖父様たちが何をしようとしているのか。いつかここを出て行くとしても、それを突き止めてからじゃないと駄目だわ。そうでなくちゃ、きっとこの先もずっと苦しむことになるから」

火美子の気持ちはわからないではありませんでした。けれども私は、おそらく彼女以上に間近に危険を感じ、焦燥していました。失望を込めて私は問いました。

「誰かが君や渚くんを狙っていても……？」

「気をつけるわ」

火美子は一人、うなずきました。

「渚のことだって……あたしがきっと守ってあげる」

このとき、ふいに背後で物音がしました。振り返ると戸口に人影が見えました。渚でした。

とっさのことに動揺し、声もかけられずにいるうちに、視線の先で扉が閉じられ、少年の小柄な姿を隠しました。表情こそ窺えませんでしたが、その行為は遠慮したようでもあり、見てはならぬものを見てとっさに逃げだしたようでもありました。

いつから彼はそこにいたのでしょう。どこまで話を聞いたでしょう。

私は内心うろたえていました。まるで少年から火美子を奪い取ったような、彼の目を偸んで二人きりで密会していたような、妙な良心の咎めを感じて気が塞ぎ、暗い気分はやがて、得体の知れない悪い予感へと変容していきました。

8

島を訪れてから、早いもので一週間が経過しました。十四日火曜日に降りだした雨は、翌日もやむどころか勢いを増し、三日目のこの日、とうとう窓の鎧戸をガタガタ鳴らす暴風雨となりました。

思えばそれは一種象徴的な天候でした。

象徴的――、どういった意味で、それは象徴的だったのか。

仮に私がもうすこし早く事件の構図に気づいていたら、彼らの企みを看破していたら、死者の数を減らすことができていたでしょうか。いいえ、残念ながら無理だったでしょう。仕組まれた計画はどうあっても粛々と遂行され、目的を達したでしょう。この日、無力な私を嘲笑うかのように、神綺楼事件は第三幕に入ったのです。

渚が死にました。

颯介と同様、三階の自分の部屋で、夜のうちに死んだのです。

発見者は水谷比佐子でした。彼女は少年が朝食に現れないことに胸騒ぎを覚えて迎えにゆき、悲劇の現場を目の当たりにしたのでした。その前段として、火美子が一度渚の部屋を覗いていました。朝の食堂にはたいてい二人連れ立って降りてきますので、これはいつもどおりの行動でしたが、室内に渚の姿はなかったといいます。しかし、実際には渚は部屋にいた――浴室にいたのです。火美子が気づかなかったとしても無理はありません。だって渚に朝風呂の習慣なんかなかったのですから。

青茅龍斎が同行しなかったのを除けば、報せを受けて一同が現場へ踏みこんださまは、颯介のときとよく似ていました。ただし、今回は場所が浴室だけに全員で雪崩れこむわけにもいかず、先陣を切ったのは青茅瑛二と島津芳太郎の二人でした。そのあとで私を含めた一部の者が、代わる代わる現場を一瞥しましたが、それだけでもおおよその状況は把握できました。

渚の死にざまは、その異様さにおいて泰地や颯介の事件に劣るものではありませんでした。彼はなみなみと水を張ったバスタブのなかに沈んでいました。それが事故死でないのは明白でした。

渚の部屋の浴室は、同一空間にバス、トイレ、洗面台が備わっている点では客室のユニットバスと一緒ですが、こちらは西洋式に広々としていて、床もタイル貼りです。ゆったりとしたバスタブに水没した渚は、両脚の膝から下だけを水面から突きだしていました。逆立ちするように高々と差しあげられた裸体の脚部、その足首は白いタオルで縛られていました。泰地の事件でも使われた、あのタオルらしいのです。

遺体が奇っ怪な姿勢を保ちつづけているのには理由がありました。足首のタオルをくぐらせて二重になった麻紐が、ピンと張り詰めて斜め上方に延び、壁のシャワーフックと連結されているのです。そのせいで渚は、絶命の瞬間まで、踠(もが)けど踠けど脱出不能だったのに違いありません。

古典的なやり口です。私はかの有名な「浴槽の花嫁」事件を連想しました。入浴中の人物の隙をついて一気に両足を持ちあげる。水中で引っくり返った被害者は、バスタブが滑りますから起きあがれずに溺死する。その場合、犯人は相手がこと切れるまで足を抱えていなくてはなりませんが、渚を殺めた犯人は、代わりに麻紐で細工をしたということでしょうか。

しかし、「浴槽の花嫁」しかり、本来ならこの殺害方法は事故死に偽装しやすい点に特色があるのです。麻紐の存在は、犯人みずからその大きなメリットを放棄したに等しい。泰地の緊縛、颯介の毒針発射装置に続いて、今回もまた、犯人は他殺であることをまるで隠そうとしていないように見えるのでした。

いずれにしても、この三幕目の犯行は誰にも可能というわけにはいかないようでした。犯人は、被害者がこれ以上ない無防備な姿を曝しているところへ現れて、相手の油断を見澄まして事に及ばねばなりません。そうすると、普通に考えて、被害者がよほど心を許している人物ということになりはしないでしょうか。

サニタリーを出てそんなことをつらつら考えているところへ、島津芳太郎の声が聞こえてきました。

「解剖してみないと何ともいえませんが、ひょっとすると颯介くん同様、渚くんも薬で眠らされていたんじゃないでしょうか。裸なのに争った形跡がどこにも見当たらないんですよ」

「それはありうるな。素っ裸で易々と犯人の手にかかったというのは……」

会話の相手は青茅瑛二でした。二人は濡れた手を拭きながら部屋に戻ってきました。

「ドクター、あんたの部屋から睡眠薬をちょろまかすのは可能かい？」

「それは……ええ、私のいないあいだにこっそり持ちだすことはできなくはありません」

「念のため確認してみよう。あとで錠剤の在庫を調べてみてくれ」

「在庫ですか……？」

おぼつかない調子でつぶやいた島津芳太郎を横目でじろりと見やり、青茅瑛二はフンと鼻を鳴らしました。

「いくつ保管してるか憶えてないらしいな。管理不行届きだぜ、ドクター」

睡眠導入剤――、なるほど、その可能性も排除できません。仮に渚が薬で昏睡していたのなら、犯人は必ずしも気心の知れた相手でなくともいいわけです。

「死亡推定時刻は？」

青茅瑛二が訊ねました。

「私は鑑定医じゃありませんのでね……」

颯介のときと違っていいわけめいた前置きをしてから、島津先生は答えました。

「完全に湯が水になっていましたね。この季節でも数時間はぬるま湯ですよ。壁の水滴はほんのわずかでした。遺体も冷えきっていましたから、何にせよ夜のうちの犯行でしょう。いまいえるのはそれくらいです。迂闊(うかつ)な見立ては控えておきます」

渚の部屋には青茅龍斎と二人のメイドを除いた人々が揃っていました。

「ヒミちゃん、ゆうべは渚くんと話した？」

私は傍らの火美子に訊ねました。

「いいえ、昨日はあの子、夕食のときもぼんやりしちゃってひと言もしゃべらなかったし、そのあとは顔も合わせなかったから……」

夕食時の渚が心ここにあらずみたいに押し黙っていたのは、私も間近で見ていました。隣の火美子とさえ口を利かなかったのですから、やはり渚は礼拝室でわれわれの会話を漏れ聞き、それが彼の心に暗い影を落としたのだと考えざるをえませんでした。

さすがの火美子も、三度目の悲劇を前に、打ちのめされ、魂の抜殻みたいな様子をしていました。無理もありません。泰地と颯介ではないですが、火美子にとっての渚もまた、二卵性双生児のような存在だったはずです。

そんな渚が死んだ――、取りも直さずそれは、危惧されていた事件の継続が現実のものとなったことをも意味していました。そして、兇行にさらに続きがあるならば、次こそは火美子の番ではないかと、どうしてもそう考えないわけにはいかないのです。

私の気持ちは第二幕まではとはずいぶん様変わりしていました。もう火美子以外、誰の言動も信じる気にはなれません。神綺楼は魔窟だ。次々と殺されてゆく子供たちのほかは、揃ってみんなグルなのだ。もちろん渠魁は青茅龍斎で、老いた大将に代わって暗躍しているのが息子の瑛二であり、黒木孝典や猫田日呂介や――、あの一癖も二癖もありそうな食えない老人たちなのでしょう。

疑いだせば切りがなく、二人のメイドが仲良く順番に遺体を発見したことさえ、都合の良すぎる不自然な展開に思えてきます。思い返せば、柏木奈美が颯介の遺体を見つけたのは、水谷比佐子に命じられて部屋まで足を運んだからなのでした。そこにも何かしらの奸計が潜んではいなかったか……

第二の悲劇との相似という点では、続いて起こったささやかな内輪揉めも、まるで配役を入れ替えた第二幕のトレースのようでした。

「こいつは報復のつもりか？」

地べたを這うようなドスの効いた声に振り向くと、朝井寿がいまにも暴力に訴えかねない様子で田谷晋司を睨みつけている。その脇で和美夫人がいきなりワッと泣き崩れたので私は喫驚しました。もともと幸薄い印象の彼女が、がくりと膝を突き、二つ折りになって痩せた背中を震わせているのです。

田谷晋司には前科がありますから、私はまたひと騒動を覚悟しましたが、幸いにして五十男の二度目の取っ組みあいは回避されました。この日の田谷晋司は吼えませんでした。それどころか、すっかり虚脱して木偶の坊みたいになった彼は、諦観の境地に達したみたいな静かな目で朝井寿に語りかけました。

「疑われると思っていたよ。だが朝井さん、信じてくれ。いや、信じてくれなくたっていいが、私じゃない。そんなことをしたってしょうがないんだ。もう終わったんだよ」

思わぬ反応に朝井寿は、抜いた刀を収めかねるふうに戸惑っていましたが、やがて力なく肩を落とすと、

「わかった。すまない、田谷さん。ああ、信じるさ。俺もあんたも被害者なんだよな……」

悄然とそういって、鋭い目つきを今度は青茅瑛二に向けました。

「瑛二さん、なんで三人は殺されたんです？　こんな無茶苦茶な話がありますか。こ

の先われわれはどうなるんですか」

　本当ならその問いは、屋敷の主に向けられるべきものだったでしょう。あいにくと息子は受けて立つ言葉を持ちませんでした。グッと喉を鳴らした瑛二は、精一杯の虚勢に、憮然として両手を広げてみせるしかありませんでした。

　そんな青茅瑛二の態度を見て、朝井寿はいっそう激烈な調子で何かいおうとしましたが、それも無駄なことと覚ったか、急に捨て鉢な調子になって、「田谷さん、われわれはもう帰ろうじゃありませんか。これ以上この家にいたって碌なことにならない」と吐き捨てました。

「ヒヤヒヤ。こいつは剣呑だあね」

　猫田日呂介が場違いな軽口を叩きましたが、それを叱り飛ばすこともままならない青茅瑛二の蒼白な面持ちが、私にはひどく印象的でした。

「朝井様、本日は船は参りません。外は大荒れでございますからね」

　脇から黒木孝典がいいました。こんな状況では却って癇に障る遜った調子に、朝井寿は嫌悪の情を隠しもせず老執事を睨み返しました。彼は床に突っ伏した妻には一瞥もくれず、憤然と部屋をあとにしかけましたが、どうにも腹の虫が収まらなかったのか、すれ違いざま、まるで行きがけの駄賃みたいに私に牙を剥きました。

「おい、聖くんとやら。すっかり身内みたいな顔で見物してるじゃないか。だが、わかってるのか。君が現れてから三人も人死にが出たんだぞ。われわれにとっちゃ、一番の不審人物は、誰あろう君なんだがね」

　唐突に突きつけられた敵意には驚きましたが、この期に及んではもはや私も人畜無害の人見知りではなくなっていました。相手の失礼なものいいに、私の心は痼（しこ）りのように硬化しました。

「三人を手にかけたのが何者か、僕にはわかりません。でも、この一連の事件で、あなたや田谷さんが被害者というのはどういうわけですか？」

　先ほど私は、全員がグルに違いないと書きました。しかし、そのように見える一方で、いまや誰もが疑心暗鬼に陥っているようにも思われました。私だけでない、その場にいる全員が軋りを立てて疑いあい、憎みあい、わが身の落ちこんだ運命を呪っているかのようでした。

　素性も知れない若僧に反抗的な態度を取られて、朝井寿は屈辱に顔色を失くしました。

　もしもそこに青茅龍斎の姿があったら、すこしはこのあとの展開も違っていたでしょうか。

朝井寿は売られた喧嘩を買うみたいな語勢で、一気にこうまくし立てたのです。

「被害者だから被害者だというんだ。そうか、君は聞かされてないんだな？　なら、この際だから教えて進ぜよう。泰地と颯介は、田谷さんの息子だ。そうして渚は俺の子なんだよ」

後日

転

「世界の終焉の始まりは〈驚異の部屋〉からの転落死だったと」

「ええ」

「ところが皆さんは、それを警察や消防に伝えなかったのですね？」

「そのとおりです。龍斎の判断でそうしたのです」

「しかしなぜでしょう。龍斎氏は変わり者だとおっしゃいましたが、やはり理外の理に生きた人だったということでしょうか」

「それもありますが……」

　老人は隠しきれない懐旧の念をおもてに表して、遠い目をした。

「龍斎は何もかも絶望してしまったのですよ。あの出来事は、彼にとって取り返しようのない悲劇だったのです。むろん、あとになって　すべては世間の知るところとなりましたがね、しかし、そのときにはもう龍斎は亡くなっていました。神綺楼の終わりです」

「事件のことを教えてください」

テーブルに覆いかぶさるようにして、青年は身を乗りだした。

「それは殺人だったのでしょう？」

「殺人……」

懶げにつぶやいて、老人はますます遠い目色になった。

「いいえ、私は事故だったと認識しています」

「事故……事故ですか」

「ええ。だからといって意味合いが軽くなるわけではありませんが。あれは、あの出来事は……いや、それはそうと、ねえあなた」

と、そこで老人はにわかに生気を取り戻していった。

「忘れてしまわぬうちにいわせてください。あの悲劇のことをお話しする前に、ひとつ聞いていただきたいことがあるのです。さっき私はこういったでしょう、あなたがやけに聖青年にこだわるので、こちらまで妙な想像に囚われかけたと」

「ええ」

「あなたは、四大元素説に加えて提唱された、五番目の要素があったのをご存じでしようか」

老人は唐突に問い、青年の返答を待たずにみずから答えを口にした。

「クインタ・エッセンティア……文字どおり第五精髄、もしくは第五元素と訳されるものがそれです。このクインタ・エッセンティアとは何ものかというと、最も知られているのは、天上界を構成するエーテルのことであるとするアリストテレスの定義ではないでしょうか。四大元素同様、これもひとつの説に過ぎませんから、クインタ・エッセンティアの扱いは思想家によってまちまちです。

パラケルススあたりが独自の解釈をしていますし、アグリッパは四大元素を媒介する神霊的な存在をクインタ・エッセンティアと呼んでいます。ね、私のいいたいことがおわかりになりますか？」

今度は相手の返事を待つ沈黙があった。しかし、青年が口を開こうとしないのを見て、老人は先を続けた。

「要するに、第五元素（クインタ・エッセンティア）とは、四大元素より高次に置かれる外的存在なのです。それは光り輝くものであり、永遠不変であり、神の領域に属するものなのです」

「つまり、それが……？」

「つまりですね、四大元素の名を冠した子供たちのもとへ、外部から一人の青年がやってきたのですよ。聖なる名を持つ五人目が、です」

麗(うらら)かなテラスに、何か異様な気配が湧きあがり、瞬く間にその場を満たしたようだった。

青年はみずからの心を宥(なだ)めるように、いうべき言葉を探すように、努めて冷静を保つふうな面持ちで頬をこわばらせていたが、やがていった。

「聖というのは本名だったのでしょうか」

「どういう意味です？」

老人は怪訝そうな顔をした。

「四人の子供の名が四元素を表すというのは理解しました。なにしろ龍斎氏自身がそう名づけたのですからね。しかし、そこへ、第五元素(クインタ・エッセンティア)たる聖という人物が現れ出(いで)るというのは、偶然にしてはできすぎではないかと思うのです」

「なるほど。そう、たしかにできすぎてますね」

「ですから……」

ここに至って老人は、深い共感をこめた息を吐きだすと、大きくゆっくりとうなずいた。

「そうなのです。じつは私が囚われた想像というのもそこなんです。あなたは、聖があらかじめ龍斎によって選ばれ、神綺楼に招かれたとおっしゃりたいのでしょう？」

「はい。おそらくそうではないかと思うのです。遅れてきた……当然そこにも何らかの意図があったはずです。彼に対して龍斎氏はどんな態度を？」

「一目置いているように見えました。彼は非常に頭のいい青年でしたから。それに、そう……いまにして思えば第五元素（クインタ・エッセンティア）だったのですからね」

「その青年が現れて、事件が起こった。それでもあなたは事故だったとおっしゃるのですね？」

「ええ、そうでなくては、その後の龍斎の絶望が理解できませんから」

老人は低声ながら力説するような語勢でいい募った。

「あなたは龍斎が意図を持って聖を招いたのだろうという。その聖が現れてすぐに悲劇が起こり、夢のような世界は終わってしまった。

もしあれが不慮の事故でないなら、聖が悲劇に関わっていたというなら……それは龍斎みずからの手で神綺楼の生命を絶ったようなものです。あれは龍斎のミステイクだったのでしょうか？　私にはそうは思えないのです」

陽は射していたが、時おり吹く風は冷たかった。

「申し訳ない、話が逸れてしまいましたね。事件のことをお知りになりたいと……ええ、順番にお話ししましょう」

老人がいい、青年は仕切り直すふうにまた同じ言葉を発した。

「第一の悲劇は転落死……塔からの墜落でしたね？」

「そうです。直接目撃した者はおりませんでしたが、〈驚異の部屋(ヴンダーカンマー)〉と名づけられたコレクションルームの窓が開いていたのですよ」

神綺楼事件

第三章

1

二月十六日、第三の悲劇が発覚したその日――、過去二回と違って青茅瑛二は、人々を集めて一席ぶつことも、個別にアリバイ調べを断行することもしませんでした。彼もまた父と同じく、狐疑逡巡の迷路にはまりこんで疲弊しているようでした。主家に対する一部の家来の不信を嗅ぎとって、精神の安定を欠いているふうでした。姿の見えない犯人の魔手に、いいように屋敷を蹂躙された末、ふだんは余裕めかして露悪を気取っている男が、この先どうしていいやら妙案もなく、すっかり困じ果てていたのです。続発する未曾有の不祥事は、神綺楼のパワーオブバランスを根底から揺るがしはじめていました。

一点、青茅瑛二が個別面談を行わなかったのには、それなりの理もなくはありませんでした。夜の早い神綺楼のこととて、渚殺しに関しては、真夜中のアリバイを証明しうる人間など現れそうになかったのです。

この日、午前中に私はこっそり青茅瑛二に呼ばれ、小一時間ほど二人きりで一階の応接室に籠りました。これまた父と同じく、彼もまた消去法で私を相談相手に選んだのです。

やりとりは事件のおさらいから始まりました。三人の少年を死に至らしめることができたのは誰だったか。泰地の事件では、時間の壁に阻まれて、可能性を持つ者は見当たりませんでした。あの転落の瞬間、塔の四階に存在しえた人間はいなかったのです。

それとは対照的なのが続く颯介の事件で、自動人形(オートマタ)の発射タイマーを用いたなら、犯行は誰にでも可能でした。ただしこれには、オートマタの動作と毒鏃の存在を知っているという条件が加わりますが、青茅瑛二の自慢癖と饒舌はそうとうなものですから、退屈な日常のなかで全員にそれが知れ渡っていたとしてもさほど不思議はありません。

渚の事件もしかりです。深更、泰地も颯介もいない、青茅龍斎と火美子のほかに人けのない三階左翼——、犯人が人目に触れずに行動するのは容易だったでしょうし、島津芳太郎が推察したように、仮に渚が睡眠導入剤を飲まされていたとすれば、こちらも犯行は誰にも可能だったと思われるのです。

　そういえば、夕食の席の渚は心ここにあらずみたいにぼんやりしていたのでした。私はそれを礼拝室の一場が原因なのだと一人合点していましたが、そうではなく、食事に投入された薬のせいだったとは考えられないでしょうか。そうであれば、夕食以降、渚が火美子の前にさえ顔を出さなかったのもうなずけます。自室に戻ってすぐに寝入ってしまったと想像できるからです。

　わからないのは、泰地の事件のみ屋敷の全員にアリバイがあり、あとの二つはまったくその反対という点でした。そこには何か意味があるのかないのか。あるいは犯人は端からアリバイ作りなど考慮しておらず、自由に動きまわった結果があれなのでしょうか。

　疑念と不安に満ちみちて、事態は深刻の度を増すばかりでしたが、屋敷の一員として危地に置かれながらも、内心、私は白旗を揚げるにはまだ早いと考えていました。頭を使えばけっして勝ち目がないわけではないと思っていました。古今東西の実例に鑑みるに、調子に乗って犯行を重ねれば重ねるほど、犯人は手がかりを残し、最後には致命傷を負う羽目になるのです。とにもかくにも第四の悲劇だけは阻止せねばなりませんでした。

「そういえば、瑛二さんはどうしてこの屋敷に越して来られたのですか？　お兄さんはいまも東京におられるのですよね？」

ひとしきり話し終えたあとなにげなく訊ねると、悩める青茅瑛二は暗い顔つきで「ああ」と大儀そうに答えました。

「ここへ来たのはむろん親父の誘いだよ。二十六の年だ。兄貴と違って、もともと俺は一家の厄介者、鼻つまみ者みたいなもんでね。あまり体裁のいい話じゃないが、ガキのころは不登校児だったんだ。成人してからも、一度も勤めに出た経験はない。

東京にいたころの親父は、ああ見えて、二言目には働け働けと口喧しかったから、居心地のいい暮らしじゃなかったよ。ところが或る日、急に親父が妙なことをいいだした。どこかの離れ小島に家を建てて移り住むというんだ。当時東京にあったコレクションも、全部そこへ持っていくという。島の家に〈驚異の部屋(ヴンダーカンマー)〉を作るんだってな。

そうして無為徒食の次男坊にお声がかかった。唯一の取柄、芸術的センスを見込まれて、お宝の管理を任されることになったのさ」

「それで、ＯＫなさったんですか」

「もちろんだ。こっちとしても願ったりだったよ。なにしろあのころの俺ときたら、人生に何の価値も見出せずにいたんだからな。どうも俺は現実向きの人間じゃないらしい。この島でヴンダーカンマーとともに朽ち果ててもかまわないというのは、そういうわけさ」

話を聞いていると青茅瑛二という人は、近年社会問題化している引きこもりたちの、いわば先達みたいな人物のように思われました。

「このお屋敷ができたとき、使用人で最初に召集されたのは、黒木さん、古村さん、猫田さんだと、水谷さんに伺いました。彼女はそれから一年足らずでここへ来たと。先の三名は東京にいらしたころから働いていたのですか？」

質問の意味を測りかねるふうに青茅瑛二は首を傾げました。

「東京の家でも雇っていたかっていうのか？　だとしたら、そうじゃない」

「違うんですね。てっきり瑛二さんが小さいころからの古馴染みなのかと」

「馬鹿いえ。あいつらとはこの家で初めて会ったんだよ。親父の特命を受けた兄貴が、じっくり選別して送りこんで来たのさ」

「お兄さんが？」

それは興味深い話でした。青茅産業を長男に託したというのは聞いていましたが、向こうの仕事に関してだけでなく、こちらの生活のあれこれだって、本土に信頼できる協力者がいなくては、とうてい円滑に成り立つものではないでしょう。父のわがままを聞いて、その役目の先頭に立ってきたのが、どうやら長男だったようです。

「兄貴は三つ上だ。慧一ってんだがね、俺と違って実際家なんだよ。だから親父も安心して後事を託したってわけだ」

ここで新たに加わった登場人物を心にとどめ置いて、私は先を進めました。

「使用人の方々の話に戻りますが、皆さん、長いあいだ継続して働いていらっしゃいますよね。なかなか例のない、変わった環境下でのお仕事だと思うのですが、よほどやりがいを感じていらっしゃるんでしょうか」

「何がいいたい？　どのぐらい金がいいのかって訊いてるのか？」

勝手に解釈してそういったあと、青茅瑛二は「そうだ、べらぼうに給金がいいんだ」と不愛想に吐き捨てました。それから彼はしばし考え顔になってあらぬほうを向いていましたが、ふいに一種奇妙な笑みを口もとに漂わせると、声をひそめました。

「前に猫田から聞いたんだ。親父には口止めされてたらしいがね」

「何のことです？」

「あいつら……黒木、古村、猫田、島津、水谷、柏木の六人は、火美子たちが十八歳の誕生日を迎えるまでという、とてつもなく長い契約を結んでいるんだそうだ。兄貴を通して東京でそういう契約書を交わして、ここへ来たというのさ。

どう思う？　こんな辺鄙な島の、こんなつまらない屋敷の暮らしに、人生のどの時期であれ、十八年もの歳月を捧げようとする人間があるか？　そんな奴はおいそれといやしないだろうと思ったら、あにはからんや、世のなかにはいるもんなんだな」

　唐突に明かされた内情に、私はギョッとして、それからただならぬ胸騒ぎを覚えて落ち着かない気分になりました。契約を交わして住みこんでいるというのは至極当り前の話ですが、それが初っ端から十八年契約ともなると、ちょっと異様な感じがします。それと同時に、誕生日パーティーの広間で島津芳太郎が漏らした言葉——、もうじき自分の役目は終わるという、あの嬉しげな言葉の意味を、ようやく私はこのとき理解したのでした。

「聖くん、わかるか」

　にわかに凄みのある態度に変じて、青茅瑛二は身を乗りだしました。

「あの子たちが十八になるまであと一年ぱかしだったんだ。いや……火美子の誕生日が夏だから、全員が十八になるのは一年半後か。この一年半が長いか、短いか。

　なにしろ黒木たちにとっては、十七年勤めあげた末の残り一年半だ。若い柏木だって、かれこれ七、八年にはなるだろう。それだけ働きつづけて残り一年半……猫田がいうには、そのときが来たら全員そろって島を去ることになっていたそうだ。ただ帰るんじゃない、およそ桁外れの、法外な報酬を受け取って俗世へ帰るんだ。奴らもあんな歳だが、それでもまだいくらか人生は続くだろう。余生は安泰だよ。いや、安泰どころか、一生の締めくくりに、どんな贅沢だって可能になるんだ。それがここでの不自由なお勤めの見返りだ。だから彼らは海を渡ってやってきたのさ。

　これは青茅伊久雄だからこそなしえた契約だ。皆、青茅伊久雄が雇用主だったから十八年も先の約束を信用したんだ。唯一の不安といえば、高齢の親父が途中で死んじまうことだったろうが、きっと契約にはそんな事態も織りこみ済みなんだろう。しかし……」

　と、双眸に黒い炎を揺らめかせて青茅瑛二はいいました。

「子供らが誰も十八歳を迎えないとなったら、そのときはどうなるんだろうな。奴ら、内心、気が気じゃないんじゃないか？　ま、猫田に関しちゃ、緘口令を破って俺に口を割ったんだからな、親父にばれたらあいつは契約破棄だろうよ」

　いまにも溜息がこぼれそうな様子で、無理に笑い顔を作る青茅瑛二を前に、私は目まぐるしく思考をめぐらせていました。まさか、いまの話が今度の事件に関係しているのでしょうか？

　十八歳の誕生日までの長期契約、それが子供たちの死によって途中で意味をなさなくなったら――、普通に考えると、子供たちの死は使用人らにとって何らメリットにはなりません。仮に、四人の子が全員死んだときには、その時点で契約が終了し、報酬は全額支払われるという特約があったとしましょう。誰だってお金は早く欲しい。とはいえ、残りはわずか一年半なのです。いまさらそれを待てずに危ない橋を渡るとはどうしても思えません。となると、使用人たち六名は容疑者から除外してもかまわないような気もします。

「口の軽い猫田さんのことはお父さんには？」

青茅瑛二は苦笑しました。

「いうもんか。俺はそんなに無慈悲じゃないぜ」

矢継ぎ早に襲った三つの悲劇、その意味するところは変わらず不明ながら、ひとつまたひとつと、いままで私が知らずにいた青茅家の秘密が、白日のもとに曝されつつあるのは事実でした。地道に外堀を埋めていけばいいと私は思いました。いつかそれらの集積が、事件解決への一助にならないとも限りません。

知らないことはまだまだありそうでした。神綺楼が宿した闇の深さに、私は鉛でも呑みこんだように胃の腑が重くなってきました。ひとまず部屋に戻って、じっくり一人で考察したいと思いましたが、青茅瑛二にはもうひとつ確認したいことがありました。いうまでもなく、ホムンクルスの件です。いまこの場で、何としても確かめたいと思いつつも、それを妨げるのが火美子との約束でした。

彼女は私以外の誰にも知らせず、自身の手で真実を暴こうとしているのです。青茅瑛二から秘密を聞いたのは一年前だという。一年のあいだ、火美子はその件についてひたすら口を噤んできた。気持ちは逸りましたが、ここで私がうかうかしく訊ねるのは、やはりためらわれました。

父親が使用人らに緘口令を敷いているという契約の秘密を、この応接室の会談で青茅瑛二が打ち明けたというのは、彼が今度の事件で精神的に追いこまれている証拠でした。状況に応じて人は態度を変えるものです。いかに口止めされていることでも、いわずに済むなら黙っておきたいことでも、自分の立場が危うくなれば決意もぐらつくというものです。まさしくこのときの青茅瑛二がそうだったのだと思います。

「聖くん、君は親父と俺で何か企んでいると考えていたんじゃないか？」

力ないぼんやりした調子で青茅瑛二がいいました。

それは当たらずといえども遠からぬ想像ではありました。神綺楼がたしかに抱えている、見えない何か。そこに企みがあるなら、中心となるのは青茅龍斎であり、息子の瑛二であると考えるのが自然です。

私は大事なことを聞き忘れていました。渚の部屋で朝井寿が暴露した一件です。泰地と颯介は田谷家の子で、渚は朝井家の子であるという。その真偽を確かめようとしたとき、青茅瑛二は半ば独りごとみたいに言葉を継ぎました。

「君は俺と親父がどれだけの情報を共有してると思う？　全然さ。俺はいつだって蚊帳の外だったんだ。親父の目的、この屋敷の存在意義……俺は何も知らされちゃいないんだ。兄貴はどうだろう……兄貴なら聞かされているかもしれないし、それとも兄貴も肝心のところは知らないかもしれない。

なあ君、俺には〈驚異の部屋（ヴンダーカンマー）〉さえあればそれで満足だったんだよ……」

まるで酔いが回ったみたいな調子でした。ずっと隠してきた弱さを曝けだして、目の前の中年男は、自身の半生を、みじめな思いで、哀しみをもって顧みるかのようでした。

考えてみれば、神綺楼という小世界が崩壊して困るのは、この世に存在しない少女火美子のみならず、青茅瑛二だって同じかもしれません。彼はいっさいの活計（たずき）を持たず、「驚異の部屋」との心中を宣言するほど神綺楼にしがみついて生きている男でした。

田谷、朝井の両家はいわずもがな、使用人たちもいずれ莫大な報酬を手にしてここを去る。父龍斎の立場は、事件の真相如何で微妙なものになるでしょうが、それでも彼が外の世界に所有しているものはとてつもないのです。ただ瑛二のみが、神綺楼に依存し、環境の変化に適応できない絶滅危惧種みたいに生き存らえているのです。

一見、事件を解決すべく努めているふりをしながら、そのじつ彼は、すべてをなかったことにしたがっているのではないかという気が急にしてきました。近い将来、少年三人の遺体をヴンダーカンマーのショーウィンドウに展示して、たった一人、「孤独王」を名乗って君臨する青茅瑛二を想像して、私は背筋が冷えました。

子供たちの出自について、結局私は疲れきった若主人に問いただすことができませんでした。しかし、物事というのは、時を見て、期せずして、一斉に同じ方向へ動きだすものなのかもしれません。極端に一方へ傾きすぎると、必ず揺り戻しが来る。この場合の揺り戻しとは、長きにわたって巧まれてきた欺瞞と、立てつづけの悲劇に対する反撃でした。神綺楼事件はたしかにその解決へ向けて風向きを変えつつあったのです。

青茅瑛二に訊きそびれた事柄について、思わぬ人物から証言を得られたのは、この日の午後のことでした。

2

昼を過ぎても雨脚は弱まることを知りませんでした。引っきりなしにびゅうびゅうと哭く風が、時おり遠雷のごとくゴォと轟いて、煽られた雨粒がザッと鎧戸を叩きます。窪地の神綺楼から海は望めませんが、きっと波も高いでしょう。

午餐の席では黒木孝典から、この日の定期船が来ない旨が正式に伝えられていました。火美子を連れて今日の船で島を出る――、そんな妄想はとうに掻き消えていましたけれど、来るはずの船が来ないというのは、本土に見棄てられたような、世間との一縷のつながりを断たれたような、いい知れぬ不安を喚び起こしました。

朝に渚の遺体が見つかって、客人四名は昼の食堂に現れませんでした。気持ちはわかります。朝井寿のあの発言が事実なら、なおのことです。私だって食欲なんてありはしませんでした。けれども私は人々の一挙一動をわが目で見届けるため、出られる場所にはできるだけ出向こうと決めていたのです。

それにしてもなんという侘しさ、心細さだったでしょう。よりによって若い三人が突如彼岸へ連れ去られたのです。神綺楼は年老い、暖房では賄いきれない底冷えが立ちのぼり、春の手前で季節が逆戻りしたかのようでした。

食事にはほとんど手をつけなかったものの、火美子は食卓につくだけはつきました。周囲に聞こえないよう、私は彼女に、当面はできるだけ自分と一緒にいるように、さもなければなるべく人けのあるところ、厨房あたりで過ごすようにと助言しました。長年の遊び相手も喪われたのですから、私といたほうがいくらかは気分転換にもなるでしょう。もう彼女は一人で部屋に籠ることさえ危険な立場なのです。

さて、前節の最後に記したとおり、思わぬ人物の訪問を受けたのは、午後二時すぎのことでした。ノックの音に扉を開けると、そこにいたのは田谷夫人の由香利でした。

このとき、私の部屋には火美子がいました。彼女は食堂での助言を聞いてくれたのです。

部屋の奥に少女の姿を認め、田谷由香利は意外そうな顔をして、小さく声を発しました。対する火美子も田谷由香利のためらいを見て取ったか、気を利かせるように「またあとでね」といい残して、そそくさと部屋を出て行ってしまいました。

「ごめんなさい、あなたにお話があって来たのだけど、お邪魔だったかしら」

戸口で少女の後姿を見送って、田谷由香利は戸惑ったようにつぶやきましたが、どのみち四六時中付きっきりというわけにもいきませんから、私は快く彼女を招きいれました。

出会って六日になりますが、田谷由香利と言葉を交わすのはこれが初めてでした。そんな相手がわざわざ部屋まで来て話があるというのですから、こちらとしても大いに気にかかりました。

田谷由香利は、私の母や青茅瑛二と一緒の生年です。細身ですらりと背が高く、きびきびとした印象の、女らしさとは縁遠い感じの人でした。狐目の顔つきに刺々しい険があると前に私は書きましたが、傷心ゆえかいまは棘が抜け、むしろ慎み深い悲歎を喪服のごとく身にまとって、何か手助けしてやりたいような同情さえ覚えるのでした。

ありあわせの椅子に腰かけてからも、彼女はしばらく思い惑っていましたが、やがて気持ちを定めたように口を開きました。

「聖さん、あなたはどういう方ですの」

開口一番にしては唐突な問いでした。けれど、このときの私はもう、神綺楼に蟠踞（ばんきょ）している何物かが徐々に瓦解していく気配を感じ取っていましたので、隠しだてすることなく己の身分を明かしました。

「僕は龍斎氏の孫です」

えっ、と、田谷由香利は軽い驚きを表しました。

「孫といっても、祖母はいわゆる愛人だったようです。僕もおとつい聞かされたばかりなんですよ」

「じゃあ、あなたはそれを知らずにこの島にいらしたのね……」

田谷由香利はそこでふいに思いだしたみたいに「突然押しかけてごめんなさい」といい、それから「何のために？　あなたは何といわれてここへおいでになったの？」と続けました。

「じつは、招かれた理由はいまだに教えられてないんです。おかしないいかたですが、僕はそれを知るためにここへ来たのかもしれません」

「そう……お孫さんだったのね……」

独語めいてつぶやくなり、田谷由香利はまた尻込みしてしまったようでした。

私が青茅龍斎の孫では話しにくい用件で彼女は足を運んだのでしょうか。どうもそのように見えました。それならそれで、なおさら私は話を聞きたいと思いましたので、せっかくの機会を逃さぬよう、こちらから水を向けました。

「今朝、朝井さんのご主人がおっしゃったことですが……」

「ええ」

なおも逡巡した末、探るように彼女はいいました。

「じゃあ、あなたは青茅家の味方ということになるのかしら」

「味方？　いいえ、どうして。いまの心情としては、むしろその逆といっていいでしょう」

「そう。朝井さんの発言で、今朝は嫌な気持ちにさせてしまったわね。でも、最後にあの方がいったのは本当なの。泰地と颯介は私が産んだ子よ。渚くんは朝井さんの」

「やはりそうだったんですか」

出まかせとは思っていませんでしたが、どうやらこれで確証が得られました。そうなると、あとに残されるのは最大の関心事です。高まる胸の鼓動を抑えつつ私は訊ねました。

「火美子さんはどうでしょう。彼女の出自についてもご存じではありませんか？」

「いいえ、あの子のことは知らないの。といってもまず私たちと同じようなものだと思うけど……火美子ちゃんのご両親には一度も会ったことがないのよ」

案の定、この人はホムンクルスのことなど知らぬようでした。

「泰地くんと颯介くんはどうしてこの家に預けられていたのですか」

これに対する田谷由香利の返答は、奇しくも午前中に青茅瑛二から聞いた話を裏づけるものとなりました。

「そういう約束……いいえ、契約だったのよ。うちもそう、朝井さんのところもそう。

子供たちが十八になるまで神綺楼に預ける。いっさいの面倒はおじさま……龍斎様がみる。時どき様子を見にくるのはかまわないけれど、親子の名乗りはけっしてしてはいけない。あの子たちはずっと孤児だと聞かされて育ってきたのよ」

「契約というからには、何か見返りがあったのでしょうね？」

「そこのところはだいたい想像がつくでしょう？　金銭と地位よ。そうでなくて、どうしてうちのが社長になんかなれるものですか」

　ようやく地金を出して、田谷由香利は辛辣な夫批判をしました。

「ああ、それで颯介くんが亡くなったとき、ご主人は朝井さんを疑われたんですね。お前一人で龍斎様の眷顧に与る気かと」

「二人とも、任された事業が上手くいってないのよ。いつおじさまに切られるか不安なものだから、疑心暗鬼になってるの」

　皮肉にもその話は、田谷家の息子であった颯介が、冷たい口調で私に話してくれたことと一致していました。

「契約は当然龍斎氏に持ちかけられたのですね？」

「ええ」

「抵抗はなかったのですか」

「もちろんあったわよ。私も和美さんも初めての子だったんですから。主人はずいぶん渋りました。けれど、朝井さんのところは寿さんの独断で、うちは私が主人を説得して、話に乗ったんです。十八になったらあの子たちも青茅産業でいい地位をもらえるというものだから」

青茅産業のいい地位――、それが理想教育の目的とでもいうのでしょうか？　各界の要職に送りだすとはその程度のことなのでしょうか？　私には納得しきれませんでした。

「恥を忍んで全部いいますけど、いずれあの子たちがここを去るときには、改めてまとまったものを頂戴する契約だったのよ」

田谷由香利は妙に毅然とした様子を見せていいました。しかしそれも精一杯の虚勢だったか、すぐに悄然たる面持ちに返って、「十七年待ったの。約束まであと一年だったのよ」と、苦しげな息遣いで沈んだ声を出しました。

「本当をいうと、私は、十八年経つ前におじさまがお亡くなりになるような気がしていたのよ。その場合でも、ちゃんと謝礼は支払われることになっていた。そういう契約をきちんと交わしていたから、私は安心していたんです。あの方は絶対に約束を破るような人ではない……でもまさか、子供たちが先に命を落とすなんて、思ってもみなかった……」

「その場合の取り決めはなかったのですか？」

「大抜かりよね。契約に欠陥ありよ。でも、誰もそれをいいださなかった。そんなことが起こるとは、誰も考えていなかった……ねえ、あなた、聖さん、いま、こうして私が秘密を告白しているのは、主人にも朝井さんにも内緒なのよ」

なぜだか私はハッとしました。地鳴りのように、屋敷の至るところから不協和音が聞こえだしたようでした。

「どうして僕に話してくれる気になったのですか？　ああして朝井さんに疑いをかけられるような、ついさっきまで素性も知れなかった僕に」

田谷由香利はつかのま微笑んだあと、覚悟を決めた女の顔になりました。

「私にはもう、怖いものも守るものもなくなったからよ。そして、この家の人たちのことは微塵も信用できなくなったから。こんな結果になっても、契約どおりお金はもらえるかもしれない。いえ、龍斎様ならそのぐらいの度量はお持ちでしょう。でも、お金じゃない。私たちはわが子を人身御供に差しだしてしまったんだわ。そうして泰地も颯介も死んでしまった……あとは龍斎様がどう判断なさるか。ねえ、聖さん、私はいますぐ警察に告げてもかまわないと思ってるの。それで相談に上がったのよ。あなたは警察に通報するべきだと主張していたわね。いまはどう？　お祖父様に忠義立てすることにしたかしら。これからどうなさるつもり？」

射るような目力で問われて、私は怯みました。誰かの反対を押し切って通報するのは簡単です。神綺楼にはちゃんと電話が引かれているのですから。火美子の安全を思えば、すぐにでも行動に出るのが正解なのかもしれません。それでも私はひとまず田谷由香利に待ったをかけました。後ればせに知ることとなったいくつもの裏事情――、あとすこし、あとすこしだけ、私は虚心坦懐に事件を見つめ直したいと望みました。

神綺楼は一蓮托生の館でした。しかしいま、長年保たれた世界に亀裂が生じたのです。その裂け目に両手をかけて引き裂きたいと思いました。真実を暴きたいと欲しました。火美子の身は心配ですが、彼女自身も謎を解きたがっているのです。

こちらの本心は読めなかったでしょうが、田谷由香利は異を唱えませんでした。彼女は尽きせぬ憂愁をまとい、一方では諦観に至ったようなさばさばとした様子で帰っていきました。

一人になった部屋で、いっとき私は火美子を呼びにいくことも忘れ、思考の底へ深く沈みこんでいきました。

本丸が祖父青茅龍斎であることは、もはや疑うべくもない事実でした。なぜ彼はこんな屋敷を作り、四人の子供を集めたのか。これまでずっと問いつづけてきた疑問です。全員が同い年の四人の子。集めた子供に名前をつける。奇妙な法則を持った名前です。火、水、風、地――、きっとそこには重大な意味があるはずなのです。おそらくは、かつて青茅龍斎が傾倒した神秘学に基づく意味が。

巨人が掌を叩きつけたみたいに、強風に煽られた雨がまたしても窓を打ちました。その途端、両開きの鎧戸がバタンと開き、瞬く間に格子窓のガラスが水浸しになりました。

雨――、水、水、バスタブの水、今朝がた目にした、忘れがたい渚の遺体。一人きりの部屋で、私はアッと大声を発していました。

慄然としました。気づくのが遅すぎたくらいです。

地の子、泰地は地面に叩きつけられて死んだのです。風の子、颯介はゼンマイ仕掛けのフイゴの風で矢を射られて死んだのです。そうして水の子、渚の溺死――。

3

「あなたはお気づきでしたか。三つの事件が見立て殺人であることに」

「いいや、たったいま君が説明してくれるまで思いつきもしなかった」

「泰地くんは地の子供だからこそ、塔の最上階から突き落とされたんです。これが通常の建物であれば、四階程度なら命は助かったかもしれない。ところがこの家ときたら、どの階も恐ろしく天井が高いんですからね。おまけに真下は甃、泰地くんは身動きが取れないように縛られていた。こうして犯人はまず地の殺人を遂行したんです」

深紅の書斎で二度目の謁見、ただし今度は自分から押しかけて、私は青茅龍斎と対峙していました。つい先ほど気づいた事実を、誰を措いてもまずはその人にぶつけねばならない。そうしてその狂った趣向の意味を、解釈を、訊いてみなくてはならない。逸る気持ちそのままに私は自室を飛びだしていました。三階に上がって、火美子の部屋の扉を叩くこともせず、まっしぐらに奥の書斎へ――、しかし、あのとき私は先に火美子に会っておくべきだったのかもしれません。

「次の颯介くんの事件には〈目覚まし男〉なる自動人形（オートマタ）が一役買っていました」

机の向こうで微動だにしない、蠟人形めいた老人を相手に私は話を続けました。

「〈目覚まし男〉は十一日の昼から十二日の朝にかけて、塔の四階から持ちだされたと思われます。僕らはあの人形がアリバイ工作に使われたのではないかと疑いました。いいえ、たしかにそれも理由だったかもしれません。ですが、何より風の殺人を行いたいがために〈目覚まし男〉は登場させられたんです。続く渚くんの事件はいうまでもないでしょう。水の殺人……どうしても水が彼の命を奪わねばならなかったのです」

「だが、何のために……」

夢中遊行のさなかのように、青茅龍斎はぼんやりいいました。

「それは僕が訊きたいぐらいです。いささか逆説的ですが、彼らは彼らの名前のために死んだのです。名づけ親はあなたです。なぜです。きっとあなたはまだ何か隠していらっしゃる。僕にはそう見える。教えてください。彼らはなぜここに集められたのです？」

私は事態が大詰めを迎えつつあることをひしひしと感じ取っていました。そして、大詰めといってもまだ悲劇が打ち止めではないことも。次のターゲットを推測するのは容易です。私はそれが「四大元素の殺人」であることを疑いませんでした。最後の一手だけは防がねばならない。そのためにも、この奇怪な事件の動機を一刻も早く知る必要がありました。

「泰地くん、颯介くん、渚くんは、孤児ではなかったんですね」

手榴弾でも投げつけるみたいにその事実を突きつけると、青茅龍斎はわずかに身じろいだようでした。

「わからないのは火美子さんです。彼女の両親はどういう方なのですか」

　ホムンクルスのことにはあえて触れずに私は訊ねました。どんな答えが返ってくるか、ここは非常に重要なところでしたが、白髯に包まれた老人の唇は動きませんでした。

　私は焦れました。

「おわかりでしょう。残るは火の殺人なんです。次はあなたの大切な火美子さんの番なんですよ。それでもまだ隠しだてなさるのですか。肝心のところを話してはくださらないのですか」

　敬語だけはどうにか忘れずにいたものの、内心ではもはや礼儀もへったくれもなく、この期に及んでも煮えきらない相手を、私は思いきりどやしつけたい心境でした。ずいぶんと気負いこんだ失礼な態度だったと思います。口調の端々からは苛立ちと怒気が滲みだしていたでしょう。それに気圧されたわけでもないでしょうが、ようやく青茅龍斎は忸怩たるしわがれ声で答えました。

「なぜあの子たちがここに集められたか……その答えは手帳に書いてある」

「手帳？　それは盗まれたという革の手帳のことですか？」

　とうとうそこへ話がつながったと思いました。これまで知りえたさまざまのことは、やはり長い同一線上にあるのに違いないのです。

「教えてください。手帳に何が書いてあるんです」

「それを口頭で説明するのはいささか煩雑だ。読んでもらったほうがいいだろう」

「読む？　ですが、いまは手もとにないのでしょう？」

「ああ。だから見つけだされねばならない。なぜならそれを持っている者が犯人なのだから。さっきの君の話を聞いて、やっと私も確信を持てた気がする。なぜ泰地が転落死だったのか……」

青茅龍斎は仄明かりの下、憔悴して眠るように目を閉じました。そのさまを微塵も同情心を持たず見つめながら、努めて冷静に私は訊ねました。

「昔、母に聞いたのです。あなたは僕にとっても名づけ親なのでしょう？　その点では四大元素の子たちと同じですね。そこには意味があるんじゃありませんか？　僕の役割は何なのです」

本当に寝入ってしまったように、青茅龍斎は目を閉じたまましばらくピクリともしませんでしたが、やがて唐突に、「火美子はこの一年で七センチも背が伸びてね……」とつぶやきました。

「何の話ですか」

「君はあの子の眸の色が左右違うのを見たろう。あれは半年ばかり前、一夜にして変わったのだ……」

何をいわんとしているのか、まるで理解できませんでした。質問を煙に巻かれたようで返事に窮していると、青茅龍斎は急に目を見開き、一転して芯のある声でいいました。

「火美子は無事でいるか？」

私はふいに冷水を浴びせられた気がしました。

田谷由香利と入れ替わりで部屋を出て行ったあと、火美子はどうしたでしょう。いまは自室にいるのか、それとも二階に戻って待ってくれているか。私の姿が見えないのでむくれているかもしれません。ともかくいったん確かめないことには心配で落ち着かなくなってきましたので、

「まだ話は終わっていませんが、ちょっと様子を見てきましょう」

そう告げて、同じ廊下に面した火美子の部屋まで行き、扉を叩きました。

応答はありませんでした。二、三度ノックを繰り返して、とうとう私は勝手に部屋を覗いてみました。

戸口から声をかけましたが、火美子はいないようでした。やはり私のところに戻っ

たのだろうかと思い、同時に嫌な胸騒ぎも覚えましたので、小走りに二階の客室へ帰りました。

そこにも火美子はいませんでした。ふいに、大切なものを永遠に失った気がして私は狼狽しました。にわかに迫りあがる不安を持て余しながら、わけもなく室内をうろついていると、白いベッドの上に、切り取ったノートの一頁が載っているのに気づきました。手に取ったそれは、火美子の書き置きでした。

「お兄様、大事なお話があるの。あたしの部屋に来てちょうだい」

おかしなことです。彼女はどこにいるのでしょう。さては行き違いにでもなったかと、すぐさま廊下へ取って返し、大階段をまた三階へ駆けあがりました。

ほんの数分のこととて、今度も火美子の姿は見えませんでしたが、部屋に来いというのですから、不在でも待たせてもらってかまわないでしょう。

本人の好みかそれとも青茅家の方針か、火美子の部屋は格別女の子らしいところのない質素なものでした。請われて来たのですからさほど負い目もなくキョロキョロと見まわすうち、きれいに片づいた机の上に、たったひとつ置かれたものに目が留まりました。小さな黒革の手帳なのです。

心臓の鼓動が跳ねあがりました。火美子はそれを私に見せたかったのだろうか。いかにもこれみよがしに置いてあるところからして、たしかにそのように思われました。

私は慄える手で手帳を取りあげました。かなり古い品です。表の黒革はまだらに色褪せ、いくつも引っ搔き傷がついています。

一度は火美子を待とうと決めました。しかし手帳の誘惑にはどうしても抗しきれず、不吉な予感で息苦しくなりながら、とうとう私は表紙を開いてしまいました。

天地小口の紙焼けが、中の紙面まで侵食し、黄ばみの縁取りができています。パラパラとめくってみると、頭の数頁には糸ミミズがうねったような拙い文字がぎっしり書きこまれていましたが、使われているのはそれだけ、あとはまったくの白紙でした。

まず間違いなく、これこそが青茅龍斎が秘匿していた手帳なのです。では、彼の書斎机から持ち去ったのは火美子だったのでしょうか？

神綺楼事件の端緒がここにある。すべての謎を解く鍵がここにある。読む前から私はそれを確信していました。が、手帳に記されていた内容は、そんな想像をも凌駕する、常軌を逸したものでした。

後日

結

「第一の悲劇、転落死……あなたはそれを不慮の事故とおっしゃった」

「そうです」

「亡くなったのは、泰地くんではなく……？」

「泰地？　泰地が死んだ？……いいえ、〈驚異の部屋(ヴンダーカンマー)〉から墜ちたのは火美子ですよ」

「つまり、火美子さんの死こそが終わりの始まりだったというのですね？」

「いかにも」

　老人はうなずいた。

「塔の真下は広間でした。その広間の窓の外に、あの娘(こ)が倒れているのを使用人が見つけたのです。現場は私も目にしました。夏草に覆われた甃(いしだたみ)が赤く染まって……火の精(サラマンダー)のペンダントが、火美子の血を吸ったように光り輝いていました。八月……陽射しの強い、よく晴れた午後でしたから」

「火美子さんは誤って窓から墜ちたというのですね？」

「そうとしか考えられないのです。あの娘の命を奪おうとする者など、いたはずがないのですから。私たちは皆、日ごろからちょくちょくヴンダーカンマーへ出入りしていました。あの日の火美子も同様だったでしょう。実際に何があったのかは知りようもありません。しかし、おそらくはちょっとした不注意だったのです。それが取り返しのつかない事態に発展してしまった……」

「わかりました。神綺楼の第一の悲劇は、火美子さんの事故死だったと。では、続いて起こった第二の悲劇はどんなものだったのでしょうか」

青年の問いかけに、老人は目をしょぼつかせながら坦々と答えた。

「それについてもすでに申しあげたとおりですよ。龍斎が死んだのです。原因は疑いようもなく火美子の死です。ほかの誰でもない、亡くなったのが火美子だったからこそ、彼女を溺愛していた龍斎は絶望したのです。絶望のあまり床に臥して……あのころはもう七十の坂も半ばすぎという老齢でしたから、失意がもとで彼は亡くなったのです。まるで急いで火美子のあとを追うかのようでした。

ねえ、おわかりでしょう。火美子の事故死が神綺楼の終わりの始まりであり、或る意味では悲劇のすべてだったのですよ」

その後、テラスには長い静寂の時が流れた。もの思うようにじっと俯いていた青年は、やがて悩ましげな目を上げて老人を見た。

「龍斎氏は火美子さんを溺愛していたとおっしゃいましたが、ほかの子供たちはいかがでしょう。それほど魅力のある少女だったなら、誰もが彼女に恋をしていたのではありませんか」

「それはどうでしょう。当時の私はその手のことにはとんと疎かったもので。それに、最初に申しあげたとおり、彼らは四つ子の兄弟同然に育ったんですからね……。唯一の例外は聖でしょう。彼が密かに火美子に想いを寄せていたというなら、そこに不思議はありません。大いにありうることですよ」

「ああ、それで……」

と、青年は長い胸のつかえが取れたように、感慨深げにつぶやいた。それから彼はいずまいを正し、いままで以上に真剣な面持ちになっていった。

「ここからが大事なところなのです。よく思いだしていただきたいのですが、龍斎氏が聖に何かを与えた、あるいは預けたという事実はなかったでしょうか」

「何かを与えた？」

老人は不思議そうな顔をした。

「それは、つまり、火美子にペンダントを与えたような意味合いですか？」

「いいえ、そうではありません」

「では、〈驚異の部屋〉のコレクションのことでしょうか」

「いえ、そのことでもなく……思いだしていただきたいのは黒い革表紙の手帳なんです」

「手帳……手帳ですか。さて、そんなことがあったでしょうかね」

「聖にそれが手渡されたのは、おそらく龍斎氏が亡くなる直前だったのではないかと思うのですが」

この青年の言葉を聞いて、老人の表情には劇的な変化が生じた。

「ああ、わかりました。黒い手帳……そうです、そうです。しかし君はなぜそんなことまで知っているのですか」

それまであなたと呼んでいたのが君になり、老人の夢中を如実に示した。

「では、手帳はあったのですね？」

「ええ。火美子の死後、龍斎は床に臥し、あとを追うように亡くなった。そういえば、臨終の間際に、聖だけが呼ばれたのです。そうしてしばらく二人きりで寝室に籠って……やがて部屋を出てきた聖によって、龍斎の死が伝えられたのです。

そのときに、ええ、そうでした、彼はたしかに黒い小さな帳面を手にしていました。あなたのいうのはあれのことではないですか」

　いまや青年は、感情の昂ぶりを超えて、しんと静まった観照の境地に立ったようだった。

「ここにその現物があります」

　彼は鞄を探って一冊の手帳を取りだすと、老人の前にある神綺楼の写真と並べ置いた。

「元はといえば、その写真も手帳に挟んであったものなんです。非常に読みにくい字で書かれていますからご面倒でしょうが、よかったら目を通していただけませんか」

　老人は古びた表紙をめくり、寄る年波でやはりたいそう苦心しながら中身を一読し――、そっと手帳をテーブルに戻すと、「これは……」とつぶやいたきり、言葉を失った。

神綺楼事件

第四章

1

伊久雄。

我が肉体の愈々地上より消滅するに当って、最後に御前をそう呼ぼう。仮初に私が名付けた聖なる名でなく、真の両親から授かった実の名で、最後に御前を伊久雄と呼ぼう。

火美子の死は肉体の死である。魂が不滅であることは、短い間に御前にも度々伝えてきたから、今更五月蠅く説く必要もなかろう。

大宇宙の天体の活動は、神の意志に基づいた彼等の務めである。其の星位や動向は、地上界の自然に影響を及ぼすのは無論のこと、我々の肉体とも悉く照応している。人体という小宇宙に、天空の星座、星々がそっくり座しているのである。此の照応ゆえに、星辰の働きの作用によって病も起れば死にも至る。何故そうした照応が成り立つかといえば、万物は同じ創造主の手で、同じ元素を基(もと)に作られているからである。

此の大宇宙(マクロコスモス)と小宇宙(ミクロコスモス)の対応に象徴されるアナロジーは、パラケルススの理論の一大特徴と言ってよい。植物しかり、鉱物しかり、あらゆる事物の外見には、目に見えぬ内奥の本質が「徴(しるし)」となって顕れている。其れを見極め、対象物とのアナロジーを見出すことが、適切な薬品、治療法の発見に繋がり、医療の発展に寄与する。

忘れてはならぬのが、根底にまず神の存在があるという事実だ。其の神の御下に天上界があり、地上界があり、我々を取り巻く自然があって、其れ等総(すべ)てが不可分に関わりあっている。

森羅万象至るところに徴がある。世界は徴で満ちている。此の徴を読み解き得るのは人類だけである。中でも自然魔術を体得した人間だけである。自然の中(うち)から神の力を取り出す技倆、究極の知に裏付けされた能力こそが魔術なのだ。

過日の火美子の転落は、宇宙の法則に基づいた必然であった。因って幾つもの徴が顕れていたにも拘らず、愚かにも私は其れ等に重きを置かなかった。見誤った。後悔してもし切れぬ千慮の一失だ。

先に述べた通り、火美子の死にも、彼女を取り巻く総ての環境が関わっていた。伊久雄よ、此処に現れた御前という存在も例外でなく、寧(むし)ろ御前の訪ねてきたことが引鉄になったと言ってよい。

　無論私は御前を怨んではいない。決して御前の所為ではない。唯最後に、御前に一つ頼みたいことがある。其れを託したのち、近々私の肉体はこの世から滅びよう。もう此の肉体の寿命では火美子との再会も叶わぬのだから、それで構わない。

　伊久雄よ、私が何を御前に託そうというのか、凡その見当は付くだろう。そうだ、御前の想像通り、火美子の復活に取り組んでもらいたいのだ。

　重ねて言うが、火美子の肉体はすでに滅び、もはや復活することはない。だが彼女の魂は永遠不滅なのだから、肉体の器を与えてやれば、軈て火美子は復活することになる。

　此処までの前段を踏まえて、以下に火美子再誕の為の手順を書き記す。これは大変に困難な仕事である。長い歳月を要する作業である。だが、何時の日か御前がそれを成し遂げることを信じて私は消え去る。

　何を措いても大事なのは、可能な限り此の神綺楼と同じ環境を整えねばならぬということだ。御前は私の代りに神綺楼の主とならねばならぬ。そうして現在と同じ陣容の使用人を雇わねばならぬ。同い年の四人の乳児を集め、火、水、風、地、四大元素の名を彼等に授けねばならぬ。当然乍ら、女児が一人に男児が三人である。さらに地の子供と風の子供は双子の男児でなくてはいけない。

火の女児にはサラマンダのペンダントを譲り与え、常に身に着けることを徹底すべし。火美子の絶命の血に染まったあの形見のペンダントを、のちほど御前に預けることにしよう。

扨、此れ等の状況を十全に整えた後、次に御前が為すべきは、私がそうしてきたように、彼等に神秘思想の教育を施すことである。此れには長い時間が掛かる。

軈て子供達が成長し、火美子の享年に当る十七歳を迎える年、其の二月十日に一人の客人が神綺楼を訪れるだろう。無論、主人である御前が彼を招くのだ。言うまでもなく二月十日とは、御前が最初に此処を訪れた日である。つまり、其の客人が御前の代りを務めることになるのだが、どんな男でも良いという訳にはいかぬ。彼こそは重要な第五元素……クインタ・エッセンティアであるから、今度は仮初ではなく、生まれながら聖なる名を持った青年でなくてはならない。そういう青年を御前は手を尽して探し出し、島の館に招かねばならぬのだ。

其処で漸く準備が終る。恐らく其の頃には、火の娘の上に明白な徴が現れているだろう。例を挙げるなら、娘の左眼は火美子のあの特徴的な茶色に変じているはずだ。ほかにも徴は幾つも現れているだろう。

そうして彼女が火美子の命日と同じ十七歳の八月三日を迎えた暁、火の娘の肉体に遂に火美子の魂が憑依する。それが完全なる火美子の再誕である。

尚、土、風、水の子は、火美子に精気を捧げて役目を終える。彼等は火美子が復活した後、程なくして順に命を落としてゆくだろうが、これは致し方のない仕儀である。

憑かれたように黒革の手帳を読み終えて、私はかつて味わった験(ため)しのない衝撃に打ちのめされていました。眩暈(めまい)と吐き気、初日に乗ったあの自家用船のエンジン音そっくりの、引っきりなしの耳鳴りが大音量で頭のなかに鳴り響いて、あらゆる思考を妨げました。

波打つごとく床がうねり、グラグラと体を揺らします。四方の壁が迫っては遠ざかり、嘲笑うかのように幻惑します。危うく私は肉体をその場に残し、心だけ魔宴(サバト)の真ったただ中に連れ去られるところでしたが、暗色の忘我の境地から正気に返らせたのは、手帳のあいだからハラリと床に落ちた一枚の写真でした。

そこに写っていたのは一軒の邸宅でした。外観は西洋館と呼ぶにふさわしいものです。母屋の大半は三階建てですが、右端にもう一段高い塔があります。館は屋根も外壁も黒ずくめと見え、そのぶん鎧戸を備えた格子窓の白さが目を惹きました。

それはまさしく、ここ盃島を訪れた日に一度だけ見た、神綺楼の全景を撮影したもののように思われました。しかし、どうも妙なのです。なんという古めかしい写真でしょう。もとは白黒だったであろう色調が退色してセピアを帯び、艶をなくしたおもてにはそこかしこに黒染みが浮いて、擦り傷ができています。そこまで劣化した写真をじかに手にしたのは初めてです。

神綺楼が完成したのは、青茅龍斎が越してきた年の前年、平成五年のことです。であれば、人為的に加工でもしないかぎり、これほど写真が古びるはずがありません。なにげなく裏返すと、こちらもすっかり黄ばんで汚れたところへ、ペン字の書きつけがありました。

「昭和二十八年九月、笠島、神綺楼」

荒天の窓外ではなく、頭のなかでどろどろと遠雷が轟いた気がしました。

2

尋常でない叫び声を聞いたのは、病人のごとくよろよろと火美子の部屋を出て、大階段をゆっくり二階へくだっているときでした。

それは階下から聞こえてきました。喉も裂けよというぐらいの絶叫だったため、にわかには判別がつきませんでしたが、声の主は黒木孝典と思われました。あの物腰のいい年寄りがあれほど取り乱した声を――、明らかにそれは、宏壮な神綺楼の隅々まで届けんとする必死の叫びだったのです。

「火事です！　火事です！　火美子様が……！」

ああ――、火。火の子。四大元素の最後のピース。

私は震撼しました。焦燥しました。優雅にカーブした長ったらしい階段ももどかしく、宙を跳ぶようにエントランスホールまで駆けおりていました。

場所は、場所は何処だ。左見右見（とみこうみ）すると、ただならぬ気配は右翼から伝わってきました。すでにそちらには幾人かの人々が集まっている様子です。矢も楯も堪らず息を切らして駆けつけると、最奥部の礼拝室の前に島津芳太郎と二人のメイドがおり、ほどなく私の後ろから、青茅瑛二と古村宏樹が血相を変えてやってきました。先ほど一報を伝えた黒木孝典が見えないのは、おそらく青茅龍斎のもとへ参じたものと思われました。

皆さん、物語もそろそろ大詰めが近いのです。

このとき目にした光景を、私は生涯忘れません。

われわれの前で、礼拝室の両開きの扉は大きく内側へ開いていました。その正面、戸口から数メートル先のところに、柩が一棹移動させられていて、信じがたいことにはメラメラと炎を立ちのぼらせているのでした。

黒煙とともに灯油の臭いが鼻を衝きました。それも当然です。柩があんなに勢いよく燃えるわけがありません。おそらく灯油を撒いて火をつけたのでしょう。しかし、その異様な場景以上に私を絶望的な気分に突き落としたのは、揺らめく炎の向こうに華奢な火美子の姿が見えたことでした。

彼女が何をしているのか、初めはわかりませんでした。けれど、無意識のうちに「ヒミちゃん！」と呼びかけてから、私は気づいたのです。あろうことか火美子は、燃えさかる柩を強引に足でもって戸口へと押しやろうとしているのでした。礼拝室の床は滑らかですから、そんなやり方でもすこしずつ柩は動いています。

茫然と眺めるだけの人々に憤慨し、私はすぐにも火美子を救けだそうと踏みだしました。しかし、それを制したのはほかならぬ火美子の声でした。

「近づかないで！」

彼女はそういったのです。

「近づいたら死ぬわ！」

悲鳴のようなその叫びで、私は皆が行動できなかった理由を知りました。

それにしても、なぜ——、なぜでしょう。状況を見るに、火美子自身が火を放ったと考えるほかありません。いったい彼女のなかで何があったのでしょう。ついさっき、部屋に来てちょうだいといったばかりではありませんか。すぐに会えなかったのがしくじりだったのでしょうか。私が書斎で話しこんでいるあいだに、致命的な何ごとかが起きたのでしょうか。それとも——、あの書き置きは私に宛てた遺書だったとでもいうのでしょうか。

そのとき、金赤に燃える炎に顔を染めた火美子が、まっすぐにこちらを向いて、たしかに私と視線が合いました。それまで見てきたなかで、最も美しい火美子でした。

ふいに彼女は胸の前で拳を握ると、こちらへ向かっていきなり何かを投げつけました。それは勢いよく戸口を越えて、私の肩口に当たって落ちました。拾いあげたものは、彼女が幼時から片時も外さなかったという、あの真っ赤な火の精（サラマンダー）のペンダントでした。

近づいたら死ぬといわれても、われわれが中へ飛びこもうが飛びこむまいが、いずれ火美子に死が訪れるのは同じことでした。放っておいたら彼女は火の海に呑まれるばかりです。

そうこうするうちに、またもや火美子は足もとの柩を押しはじめました。そこでようやく私は理解しました。礼拝室の扉は内開きです。彼女は鍵のないあの扉を閉じたあと、柩を重しに封鎖するつもりではないか——、そう思った瞬間、私は天啓のように悟ったのです。

あれは泰地の柩だ。渚の柩はまだ用意されていませんでしたので、柩の中身は泰地か颯介ですが、いいや、あれは颯介ではない。是が非でも泰地の柩でなくてはならないのだ……

かかる危急の瀬戸際の場面で、ようやく奇怪な神綺楼事件の真の姿が見えた気がしました。

「消火器を持ってきましたぜ！」

背中で猫田日呂介の頼もしい濁声を聞きながら、私は誰より早くなかへ飛びこんでいきました。

炎のなかの火美子は、凄みのある、それゆえになおさら際だった美貌で、気のせいかほんのかすかに笑ったようでした。

3

翌二月十七日金曜日の午前中、私はお願いして屋敷の全員を広間に集めてもらいました。

前日の火美子の騒動を受けて、青茅龍斎はすっかり弱々しい老人になり果てていました。思えば神綺楼で私は、彼が追い詰められていく姿ばかり見てきたようです。これは、たまたまそういう時期に当たったということでしょう。彼のことを祖父と見做すにはどうしてもまだ抵抗がありましたが、多少なりとも憐憫を催さないこともありませんでした。

全員を広間に集めてもらったと書きましたが、火美子と柏木奈美はその場にいませんでした。幸い軽傷ながら、火美子は礼拝室で火傷を負い、ベッドにいるということでした。柏木奈美には付きっきりの看病を——、いえ、正しくは、火美子がまた馬鹿な真似をしでかさぬよう、監視をお願いしたのです。

この朝の広間の集いは、推理小説風にいうなら最後の謎解きの場面に相当しました。一晩眠らずに整理し、組み立てたことを、私は一同の前で披露せんとしていたのです。もはやそれを出過ぎた真似とも思いませんでした。自分の手ですべてを終わらせる。

「神綺楼事件」に幕を引く。そこで語られるはずの真相は、いびつで、不愉快で、あまりに苦々しいものでしたが、不思議と私はすがすがしいほどのまっすぐ揺るぎない覚悟を持って、その告発の場に臨んだのです。

青茅龍斎、青茅瑛二、黒木孝典、島津芳太郎、古村宏樹、猫田日呂介、水谷比佐子、田谷晋司、田谷由香利、朝井寿、朝井和美。総勢十一名の面前で、いくぶん面映ゆさを覚えながら、みずからを励まして私は話しはじめました。誰もがその場の意味を感じ取っていたはずです。この期に及んではもう、茶化す者も愚痴る者もいませんでした。皆が固唾を呑んでいる気配が、ひしひしと伝わってきました。

「初めに、多くの皆さんが疑問に感じておられたであろう、私の立場から説明させてください。ほんの一か月前まで、私は東京で、青茅家とは縁も所縁もない生活を送っていたのです。青茅伊久雄氏から手紙が届いたのは一月十三日のことでした。初めて名前を目にする人物から、いきなり私は自宅へと招待されたのです。手紙の青茅氏が語るには、この私が彼の近縁に当たっているというのでした。突然の誘いに不信を抱かないではありませんでしたが、一方で私は、青茅産業の青茅伊久雄氏が、自分の祖父ではないかとも想像していました。

母方の祖父母のことを、私は何も聞かされずに大人になりました。父を早くに亡くし、昨年の十月には母も他界して、一人っ子の私は天涯孤独の身となりました。私の知る母は、経済的に苦労の多い生活を長く強いられてきました。母の過去を私は何も知りませんでした。彼女の人生を辿ってみたい理由が、私にはあったのです。もしも青茅伊久雄氏が母早季子の父親であるなら……

こうして私は大学の春休みを利用して、あらかじめ指定された二月十日にここを訪れたのです。いざ到着してみると、青茅伊久雄氏は青茅龍斎と名乗っておられました。皆さんとは翌十一日の朝、この広間で顔合わせをしましたね。聖という名前以外、こちらのことはいっさい紹介されませんでしたが、私自身、その時点では青茅家と自分の関係を何ひとつ聞かされていませんでした。それを知ったのは先日、十四日のことです。そこにいらっしゃる龍斎氏が、書斎に招いて教えてくださったのです。私は、彼の孫でした」

いちばん奥に座った青茅龍斎に、私は軽く一礼して声をかけました。

「あなたのことをお祖父様と呼ぶには、あいにくまだ心の整理がついていないのです。失礼ながらこの場ではお名前で呼ばせてください」

青茅龍斎は何とも答えませんでしたが、わずかにうなずいたように私には見えました。

「じつは聖という私の名は、龍斎さんの希望で命名されたものでした。生前の母が、名づけ親はあなたのお祖父様だと私に話してくれていたのです。母早季子の母親は、生駒勢以子といいました。彼女は龍斎氏のいわゆる愛人でしたが、早季子を産んですぐに龍斎氏のもとを離れたといいます。

興味深いのは、孫に聖という名を与えることが、そのころすでに決まっていたという事実です。私の生まれる前……それどころか、母がまだ赤ん坊のころにはもう、将来男児を産んだら聖と名づけるようにと、龍斎氏は勢以子に指示していたわけです。なぜ青茅伊久雄はまだ見ぬ未来の孫を聖と命名したのか……現在私は十九です。いまごろになって突然自宅へ招かれたのはなぜだろう。私には自分の置かれた立場がまるでわかりませんでしたが、それについてはのちほどご説明します」

夜のうちから話す順序をすっかり決めていましたので、私はひと息ついてすぐに先を続けました。

「こちらの素性についてはひとまずこれぐらいにして、いよいよこの一週間に連続した恐ろしい出来事に話を進めますが、その前に、島津先生」

いきなり呼びかけられて、島津芳太郎は弾かれたように痙攣しました。

「唐突ですが、先生は人造人間（ホムンクルス）についてご存じですか」

「ホムンクルス……？」

島津芳太郎はどう反応してよいかわからぬふうに眼鏡の奥の目を泳がせて、

「ホムンクルスという言葉は、ええ、もちろん知ってますよ。しかし、それがいったい……」

と、しどろもどろで答えました。

「先生ご自身がホムンクルスを製造なさったことは？」

「ホムンクルスを製造する……？　君は何をいっているんです。こんな席であんまり馬鹿なことをいわないでくれたまえ」

島津芳太郎は憤慨して吐き捨てました。

「そうですか。では、瑛二さんにお訊ねします。あなたは火美子さんにこっそり告げたそうですね。彼女が孤児ではなく、ホムンクルスだと。島津先生のラボで人工的に生みだされた存在だと。現代科学ではそれが可能なのだと」

「何だって？　おい、いい加減なことをいうんじゃない」

青茅瑛二は怒気を含んだ顔で荒っぽくふんぞり返りました。

「憶えていらっしゃらない。一年ばかり前、〈驚異の部屋(ヴンダーカンマー)〉でのお話なんですが」

これを聞いた青茅瑛二は急に顔色を変えると、バツが悪そうに身を起こしました。

「ああ……そうか。なるほど、ヴンダーカンマーか。いわれてみりゃそんなこともあった気がする。火美子と二人でコレクションを見ていたんだっけな。あそこには錬金術の蒸留器（レトルト）もあるから……それで何気なくそんな冗談をいったのかもしれない」

「冗談。冗談だったのですね？」

「当たり前だろう。火美子がホムンクルスだなんて、そんな話があってたまるか」

「そうですか」

私はじっと相手に視線を注ぎつづけました。

「ですが、あなたは冗談でも、火美子さんがそれを信じたとしたらどうでしょう？現代科学ではそれが可能だと……あなたはいかにももっともらしい理屈を駆使して説明したのではありませんか？　結果、火美子さんがそれを真に受けたとしたらどうでしょう。自分は人間ではない、この世のものならぬ存在なのだと考えて、深い苦悩に囚われていったとしたらどうでしょう」

「まさか、そんな……あいつはそこまで愚かじゃないだろう」

気まずげに青茅瑛二はそっぽを向き、恨めしそうな顔をした島津芳太郎と目が合って、ふたたび視線を逸らしました。

「ああ、思いだしたよ。あのとき俺は酔ってたんだ。そこで火美子が例によって何か生意気な口を利いたんだと思う。だからちょっと揶揄(からか)ってやるつもりで……しかし、あんなのは冗談だ。冗談に決まってるじゃないか」

「わかりました。このホムンクルスの一件を、皆さん、ひとつ記憶に留めておいてください」

さて、と、全体を見渡して私はまた続けました。

「話は変わります。昨日、或る方が私の部屋を訪ねて、告白してくださったことがあるんです。いえ、それが最初じゃない、その前に朝井寿さんも同じことを教えてくださいました。泰地くん、颯介くん、渚くんの出自についてです。彼らは表向き伝えられているような孤児ではなく、真実は、泰地くん、颯介くんが田谷家のお子さん、渚くんは朝井家のお子さんだったのです。十七年前、両家は偉大ないとこおじと或る契約を交わし、初めてなした大事な子供を神綺楼に預けられた……

そこでお聞きします。これはたいへん重要な質問なのですが、かような出生の秘密について、どなたか少年たちに明かした方はいらっしゃいませんか」

田谷夫妻が思わず顔を見合わせました。朝井寿は険しい目つきでむっつりと腕組みをしている。しばしの沈黙がありました。やはり反応なしかと諦めかけたところで、おずおずと夫の隣で右手を挙げたのは、朝井和美でした。

「私が……私が渚に話しました……」

出自の件は、青茅龍斎が固く口止めしていた秘密だといいます。ほぼ全員が揃った広間の、ほかならぬ青茅龍斎の目の前でそれを告白するのは、よほど勇気の要ることだったに違いありません。しかし、いつも誰かに怯えているみたいな朝井和美が、涙に目を潤ませながら勇を鼓して名乗り出たのです。彼女もまた、すべてにケリをつけようとしているのだと思いました。愛するわが子を喪ったことで覚悟を決めたのだと、私はそう受けとめました。

「和美さん、渚くんに話したのはいつごろですか」

「あれは……去年の年明けにお邪魔したときです」

すっかり打ち萎れ、蚊の鳴くような声で答えた朝井和美に、横から田谷由香利が労わるように声をかけました。

「いいのよ、いいのよ和美さん。もうおしまいにしましょうね」

「去年の年明け……おおむね一年前ですね。それでその際に和美さん、泰地くんと颯介くんの身の上についても、渚くんにしゃべりはしませんでしたか。つまり、彼らの立場も同様であるということを」

「ええ、私、ついそのことも話してしまいました。みんな同じ境遇にいるとわかったほうが、いくらか慰めになるかと思ったものですから……」

濡れた目を伏せ、震える声で朝井和美はいいました。

「ありがとうございます。よく打ち明けてくださいました。そうですか、渚くんは知っていたんですね……となると、あの一心同体みたいな四人ですから、ほかの子にも伝わった可能性は大いにあるのではないでしょうか。少なくとも泰地くんと颯介くんには、ですね。皆さん、先ほどのホムンクルスの件と併せて、いまの話も憶えておいてください。

それでは今回の事件について、ひとつずつ考察したいと思いますが、まずは簡単におさらいをしておきましょう。

ご承知のとおり、第一の悲劇は泰地くんの転落死でした。十二日の日曜日、泰地くんと颯介くんの誕生日祝のさなかの出来事です。転落の時間は正確にわかっています。午後九時四十三分です。すぐそこの窓の外に……」

と、指さしたのに釣られて、思わず皆、薄曇りの窓に目を向けました。

「あのとき、泰地くんは神綺楼に常備されているタオルで猿轡を噛まされ、両腕を後ろ手に縛られて、両足もきつく束ねられていたのです。私自身が確かめたわけではありませんが、いずれも容易にほどけないぐらいの緊縛状態だったというのです。そうでしたね、島津先生」

「え？　ああ、そう、ほどくのにずいぶん苦労しました」

「つまり、誰かが泰地くんの身動きを封じて、塔の四階から突き落とした……その誰かとは、内部の人間とも考えられるし、見知らぬ何者かがこの家に入りこんでいる可能性も消すことはできない。なにしろ動機の見当がつかないので、まずは犯行をなしえた機会の面から当たってみるしかない……私たちの認識の手始めは、そんなところだったかと思います。あのときは瑛二さんが先頭に立ってアリバイ調べを行いました。その結果、転落の九時四十三分に塔の四階に存在しえた人間は一人もいなかったのです。

　一点、私が目をつけたのは、泰地くんを突き落としたのち、急いで階下に駆け戻り、素知らぬ顔でその場に紛れこんだ人間がいやしなかったかということでした。九時四十三分から二分ほど、人々の視線と関心は窓の外に釘づけだったのですから、かなりの綱渡りですが可能だったかもしれません。こちらも瑛二さんが体を張って実験してくださいました。結果はもうひとつ芳しいものではなかったようですが、そんな実験をしなくとも……」

　ここで私は青茅龍斎に訊ねました。

「あの悲劇の際、皆いっせいに窓ぎわへ押し寄せましたが、唯一あなただけは奥のテーブルを離れなかった。あそこからは二つの出入口がはっきり見渡せたのではありませんか？　誰か不自然な様子の人間が駆けこんでは来ませんでしたか？」

青茅龍斎は軽く目を閉じ、初めて言葉を発しました。

「そう、あのとき私はすべてを見ていた。だが、そんな人間はいなかった……」

「ありがとうございます。そういうことなんです。二分間の離れわざなんて空論だったんです。それから、あの時間帯にはここ広間のほか、厨房にいらした方々もあった。黒木さん、猫田さん、水谷さんですが、お三方のアリバイも証明されていますし、そちらに駆けこんできた人間もいなかった。ということで、泰地くんの殺害は何人にも実行不可能だったわけです」

特に反論も質問もないのを見て、私は先へ進みました。

「次に翌十三日月曜日の颯介くんの事件です。こちらも泰地くんの事件に輪をかけて奇怪な様相を呈していましたが、水谷さん以外は皆さん現場もご覧になりましたし、前後の状況も食堂の話しあいで把握されているでしょう。体調不良を訴えた颯介くんの部屋を島津先生が訪ねたのが午後二時前、先生は睡眠導入剤が入り用になったのでいったん一階の自室へ取って返し、颯介くんに薬を服用させてふたたび彼の部屋を出たのが二時十分ごろというお話でした。その後、夕食の時間に柏木さんが颯介くんの遺体を発見し、一同の知るところとなった。

　ご存じのとおり、殺害方法はじつに異様なものでした。ヴンダーカンマーの四階に陳列されていた自動人形（オートマタ）がなぜか枕辺のスツールにあり、ゼンマイ仕掛けで発射されたコルクピンが被害者の頬を刺した。ピンには同じくヴンダーカンマーのコレクション、南米先住民の鏃の猛毒が塗られていて、いまなお衰えぬ恐ろしい効力が、立ちどころに颯介くんの命を奪ったのです。

　島津先生の所見では、死亡推定時間は三時十分から四時十分のあいだということでしたが、人形のゼンマイ仕掛けは一時間のタイマーとしても利用できました。ですから、犯人が人形をセットできたのは、死亡推定時間より遡って、島津先生が出て行かれた二時十分から四時十分のあいだまで拡大されるのです。

　念のため、ふだんはこの家にいらっしゃらない田谷さん、朝井さんご夫妻にお訊ねしたいのですが、オートマタや鏃のことは前からご存じでしたか。おととし、瑛二さんの手で毒の有効性を試す実験が行われたそうですが、先日の発言からすると、朝井さんはご存じなかったようですね」

　名指しされた朝井寿が代表してこれに答えました。

「前に瑛二さんに〈驚異の部屋〉を案内していただいたとき、人形については熱心な説明を受けた記憶がある。もちろん実際に触って動かしたわけじゃないがね。鏃のほうはどうだったろう……見せてもらったかもしれないが、よく憶えていない。ましてや猛毒が塗られていて、それがいまでも危険な代物だなんて、そんなのはわれわれのあずかり知らぬ話だよ」

「奥様や田谷さんご夫妻も同様ですか？　ほかの皆さんはいかがでしょう。瑛二さんは頻繁にコレクション自慢をなさっていたそうですから、話には聞いたことがあったでしょうか」

否定の声は上がりませんでした。よって私は、神綺楼の人々が皆、少なくとも小耳に挟んだことはあるのだろうと認識しました。

「そうすると、朝井さんご夫妻、田谷さんご夫妻を除いた皆さんに、あの仕掛けを思いつくのが可能だったことになります。ちなみに例の人形は、十一日の昼から十二日の朝にかけてヴンダーカンマーから持ちだされたと信ずべき理由があるのです。ところで、ひとつ見落としていたことがあるのですが、島津先生、あの日颯介くんに睡眠導入剤を飲ませたことは、どなたかにお話しされましたか？」

「薬のことを？」

島津芳太郎は思い返すように額に手を当て、すぐに答えました。

「ええ、一階に戻ったとき、たまたま火美子ちゃんと渚くんに会ったので教えましたよ」

そうです。たしかにあの午後、火美子は颯介が寝込んだことを知っていました。

「ほかにはいかがですか」

「颯介くんを診察したことじゃなしに、睡眠導入剤を飲ませたことというなら、私の口からはほかには話してないと思います」

「俺は火美子から聞いたぜ」

青茅瑛二が口を挟みました。

「ええ、僕も同じです。ほかの皆さんはいかがでしょう？　事件発覚前に睡眠導入剤のことを聞かされていた方は」

これにも返事はなく、青茅瑛二だけが焦れたように問いました。

「何がいいたいんだ？」

「わかりませんか。颯介くんが薬で熟睡しているのを知っていてこそ、犯人はオートマタを仕掛けることができたんですよ」

「ああ……なるほど。いわれてみりゃそうだな。颯介が眠ってなくちゃ部屋に忍びこめない。床に就いてなけりゃ毒針も的に当たらないってわけだ。すると犯人は、遅くとも四時十分までに睡眠薬のことを知っていた奴だ。ということは」

青茅瑛二は自虐気味にほろ苦い笑みを泛べました。

「容疑者はドクター、火美子、それに俺と君か」

「火美子さんがほかに話していなければ、どうやらそうなりますね」

「渚も知ってたそうだが、あいつは次の被害者だからな」

「そうですね。ではここで、その渚くんの事件に移りましょう。彼は自室のバスタブで亡くなっていました。発見者は水谷さん、昨日の朝食時のことです。水死ということで、この不便な環境では死亡時間も割りだしにくく、島津先生はひとまず夜のうちの犯行というに留められましたが、それは誰もが犯行をなしうる時間帯でもありました。

一方、現場の状況はというと、渚くんはタオルで縛られた両足を麻紐によって宙吊りにされ、水中に上体を没していたのです。しかも被害者の裸身には、格闘の傷跡ひとつ見られなかった。仮に入浴中に襲われたのであれば、いかに小柄な渚くんといえど必死に抵抗したでしょうから、この点では誰もに犯行がなしえたとはいえません。むしろ犯人は被害者が特別に信頼していた相手、入浴中に浴室を覗いても許されるような相手とも思えます。

　ところが、ここで島津先生がひとつの可能性を示された。渚くんも睡眠導入剤で眠らされていたのではないかというのです。これは大いに理のあることで、そうであれば、抵抗の痕もなく、あの不自然な恰好を犯人の恣にされたこともうなずけます。加えて、前の晩の夕食の席で私と火美子さんは、渚くんが妙に朦朧としているさまを見ているのです。ゆうべの彼の食事に薬が仕込まれていたとしたら、部屋に帰ってすぐ眠りにつき、犯人はあとからゆっくりと計画を遂行したのかもしれない。つまり、渚くんは必ずしも入浴中だったわけではなく、犯人によって衣服を脱がされ、バスタブに沈められたとも考えられるのです」

「ちょっと待ってください」

　ここで声を上げたのはコックの古村宏樹でした。ふだんは無口な老人ですが、食事に薬が仕込まれていたと疑われては黙っていられなかったと見えます。

「料理以外に能がないもので、どうもわからないのですが、睡眠薬で昏睡させておいて兇行に及ぶ……これはまあ理解できるんです。ですが、どうして風呂場なんでしょう。いえ、湯舟で溺死させるというならそれも方法でしょうが、しかしどうして余計な手間をかけてまで、麻紐で括りつけるようなおかしな真似をやったんでしょうか」

このあと説明すべきところへ古村宏樹が先回りしてくれたので、私はここで言及することにしました。

「いま古村さんがおっしゃったように、例えばバスタブのお湯に頭を押しつけて溺死させるという手もありますね。やりかた次第では、犯人は渚くんを不慮の事故死に見せかけることも可能だったかもしれません。ところが、かの人物はあえてそれをしなかった。むろん意図があってのことです。

泰地くんを縛りあげたのもそうなんです。颯介くんの部屋にこれ見よがしにオートマタを置いたのも同じです。それぞれに第三者の手が介在していることを……それらが殺人事件であることを、犯人はあからさまに明示してみせた。のちほどご説明しますが、そうすべき理由が犯人にはあったのです。

古村さんは渚くんの現場がどうして風呂場なのかとおっしゃった。これまた、そうでなくてはならない理由があったのです。泰地くんは転落死でなくてはならなかったし、颯介くんはフイゴの風を利した吹き矢で、渚くんは水で殺されねばならなかった。そうして締めくくりは礼拝室の火事……四人の子供たちが地、風、水、火の四大元素になぞらえて命名されたことは皆さんご存じでしょう。犯人の狙いは、四大元素の見立て殺人にあったのです」

4

「ここまでが事件のおさらいみたいなものです。続いて聞いていただきたいのが、この半年のあいだに神綺楼の片隅で起きていた、ささやかな盗難事件のことなんです」

慣れない役割に次第に疲労を覚えつつ、私は声に力を込めました。

「ささやかな盗難といいましたが、この一件を知らなければ、今度の事件に関して私はいまだに五里霧中でした。両者にはただならぬつながりがあったのです」

「いったい何が盗まれたんでございますか」

不安げな黒木孝典に訊かれ、私はさりげなく青茅龍斎の様子を視界に収めながら続けました。

「古い手帳なんです。しまってあったのは龍斎氏の書斎机の抽斗です。最後に目にしたのは半年も前で、つい最近になってようやく紛失に気づかれたそうですが、だからといって大事なものでなかったとはいいません。むしろその反対で、龍斎氏はそこに記された内容を暗記するぐらいに知り尽くしていたのです。ここに、その手帳があります」

胸ポケットから黒革の手帳を取りだして見せると、最も顕著な反応を示したのはもちろん青茅龍斎でした。われを忘れたように中腰になって、「どこでそれを……」とつぶやいた主（あるじ）を、いっせいに人々が顧みました。

「火美子さんが持っていたんです」

「火美子が……？　では、火美子が盗んだというのか？」

ただでさえ急激な老衰を見せていた青茅龍斎は、しわがれ声で呻くと、中腰の痩身をがっくりと落としました。

「いまは火美子さんが盗んだとはいえません。まだ確認が取れていないのです。が、そう考えるのが自然だと思います。

さて、皆さん、この手帳の盗難について、先日私は龍斎氏から直々に話を伺っていました。内容までは教えてくださらなかったものの、龍斎氏は、手帳を盗んだ者が今度の事件の犯人であるとの見解を示された。なぜそういえるのでしょう？　なぜ手帳をくすねた人物が殺人犯とイコールになるのでしょう？

それを理解するためには当然手帳の中身を知らねばなりません。この場で回し読みしていただくのも手間ですから、いまから私が読みあげます。たいして長いものじゃありません。龍斎さん、あなたの長年の秘密が曝されることになりますが、かまいませんね？」

神綺楼の一週間の最大の山場のつもりで、私は強い意思をもっていい放ちました。
青茅龍斎は異を唱えませんでした。灰になった彼は、すこしのあいだ、迷うという
より喪心していましたが、やがて、「いまさら……」とだけ絞りだして、豊かな白髯
に顔を埋めたまま微動だにしなくなりました。
このとき私が読みあげた内容は、先に引き写しておいた文章そのままです。傷んだ
革表紙をふたたび閉じたとき、広間の空気は一変していました。驚愕と、惑乱と、そ
れ以上に悔恨めいた激しい罪悪感を、居並ぶ人々の上に私は見ました。彼らは何も知
らなかったのだと実感しました。
「お聞きいただいたように、この手帳は、龍斎なる老人が、伊久雄なる人物に託した、
〈火美子再誕〉のための驚くべき手順書だったのです。では、龍斎とは誰か。伊久雄
とは誰か。なぜ伊久雄はその館で聖と呼ばれていたのか。そして、ここに語られた火
美子の死とは何を意味しているのか……答えを導く鍵は、一枚の写真にありました。
こちらです」
私は頁のあいだから古写真を取りだして掲げました。声なきどよめきともいうべき
溜息が、そこかしこで漏れました。
「どこから見ても、これは神綺楼の写真です。ところが裏にはこう注釈されているの

です。昭和二十八年、笠島、神綺楼、と。おわかりでしょうか。この盃島の神綺楼ができる遙か以前に、笠島という別の島に、そっくり同じ外観を持った神綺楼が存在していたのです。

この手帳によると、どうやらそちらの神綺楼では火美子という少女が亡くなったらしい。おそらく主(あるじ)であろう龍斎なる人は、亡き火美子を復活させるべく手順を書き記し、伊久雄なる人物に託した。この伊久雄とは何者か。いうまでもありません、手帳を所持していた人物、青茅伊久雄氏です。

遠い昔、一冊の手帳を託された青年伊久雄が、どの程度その内容を信じたか、ご本人でなくては知りえないことです。しかし、けっして鼻で笑い飛ばすような心境ではなかったはずです。その印象は、のちのちまで深く心にとどめ置かれるものだったはずです。龍斎さん、若き日のあなたは、火美子さんを愛していたのではありませんか？」

答えは返ってこないと予想していましたので、私はかまわず話しつづけました。

「いずれにせよ、キリストでもあるまいに、目覚めよ少女(タリタクム)のひと言で死者を甦らせることはできません。手順書の内容は容易に実行できるものでもありませんでした。それを行うには、長い準備と潤沢な資金が必要でした。

さて、ここで〈魔術師〉の話を挟ませてください。皆さんご存じでしょう、稀代の実業家、青茅伊久雄氏の自伝のことです。あのなかで伊久雄青年は、十九の年に日本を発って欧州に渡り、以後九年間に及ぶ大遍歴時代を過ごしているのです。そうした行動に出た理由は詳(つまび)らかではありませんが、この手帳と併せ読んだときに想像できることがあります。

彼の渡航費用は、師である初代神綺楼の当主が世話したのではないでしょうか。私は伊久雄青年がかつての火美子さんを愛していたと確信しています。その少女を喪い、おそらくは時を置かずに師をも喪い、傷心の青年は違う世界へ飛びだすことを決意した。彼の大遍歴とは、自発的なものであったのか、あるいはそれとも、師龍斎の指示だったのではないかとも考えられます。

やがて帰国した青茅伊久雄氏の稀に見る成功は、皆さんもご承知のとおりです。輝かしい立身出世は、しかし見方を変えれば、〈火美子再誕〉の手順書を実行に移せる体力がついたことと同義でした。遠い日に篋底(きょうてい)にしまいこんだ黒革の手帳が、いつしか伊久雄氏のなかで存在感を増しはじめたとはいえないでしょうか？

事実、老境に入った彼は、人知れず困難を実現するための準備に取りかかったのです。それは師の遺志を継ぐためであったか、それともかつて愛した少女のためだったか……その両方だと私は考えます」

何か、とうてい太刀打ちできないほどの巨大な魔物に魅入られたみたいに、誰もが蒼ざめ、身じろぎひとつせず、呼吸さえ忘れているようでした。骨まで染み透るような静寂が、放っておいたら永遠に続きそうなほど、重苦しく広間を覆いました。一人、呪縛の外にいた私は、その場を支配している感覚に微酔を覚えながらいい募りました。

「青茅伊久雄氏は、おぼろげな記憶と一枚の写真を頼りに神綺楼を再建しました。手帳の文面から読み取れるように、その計画では、館から住人から何から何まで、昭和二十年代の神綺楼を模す必要がありました。手ずからアナロジーを生みだそうというわけです。

そうしてできあがったのがこの盃島の屋敷です。そうして集められたのが四大元素の子供たちと、ここで働く皆さんです。泰地くん、颯介くん、渚くんの調達先はすでに明らかですが、その目的のために白羽の矢を立てられたのが、伊久雄氏の従甥に当たる田谷晋司さんと、従姪に当たる朝井和美さんの二家族だったのです。詳しいいきさつは私にはわかりませんので、よろしければどなたか補足してくださいませんか」

これには重い腰を上げるような調子で田谷晋司が答えてくれました。

「私と朝井……寿さんは、もともと青茅産業グループの末端社員でね。二人とも、同時期におじさんの斡旋で見合い結婚したんだ。いや……斡旋というより、あれは逆らいようのない指示、命令に等しかったですよ。生まれてくる子供を神綺楼に預ける話もそのころに出た。報酬は、聖くん、君にも想像がつくだろう」

「ええ、見返りの内容はおおむね理解しています。しかし、こうして改めて伺うと、なんという運命のいたずらでしょう。手帳にあったように、三人の男の子のうち、二人はどうしても双子でなくてはならなかったんです。その双子が、あろうことか現実に田谷家に生まれた。ひょっとすると伊久雄氏は、ほかにも候補者を見繕っていたのかもしれません。むしろ、そうしていなかったはずはないでしょう。ところが幸か不幸か、奇蹟のように田谷さんのところに男児の双子ができた……それを知ったとき、伊久雄氏はかつての師の不滅の魂、避けられない運命の力というものを完全に信じたに違いありません。

　そうやって三人の男の子が決まり、あと一人、女の子を見つけてくると、いよいよ伊久雄氏は莫大な財産を元手に、ただ一度だけ〈火美子再誕〉の手順書を実行に移そうと決意したのです。昭和神綺楼の主人と同じ龍斎を名乗り、〈驚異の部屋(ヴンダーカンマー)〉を作る。ご長男の慧一氏に協力を仰いで、六名の使用人も集めた……ご事情はそれぞれでしょうが、察するに皆さんも本当のお名前は別にあるのではないですか？　それから、そう……昭和神綺楼には龍斎氏の息子さんも住んでいたのではないでしょうか。きっとそうです。そうでなくては成立しません。瑛二さん、だからあなたはここに呼ばれたのですよ」

芸術的センスを買われてヴンダーカンマーを任されたのではない――、自分が父親の大実験の一素材に過ぎなかったことを知り、いたく傷ついた青茅瑛二の顔は一世一代の見ものでした。

「さて、ここからは一気に時間を飛ばします。子供たちは順調に成長しました。神秘学も伝授し、火美子さんには火の精（サラマンダー）のペンダントを常に着用するよう厳命した。そうしていよいよ十七年が経ったのです。今年、八月三日、火美子さんが初代火美子の享年に当たる十七歳の誕生日を迎えれば、魂が乗り移り、火美子さんは初代と同化合一する。その前兆として、何かしらの徴が火美子さんの身に現れているはずだと手帳は予言している。

昨日、龍斎氏は私におっしゃったんです。この一年で火美子さんの身長が七センチも伸びたと。さらに半年ほど前には一夜にして左の眸の色が変化したと。手帳の中身を知ったいままでは明らかですが、それが再誕の序曲だったのです。病気でもないのに眸が変色するなんて不思議なことです。が、そんな不思議な現象が起こったからこそ、あなたは必ずや奇蹟が起こると確信した。

　火美子の十七歳の誕生日まであともうひと息……ここで最後の駄目押しに呼び寄せられたのが私でした。なぜこの時期に私は呼ばれたか。いまならわかります。あなたの望みで私は聖と命名されました。手帳にあるとおり、私は第五元素（クインタ・エッセンティア）だったのです。これで火美子再誕のすべての条件は調いました」

5

「さて、ここまでの前提を踏まえることで、ようやく私の話も喫緊の事件へ立ち戻ることができるのです。まず、先ほど読みあげた手順書の最後を憶えておられるでしょうか。〈土、風、水の子は、火美子に精気を捧げて役目を終える。彼等は火美子が復活した後、程なくして順に命を落としてゆく〉……長年順調だった実験の進みゆきに、ここで大きな矛盾が生じたことがおわかりになるでしょう。火美子さんが十七歳を迎える前に、三人の少年が立てつづけに亡くなってしまった……順序が狂ったのです。

　この予定と現実の食い違いに、龍斎氏は戸惑った。子供たちの死の意味をどう捉えていいものか迷った。一人、二人と命を落としてゆくごとに、龍斎氏は計画の成功への疑いと、それが水泡に帰すことへの懼れを感じはじめた。事件が発覚するたび、私は龍斎氏の極度の落胆と憔悴を目撃してきました。それは悲しみではなく、恐怖ゆえだったのです。いま申しあげたことが、その理由だったのです。それにしても、なぜ三人は亡くなったのか。彼らを死に至らしめたのは誰の仕業だったのか。ここで話は序盤にお伝えした内容とつながってきます」

　偉大なる青茅龍斎は、いまや浜辺に打ちあげられた異形の流木のようでした。俯いてじっと動かない淋しい彼の姿を、私は一方的に見据えたまま、粛々と最後のシークエンスに踏みこみました。

「皆さん、このたびの三つの事件が、いずれも他殺を明示していたという指摘を思いだしてください。泰地くんは明らかに他者に縛られ、颯介くんは他者がセットした自動人形（オートマタ）の仕掛けで毒殺され、渚くんは他者によって水中の宙吊りとでもいうべき姿にされていた。間違いなく彼らを殺めた人間がいた。その人物はどういうつもりか、四大元素の見立てという奇天烈な趣向まで提示してみせた。なぜでしょう？　なぜでしょう？

　火曜日、初めて書斎でお話しした際に龍斎氏がいわれた言葉が、ふと思いだされました。どうやら私を苦しめようとしている者がいるらしい……そうあなたはおっしゃったんです。被害者自身に殺さるべき理由があるのではない。青茅龍斎を苦しめるために彼らは殺された。奇妙な動機ではありますが、世間に例がないこともありません。しかし、あのときの私にはまだわからなかった。手帳の内容を知ったいまでは、それがよくわかる。あなたにとっては子供たちが死ぬことが苦しみなのではない。積年の計画が破綻することが真の苦しみなのです。いい換えれば、その積年の計画を破綻させることが、青茅龍斎に対する復讐となりえるのです。

ずいぶん前から手帳の内容を知っていたのは火美子さんでした。では、彼女が犯人だろうか。いいえ、あの子に泰地くんは殺せませんでした。あの子は一歩も広間から出なかった。鉄壁のアリバイがあるのです。先ほども申しあげたとおり、あの晩は全員にアリバイがあったのです。この不可能状況を打破する手段はないか。あります。ひとつだけ可能性があります。泰地くんみずからが塔の窓から墜ちればいい……」

「しかし、君！」

耐えきれないように青茅瑛二が叫びました。

「他殺を強調する、あのタオルによる緊縛が目くらましだったのです。後ろ手にきつく縛ることは本人にはできません。別の人間が泰地くん協力のもとで彼を縛ったのです。計画どおりの作業を済ませて、その人物は急いで広間に戻る。そうしてその人物が戻った頃合いを見計らって……つまり彼のアリバイが確保されてから、泰地くんは頭を下に、真っ逆さまに、みずから飛び降りたのです。

あの事件について、私たちは内輪でタイムテーブルを作成していました。泰地くんは九時十八分に、酔いを醒ましてくるといってパーティーの広間をあとにしています。転落は九時四十三分でした。それに先立って、広間から消えていた人物がいました。九時二十四分に瑛二さんが、二十六分に颯介くんが広間を出ていたのです。このとき瑛二さんは颯介くんがエレベーターに乗るのを目撃しており、のちに颯介くん本人も、用があって三階の自室へ行っていたと認めています。瑛二さんは九時二十九分……つまり五分後にはもう広間に戻っていました。

一方、颯介くんが帰ってきたのは三十四分、広間を出てから八分後のことでした。瑛二さんが体を張ってタイムを計ったとき、塔の四階から広間までは、息も絶え絶えに全力疾走して二分四十五秒が最短だったそうです。泰地くんをタオルで縛るという作業をし終え、広間に取って返すには、よほど手際が良くても五分ではいかにもきついのです。ですが八分ならば何とかなったでしょう」

「聖様は、被害者と加害者が協力しあったとおっしゃるので？」

黒木孝典が凍えそうな声で問いました。

「じゃあ、颯介や渚の事件はどうなる」

青茅瑛二が苦しげに問いました。

「いま一度、復讐という動機を想像してみてください。四大元素の見立てのことを考えてみてください。昨年の頭、渚くんはお母さんから、自身を含めた三人の出生の秘密を聞かされていました。彼はそのことを、同じ事情を抱えた三人や、いちばん仲のいい火美子さんに打ち明けなかったでしょうか？　また、火美子さんは火美子さんで、やはり一年前に自分がホムンクルスだと説明され、それを信じていました。本人は誰にも話していないといいますが、兄弟同然の、運命共同体の三人に、はたして彼女はそれを打ち明けなかったでしょうか？

何よりここで重要なのは、火美子さんが手帳の中身を知っていたことなのです。それによって彼ら四人は、自分たちがなぜこんな淋しい島の館に閉じこめられているのかを、はっきり覚ったのです。

四人が四人とも、狂気じみた実験を成立させるための素材でした。中心となる火美子さんは、見も知らぬ少女の魂の容れものとして。金で買われた少年三人は、やはり見も知らぬ少女の再誕の生贄として。この救いがたい現実を共有したとき、彼らは己の生に絶望し、死をもって神綺楼に復讐することを決めたのだと思います。

ただし、それが自殺であってはいけませんでした。彼らにとっては、自殺は支配者に敗れ、逃走するのと一緒です。見えない何者かに次々と子供たちが惨殺されていく。そのさまをこれでもかと見せつけることで、彼らは神綺楼の支配者に恐怖をもたらし、人生を賭した計画を狂わせることで絶望を与えようとした。

泰地くんの転落死が宣戦布告でした。手帳にあるとおり、初代火美子さんの死が転落死だったからです。同じ構図を用いて意趣返しをする……じつに頭のいい、強烈無比の挑発です。四元素の見立てという意味合い以外に、あの転落死にはそういう意図もあったのです。不幸な運命ゆえの厭世と、支配者青茅龍斎への復讐……それが今度の事件の動機だと私は考えます。

この異様な事件の構図を何と呼ぶべきか。彼らの心理を推し量るなら、あの三つの死を自殺と呼んでも間違いではないでしょう。あれはいわば時間差の集団自殺のようなものだった、と同時に、紛れもなく殺人でもあったのです。しかも一件一件犯人が違う上、一件一件に異なる共犯者が存在した――その共犯者とは、ほかならぬ被害者自身だったのです。

四人は被害者であり、加害者でもあった。同等の役割と責任を分担しあい、互いの身の上に深い同情を抱きあう、優劣のない共犯関係だったのだと思います。泰地くんの事件は颯介くんがお膳立てした。颯介くんの事件でオートマタをセッティングしたのは、順番からいって渚くんだったでしょう。颯介くんが島津先生から睡眠導入剤をもらうことも計画のうちだったはずです。

渚くんの溺死は当然火美子さんのしわざとなります。そうして最後、燃える柩によって礼拝室の扉が塞がれて、火美子さんは焼死する。第一の死者であった泰地くんの肉体で救出を阻むことで、四大元素の死は循環して円をなし、完成形を見るはずだったのではないかと思います。円環自殺、円環殺人、どちらの名でこれを呼ぶべきでしょうか……

幸いにして火美子さんは生き残りました。彼女が元気になったら、いまの話の真偽を確認してみるべきです。ぜひそうしたほうがいい。看破してやらないことには、彼女はやり直しを企てかねませんから。……説明は以上です」

語り終えてからも、私は放心状態で立ち尽くしていました。誰も席を立とうとせず、声をかけてくる者もありませんでした。

やがてふとわれに返って、もうひと踏ん張り、私は疲れた声で問いました。

「龍斎さん。これが最後です。どうしても最後にお訊ねしたいのです。火美子さんの素性を教えてくださいませんか。あなたは彼女をどこから連れて来たのですか」

長いあいだ奥の席で凝（こご）っていた青茅龍斎は、ふいに眠りから揺り起こされたように、ゆらりと立ちあがりました。彼は私とは視線を合わせず、高く広い天井のどこか遠い一点を無心に見据えていました。

すっかり打ちのめされた老人には、もう気力のかけらも残っていないように見えました。ところがそのとき、不思議なことが起こりました。濃い陰翳を湛えた彼の容貌に、突如として気高い精神性が甦ったのです。私が最初に擬えた、あのグイド・レーニのマタイによく似た老人が、そこにはいました。

白い髭に包まれた口もとがわずかに蠢いて、彼は何ごとかいおうとしたようでした。

われ譬を設けて口を開き、

世の初より隠れたる事を言い出さん……

けれど、燈火（ともしび）はつかのまでした。知の光は瞬く間におもてから消え失せ、

「おお、おお、火美子……」

地獄の底から天に向かって訴えるようにつぶやくなり、青茅龍斎はその場に頽（くずお）れました。

魔術師になり損ねた稀代の実業家の、それが最期でした。
復讐は果たされたのです。

後日　跋

老人の顔には度し難い失望が表れていた。彼は悲しげに手帳の上に視線を落とし、

「あの龍斎が、これを書いたというのですね」と力なくいった。

「いかが思われますか？」

「この内容をどう思うか……そうあなたはお訊ねになるのですね？　わかりました、申しましょう。狂っています。常軌を逸しています。今際の際の龍斎は……狂気に冒されていたのですね」

「とても龍斎氏が書いたものとは思えないとおっしゃるのですね？」

「そうですとも。こんなのは夢物語もいいところです。龍斎らしくもない……まるで古代の類感魔術にでも後戻りしたようではありませんか。やはり、火美子の死が悲劇のすべてだったのです。突然の火美子の死が、龍斎の心も体も破壊したのでしょう」

ですが、と、青年は真剣なまなざしで老人を見据えた。

「聖は……いえ、青茅伊久雄は、これを信じた。信じようとした。それというのも、龍斎氏同様、彼もまた火美子を熱烈に愛していたのですから。想像するに、それは身を焼き焦がすほどの狂熱の恋だったのです。それは或る瞬間に、ふいに隙を衝いて心に取り憑く。悪魔のように取り憑いて、呪いのように頭を支配して、そうしてそのときから、己を取り巻く世界のすべてが一変してしまうのです」

激した調子で振り絞った青年の言葉に、老人は放心したように耳を傾けていたが、まさしく一変した世界を目の当たりにしたごとく、茫然としていった。

「伊久雄……あのときの聖の本名は伊久雄……それが、のちの青茅産業の青茅伊久雄だったというのですか」

「そうなんです」

青年は意外を共有できる仲間を迎えるようにうなずいた。

「火美子さんの転落死は何年のことでしたか」

「忘れもしません。神綺楼終焉の年、昭和二十九年です」

「昭和二十九年というと、一九五四年……いまからちょうど六十年前ですね。当時の青茅伊久雄は二十歳です。その写真の裏に、笠島、神綺楼とありますね。事情は不明ですが、彼は笠島を訪れて神綺楼に足を踏みいれ、そこで出会った龍斎氏の信望を得て、聖と命名された……笠島というのは松島湾の笠島でしょうか」

「そうです。あの当時は漁業を営む島民がそれなりに住んでいました。その海辺の集落からぽつんと離れて、山奥の谷底に神綺楼はあったのです」

「青茅伊久雄は宮城の七ヶ浜村の生まれなのですよ」

「そうでしたか。では、笠島までは目と鼻だったのですね」

「ここへ伺う前に調べたところ、平成に入って笠島には国の施設ができたそうです。いまでは一般の立ち入りができなくなっているようですね」

青年はそこでちょこんと頭を下げた。

「おかげさまで、僕のほうはおおかたの疑問が解けたようです。今日のあなたのご好意のおかげで、神綺楼事件の全貌がようやく理解できました」

「その神綺楼事件とは、二年前の盃島の事件のことですね？」

「ええ」

「あのときの事件現場に、あなたはいらした……」

「そうです。続けざまに三人の少年の命が奪われました。泰地と、颯介と、渚と……」

「当時は私が知るだけでも大変な報道のされ方でしたが、真相は最初の子の事故死と、それを悲観した二人の後追い自殺ということでしたね」

「ええ」

　青年は苦い笑みを漂わせてうなずいた。

「表向きの真相は、そのように決着しました」

「なるほど、表向きはね……」

　伝染したように老人も苦い笑みを泛べ、「あのころ、ここへ取材に来たマスコミは皆無でしたよ」といった。

「遠い過去から延びた長い影……そこに目を向けた者はいなかったということですね。ええ、それでよかったと思います」

「ところで、三人の少年が亡くなったあと、もう一人死者が出たのでしょう？　私の知らない神綺楼の主人が」

「はい、青茅伊久雄も亡くなりました。ご承知のとおり実業界の大立者でしたから、大々的に報道されたようですね」

　そこで青年は、時間を気にするふうにちらりと携帯電話を見やってから、「青茅伊久雄は盃島に移住するにあたって、青茅龍斎と改名していたのですよ」と続けた。

「何ですって」

「マスコミには出なかったでしょう。昭和二十九年に笠島の神綺楼で聖を名乗った青茅伊久雄は、平成二十四年の盃島の神綺楼では、龍斎だったのです。彼ばかりではありません。さっきあなたは、笠島の神綺楼には、医学の心得を持った島津という家庭教師がいたとおっしゃった。盃島の神綺楼にも島津先生はいらっしゃいました。おそらく、屋敷の全員が過去を踏襲していたのだと思います」

　老人は感に堪えた顔つきになった。

「手帳の手順書のせいなのですね？　何もかもが過去のトレース……島、神綺楼、龍斎、使用人、四大元素の名を持つ子供たち……そして、最後のピース、第五元素（クインタ・エッセンティア）である聖が、光田さん、あなただった」

「おっしゃるとおりです。すべてが過去のトレース……まったくそうなんです。ところが、そこで発生した悲劇は、五十八年前とはずいぶん様変わりしたものでした。あなたがいわれたように、悲劇の端緒が初代火美子の死にあったとするなら、それ以降のあらゆる悲劇の原因は、二人の龍斎の妄執にありました。それは奇蹟を生むための数十年越しの壮大な実験でした。しかし、試みは無残な失敗に終わったのです」

　それから十分ばかり、二人はそこにいた。いつのまにか陽が翳り、白いテラスはいっそう肌寒くなった。折しも心配した職員が団欒室の窓から顔を出し、「ヒロさん、風邪引くわよ」といった。

「ヒロさんと呼ばれてらっしゃるのですね」

「ええ、ヒロさん、もしくは、先生と呼ばれています」

老人は初めて声を出して笑った。この午後に披瀝したような造詣、日ごろからその一端でも口にする機会があるなら、たしかに先生の称号を奉られても不思議はなかった。

「龍斎氏が亡くなられたあとは、どちらへ？」

「私ですか？　いったんはまた施設へ戻りましたが、しばらくして、幸運にも里親になってくれる家が見つかりました。おかげでこうしてまずまずの余生を過ごせています。弘瀬(ひろせ)の両親には感謝しています」

「本日はありがとうございました」

青年は席を立って、深々と頭を下げた。

「こちらこそ。本当によく来てくれました」

いまや喜寿を迎えるはずの、初代神綺楼の〈水の子供〉弘瀬渚は、車椅子から老いた右手を差し伸べ、滑らかな青年の手をやんわり握った。

平成二十六年新秋、日増しに日没は早まっていたけれど、夕暮れと呼ぶにはまだ間があった。

門を出て、来たときと同様、光田聖は「なぎさの郷」という施設名をしげしげと見やり、口もとを歪めて皮肉らしく微笑んだ。それからいったん駅までの道を戻りかけ――、しかし思い直したように踵を返すと、そこからほど近いはずの海岸へ向かってゆっくりと歩きだした。

神綺楼事件

終　章

1

私が盃島を去ったのは二月二十二日でした。広間で推理を開陳した五日後のことです。

この間に島には警察が大挙して押し寄せました。東京からは青茅慧一も飛んできました。

すぐに通報しなかったことと、数日間の拙い対応については、当然のごとく咎めがありましたし、あれこれ疑念を持たれもしたでしょうが、なにしろ済んでしまったことですから、どうにかこうにか事は収まったようでした。

じつは通報を実行に移す前、火美子を含め、生き残った者たち全員がいま一度広間に集って話しあい、そこで或る合意がなされていました。三人の少年の死は、次のような次第になったのです。

睡眠導入剤を飲んで入浴した渚が不慮の溺死を遂げる。仲間の死にショックを受け、悲観した泰地が衝動的に塔から飛び降り、颯介も双子の兄の死を嘆いて矢毒で自死した。一件の事故死と、二件の自殺——、昭和二十九年の神綺楼事件同様、今回も殺人などなかったのです。泰地と渚を縛っていたタオルは事前に処分されました。泰地の柩を独断で火葬に付そうとした愚鈍な老人猫田日呂介は、大目玉を喰らったそうです。二十二日、私と田谷、朝井の両夫妻は、東京へ帰ることを許されました。青茅瑛二が電話で船を呼んでくれました。

身支度を終え、最後に私は、借りっぱなしの自伝「魔術師」と、古い黒革の手帳をボストンバッグの底に押しこみました。

この日までにいろいろ考え、私は同じ船で火美子を連れ帰ることに決めていました。これ以上、彼女は神綺楼にいてはいけないのです。二代目神綺楼はその役目を終えたのです。

私の決断は半ば強引なものでしたが、強いて止める者はいなかったように記憶しています。このときにはもう、誰もがわが身の行く末だけに心を囚われていましたし、何より私はれっきとした青茅伊久雄の孫なのですから。火美子はひどく落ちこんでいましたが、それでも真剣な申し出を喜んでくれました。

昼下がり、青茅家の船が海を越えてきました。穏やかな風が吹く、よく晴れた心地よい日でした。

船着場への見送りは猫田日呂介ただ一人でした。

「坊っちゃん、どうもまあ、とんだ災難だったね」

くしゃりと笑って彼はいいました。

「猫田さん、短いあいだでしたがお世話になりました。最初にお会いしたのがあなたでしたね」

嫌なことばかりが続いた神綺楼の日々で、この人だけには妙な愛着が生じ、別れを惜しむような気持ちが湧いていました。

「まあ元気でおやんなさい。坊っちゃんはお若いから、これもまたいい経験でさあ」

すでにデッキにいた客人四名に、猫田日呂介は声を張りあげました。

「あんた方と会うのもこれっきりでしょうな。まあ元気でおやんなさいな」

伏し目がちの火美子が小さな鞄を手にタラップをのぼります。猫田日呂介はその様子をちらと見やって、もう私には目もくれず、いかにも彼らしいあっけなさで御役御免とばかりに立ち去りかけましたが、ふいと足を止め、戻ってくると、私の耳もとに口を寄せ、こういったのです。

「そういや坊っちゃん、火美子さんの目のことですがね」

「目？　左右の色が違うことですか？」

「物資の調達をしてた関係で私だけは知ってたんだがね、ありゃあ、色つきのコンタクトレンズですぜ」

2

あれから三年が経ちました。困ったことに、火美子の出自だけは依然として不明のままでした。長年父親に協力してきた長男の慧一氏も、彼女については初めからノータッチだったのです。彼は古い手帳の存在も知らないように見えましたし、父が隠棲の島で何をやろうとしていたのか、いっさい聞かされていないようでした。

憐れにも火美子は、みずから口にしていたとおり、この世に存在しない娘になりかけましたが、煩雑な面倒の数々を経た末に、無事新しい戸籍を取得することになりました。つまり、私たちは結婚したのです。いろいろの手続きには、世のなかをよく知った青茅慧一氏が尽力してくれました。

青茅龍斎は生前のうちに私を名指しして財産を遺していました。当初、その権利を私は放棄しようとしました。青茅家との関わりをいっさい断ちたい気持ちが強かったのです。それを翻意したのは火美子の反対に遭ったからでした。その火美子のために遺産が指定されていなかったのは不思議といえば不思議でしたが、結局のところ、この私が青茅伊久雄なのです。現在の火美子は初代の投影であり、かつて初代を愛した青茅伊久雄の再誕が、私なのです。時を超えて二人は結ばれ、私には何が何でも火美子を守らねばならぬ使命が与えられたのです。

青茅慧一氏は常識人でした。私は使用人たちのその後を知りませんが、約束の報酬はきちんと支払われたと聞きました。

なお、これも慧一氏から聞いた話ですが、青茅瑛二は昨年の秋、単身パリへ旅立ったそうです。ところがそうして異国の地を踏んでほどなく彼は、安酒場のつまらぬ刃傷沙汰に巻きこまれたとやらで、不幸にも帰らぬ人となったのでした。

それに先立つこと数週間前、私は神奈川県藤沢市は鵠沼にある、一軒の老人ホームを訪ねていました。そこには昭和神綺楼の唯一の生き証人、弘瀬渚氏が入居していました。彼の証言を得て、ようやく私は三年前の事件の全容を摑むことができたのです。そうして執筆に着手したのが、この物語です。

おしまいに、火美子との暮らしぶりをお伝えして、長いお話の締めくくりにしたいと思います。

　生活をともにし、よく知ることとなった火美子は、非常にわがままで、贔屓目に見ても気立てのいい娘とはいえませんでした。代わりにその美貌は、時を追うほどにいっそう磨きたてられ、蠱惑的になり、いよいよ私は彼女の虜になっていきました。

　火美子と盃島の話をすることはほとんどありません。彼女がそれを思いだしたくないのは当然ですから、私も無理強いすることは避けてきましたが、時間をかけて切れぎれに語られた言葉を総合すると、平成神綺楼事件の真相は、おおむね私の推理どおりだったようです。

　火美子が犯罪に手を染めたのは事実です。しかし、あの島での十七年を思えば思うほど、あまりに彼女はかわいそうな娘です。私が多少のわがままに目をつむり、甘やかしたとしたって、誰にそれを責めることができるでしょう。

　生まれて初めて都会を知って、火美子は徐々に遊び歩くようになりました。彼女にとってはあらゆるものが新鮮で、えもいわれぬほど魅力的に映るのでしょう。

　着飾って、夜が更けても家に帰らない彼女は、私をひどく心配させます。それでも強く叱ることはできませんでした。彼女は私が初めて愛した女なのです。

　そんな過保護のせいもあって、火美子は目に見えて増長していきました。三年が経ったいま、彼女はあの古代史のなかの女王のように、嫣然として私の上に君臨する立場になりました。それでもかまいません。彼女と一緒にいることが、私の喜びのすべてなのですから。

盲目的に火美子を愛し、火美子を崇拝し、火美子のもとに傅(かしず)きながら、一方で私は、折に触れて、彼女のなかに悪魔的傾向を見出すようになっていました。

そうそう、別れぎわに猫田日呂介のいったことは本当でした。火美子の茶色い左目はカラーコンタクトだったのです。なぜそんな真似をしたのかといえば、当然手帳を読んだからです。彼女は完膚なきまでに青茅龍斎を欺(あざむ)こうとしたのです。しかし、狙いはそれだけだったでしょうか。

帰らない火美子を待ちつづける夜更け、私はふとこんな妄想に囚われることがあります。

三人の少年たちは誠実に約束を守って死にましたが、最後に残った火美子は本当に死ぬつもりだったのだろうか。地風水火の死の円環を閉じる意思が、彼女には本当にあったのだろうか。

炎の立ちのぼる礼拝室の光景を思いだすにつけ、古沼の泡のように湧きあがってくる疑念があります。あの状況で火美子が死ねたはずがないのです。誰だってむざむざ少女を見殺しにできたはずがありません。仮に私が飛びこまなくても、間違いなく誰かが助けていたでしょう。救出は必然だったのです。もし、火美子のあの行動が、それを見越してのものだったとしたら、どうなるでしょう。

もしや火美子は自分だけ助かろうとしていたのでしょうか。そうだとしたら、それを決めたのはいつだったでしょう。死を目前に怖気づいたのならまだしも、もっと早く、密かに一人だけ生き残ろうと決めていたのだとしたら。その上で三人の死を冷酷に見つめていたのだとしたら。

彼女の目的が那辺にあったかといえば、神綺楼の暮らしから抜けだすためです。盃島を出て新たな人生を生きるためです。奇しくもあのとき、神綺楼にはそれを手助けしてくれそうな人物がいました。ほかでもない、私です。そもそも火美子は、ホムンクルスなんて話を本気で信じていたのでしょうか……

いいえ、こんな話はタブーです。考えても無駄なことです。私が火美子にそれを問いただすことは、この先もけっしてないのです。一度口にしたが最後、彼女は私のもとを去ってしまうに違いありません。それだけは絶対に嫌です。

先日、私は二十三になりました。島から戻ってすぐに大学は中退し、いまは職にもつかず、毎日ぶらぶらしています。それでも生活は安泰なのです。ほんの十日余りの異界への旅が、私の人生を大きく変えました。

着飾った火美子がいい匂いをさせてプイとどこかへ出かけてしまうので、私は多くの時間を一人で過ごしています。無聊を慰めるために書きはじめたこの物語が、いつか皆さんの目に届く日が来るでしょうか。

近ごろの火美子はいよいよ神々しいばかりに美しくなり、もう三か月で二十歳になります。

（了）

模像殺人事件

悪意と深淵の間に彷徨（さまよ）いつつ
生身（いきみ）のごとく
狐疑（こぎ）する模像達

序章

1

長年病床に臥していた木乃雅代は、その年の秋冷の候にひっそりと身罷った。

内々の葬儀を終えた夜、木乃家の食堂には、ティーカップを前に、喪服姿の三つの影がわだかまった。妻に先立たれた初老の木乃光明と、母を喪くした美津留、佐衣の兄妹と。

木乃光明は、浅黒い肌をした武骨な風貌の人物であった。豊かな頭髪は綿のように白く、それがため彼の外見は、実年齢より老いて人目に映じた。

一方、歳若い兄妹は、打って変って繊細な美貌の持主であった。女性的で柔らかな印象の美津留と、長い黒髪に肌理細やかな薄い皮膚を持つ佐衣――だが、相似た二人の容姿にも、決定的な相違は横たわっていた。

その眼に、その眉に、思索的な翳りと一途さを漂わせる兄に対し、妹のくっきりとした二重まぶたの双眸は、ただ美しいだけのガラス玉のごときものであった。内面の反響をけっして表さない、そこに映りこむものを認識しているのかどうかさえ疑わしく思われる、それは、奇妙な虚無に彩られた、漆黒の澄んだ眸であった。

彼らは日ごろから会話を持たぬ人々で、けれどもこの晩、三人きりの食卓を包んでいたのは、たしかに家族の絆と呼びたいような控えめな親密感であった。

カップの紅茶が半分ほどになったところで、俯き加減に父が口を開いた。

「美津留、これからはお前も好きにしていいんじゃないか」

「――好きにして、とは？」

思いもかけぬ言葉を聞いたというふうに、わずかに息子は眉を上げた。

「もう母さんを寂しがらせることもない。お前にその気があるなら、ここを出て新しい生活を始めてもかまわないってことだ」

ええ、と美津留は小さくうなずいた。

「でも、僕はこれからもずっとここで暮すつもりでいます。それではいけないでしょうか」

「むろん、いけないことはないが」

「佐衣だって、お父さんと二人きりじゃ寂しいでしょう」

「それはそうだ。だが……そう、せめて秋人が……」

ためらいがちにいいかけて、ふっと口を噤んだ木乃光明は、しばし間を置いたのち、

「あいつは、まだ何も知らずにいるんだな」

本来なら当然この場にいるはずのいま一人の息子を、憐れむように、庇うように呟いた。

「いつか、秋兄さんは帰ってくるのでしょうか」

ぽつりと美津留がいった。

「さて、こればかりはね。母さんのことだけはどうにか報せてやりたいが」

「意外と、どこかで虫の報せを感じているかもしれませんよ」

かろうじてそれとわかる程度に、美津留はうっすらと口もとに笑みを泛(うか)べてみせた。

「あの人のことですから、或る日、何の前触れもなくふらりと戻ってきたとしても不思議じゃない。ただ、そう思う一方で――」

と、そこで彼は、にわかにもの思わしげな目色になって低く続けた。

「ねえお父さん、時々僕、秋兄さんがすでにこの世にいないのではないかと考えることがあるんです」

「ああ……」

同意するでも打ち消すでもなく、木乃光明は吐息にも似た声を洩らした。彼はおも

てを上げて、正面に座った娘の顔を、憔悴したまなざしで見やった。——と、父の視線を感じたのかどうか、俯いた少女の唇から、ふいに儚げな問いが零れ落ちた。

「お母さんは、死んだの……？」

それは、むしろ「お母さんは出かけたの？」とでも置き換えたほうがよほどふさわしい、悲哀の情からは最も縁遠い、あどけない口調であった。

「ああ、死んだんだ」

短いなかにも慈愛に満ちて、木乃光明はいった。彼は眼鏡をはずし、指先で強く目頭を押した。

「佐衣、今日は疲れたろう、もう寝なさい」

「うん、部屋へ行って着替えるといい。一緒に行こう」

父と兄に穏やかに促されたが、美しい少女はそれには応えず、まるで幼子のように、淡い水色の紅茶を一心に掻きまわしはじめた。時折スプーンがカップに当り、硬い澄んだ音を立てた。

会話は途絶えた。

三人は人形めいて、あるいは絶滅の危機に瀕した生き物めいて、ひそまり返った食卓にそっと寄り添っていた。

やがて、玄関先で呼鈴が鳴った。

喪服姿の二つの影は、夢を破られたように身じろいで、ハッと顔を見合せた。

2

一日続いた青天は、いつしか薄紫の翳りに忍びやかに蔽（おお）われた。杏色の太陽は、西の空のずいぶん低いところできらめきを欠き、北国のこととて、日一日、眼に見えて宵闇（よいやみ）の訪れが早くなる十月半ばの夕刻、だが、夜がその巨大な腕（かいな）ですべてを包みこむにはまだ若干の間があった。

そこは、とある地方都市の郊外であった。物語の舞台となる木乃邸は、低く連なる名もない山の中腹に、ただ一軒、眠りこむふうに建っていた。一帯は、赤い沼と、縄文の遺跡と、果ても知れぬような霊園と、いまはもう年老いて、その数もわずかとなったハンセン病罹患者たちの暮す、これまた広大な国立保養園――それらが水の涸れた峡谷をよすがに寄り添いながら、一方では各々の領域を堅守するふうに黙然と独坐した、寂寞たる土地であった。

いま、その密やかな地の〝赤沼〟ぞいの路上に、小気味よい響きをたててバイクを駈る一人の郵便配達夫の姿が見られた。図抜けた巨軀を堅苦しい制服に押しこんだ彼は、赤ん坊が一足飛びに成人したふうな丸顔の、まだ歳若い青年であった。

　この青年、寺井睦夫が木乃家を訪ねるようになって、かれこれ半年の時が過ぎた。彼の知るかぎり、半年のあいだに木乃家宛に私信の類が届いたことは皆無に等しく、それゆえ、配達に出向く機会といっても十日に一度か二度の割だったが、それでも世人の介入を拒むようにして建つ、山腹の一軒家のためにのみ強いられる労働に、常々睦夫は理不尽な思いを抱かずにいられなかった。そもそも、割り振られた配達区域中に木乃家が含まれていること、それ自体が睦夫にとっては甚だ皮肉な偶然なのであって、かつて起った〝或る不幸な事件〟が、木乃家と彼を、いまもって見えない鉄鎖で繋ぎとめているのだった。

　だが、その〝或る不幸な事件〟の顛末についてはひとまず措くとして、高校時代のほんの数か月、同じクラスに木乃美津留がいたことを、睦夫は当然のように憶えていた。入学式からほどなくして不登校となった美津留が、そのままあっけなく退学してしまったせいで、思い出といって特筆すべき何があるわけでもないが、それでも線の細い色白の面影だけは、六年経ったいまも忘れずにいる。

　世間一般の感覚でいうなら、あの時点ですでに〝或る不幸な事件〟は、過去の出来事として消化されていたといってよかった。が、最も身近な関係者である睦夫が事件から被った生々しすぎる印象や、遣り場のない憤りといったものが、現在のそれとは較ぶべくもなかったのはいうまでもない話で、十五歳だった彼の意識中に、美津留があの木乃家の人間であるという先入主がなかったはずはない。

当時、美津留に対し、そのことで何か叱責めいた言動を取ったことがあったかどうか――、ゆくりなくも木乃家を訪いはじめたこの半年、幾度か考えるでもなしに考えてみたが、あいにくと記憶は定かでなかった。だが、真新しい詰襟の学生服に身を包んだ二人の少年のあいだに、そんな感情を露わにしたやりとりなどありえなかったろうと、睦夫は思っている。

木乃美津留が学校へ来なくなった理由については何となく想像がつくけれども、ああして登校拒否に陥ったのが、美津留ではなく自分であっても何ら不思議はなかったぐらい、昔も、そして現在も、彼は、心の洞に苦い澱を溜めこみながら、それを吐きだす術を知らずに鬱々と日々を過していたのだから。

六年間――あの退学の年から、木乃美津留は、山中の自宅に籠りきりとの噂であった。睦夫自身、木乃邸を訪ねた折に、広い庭先にでも美津留の姿を見出しはせぬかと、いかめしい鉄門の隙間から邸内に視線を走らせたことも以前はあったが、今日までその機会に接することはなかった。

もっとも、仮にいま彼と顔を合せたからといってどうなるわけでもない。過去の〝或る不幸な事件〟に美津留本人は何ら関わってはいないのだし、当事者の男はといえば、こちらはすべてを擲(なげう)って、とっくの昔にこの町から出奔していた。

〝赤沼〟を左に見ながら緩やかなカーブを越え、道なりに生い茂った、丈高い杉林を貫いた舗道を突切ると、じきに峡谷ぞいの細道に出る。そこから一分とかからぬところに架設された古びた吊橋が、木乃家へ至る唯一のルートであった。

橋のたもとには、錆の浮いた看板が傾(かし)いで立っていた。

〈この先私有地に付、侵入を禁ず〉

赤いペンキで大書されたにべもない通告は、いかにも無粋な印象を与えたが、峡谷の向うのあらかたが木乃家の持ち山というのは本当らしく、大変な資産家でありながら、一方では、その血筋に何か暗く呪わしい秘密を抱えているという、じつに両極端な〝風説〟によって、自然、木乃家は、界隈でも特別視され、声なき声で消息を囁き交される存在だったのである。

ただし、資産云々にせよ血筋の秘密にせよ、真偽のほどは若い睦夫の知りうるところではなく、特に後者などは、田舎にありがちな陰湿な取沙汰のひとつに過ぎないかもしれぬ。それでも、辺鄙な土地に居を構えた木乃家が、〝墓守の家〟とも〝死の家〟とも〝キ乃家〟とも呼ばれ忌避されているのは紛れもない事実で、まことしやかな理由として、何代か前に一族中から三名の自殺者が出たらしいこと、かつて続いた近親婚ゆえとも噂される精神異常がその原因であり、且つ、悪しき遺伝が、現在は美津留の妹に受け継がれているらしいことを、いつか睦夫は誰彼の流言から聞き知っていた。

　看板の手前でバイクを停めた睦夫は、そこでいったんエンジンを切った。すると、恐ろしいほどの静寂が瞬時に辺りを支配し尽した。

　シートに跨ったままヘルメットを脱ぐと、汗ばんだ頭皮を微風がかすめ吹いた。

　惨めに翅（はね）を傷めた蛇（じゃ）の目（め）蝶が一匹、波打つような必死な飛び方で眼の前を通りすぎていく。ほど近いところに広がる霊園の桜並木はもうすっかり葉の色を変えたけれど、峡谷の向うを塞ぐ山々を蔽うのは多くが針葉樹で、こちらは部分部分にしか秋の彩りは認められない。その暗緑の頂近く、奇体な宇宙船のごとき白堊の仏舎利塔が、滑らかな球面を夕陽に染めているのを睦夫は見た。

　仏舎利塔——平和塔とも呼ばれるが、じつは、いま山上に見えているのは、あくまで木乃家お手製の塔であり、本物の仏舎利塔はといえば、旧（ふる）くから広い霊園の中心部に存在していた。そちらには、ビルマのウ・オッタマ大僧より寄贈された金色の釈迦牟尼像が安置され、インドのネール元首相より分与された仏舎利が納められているそうだが、木乃家は木乃家で、いかなる根拠でか、われらが塔内にはたしかに仏陀の遺骨が奉安されているのだと代々信じこんでおり、当主は朝夕これを参拝する習慣をけっして欠かさないという。

その木乃邸へたどり着くには、眼前の二十メートルほどの吊橋を渡り、さらに、隈笹や羊歯植物などの下生えと群木に左右を鎖(とざ)され、頭上までも枝葉に蔽われた山道を上らなくてはならなかった。

巨体に似げない小心の睦夫にとっては、これが非常な難関であった。といっても、距離自体はさほどでもないその道のりで眼を惹くものといえば、ごくごく稀に、おとなしい縞蛇やら青大将やらが、呑気に前方を横切るのを見かける程度がせいぜいで、そんなものなら地元育ちの睦夫のこと、むしろ微笑ましいぐらいであったが、幼い時分から変に夢見がちな彼は、毎度、或る名状しがたい恐怖に怯えながらこの坂を上るのだった。

いつか、いつの日か、トンネルめいたこの湿っぽい、小暗い道の果てに、いまいる場所と地続きであって地続きでない〝夢魔の国〟ともいうべき邪悪な世界が立ち現れるのではないか。何か、ほんの些細なひょいとしたきっかけで、自分はその異界へ踏み迷ってしまうのではないか——。

　子供じみた妄想、冷静に考えれば、そのとおりであろう。だが事実、先月だったか先々月だったか、そうだ、あれはどう考えても腑に落ちない、奇怪な場面を目撃したことがあったではないか。

　木乃家の庭先。蹌踉とさまよい歩く、とうに死んだはずのその人の姿。血の気のない顔を乱れに乱れた髪の毛が蔽い、隙間から覗いていた、視線の定まらぬ虚ろな眼。いつ訪ねても森閑と静まり返り、無人としか思われぬ木乃邸に、人影を認めたのはあの一度きりだが、たった一遍見かけたのが、こともあろうに生ける亡者とは——、あれは、あの光景は、いったい何だったのか。

　見間違いと片づけるのはたやすいが、夢想、空想といってそう馬鹿にできるものではなく、あるいはやはり、木乃家こそが〝夢魔の国〟の住人たちの塒、いわば〝夢魔の館〟なのではなかろうか？　とすれば、めったなことでは姿を現さぬであろう〝夢魔の王〟が潜み隠れているのは、あの奇矯な白堊の円塔以外にありえぬはずで——。

　考えまいとしても次々湧きあがる、怪しげな想念を断ち切るように、睦夫はヘルメットを頭に載せた。

　見るからにみすぼらしい、ささやかな人道橋だが、貧相な蔓草の巻きついた赤錆びたワイヤは、巨漢の睦夫が90ｃｃの赤カブを押して渡るぐらいものともしなかった。

そろそろと対岸を目指しながら暗い谷底に視線を向けたとき、にわかに真下から冷風が舞いあがり、足もとが揺らいだ。

睦夫の脳裏を、ふいと死んだ姉の面影がよぎった。〝或る不幸な事件〟——姉の死にまつわるありとあらゆる記憶が、これから訪れる木乃家に直接結びついていた。

坂道はいくぶんうねっているものの勾配は緩く、睦夫はいつも以上にスピードを出して一気に駈けあがった。やがて、視界の展けたところに、薄墨を溶き流したような空を背景に、いきなり屋敷が現れた。

いまだかつて睦夫は正面からしか眺めたことがなかったが、瘤出しの錆石で周囲を囲まれているらしい木乃家の敷地は、相当な広さに違いなかった。黒塗りの鉄門越し、秋桜が盛りの花壇を配した前庭の奥に、赤い屋根とクリーム色の壁を有した大きな二階家が見える。豪邸のわりに屋根が瓦でなくトタン葺なのは雪深い地方ならではだが、高さこそ平凡ながら、この屋敷は地面に這いつくばるようにやたらと横拡がりに長く、それはそれで妙な威圧感があった。

このとき静寂のなかに、はるか遠くから、単調な音階の澄んだ音色がひとしきり響きわたった。耳慣れたその音は、町の役場が付近一帯に午後五時を報せる鐘の音であった。

もう、夜が間近に迫っていた。

例によって、冷たく鎖された門の向うに人の気配はなかった。ここに長居は無用だ。睦夫はバイクを停め、門柱に取りつけられた郵便受けに、二、三の封書を落し入れた——そのときだった。まるで夕間暮れの光と影の間(あわい)から溶けだしたように一人の少女が現れると、小走りにこちらへ駈け寄ってきた。

つかのま、睦夫は軽いめまいに襲われた。いつか見た、さまよい歩く死者の幻影が頭をかすめ、背筋が冷えた。

しかし、堅牢な門扉を挟んでいま眼の前に立った十六、七の少女には、紛れもなく血が通っていた。長い黒髪に抜けるような肌、仄暮(ほのぐれ)のなかでも知れる、その美しさに睦夫は慄然とした。それは、もうふた月もすれば舞いおりてくる、あの粉雪の儚さにも似た美少女であった。

では、これがあの美津留の妹なのだろうか？　不幸にして忌わしき血の濁りを受け継いだという——、名前は、名前はたしか、佐衣といった……

わずかに息を切らした少女は、だが何もいわず、その表情からはいかなる感情も読み取れなかった。無言で見つめあう数瞬に、睦夫はうろたえ、生きながらに石化したごとく立ち尽した。と、彼を見上げる少女の白い手から、門扉越しに一枚の葉書（はがき）が差しだされた。睦夫は無意識のようにそれを受け取った。

　ややあって、ようやく彼は一語を発した。

「これは……？」

　しかし、その独りごとともつかぬ掠れた呟きに対し、少女の側に何らかの答えを返す意志があったかどうかはわからずじまいであった。彼女の小さな唇が動くより先、屋敷の奥のどこか高いところから、狙いすましたように、斬りつけるふうな鋭い硬質の声が響いた。

「――佐衣！」

　たった一声、けれども睦夫には、それが若い男の声に聞えた。では、いまの声の主は美津留なのか？　そう、美津留以外に考えられない。見る間に濃くなりまさる闇を透かして、睦夫は奥まった屋敷に懸命に視線を凝らした。そのわずかのあいだに少女は身を翻して駈け去り、あとにはいつもどおりの不気味な静寂と、たったいま起った出来事が幻でないことを示す、一葉の白い葉書が残されているばかりだったのである。

　顔を近づけて睦夫は文面を見た。それはごく短い内容であった。

〈ミカは今、遠い山奥にいます。助けにきて〉

宛先は、東京の〝津田知也〟――むろん、こちらもまた、睦夫の知らぬ名であった。しかし、いずれにしてもこれではまったく意味がわからない。先ほどの少女が美津留の妹の佐衣ならば、〝ミカ〟とはいったい何者なのか。この山中の一軒家に、別に〝ミカ〟という少女が監禁でもされているのだろうか？　それを救いだす手助けを、密かに佐衣はしようというのか。自分の代りに、〝津田知也〟なる人物宛にこの葉書を投函してくれと――。

しばし睦夫は茫然自失の態で門前に佇んでいたが、やがて葉書をポケットにしまいこむと、魂の抜けたような足取りでバイクまで歩み寄った。

これは果して現実であろうか？　それとも、――そう、これこそが、彼がずっと恐れていた〝夢魔の世界〟での一幕ではないのか？　彼は、そうとは気づかぬままに舞台へ押しだされた憐れな見世物で、いままさに、闇のなかの至るところで、異次元に棲む無数の小さな灰色の精霊たちが、こちらを見つめ、一斉に喉の奥で嗤いはじめているのかもしれない。

ハンドルに片手をかけた姿勢で、睦夫はきつく眼を瞑ってかぶりを振った。胸のなかではいい知れぬ不安が渦を巻いていた。だが、同時にそこには、わずかながら、奇妙に甘美な感情が入り混じってもいた。喩えようもないあの少女の美しさ。運命めいたと呼びたいような、思いもかけぬ不思議な出逢い。

エンジンをかけるや否や、睦夫は猛烈な勢いで坂を下った。橋を渡るころには、朧な街灯が道々を見慣れた夜景に変えているだろう。邯鄲や鉦叩きや閻魔蟋蟀や――虫たちの鳴声が、そっと当り前の日常へ連れ戻してくれるだろう。

美津留は自分に気づいたろうか。こちらをかつての同級生、寺井睦夫と認めて、それゆえにあえて妹を制したのだろうか。

木乃家は三兄弟であった。美津留は次男坊である。長男の秋人は、八年前にこの町から姿を消した。過去の〝或る不幸な事件〟――寺井百合の死。結果的に、あの悲劇が秋人をこの地から追いやった。そして、出奔後に彼が帰郷したという話は、少なくとも睦夫の耳には届かなかった。そう、彼は逃げだしたのだ、生れ故郷から。恋人の死から。

漆黒の坂道を下りながら、睦夫は異様な熱を帯びた頭で埒の明かぬことを考えつづけた。

おそらく、あの男は二度と帰ってはこないだろう。もしもどこかで出会ったら――、だが、いまとなっては何ができよう？　復讐――明らかに的外れな、と自覚したうえでの復讐か。それで何か変るだろうか。そもそも、真に責められるべきは誰なのか。

わからない。ともかく、木乃秋人という男の存在が、このまま記憶から消えてくれるなら、それに越したことはない……

だが、それから二週間後の燃えたつような黄昏どき――、木乃秋人は、じつに意外な姿で、八年ぶりの禍々(まがまが)しき帰還を果したのであった。

3

おそ三〇万平米ともいわれるその広大な霊園内の奥の奥、無数の十字架と西洋風な石碑が立ち並ぶ外人墓地区の裏手から、芝の土手を越えて、峡谷ぞいへ抜ける秘密めいた小径があった。それは、地元の地理に明るい人間でなければけっして気づきようのない隘路(あいろ)で、同時に、たとえ知っていたところで利用する者などめったにないはずの無用の抜け道であったが、その夕刻、低い土手を滑り降り、伽羅木(きゃらぼく)の植込みのあいだから、連れだって峡谷ぞいに抜け出てきた二人の人物があった。

折しも全天は、天変地異の先触れかと見紛うほどの、恐ろしいような夕焼けであった。幾筋もの茜雲が長く長くたなびいていたが、それらは透過光によって奇蹟的な光芒を放ちながら刻一刻と色を変え、この世に存在しえぬ宝石の、巨大な原石のごとく見えた。

現れた二人の人物は、ともに旅行者らしい鞄を携えており、峡谷べりに出たところで並んで足を止めると、われ知らず、圧倒されたふうに神秘的な天空ショーに見入っている様子であった。

二人はほぼ同じ背恰好をしていた。一人は、ジーンズに丈の短い紺色のブルゾンを着た三十前後とおぼしき男で、頬の削げた、どこかもの寂しげな印象を与える顔だちをしていたが、いま、いくぶん眼を細めて夕空を注視している立ち姿には、ほかにこれといって語るべきところも見当らない。

だが、注目すべきはもう一方の人物であった。こちらは黒い中折れ帽をかぶり、膝下まであるベージュのコートを羽織ったうえに、この季節にはまだ早い、滑らかな生地のマフラーを口もとにかかるほどに巻いていたが、じつに異様なのは、おそらく男性と思われるその人物の顔が、真白な包帯によって大仰なまでに蔽われている点であった。

さすがに息苦しいのか、包帯の男は、白手袋をはめた手で帽子を脱ぐと、続いて無造作にマフラーを首もとまで引き下げた。そこで初めて、顔面だけではない、彼の首から上――頭部全体が、あたかも蚕の繭のごとく包帯にくるまれているさまがすっかり露わになった。ただし、両眼と口の三箇所だけは、小さな棗(なつめ)型の切れこみが開いており、そのわずかな隙間から覗く暗い双眸は、たしかにこちらも黄昏の空へ向けて細められているのだった。

しばらくひとつところに佇んでいたこの不思議な二人連れは、やがて、峡谷づたいの土の道を、やけにゆっくりとした足取りで、どちらからともなく歩きはじめた。二人が向ったのは、木乃家へ通じる吊橋の方角であった。

歩みの遅いのは、どうやら、包帯男が顔面だけでなく、脚部にも負傷を抱えているためらしかった。とすれば、果てしもない墓地の奥から二人して歩いて出てきたというのも奇妙な話だが、特に言葉を交さぬながらも、紺色のブルゾンの男の態度には、連れの男を控えめに気遣う様子が窺えた。

吊橋までは、まだ相当の距離があった。

途中、包帯の男は幾度も足を止め、時に旅行鞄を置いてしゃがみこみ、そのたびブルゾンの男は、辛抱強く相手の恢復を待つ風情だった。それは、ひどくじれったい、悠長な時間であった。全天に繰り広げられた色彩のきらめきも次第次第にくすみゆき、気がつけば、辺りには紫の靄が立ちこめはじめた。

そうして、歩いては立ち止り、歩いては立ち止りを、もう何度繰り返したころだっ

たろう――、ブルゾンの男が、別段責めるふうでもなしに、

「陽が暮れるまでには着かなくちゃ……」

低くそう呟いた。彼は傍らに鞄を置き、しゃがみこんだ包帯男に背を向けると、ポケットから煙草を取りだして吸いつけた。

そのとき、黄昏どきの一幅の絵のような静謐な風景のなかで、突如としてそれは起った。蹲っていた包帯男が音もなく立ちあがるや、いつのまに手にしていたコンクリートブロックを高々と振りあげ、やにわにブルゾン男の後頭部めがけて叩きつけたのだ。

いまや、二人の姿はシルエットでしか判別できなくなりつつあった。包帯男は、声もなく突伏したブルゾンの男の鞄を慌しくまさぐり、何やらみずからのコートのポケットに移し替えると、二言三言、相手にささやきかけた。それから彼はひどく苦心して、横たわった男の躰を、鞄もろとも深い谷底へと突き落した。

しばらくのあいだ、肩で息をしていた包帯男は、やがて中折れ帽を拾って目深にかぶり直し、自身の鞄を提げると、先ほどまでとは打って変った足取りで、木乃家の吊橋へ向って急ぎはじめた。

時は十月三十日――、この直後、どこかで午後五時を告げるチャイムが、遠く近く、

うねるように一帯を駈け巡った。

第一章

知人の劇団のマチネを観劇した帰り、進藤啓作（しんどうけいさく）は旧友を見舞うため、新宿東口の雑踏をすり抜けて巨大な病院を訪ねた。師走の街は乾燥して埃が舞い、都心の曇り空は低く、奥行きを欠いていた。

啓作とTとの付きあいは、かれこれ十年を数えていた。Tは、その名を挙げれば国民の多くが想起する政治家の息子であった。学生時分から常に金に困っていた啓作は、過去どれだけTの世話になってきたか知れなかった。経済的な境遇でいえば雲泥の二人だが、恵まれているはずのTはTで昔から家柄を毛嫌いし、或るとき実家を飛びだして以降は、当てつけのように父の望む逆へ逆へと進んできた男であった。

ところが、偉丈夫で豪放な彼が、青天の霹靂（へきれき）のように重い病を患うと、皮肉にもその父の財力で、名立たる大病院の特等室に身を横たえざるをえなくなった。そこでTは、生れて初めて自嘲という名の苦汁を嘗（な）めたのであった。

この一年、Tは入退院を繰り返していたが、今度の入院はいつになく長びいていた。Tの臓器を蝕んでいるのは非常にたちの悪い病であった。彼の未来は、すぐ間近な先で真黒な雲に蔽い包まれているかに見えた。

周りはTに病名を伏せていた。しかし、当人がすべてを悟っているのは傍目にも明らかであった。Tの周辺には、悲しみとともに、皆が皆、暗黙の了解のうちに素知らぬ顔を極めこんでいるふうな、変な空々しさが漂っていた。

啓作が、留守番電話にTの伝言を聞いたのは、二日前の晩であった。詳しい事情はわからぬが、大事な話があるから手土産持参で来いという。Tの側から来院を請うてきた記憶はかつてなかった。手土産云々は冗談として、啓作は何となく厭な予感を抱きつつ、汚れた街を急いだ。

前回の見舞いからはだいぶ日が経っていた。無沙汰の申し訳なさと、会うたび衰えゆくTの健康を目の当りにする忍びなさが、啓作の心を澱ませた。けれども彼らは、久しぶりに顔を合せて他人行儀な挨拶を交す仲でもなかった。それで、最上階のTの個室に入るなり、啓作はいきなりつっけんどんに切りだした。

「折入って用があるというから都合をつけてすっ飛んできたが、どうかしたのかい」

「来たか。都合をつけなくちゃならんほど忙しい躰でもあるまいに」

白いベッドに仰臥していたTもまた、首を起すと半笑いで嘯(うそぶ)いた。ただこれだけで、二人のあいだには、瞬く間に心安い友情が流れだしたのである。

啓作は、病室の備品にしてはやけに大仰な肱掛け椅子に無造作に腰をおろした。そうして彼らは、しばしとりとめない会話を交した。啓作は観てきたばかりの芝居の感想を述べた。楽日のため日をずらすわけにもいかず足を運んだものの、案の定、最後までどこか集中できぬままに舞台は幕を閉じた。啓作の感想に対して、門外漢のTは特段の批評も加えなかった。

ほどなくTは本題に入った。それは、こんな話であった。

「啓作、お前は大川戸孝平という推理作家を知っているか」

「大川戸？　初耳だな」

「ふん、同業の癖にか」

「同業というのはどうだろう。同じ物書きでもこっちは芝居畑だ」

「だが、以前無理やり観せられたお前の舞台じゃ、やたらと人が殺されたじゃないか」

「それとこれは別さ。そもそも、こう見えてあまり小説は読まんからね」

「それはけしからんな。しかしまあ、たった一作で筆を折った作家だそうだから、知らなくても無理はあるまい。おまけにそのデビュー作もまったく陽の目を見なかったようだ」

「なんだ、それじゃ仕方がない。所詮、僕だって似たり寄ったりの泡沫には違いないが、それにしても一作で消えていく作家がどれだけいると思ってるんだ」

「そりゃ、作家に限らずだろうがね。まあいいさ」

別人のように痩せ衰えたTの容貌はどことなく駝鳥（だちょう）に似ていた。知りあったころの彼は大学の柔道部で鳴らしていた男だっただけに、その落差は甚だしかった。無精ひげに蔽われた病人の顔を見やりながら、啓作は訊いた。

「それで、その大川戸先生がどうかしたのかい」

「うむ、死んだのさ。どうやら俺と同じ病魔にやられたらしい。自覚症状が出てからはずいぶん早かったようだが、それでも向うは、俺より十ばかり長く生き延びた」

「病死か。一作こっきりの無名作家の死が新聞にでも載っていたのかい？　同じ病魔かどうかは知らないが……大川戸氏は大川戸氏、君は君だ。不安になることはなかろう」

「なに、別に不安なんか感じちゃいないさ。少なくとも、自分の健康について恐れおののく時期はとうに過ぎたよ。いまは泰然として……いや、漫然として死を待つのみだ」

「馬鹿をいえ」

啓作はつと立っていって、広い窓に薄曇りの街を見おろした。街路樹の枯葉が、こんな高いところまで風に巻きあげられていた。

「まあいい。そもそも話は俺自身のことじゃないんだ」

Tがいった。

「というと？」

「不安……そうとも、そのとおりだ。わが身に関しては達観しているつもりだが、これが妹の身の上となると、俺は大いに不安なのだ」

「妹？」

「ああ、どうやらくだんの大川戸氏も、生前の病床で同様の不安を抱いたらしくてね、どこでどう調べたものか、うちにこんなものを送ってきた」

そういうとTは大儀そうに身を起し、水差しの載った床頭台の抽斗から、皺の寄った封筒を取りだした。中を検めると、入っていたのは一枚のフロッピーディスクであった。

「話がよくわからないが、何だいこれは」

「うむ、折入ってお前に頼みというのは、そいつの中身についてなんだ。こんないい方じゃさっぱりだろうが、まずは家に帰って保存されている文書を一読してほしい。いっとくが、かなり長いものだ。一緒に手紙も入っていたが、まずは先入観なしにこっちを読んでほしいのだ」

「読めというなら読んでもいいが……これと君の妹が何か関係しているのかい」

「問題はそこさ。その点について、ぜひともお前の意見を仰ぎたいのだ。関係しているといえば、妹だけじゃない、この一件には吾朗の奴も大いに関わっているはずなんだ」

「吾朗？　飯塚吾朗か」

二人に共通の友人の顔が啓作の脳裏をよぎった。Tと飯塚の付きあいは旧いものだが、啓作はTを通じて四年ばかり前に見知りになった。天涯孤独の「何でも屋」で、危ない橋も平気で渡る。真に目指すところは一匹狼の私立探偵という、一風変った人間であった。時間だけはたっぷり抱えている男なので、舞台の手伝いをさせたことも幾度かある。啓作はふたたび腰をおろして訊いた。

「そういえば奴ともしばらくご無沙汰だが、元気にしてるのか」

「それが心配で、ここのところ俺は身が細る思いなのさ」

冗談にもならぬことを真顔でいって、そこでTはさらに声を曇らせた。

「吾朗の身に何かあったのだとしたら……いや、十中八九、トラブルが生じたとみて間違いなかろうが、そうすると、すべての責めはこの俺に帰することになる。実際、俺は大変な事態に奴を巻きこんでしまったかもしれないのだ」

「おい、そんな思いつめたような顔をするな。何をそう心配しているのか皆目見当もつかないが、ともかく、これを読めば君がいわんとしていることもはっきりするというわけだな？」

「うむ、いや、おそらく読んだだけではっきりはしないだろう。だが、読まないことには始まらない。詳しい話はそれからだ」

「わかった。今夜にでも眼を通すことにしよう。なるべく早く、また顔を出すさ。続きはそのときにじっくり承ろうじゃないか」

「ああ、頼んだ。いまとなってはお前だけが頼りだ」

「あまり買いかぶるなよ。しかし、気になるな。こいつを解決したら君の病気も一気に快方へ向うんじゃないかと思えるぐらいだ」

「そいつはね――」

枕の上で天井を見据えて、Tは妙に抑揚のない声を出した。

「或る殺人事件の記録なんだ」

「殺人事件？　おい、あいにくだが、僕の頭は現実の事件には不向きだぜ。それこそ飯塚の領分だろう」

「ああ、いや。何もお前に犯人探しをしてくれなんていうつもりはない。それというのも、事件そのものはすでに解決を見ているんだから」

「ならいいが」

「しかし啓作、難題は難題だよ。誰が殺したか？　いかに殺したか？　俺が考えるに、問題はそんなところにはない」

「……何がいいたい？」

相手の真意を測りかねて、啓作はじっと友の顔を見た。

「うむ、俺がお前に委(ゆだ)ねたい設問はただこれひとつさ。その屋敷でいったい何が起ったのか」

「……いやに茫漠としているな。ホワットダニットとかいう奴か」

「頼んだよ、啓作。すぐにまた来てくれるだろうね」

Tらしからぬ気弱な言葉に、啓作の胸には急に込みあげてくるものがあった。彼は横を向いてまぶしそうに眼を瞬いた。

帰りぎわ、容態次第で近々また手術を受けることになるとTはいった。それは体調の安定している時期でなければとても保(も)たない大手術だった。できればその前に、抱えている問題を解決したいというのが病人の望みであった。

混沌とした喧騒の街を駅に向い、地下鉄で深川の自宅に帰ると、啓作は夕食を摂りながらフロッピーの中身をプリントアウトした。それから濃いコーヒーを淹れ、じっくりと腰を据えて、彼は次のような記録を読みはじめたのである。

不吉のマヨヒガ

予定外の休暇を利用した今回の遠出が、かくも恐ろしい事態への道行になろうとは思いもしなかった。何しろ、三十余年の人生において、殺人事件に関与したのも初めてなら、他殺体に触れるのも初めての経験である。いまも私の両手には、抱えあげた遺体の重みがはっきりと残っており、それは、どんなに時間が経ってもけっして消えやらぬほどの生々しさだ。たった二日のあいだに連続して起ったあまりに異常な出来事に、私は心身ともに疲弊し、すっかり打ちのめされてしまった。いま、一人の部屋で、すぐにでも眠りの世界に逃げこみたいと望みながら、困ったことに一方では、細かな記憶の確かなうちに、事の次第を記録しておきたいという欲求が、どうしてもそれを許してはくれぬらしいのだ。幸い、文章を書くという行為には不慣れでもない。が、いざ始めるとなると、さて、どこから書きだすのが適当なのだろう?

発端――この事件の、ということではなく、あくまでこうして自分が巻きこまれる破目になったきっかけという意味だが、それならば、かねてから念願であった縄文時代の巨大集落跡を見物した帰り、道に迷った先で、たまたま人けのない沼を見つけたのが、始まりといえば始まりといえるだろう。常に釣竿と釣具箱を携行している私は、これ幸いと車を停めて、まばらに生えた枯草色の葦越しに、何種類かのルアーを投じてみた。

日付でいえば十一月一日、つい昨日の午後である。

それは、薄気味悪いぐらい赤く澱んだ沼であった。最近雨でも降ったせいかとも思ったが、どうもそうではないらしい。冬を間近に控え、食欲旺盛になっているバスの当りを心待ちにしたものの、思惑は見事に外れた。水質の加減かその沼には、魚はおろか生き物の気配がまるでなかった。おまけに、諦めて車を出そうとしたところで、泥濘にタイヤを取られて身動きもままならなくなった。

沼はなかなか広く、周囲には高い位置に舗装された道路が巡っている。ところがこれが、待てど暮せど車どころか人っ子ひとり通らない。冴え冴えとした秋晴の一日だったが、さすがに日没が近づくにつれ冷えこんできた。途方に暮れた私は、希望とも呼べぬほどの儚い希望を抱きつつ、助けを求めて周辺をうろつきはじめた。実際そこは、付近に人家があろうとはとても思えない場所であった。

いまにして思えば、おとなしく車中で誰かが通りかかるのを待つべきだったのだ。後先考えないで行動するのが私の悪い癖だった。後先考えずに職場を辞め、思いつきのように東京から遠路北の果てまでやってきたあげく、こうして予想だにせぬ奇怪な事件の渦中に抛りこまれている。くだらない、そして明らかに要らぬ苦役を、結果的に進んでみずからに課しては、案の定、毎度それが血にも肉にもならずに終る。まったくもって学習能力のない男である。

それはともかく、心細い思いでとぼとぼと歩きまわるうち、私は巨人の隊列のごとき杉林のあいだに小径が抜けているのを見つけ、先へ進んでみた。結果、行く手を塞いでいたのは黒々とした底知れぬ深淵——大地の裂目とでも表現するのがぴったりの峡谷であった。峡谷には、年季の入った吊橋がひとつ架かっていて、橋のたもとには、とにもかくにもこの向うに〝人の気配あり〟と期待させるような看板が突き立っていた。

こうして私は、半ば自棄気味に山道を上りはじめたのだ。仮にこの上から助けを仰ぐとなれば、何かしらの謝礼は必要であろうなどと考えながら……

車を置いてさまよいだしてから、どれぐらい時が経っていたろう。日ごろの運動不足が祟って、息は乱れ、足の裏は痛み、下降してゆく気温とは裏腹に、いつしか額には汗が滲んでいた。

やがて、一本道の坂は、峡谷にぶち当ったときと同様、いきなり終りを告げた。そこは斜面を平らかに切り拓いた土地であったが、瓦斯がかかったような薄暮のうちに、巨大な家屋の黒影が忽然と泛びあがるのを目の当りにしたとき、私は喜ぶより前に茫然として立ちすくまざるをえなかった。

あたかもマヨヒガめいて現れた山中の屋敷——それが、私と木乃家との出遭いであった。

だが、かの『遠野物語』で語られるマヨヒガが吉兆であったのに対し、この不吉のマヨヒガともいうべき木乃家との遭遇は、かつて味わった例のない恐怖への扉を確実に開いた。のちに知ったことだが、私が訪ねたそのとき、邸内では、いままさに、世にも奇態なる〝対決〟が行われようとしていたのだった……

木乃邸の正門は、大型車でも優に出入りできそうな両開きの鉄格子によって固く鎖されていた。しかし、門柱を挟んだ左脇には、狭い通用門が取りつけられており、特に施錠もされていないその小さな門扉から、私はすんなりとなかに入りこむことができた。

左手の石塀ぞいに、縦長の花壇が敷地の奥へと続いている。そこに植えられた秋桜、サルビア、秋明菊といった花々は、さすがにこの北の地ではそろそろ季節も終りかけ、また、陽の翳りとともに色を失くしてもいたけれど、手間だけはこまめにかけられている印象であった。

正面奥に玄関らしき構えを認め、はじめ、私は花壇に沿ってそちらへ向おうとした。ところが、ふいと右手を見ると、もう一箇所、奥のものより格段に立派な、ポーチ付きの入口のあるのが視界に入った。

これものちに知ったことだが、木乃邸は、長い渡り廊下で母屋と離れを結んだ、いわば二世帯式の造りになっているのだった。現在、各々に住まっているのが何者なのか、そのへんはまた改めて記すとして、このときの私は迷うことなく右側——母屋の玄関口を選んだ。そうして、広い掃出窓からの薄明りにぼんやり照らされた、和風庭園の石灯籠だの瓢箪池だのを、敷地のさらに右奥に眺めながら呼鈴を鳴らし、扉が開かれるのをじっと待った。

都合三度、私は呼鈴を鳴らした。けれども誰一人姿を見せる者はなかった。三度目に呼鈴を鳴らしたあと、痺れを切らした私は、とうとうドアノブに手をかけて、勝手にそれを引き開けた。

そのとき、分厚い扉の内側に待ち受けていた光景こそは、まさしく自分が悪夢じみた異界に踏みこんだことを思い知るに十分な衝撃であったといえるだろう。

式台の向う、こちらとは眼と鼻の距離に、四人の人物が佇んでいた。一見、客人を招じ入れるがごとく、弧を描くように立ち並んだ彼らは、しかし、その場にわだかまった不穏な空気から推して、もともと玄関先で、何ごとかいい争いでもしていたふうに察せられた。しつこく鳴りつづけるチャイムの音は当然耳に入っていただろうが、おそらく応対に出るつもりなど毫（ごう）もなかったのに違いない。にもかかわらず、この遠来の不作法者が、わきまえもなくいきなり扉を開いたわけだ……

　私の眼が彼らの姿を捉えるのと、殺伐とした雰囲気のなか取込中だったであろう四人が、一斉に私に顔を向けるのと、ほぼ同じタイミングであった。無言でこちらを見据え、石化したふうに一切の動きを止めた彼らのさまは、卵黄色の照明の仄暗さも手伝って、四体の精巧な蠟人形を思わせた。だが、それ以上に私をたじろがせ、かつ幻惑の境地へ引きこんだのは、眼前の四人のうち二人までが、首から上を白い包帯でグルグル巻きにした、まるでミイラ男のような風体をしている点で、ご丁寧にも彼らは、白手袋を着用に及んでいるところまで、彼らは一緒であった。

　向って左側の二名——見たところ、ともに身長は一六五センチに満たぬ程度で、一人は黒いタートルネックに前ボタンを留めずに白シャツを羽織り、もう一人は紺色のブルゾンを着ていた。

　私の眼はその二人組のミイラ男に釘づけになってしまい、それこそ不作法と知りつつも視線をひっぺがすことができなかった。おかげで右側の二名、薄茶の色眼鏡をかけ、銀髪に口ひげを蓄えた男性と、ひょろりと背の高い、二十歳前後の青年にはなかなか意識が向かなかったが、やっとのことでわれに返ると、誰にともなくおずおずと事情を話し、助力を請うた。何しろ、こちらから切りださぬことには永遠に膠着状態が続いてしまう、そんなムードだったし、いうまでもなく、どう考えても怪しまれるべきは自分のほうであった。

「……では、誰か手を貸してあげなさい」

恐ろしく長い沈黙を経て、いちばん右端の年輩の男性がようやくそういってくれたが、不機嫌を隠そうともしないその苦りきった口調に、私はいたたまれない気持ちになった。おまけに、その後に待っていたのはまたしても長い沈黙だ。それはどういうわけか、私を含めた五人が五人とも、互いに肚の内を探りあうような、甚だばつの悪い、いっそ逃げだしたくなるような時間だった。

それでも、これではどうにも埒が明かぬと思ったか、細面の青年が小さく片手を挙げて何やらいいかけたが、これに一歩先んじて、

「わかりました。それでは私が手伝いましょう。一人いれば大丈夫ですかね？」

くぐもってはいるものの、思いのほか気さくな調子で申し出てくれたのは、紺色の

ブルゾンを着た包帯男であった。彼の足もとには小型のボストンバッグが置かれていたが、なぜかしら男はわざわざそれを携えて靴を履き、外へ出た。その後ろに随いながら、彼のブルゾンの襟から肩にかけて、油染みのような汚れがこびりついているのに私は気づいた。

「歩いていくのも骨ですから、自転車で下るとしましょう。だいぶ尻に徹えるでしょうが、あなた、二人乗りで我慢できますか？」

白い鞠のような頭を振り向けて、包帯男が私に訊いた。むろん、こちらに否やはなかった。

*

玄関先でやりとりをしていたわずかの時間に、一気に外界は黝んだ。

暗がりのどこからか持ちだしてきた自転車を引いて歩きながら、包帯男は、こちらの胸中に渦巻くもやもやを察したかのように、邸内にいたときよりずっと歯切れのいい口調でしゃべりだした。

「さぞかし驚いたでしょう。しかし、こんなところへ迷いこむとは、あなたもすっかり魑魅魍魎に魅入られたと見える。もっとも、何か他人にはいえない目論見があってやってきたのでなければ、ですがね」

「それは……、人にいえない目論見とは、どういうことです？」

意外な言葉に面喰らって、思わず私は聞きとがめた。

「いや、失礼、お気になさらず」

あっさりと引き下がって、それから包帯男はしばし黙考するふうだったが、坂道にさしかかったあたりでふいに足を止めると、おもむろにこう続けた。

「私は、木乃秋人といいます。あの家の息子です。先ほど応対した白髪頭の年輩者が父で、私は長男、父の脇にいたひょろっとしたのが弟です。ほかに母と妹がおりますが、何ぶん二人ともあまり丈夫なたちではないので」

「申し遅れました、大川戸孝平です」

あわてて私も名乗った。

「大川戸さん。大川戸孝平……」

包帯男は、遠い記憶をたぐるように、声低く口のなかで繰り返した。と、次に彼の発した言葉に、えらく私は驚かされることになったのだ。

「以前、同名の推理作家の長篇小説を読んだことがあります。なかなかの力作でした。

ええと、あれはたしか『火光殺人事件』といいましたか」

ああ、『火光殺人事件』――。

いまだに憶えていてくれる人がいるのは冥利に尽きるけれど、それはもはや過去の話だ。とある推理文学新人賞に応募したのがきっかけで、運よくデビューに漕ぎ着けたのは、指折り数えるのも億劫なぐらい以前のことである。同じ年に孵化した蟬の子だって、おそらくはとっくに地上に這い出て子孫を遺しているのじゃなかろうか。

私が世に問うた小説は、ただその一篇きりだった。そうしてそれは、ものの見事に世間には届かなかった。加えて、改めてみずから読み返してみるに、どうにも耐えがたいものという認識を抱くに至って筆を折って以後は、時に、社会というやつに手もなく取りこまれたような虚しさを味わいつつも、おとなしく平凡なサラリーマン生活を送ってきた。だが、何ごとも長続きしない私は、じつに詰らぬ理由で職を替えては抛りだすことを繰り返していた……

羞恥七分に嬉しさ三分といった心境で、照れ臭さを闇に紛らせて私は包帯男にあやふやな礼をいった。

「なるほど、やはりそうでしたか」と包帯男はいった。「不思議な縁もあるものですね。……ほら、あの、主人公が深夜の窓辺で男女の囁き交す声を聞く場面、ね。結末に至って、じつは話し声の主が、しわがれ声の農婦と、それに甘える小学生の息子であったことがわかって一気に状況がひっくり返る。あのミスディレクションなんかは秀逸でしたよ。いや、ともかく、少なくともこれであなたの素性ははっきりしたわけです。こういっては大変失礼ですが、何も好きこのんで無名作家を騙る者もおりますまい」

表情こそ窺えぬものの、冗談めかした声音でそういった彼は、そこで詫びるように軽く頭を下げてから調子を変えた。

「ところで、つかぬことを伺いますが、大川戸さん、旅はお急ぎですか？」

男の〝旅は……〟といういいまわしに、変に時代がかった滑稽味を覚えつつ、私は急ぎではないと答えた。すると、それを聞いた包帯男は、さらに一段改まった口調になって、じつに奇妙なことをいいだしたのだ。

「こんな風体(なり)をしておいて、怪しまないでくれといっても説得力がないのは承知しています。しかし、いかがです、ここはひとつ無理にでも私を信用してもらって、車が故障したということにしていただけませんか？　荷物もおありでしょうから、〝赤沼〟まで、行くだけは行きましょう。ですが、そのあとで、もう一度ここへ一緒に戻ってきてほしいのです。もちろん、ちゃんと泊れるよう万事私が手配しますから」

「それは……しかし、どういうわけです？」

「いまは詳しくお話しできる状況じゃないが、そう……簡単にいってしまえば、私の助太刀をしてほしいのですよ。あの、さっきの白シャツの包帯男、ね。彼は、木乃家へ災厄をもたらすためにやってきた招かれざる客ですよ。抛っておくと、近々必ず恐ろしいことが起る。それから……、いや、どうも上手くお伝えすることができないが、今夜、あのタイミングであなたが現れたのは、どうしても奇しき因縁としか思われない。いえ、あなたは、ただいてくれるだけでいいのです。邸内に第三者が存在するだけで、事情は全然違ってくるんですから」

夜目にも白い包帯の奥、その双眸は窺い知れなかったが、それでもなぜか男の視線は、磁力めいた不思議な熱情でもって、まとわりつくように訴えかけてくるのだった。

戸惑いつつも非常な興味を覚えた私は、ここでも後先考えずに、この奇矯な申し出を受けいれてしまった。

二人の秋人の帰還

ひとつの取っ掛かりとして、自分が木乃家の扉を敲いたところから書きだしてみたが、むろん、事はもっと前から始まっていたのだ。その経緯を、のちに私は木乃美津留から詳しく聴く機会を得た。前章で〝ひょろりと背の高い、二十歳前後の青年〟と書いたのが彼であり、この青年自身についてもいずれ筆を費やさねばならぬが、まずは彼から聞き知った不可解な出来事について書き記すのが先だろう。

話は、私が木乃家を訪ねた日より二日前の夕刻に遡る。

場所柄、めったに訪う人のない木乃邸の正門を、ちょうど私がそうしたのと同じ具合に潜り抜けた、一人の不審な男があった。黒い中折れ帽をかぶり、ベージュ色のコートを羽織ったその男は、施錠された玄関扉を手持ちの鍵を使って開き、これは表現として適当かどうか——或る意味、何ら悪びれる気色もなく、宅内に上がりこんできた。

驚いたのは、物音を聞きつけて玄関先まで出てきた木乃家の当主——前章で〝薄茶の色眼鏡をかけ、銀髪に口ひげを蓄えた男性〟と描写した光明氏であったが、彼が誰何するなり怒鳴りつけるなりするより前に、この奇怪な闖入者は、みずからを〝木乃秋人〟であると名乗ったのだという。

秋人とは、今年三十一になる光明氏の長男で、美津留の実兄に当る人である。故郷を離れ、東京近辺で暮しはじめてずいぶん経つとのことだが、その彼が久しぶりに帰ってきたのであれば、勝手に自宅に上がりこむのも当然であろうし、実の父子のあいだで〝名乗った〟も何もないものだが、あえて私がこうしたまどろっこしい書き方をせねばならぬのは、これでもかというほどに顔面を蔽い尽した包帯のせいで、突如現れたその男の人相が一切確認できなかったためなのだ。

例の、私を金縛りにした二人の包帯男のうち、タートルネックに白シャツのほうが、このとき現れた男であったらしい。密やかな大騒動とでもいうべきその現場にほどなく顔を出した美津留も、変り果てた〝兄〟の姿を目の当りにして、何とも得体の知れぬ恐怖に総毛立つ思いだったそうだが、その後、包帯男が途切れ途切れに語った内容を要約するに、彼の身に降りかかった災難は、およそ以下のようなものであったという。

それは、いまから二年ほど前、秋人の勤務していた田端の化学薬品工場で起った爆発事故であった。この事故は、幸いにして死人が出なかったことと、それとは別の或る政治的な判断から、ほとんど世間に伝わらぬ形で処理されたが、被害者中で最も甚大なダメージを負った秋人の容貌は、ふた目と見られぬまでに損壊し、大量の毒気を吸いこんだことで声帯も半永久的に使いものにならなくなった。

実際、この男の発する言葉は、枯葉をめったやたらに踏みしだく音にも似てひどく聞き取りづらく、大きく呼吸（いき）をするたび、洞穴を通り抜ける風のような怪音が響くといった按配で、声音から人物を判別するなどとうてい望めぬ惨状であった。

帰郷に当って、そうした懸念は当の本人にもあったのだろう、ひと通りの事情を話し終えたあとで、この自称〝木乃秋人〟は、コートのポケットから保険証やら運転免許やらの身分証を取りだしてみせ、次の刹那、数年ぶりに顔を合せた家族に対し、そうまでして己の証しを立てねばならぬ身の不幸に、思わずその場に頽れて嗚咽を洩らしたという……。

それにしても――、この話には、おそらく誰もが感ずるであろう違和感、釈然としないところがいくつかあって、その第一はやはり、それだけの大怪我を負いながら、事故後、あるいは相当の時を費やしたであろう治療期間中にでも、なぜ彼が実家に一切の連絡をしなかったかという点に尽きるのではないか。

これに関しては、木乃秋人が長きに亙って郷里との隔絶を余儀なくされる契機となった、過去の或る出来事が関わっているらしいのだが、そのいきさつについて、私はのちにまた別の人物の口から伝え聞くことになる。

何にせよ、少なくともこの夜、木乃光明氏と美津留、その下の長女佐衣（この少女についてもあとで記す）は、正体不明の包帯男を、文字どおり心身ともに傷つき、疲れ果てて帰還した長子秋人として迎え入れたのである。

仮に、そこに百パーセントの確信はなかったにしても――、肉親の情愛として疑惑を持ちこむことができなかった心理だけは、私にもわかる気がする。それに、男はたしかに身分を証明できるものを所持していたのだし、何より秋人でなければ知りえぬ事柄についてもちゃんと憶えていたというのだから、多少の手間を要したとはいえ、本人と認められたのは当然といえば当然の結果だったのかもしれない。

不慮の事故によって〝顔〟と〝声〟を喪失した男――わが身に置き換えて想像するだに、まことに悲惨で痛ましい話だが、それでも、無事に家族との再会を果したところでこの一件が落着していたならまだしもだった。

事態がさらにのっぴきならない様相を呈し、紛糾しはじめたのは、くだんの出来事の翌々日に当る十一月一日、まさしく私が木乃邸を訪れたあの夕暮の、それもたかだか一時間ばかり前のことであった。

またしても現れた新たな包帯男！　のみならず、この男までが、われこそが〝木乃秋人〟であると堂々宣言したとなれば――。

（※ここからは便宜上、最初のコートに中折れ帽の男を〝第一の包帯男〟、続いて現れた紺色のブルゾンの男を〝第二の包帯男〟と記述する）

期せずして起った続けざまの急事に、人々の心を荒波のごとく襲ったであろう驚愕、狼狽、惑乱の大きさは想像に難くないが、わけても己の贋者が出現した〝第一の包帯男〟の取り乱しぶり、怒り心頭に発したさまは尋常でなく、出ない声を限りに振り絞って「貴様、誰だ。何を企んでる！」と吼えたその姿には、鬼気迫ると同時に、ただならぬ焦燥が感じられたという。

同じ人間が二人と存在せぬ以上、この両者、どちらかは贋者に決っているわけだが、さまざまな状況に鑑みて、〝第一の包帯男〟の優位は揺るがないと見えた。ところが〝第二の包帯男〟のほうにも、おいそれと引き退がる気はさらさらなかったようで、そこで自然発生的に用意されたのが、四の五のいわせず一気に本物を見定めんとする直接対決の舞台であり、その殺気だった暗色の昂奮のさなかに、およそ場違いな珍客として登場したのが、かくいう私というわけであった。

＊

私が〝第二の包帯男〟とともに木乃邸へ戻ったのは、いったん屋敷を出てから一時間ほど経ったころだった。旅行鞄だけ取りだして、相談の末、車はそのままにしておいた。一晩ぐらいうっちゃっておいたところで、そこは何ら問題なさそうな場所であった。

針葉樹の芳香に朽木の黴臭さが混じる道すがら、〝第二の包帯男〟は一切の事情を打ち明けようとはしなかった。それどころか、こちらが突飛な要望を呑んだにもかかわらず、相手の口数は次第次第に減っていき、暗がりのなか、さらに自身の想念の闇に引き籠ってしまったふうで、その態度は取りつく島もないと表現したいぐらいの素気なさであった。唯一、彼の口から聞けたのは、もう一人の包帯男――つまり〝第一の包帯男〟が、自分よりひと足早く木乃秋人の名を騙って屋敷に現れたということだけだった。

だが、二人の包帯男がともに同じ人物を名乗り、それぞれ己の正しさを頑として主張している――。ここに至って、初めて私は事態の異常さを正確に理解したともいえるのだ。何せ、その時点での私は、隣を歩く紺色のブルゾンの男が木乃秋人であると――これはもう、疑う疑わないという次元ではない、彼のいうがままにそう受け取っていたので、話を聞いて、何とも据りの悪い、心もとない気分にさせられた。

考えてみれば、自分にとってはどちらも赤の他人、まるで見知らぬ存在であることに変りはない。けれど、そこまでの経緯から、私の気持は間違いなく〝第二の包帯男〟に肩入れしたがっていたのである。

戻ってすぐ、〝第二の包帯男〟は車の故障云々の作り話をごく自然な調子で伝えると、光明氏相手に、如才なく私が屋敷の一室に泊れるよう取り計らってくれた。とはいえ、対する光明氏の立場に立って想像するに、このとき不承不承にでも許可を与えたつもりが彼にあったかどうか、疑問ではある。要するに、私を泊める泊めないの判断など、その夜の木乃家にとっては二の次三の次の問題だったのであり、それより何より、宙に浮いたままの重大事を一刻も早く解決すること、人々の意識はただその一点にのみ向けられていたのだ。

宙に浮いたままの重大事――果してどちらが本物の秋人なのか？

ここから先、いよいよ事態は目まぐるしく動きだしたのだ……

黒い陽炎の燃えたつような、加えて、俗世間からかけ離れた一族にはふさわしからぬ生腥さに包まれた決闘の場は、またしてもあの玄関先であった。四人は最初に訪ねたときと同じ並び、そこへ、沓脱に背を向けた私が加わった形だ。どうやらすべてが決着するまでは、私も〝第二の包帯男〟もそこから先へは進ませてもらえぬ雰囲気だったが、常識的に考えても、これは致し方のない話だったろう。

ここで、木乃邸のおおよその間取を記しておくことにする。

玄関先、玄関先、とたびたび書いてきたが、別段そこはエントランスホールと称するような特別あつらえの空間ではない。それは、楢材か何かを使用した、真横に抜けた幅広な廊下に過ぎなかった。この廊下を、玄関扉を背にして左へ行けば、厨房兼食堂と二階への階段があり、右に行けば、庭園を見渡せる縁側に面した居間と、奥には寝室、書斎といった幾部屋かがあるようだった。

　さらに、居間の手前を鉤(かぎ)の手に曲った先には風呂場と手洗い、手洗いを通り越した突き当りの引戸を開けると、一段下がったところに離れへ通じる長い渡り廊下が黒々と続いているのだった。この渡り廊下は、両手を広げて足りる程度の幅であったが、途中、右側の壁に納戸(なんど)部屋とボイラ室の扉を有し、それらと反対の壁には、明り採りの小窓がひとつ付いていて、間近に覗けるのは、ちょうど母屋の食堂と離れとに囲まれた形の中庭であった。

　こうして書いたなかには、むろん私の立ち入ったことのない場所がいくつも含まれているけれど、渡り廊下の納戸部屋などは、この先の話に少なからず関係してくる。

　さて、話をふたたび〝本物争い〟の情景に戻そう。

　私の正面の壁には横長の飾り棚(ニッチ)が造りつけてあり、そこには、盆栽や絵皿とともに、呪術的な印象をもたらす黒檀の彫像が一体飾られていた。巨大な歯を剥きだしにした、ひしゃげた顔のその彫像は、チュツオーラの『やし酒飲み』にでも出てきそうなアフリカ風の悪魔(シェターニ)で、見れば見るほど場違いというほかなかったが、それだけに何か、この奇怪な対決の場を裁くにふさわしい、異世界の審判者めいて私の眼に映った。

　再開された果しあいの舞台で、まず口火を切ったのは〝第一の包帯男〟であった。途切れ途切れの掠れ声とは裏腹に、それは敵の態勢が調う寸前を狙って仕掛けたような、いきなりの先制攻撃だった。

「……過去、いろいろあって長く帰れずにいた私が、こうして恥を忍んで戻ってきた途端、この由々しき事態です。最後の安息の地まで踏みにじられたようでやりきれない思いですが、何にしても、こちらには後ろ暗いところもなければ怯むところもない。それで、彼らが戻ってくるまでの小一時間考えてみたのですが……いかがでしょう、お父さん、この際、要らぬ疑いを消し去るために、よろしければ、ここでこの呪わしい仮面を取ってご覧にいれたいと思うのですがね」

　よほど肚に据えかねての決断だったのだろうが、その思いきった突然の申し出には、皆が驚いた様子だった。このとき、隣りあわせた光明氏と美津留のあいだに、目配せめいた一瞬の視線の交錯があったのを私は見逃さなかった。そこには、予想だにしない言葉を聞いたというふうな、かすかな戸惑いの気配が感じられた。

　木乃光明という人は、真後ろに撫でつけた真白な頭髪のせいでかなりの老齢に見えたが、あとで聞いたところではまだ還暦前だそうで、鼻下のひげは半白、それでいて、太い眉だけが黒々としているのがどことなく下卑た印象であった。カーディガンにたるんだスラックスというでたちの彼は、薄茶色の色眼鏡の奥から〝第一の包帯男〟へ視線を注ぐと、低音の、重々しい声でこう伝えた。

「……そう、こうなったからには、早いうちにはっきりさせてしまったほうがいいだろうね。もし、お前がそれでもかまわぬというなら」

「わかりました」

男が答えたのは、ただその一語のみであった。端から彼には、変にもったいぶって芝居がかった効果を生みだす気などないらしかった。それでも、続く行為にはやはり非常な覚悟が要ったのだろう、男の両手は、少しのあいだ、ためらいがちに二度三度と胸のあたりを行き来した。が、意を決したふうに太く息を吐いたのをきっかけに、白手袋をはめた彼の手は、ついにみずからの喉もとへ向って迷いなく伸びたのだった。

このとき、まだ私は知らなかったが、前日、前々日と同じ屋根の下で過しはしたものの、光明氏や美津留青年もまた、〝第一の包帯男〟の素顔を見るのは、その瞬間が初めてであったらしい。卵黄色の仄明りに照らされたグルグル巻きの白い包帯――だが、男が手をかけるなり、それがあたかも皮を剝くごとくベロリとめくれあがるのを見て、私は肝を潰した。〝呪わしい仮面〟という男の表現は単なる比喩ではなく、幾重にも巻きつけられた包帯と見えたものの実態は、たしかにガーゼ地で作られた仮面にほかならなかったのだ。われわれの眼前には、その白い仮面を鼻の上まで引きあげて手を止めた、〝第一の包帯男〟の惨(むご)たらしい立ち姿があった……

露わになった彼の素顔——詳しく描写するのも気が引けるが、おそらくそれは、可能なかぎりの形成手術を施した結果ではあったのだろう。肌の色自体はごく当り前で、ただ、そこには一切の突起物がない、まるで鉋(かんな)で削ったかのごとく真平らな顔、その皮膚全体が、濡れて乾いた紙にも似て凸凹に波打ったところへ、唇のない、小さな引き攣(つ)れた口と、黒い縦長の鼻孔がふたつ並んでいるばかりの——、それはいわば、元は人間の顔であった顔の跡地だった……

「どうだ、美津留、お前の兄はこんな面相になり果てたのだ！」

〝第一の包帯男〟のほとんど動かぬ口の奥から、凄絶な叫びが迸(ほとばし)りでた。それは思わず耳を塞ぎたくなるほどの、聞く者の魂を震撼させずにはおかない血を吐くような声であったが、その余韻が消えやらぬうちに、廊下の先、鉤の手になった向うから聞えてきたのは、甲高い少女の悲鳴だった。

——と、次の瞬間、〝第二の包帯男〟がなぜか「あっ」と爆(は)ぜるような声を発して反射的にそちらへ足を踏みだしかけたが、これまた反射的といってよい動きで瞬時にそれを押し留めたのは美津留であった。

「あなたはここにいてください」

もの静かなたたずまいに似げない、有無をいわせぬ声で冷然といい放った彼は、一人、悲鳴の聞えたほうへ足早に立ち去り、あとにはただ、足もとから立ちのぼる晩秋の冷気と、胃の腑が重くなるような気まずい沈黙が垂れこめた。

表情を窺う術のない〝第二の包帯男〟は、硬直したように身じろぎもせず立ち尽し、もともとの立ち位置から、自然、居間方向への侵入を塞いだ形の光明氏は、こちらも色眼鏡のせいで完全には表情を読み取れぬけれど、それでも苦渋の面持で口をへの字に結んでいる。

ふと眼をやれば、〝第一の包帯男〟はいつのまにか元どおりに素顔を隠し終えており、努めて自身に冷静を強いるふうな口調で話しはじめた。

「さて、これで私のぶざまな風体(なり)のわけも理解していただけたでしょう。それと、お父さんをはじめ、身内にはすでに確認してもらっていますが、こちらには物的証拠だってちゃんとあるんです」

そこで彼は〝第二の包帯男〟に躰ごと向きを変えると、あからさまな憎悪の念を声調子に加えて続けた。

「さあ、自称〝木乃秋人〟氏、今度はあなたの番です。こうして私も耐えがたい屈辱を耐えたんだ。まずはそちらも思わせぶりなその包帯を解いてもらいましょうか」

私はひどく重苦しい気持で〝第二の包帯男〟を見た。直前に聞えた少女の悲鳴からこっち、どういうわけか彼の意識は、この重大な対決の場面から別のところへ飛んでいるように思われてならなかったが、敵意剥きだしの切尖(きっさき)を突きつけられると、ようやく置かれた立場を思いだした風情でわざとらしい咳払いをひとつ挟み、

「いや、その顔のお怪我がどういった事情によるものかは知りませんが、これは皮肉でも何でもない、あなたの身を襲った過酷な運命には、心から同情しますよ。しかし、図らずもたったいまあなたが証明なさったように、やはりその事実を露骨に見せつける行為は、いたずらに家族の心に重荷を強いるばかりです。ここにいらっしゃる大川戸さんにも不快な思いはさせたくないですし、あえて私は、大変な傷を負った自分の素顔を晒すことは遠慮したいと思います」

「そんな……そんないい逃れが通ると思っているのか！」

怒気凄まじく、白手袋の両手を激しく振りおろして〝第一の包帯男〟は哮(たけ)りたったが、

「いえ、その代りといっては何ですが、こちらはいくつか思い出話をさせていただきたいのですよ」

そう前置きして〝第二の包帯男〟が透視者めいた趣で語りだしたのは、第一に、木乃邸の間取のひとつひとつについての的確な指摘であった。それは私が前述したとおりで、たしかに間違いのないものではあったのだが、ここへきて私は、後ればせながら或る事実に気がついた。

二人きりで夜道を歩きながら会話していたときと較べ、〝第二の包帯男〟は明らかに意図的にしゃべり口調を変えているのだ。考えてみれば、〝第一の包帯男〟と違って、こちらの包帯男に関しては、その声色、話し方の癖だけでも本物か贋者かすぐに区別がつくのではないか……

私の心をにわかに色濃い不安が蔽った。だが、そうしたこちらの思いなど知らぬげに、〝第二の包帯男〟の穏やかな声は続くのだった。

「渡り廊下の先の離れ――、私や美津留の子供時代、そこには、やはり木乃の姓を持つ三人の人々が暮していました。お父さんの弟の茂樹叔父一家ですね。あいにくわれとはウマが合わない……いえ、むしろ、いがみあい、憎みあっていた一家といったほうがずっと事実に近いですが、それでも茂樹叔父の一人息子、私より一つ下の従弟の圭介（けいすけ）とは、幼い時分はずいぶん仲が良かったものです。

この屋敷のなかで、われわれの恰好の遊び場だったのが、あの暗い、子供にとっては恐ろしくて堪らぬ納戸部屋でした。巨大な安楽椅子、繻子織の蔽いのかかった古い化粧台、茶箪笥の上に置かれた、肖像画と見紛うほどのご先祖様たちの褪せた写真……。大川戸さん、明日にでもご覧になるといいが、その納戸部屋のなかには、屋根裏部屋もあるんですよ。ごく狭いものですが、秘密基地めいた造りが私や圭介をどれほど喜ばせたか、かつて少年であった男ならば誰しも容易に想像がつくでしょう。まだよちよち歩きだった美津留は、さすがに怖がって納戸部屋には入りたがりませんでしたがね……

一方、私と圭介の無邪気で愉（たの）しい時期（とき）もまた、さほど長くは続きませんでした。姿形だけは非常によく似たわれわれでしたが、長ずるにつれて、自分たちでも気づかぬうちに、家族同士のどす黒い確執が徐々にそれぞれの体内に浸透していったのです。ですから、その後、彼ら一家がここを出て行ったのは、結局のところ、皆にとって幸いだったというべきでしょう。そうでなければ、いずれ近い将来、私と圭介とのあいだには、互いに互いを怨敵と看做（みな）さねばならぬ宿命が待ち受けていただろうと思うのです。

彼らがここを去ったのは、私が十四の年だったでしょうか。たしか、そのぐらいでしたね？　お父さん」

「……そう、それぐらいだったろうね」

いきなり〝お父さん〟と呼びかけられた光明氏は、いくぶん当惑した様子ながら、それでもうっそりと答えを返した。そこへ間髪をいれず響きわたったのは、〝第一の包帯男〟の枯葉を掻きまわすような乾いた哄笑であった。

「なるほど、不思議なこともあるもんだ。いや、たしかにいまあなたが話したのは紛うかたなき事実です。事実ではあるが……しかし、どうでしょう、お父さん、この程度の昔話なら、何かの機会に第三者が聞き知ることだって不可能じゃない。ましてや、臆面もなくこうして乗りこんでくるからには、当然、丸腰のはずもないでしょう。おそらくこの男は、あらかじめそのあたりの情報を周到に頭に叩きこんできたんだと思いますね」

己の優位を誇示するふうに決めつけた〝第一の包帯男〟だったが、その態度に微妙な焦りが見えたのは私の思いすごしだったろうか……

そうこうするうちに、美津留が戻ってきた。暗い眼をした彼の表情は、だが、屋敷の奥で起った出来事について何も物語ってはいなかった。

「どうなりました？」

元の位置に立って、誰にともなく彼は訊ねたが、こちらもまた、誰も何も答えなかった。またぞろ沈黙が場を蔽い尽し、部外者ながら私は一人で気を揉んだ。これは――、結局のところ、どうケリをつけるつもりなのだろう？　むろん、事を大きくしてもかまわないのであれば、いかようにも調べる手立てはあろうけれど――いや、このままどちらも譲らぬとなれば、いずれはどうしてもそうせざるをえないのではないか……。何か、首筋から後頭部にかけてじーんと痺れるような感覚を味わいながら、私などが思いあぐねたところで由（よし）ないことをあれこれ巡らしていたときだった。

飾り棚の上の不気味な悪魔像（シェターニ）に眼を向けていた〝第一の包帯男〟が、急に何ごとか思いついたようにクツクツと喉の奥で笑いはじめると、突如、彼にとってはおそらく精一杯の声で、高らかに叫びあげたのだ。

「おお、納戸部屋！　そうだ、あれがもし、いまもそのままだったら……！」

呆気に取られたふうにしばし皆が言葉を探すなか、

「それは、何のことです――」

ひっそりとまた美津留が問いかけた。

「おお、おお、納戸部屋！」

ふたたび〝第一の包帯男〟は高く叫んだ。

「あのころ、従弟の圭介と二人でかくれんぼや探検ごっこに興じたあの暗い部屋……、そこに、秋人と圭介はいったい何を隠したか？……ああ、これはいい。これは私と圭介のほかには誰も知りえぬ秘密だ。

さあ、自称〝秋人〟氏、あなたが本物の木乃秋人ならば、たやすく答えられるはずですよ。少年時代の秋人と圭介は、納戸部屋のどこに、何を隠したのか？　いまから行ってそれを取りだしてもらいましょう。お父さん、あの部屋に置かれた家具や道具類の配置は、むろん当時のままでしょうね？」

光明氏の銀髪がわずかに揺れてそれを肯じた。

〝第二の包帯男〟の見えない顔には、心なしか動揺の色が兆したようだった。

禁忌の像

納戸部屋の宝探し——。

〝第一の包帯男〟が提案したこの趣向が、私の好奇心をまったく刺激しなかったといえば嘘になる。たしかにそれは妙案に思われたし、おまけに、これによって皮肉にも私は、〝第二の包帯男〟ともども、晴れて木乃家の玄関から先へ足を踏みいれるのを許された恰好だ。

そこまで計算して挑戦を受けたのだとしたら〝第二の包帯男〟も大したものだが、正直にいって、このあたりから徐々に私はわけがわからなくなってきた。〝第二の包帯男〟を応援したい気持はまだあったものの、一方で、どちらが本物の木乃秋人かと考えたとき、彼に分があろうとはどう贔屓目に見ても思えなくなってきたのだ。いずれにしても、彼は勝って立場を守らねばならないし、結果は時を待たず出るはずだった。

一同は場所を移した。腕時計を見て、まだこんな時間だったのかと驚いたのを憶えている。私はだいぶ疲れていた。光明氏と美津留が先に立ち、その後ろに〝第二の包帯男〟と私、しんがりから監視でもするふうに〝第一の包帯男〟が跟いてきた。賓客待遇なぞ望みもせぬが、これではまるで罪人扱いだと厭な気持になった。

玄関先から冷たい廊下を通り、居間の引違い戸の手前を鉤の手に左へ折れる。〝第二の包帯男〟が語ったとおり、そこには浴室と手洗いらしき扉が並び、その先に、渡り廊下へ通ずるという柾目の引戸があった。

引手に手をかけた光明氏に向って、ここでふいに〝第二の包帯男〟が訊ねた。

「ところでお父さん、お母さんは相変らず加減が悪いのですか？」

「……ああ、ほとんど寝室で寝たり起きたりだね」

足を止め、開きかけた戸もそのままに、光明氏は振り向かず答えた。

「そうですか、落着いたらあとで顔を見せにいきますよ……」

〝第二の包帯男〟は気遣わしげにいったが、

「しかし、あなたにそんな機会が与えられるかどうか」

薄ら笑うような声を背後から浴びせたのは〝第一の包帯男〟で、

「何しろこの私だって、いまだ母の寝顔へ十年近い無沙汰の侘びを囁いたに過ぎないんですからね。第一、実の息子でないとしたなら、顔を出したところで病人に余計な心労をかけるだけでしょう。まあ、周囲の気持を慮って、素顔さえ明かさぬ思いやりのあるあなたのことだ、いわれなくともそのへんはご承知でしょうがね」

すでにこの家で二晩を過した彼のそんな言葉を聞くかぎり、病名は不明ながら、光明氏の夫人は現在、よほど深刻な状態に置かれているものと察せられるのだった。

さて、問題の納戸部屋は、母屋よりも一段低い渡り廊下に下りて、比較的すぐのところにあった。おそらく十歩も進んではいないだろう。ここの入口もまた横開きの一枚戸で、光明氏がゆっくりと開くと、木材の擦れあう耳障りな軋みが、狭い廊下に寂しげに響いた。

廊下から見て、戸口は納戸部屋の右端に位置していた。壁のスイッチを押すと、小さな笠のついた電球がたったひとつ、もの憂げに灯った。広さは六畳ほど――いや、ごたごたと物が置かれていることを考えれば、実際にはもう少し広いかもしれない。

「ああ、電灯まで昔のままだ……」

〝第一の包帯男〟が、われ知らず洩れ落ちたというふうに呟いた。その声には、たしかに深い懐かしみがこもっているように私には感じられた。

われわれは順繰りになかに入った。

それにしても、この部屋は暗すぎて、初めて足を踏みいれた私には、どこに何があるやらにわかには判然としなかった。とりあえず、右手の壁に沿って、古めかしい茶箪笥と衣装箪笥が並んでいるのが確認できた。鉄の引手や縁金具のついた茶箪笥の上には、正面がガラス扉になった飾り棚が据えてあり、そのなかには、小芥子（こけし）だの、首振りの赤ベコだの、チャグチャグ馬コだの、東北地方の民芸品を中心に、さまざまな人形が満員電車みたいに犇き（ひしめ）あっていた。

次に、〝第二の包帯男〟が〝茶箪笥の上に置かれ〟ていると証言した〝ご先祖様たちの褪せた写真〟だが、これらは隣の衣装箪笥の上の壁に、きちんと額に入って掛けられていた。もっとも、この程度の差なら間違いとするには当るまい。ひょっとすると、元は茶箪笥の上に写真があったのかもしれないのだ。

　入口と向いあった奥の壁には、アルミサッシなどではない、昔ながらの木枠の窓がひとつあった。その手前の、ちょうど外を眺められるような位置には、濃鼠（こいねず）の座面を持つ大きな安楽椅子が一脚置かれていた。この古風な椅子はなかなか味わい深いデザインで、背もたれ、肱掛け、脚部に用いられた濃い色調の木材は、絶妙にナイーヴな曲線を描き、思わず掌で慈しみたくなるほどであった。

　それから、丹頂鶴か何かをあしらった、繻子織の蔽いをおろした鏡台もたしかにあったし、部屋の片隅には、カバーを掛けられた足踏みミシンが、その役目を終えてひっそりと眠っていた。あとは、積み置かれた行李（こうり）や段ボール箱や、ほかにも何かあったはずだが、このぐらいで十分だろう。

　そう、それともうひとつ、左手の奥に手摺つきの粗末な階段があって、では、あれが屋根裏部屋へ続く階段なのだろうか、しかし、それでは高さは二階と変らぬことになるけれど——そんなことを一人私は考えていたが、果せるかな、それが屋根裏部屋への上り口であることがあとでわかった。

「さあ、早いところ始めようじゃありませんか。こちらにはもう、いうべきことは何もないんですから」

ここでも口火を切ったのは〝第一の包帯男〟で、その声調子は、声帯さえ潰れていなければ、さぞかし意気揚々と聞えたことだろう。

一方、〝第二の包帯男〟は、無言で室内を見渡したのち、特に何に注意を払うでもなく、手持無沙汰な様子でしばらくうろうろと歩きまわっていたが、やがて、くるりと〝第一の包帯男〟のほうへ向き直ると、妙にあっけらかんとした調子でいった。

「いや、どうも、さっぱり思いだせませんね」

「思いだせない、ですって？」

〝第一の包帯男〟は嘲りを含んだ声で呆れたふうにいった。

「そんな馬鹿な話はないでしょう。それじゃあ誰も納得しませんよ。……なら、どこに隠したかは良しとして、せめて何を隠したか、それだけでも答えてもらわないと。いくら何でもそのぐらいは憶えているでしょう、あれだけ印象的な出来事だったのだから」

いまや〝第一の包帯男〟の口撃は辛辣さを増すばかりで、白い仮面の下では、あの〝顔のない顔〟が、けっして作りえぬはずの喜色満面の笑みを泛べているかとさえ思われた。

薄暗がりのなか、父と弟は、ここでもやはり蠟人形めいて寄り添い、じっと次なる展開を待っているようだった。〝第二の包帯男〟にとって、状況は最悪といってよかった。ここまで追いこまれて、彼はどうやって苦境を乗りきるつもりなのであろう——、黯然と私が思ったとき、

「いいわけはしたくないのですが……」

そっと自身の足もとに言葉を置くように、〝第二の包帯男〟がぽつりといった。

「今度は何の話です」

間を置かず〝第一の包帯男〟が問いつめる。

「なに、この怪我のことです。じつは事故の際に頭を強く打ちましてね、正直、過去の記憶にはすっぽりと抜け落ちている部分があるのですよ」

この発言を聞いて、思わず私は喉の奥で呻いた。あれほど家の間取やら少年期の思い出やらを語ってみせたあとで、その取ってつけたような弁明はあまりに陳腐だった。

〝第一の包帯男〟も、拍子抜けしたふうに一瞬おかしなたじろぎ方をしたが、

「では、ギブアップですか？　負けを認めるんですね？」

いよいよ勝ち誇った様子で一同を眺めまわしたあと、駄目を押すふうに語尾を強めて訊いた。

「負け……、そうですね、あなたが持ちだしたこのゲームに関しては、潔く完敗を認めましょうか」

〝第二の包帯男〟はそこで軽く両手を広げると、

「参りました、ギブアップです」

と、おどけたようにいった。

その途端、〝第一の包帯男〟は痙攣めいて身じろいだ。続いて彼の全身は、瞬く間に瞋恚の焔に蔽い包まれたが、

「で、肝心の答えは何なのです。むろんあなた自身はそれを知っているのですよね？」

〝第二の包帯男〟から逆にそう問われるや、ふたたび余裕を取り戻した態で不敵に嗤うと、悠然と歩きだした。

「あいにく、答えを知らぬクイズを出すほど悪趣味じゃありませんよ」

小馬鹿にするようにいいながら〝第一の包帯男〟が歩を進め、立ち止ったのは、あの窓ぎわの古風な安楽椅子の前であった。そして、

「これはね、羊毛なんですよ。じつに坐り心地がいい……」

懐かしむように呟いて座面に手をかけた彼は、それをすっぽりと外して脇に立てかけ、その下にできた四角い空間から、何やら青みがかった彫像を取りだすと、これ見

よがしに掲げてみせたのだった。

人々の注視のなか、仄明りに照らされて複雑な陰翳を纏(まと)ったそれは、高さ二十センチほどの小さな観音様の立像であった。だが、そのアルカイックスマイルに東洋的な匂いの感じられぬことと、何より、いとおしげに胸に赤子を抱いた様子から推して、間違いなくそれは麻利耶(マリア)観音像――観音菩薩を模した、青磁の聖母子像であると思われた。

数瞬のあいだ、気を呑まれたふうに皆が言葉を忘れた。思わぬところから思わぬものが出てきたのだからそれも当然だったが、このとき私の心に強い印象を刻んだのは、直後に光明氏が示した奇異な反応であった。

「馬鹿な……！」

脳裏の閃きが声と化したごとく、唐突に彼は口走った。そこまで、苦渋の色こそ漂わせはしても、努めて冷静沈着な態度を保ってきたこの中肉中背の年輩者が、それは初めて見せた明らかな狼狽の表出であった。

「馬鹿な、とは、どういう意味です？　お父さん」

一瞬、〝第一の包帯男〟も虚を衝かれたふうに自信に満ちた態度を崩した。が、

「もちろん、お父さんもこれを憶えておいででしょう。〝福(さいわい)を転じて禍(わざわい)とする〟

……願ったことと反対の結果がもたらされるという禁忌の聖母像。こいつにまつわる怪談めいた話を私に聞かせてくれたのは、ほかでもない、あなたでした。昔、こいつを一心に拝んだがために、この納戸部屋で狂い死にした先祖がいたことやなんかをね……

しかし、いまにして思えば、本の虫のお父さんのこと、あれは芥川の『黒衣聖母』あたりからの発想で、幼い私たちを調戯われただけだったんですね。実際、その効果は覿面で、『黒衣聖母』とは違ってこんなに穏やかな顔のマリア様だのに、私と圭介はもう、この像が怖くて怖くて堪らなくなっちまったんです。と、そうはいっても捨てたり叩き壊したりするほどの度胸もない、それで、たまたま見つけたこの秘密の隠し場所に、二人して封じこめたってわけなんですよ」

「……そう、むろん憶えている。私もまた、父からそのいい伝えを聞いたのだ。それにしても、飾り棚にあった像が、まさかそんなところに移されていようとはね」

声低く光明氏はいった。いまさっき、つかのま噴出した彼の感情は、このときにはもう嘘のように薄闇に溶けこんでいた。

「さて、終り、でいいですかね」

白手袋の両手に像を包んだまま、〝第一の包帯男〟がいった。

「これ以上続けたって一緒でしょう。いい加減、そこの包帯さんも観念してそいつを取ったらどうです？……なあ、おい、いったいあんたは何者なんだ？」

にわかにぞんざいになった敵の声に、だが〝第二の包帯男〟はすぐには取りあわず、ふっと光明氏のほうを向くと、

「お父さん、その像がいつ飾り棚から消えたか、憶えておられますか？」

と、静かに訊いた。

「いや……、私はいまのいままで気がつかなかった」

「でしょうね。あれだけいろいろ並べられたなかの一体ですから、無理もないことです。……そう、たしかに不吉の麻利耶観音像の話を失念していた点では、私の負けでしょう。しかし、申し訳ないが、自称〝木乃秋人〟殿……、安楽椅子のなかに麻利耶観音像を隠したなんて記憶は、どんなにこの脳味噌を引っ掻きまわしたところで出てくることはないでしょうね。

そりゃそうです。だって、そんな事実自体が最初からなかったんですから、思いださせなくて当り前なんです。いや、危うくあなたの仕掛けた陥穽にしてやられるところでしたよ」

「陥穽？　何が陥穽だ、まだいいわけを続けるつもりか？」

「いいわけですって？　馬鹿をいっちゃいけない。いいですか、それがそこから出てきたことが、いったい何の証明になるんです？　何もなりはしませんよ。なぜなら、昨日、一昨日と、あなたはこの家に寝泊りしていたのでしょう。そのあいだに、こっそりと像を隠すことだってできたはずじゃありませんか。あなたしか知りえぬ問題を出されて、勝手に勝利宣言されたのでは敵わない」

「何を、この！」

出せぬ声を荒げて〝第一の包帯男〟はいまにも掴みかからんばかりだったが――、こうなってはもう、当の二人ではなく、父親たる光明氏が毅然と判定を下すよりほか打開の道はないであろう。そもそも、本来ならごく当り前に主導権を握ってしかるべきこの家の当主が、ここまで、徹底して傍観者の立場に甘んじているのが腑に落ちない。そこには何か、あえて二人の男を試すといった目論見でもあるのだろうか――暗澹たる思いでそんなことを考えていると、

「美津留、あとで佐衣を連れて居間に来なさい」

ひとこと次男坊に声をかけた光明氏が、残る三人の誰にともなくこう告げた。

「今夜はもう、二階で寝むといい。三人並びの部屋になるが、それは我慢してもらおう」

そこで彼は、初めて私の名を口にした。

「大川戸さんといいましたか、湯山（ゆやま）という男に食事を運ばせますから、風呂でも何でも、すべてその者に訊くなり申しつけるなりしてください」

この当主の発言をもって、勝負の行方は正式に先送りが決ったのである。だが、それを消化不良と不満に思うより、遠距離運転の疲れがピークに達していた私は、このころにはもう、どっちがどっちだろうが知ったことじゃないという気分になりかけていた。

＊

湯山というのは、木乃家で下働きのような仕事をしているらしい、頭の薄い、獏（ばく）のような風貌をした老人であった。この夜は、あてがわれた六畳の和室に彼が運んできてくれたお膳で、遅い夕食にありつくことができた。

食事のあと、畳にひっくり返って一服しているところへ〝第二の包帯男〟がやってきて、私たちはほんの少し話をした。ふだんは空き部屋なのだろう、そこは正真正銘、何もない部屋であった。

〝第二の包帯男〟は、私を巻きこんだことについて再三詫びつつも、己が木乃秋人であるとの主張だけはけっして枉げようとしなかった。それならそれで、はっきりと証拠を提示したらいいだろうにと思ったが、いっても詮無いこととわかっていたので口には出さなかった。

ただ、ひとつだけどうしても気になっていたことがあり、私はそれを訊ねてみた。

「あの玄関先で少女の悲鳴が聞えてきたとき、あなたは、明らかに何か思い当ることがあるというふうな驚き方をされましたね。あれはどういうわけなんです？　たまたま私は見逃しましたが、あなた、廊下の角から現れた少女の姿を見たのではありませんか？　少女というか……その、妹さんの姿を、ですね。佐衣さんといいましたか」

この私の漠然とした問いかけを、〝第二の包帯男〟はやけに朗らかな声で一笑に付した。

「昔取った杵柄ってやつですか？　大川戸さん、やっぱりあなたは推理作家なんですね。すべてに裏の意味があるんじゃないかと想像を逞しくせずにいられない……。しかし、勘繰りすぎですよ。ありゃ急に悲鳴が聞えてびっくりしただけです。むろん、すぐに佐衣の声だろうとは思いましたが、実の妹の悲鳴を耳にして、心配しないほうがよっぽどどうかしてるじゃありませんか」

そこで胡坐の膝を敲いて彼はすっくと立ちあがった。

「ともかく、今夜は風呂にでも浸かってゆっくり寝んでください」

と、そのまま立ち去るかと思いきや、襖の前に立ってこちらに背を向けた彼は、最後にふいと生真面目な口調になって、こんな意味ありげな科白を残したのだった。

「大川戸さん、もしかしたら、これは大ごとに発展するかもしれません。網にかかるのは、思いのほか大きな魚かもしれませんよ。しかし……もう少し探ってみなくちゃいけない。先手を打たれないうちに、今夜じゅうにも動きださないと……」

「それは、どういう意味です？　あの仮面の男はいったい何者なんですか？」

けれど、私の問いはまたしても虚ろに響き、寒々しい余韻を残して消え去るのみだった。

がらんどうの部屋で、ふたたび寝転がると私は考えた。

たったいま出て行った男、彼は本当にこの家の長男秋人なのだろうか？　では、なぜ麻利耶観音像の在処を知らなかった？　頭を打った云々の弁解は、事実か、それともやはり苦しまぎれのたわごとか。今夜じゅうに動きだすとはいったい何のことだろう……

彼は非常に感じの良い男だったが、同時に、あまりに秘密が多すぎた。

ならば、こっちはこっちで、彼自身についてそれとなく探ってやろうかと、このとき私は思いはじめていた。

屋根裏に棲む青年

夜も更けるとにわかに風が出てきた。滝の音にも似たひっきりなしの樹々のざわめきは、いまはもうその理由さえ忘れてしまった、幼年期に味わった孤独に通ずる寂しみをもたらしたが、さすがにこの日にかぎっては、それを旅愁と解するのは難しかった。

いろいろあった一日であった。疲れすぎると眠れない私は、旅行鞄からノートパソコンを取りだしてモバイル接続を試みた。しかし、あいにくとこのへんは携帯電話の送受信圏外なのだった。それで、だらしなく寝煙草をしながら、遺跡見物でもらってきた薄っぺらなパンフレットをめくり返すなどしていたが、そのうちにくしゃみを連発して手洗いに立った。

午前一時すぎという時刻のせいもあり、何とはなしに禁じられた行為でもしているような後ろめたさを覚えつつ、私は足音を忍ばせて階段へ向った。二人の包帯男の部屋からは何の物音も聞えなかった。このとき、〝第二の包帯男〟が洩らした〝今夜じゅうにも動きださないと……〟という思わせぶりな呟きのことは、ほとんど頭になかった気がする。だが、いまにして思えば、部屋を出たついでに、彼の様子を確かめておくべきだったのかもしれない……

階下に降りると、われわれへの気遣いなのか、廊下にはまだ仄明りが灯っていた。邸内は、冷えきった空気が真夜中の気配の底に沈みこみ、吹きつける風のせいで、たまに、どこか遠くで壁を敲くような硬質の音がかすかに響くほかは、無人の船底めいてしんと静まり返っていた。そのため、手洗いの前で急に黒い人影と出くわしたときには、心底私は仰天して、ぶざまなまでにのけぞってしまった。

薄暗がりに立った長身の影絵の主は、木乃美津留であった。

私たちは、互いに相手が何者であるかを認めると、小さく会釈して、どちらからともなく、こんな時間にという笑みを交した。思いもかけぬ、はにかむような青年の微笑は、この家に来て初めて、私のなかに心が温かく弛緩する感覚を喚び起した。色白の柔和な面立ちで、やや伸びすぎた感のある髪がふっさりとまぶたにかかっている。少年らしい線の細い躰つきをした彼は、実際には二十二歳であった。

「まだ起きてらしたんですか？」

元来静かな語り口調らしい美津留が、さらに声を落していった。

私は、眠れなくて、とだけ答えた。すると、たゆたうような短い逡巡の気配のあとで彼は、

「よかったら、いまから僕の部屋へ来ませんか？　眠くなるまで話しましょう」

これまた思ってもみなかった誘いの言葉を、遠慮がちにそっと差しだしたのだった。

「でも、君は寝なくて平気なの……」

「ええ、僕、夜じゅう起きているんです。といって、昼間眠りつづけているわけでもないんですが、どうも、あまり寝られないたちなんですよ」

事実、美津留はまだ、濃緑色の綿シャツにチノパンという恰好だった。慢性的な寝不足のせいか、彼はどこか憂いのあるまなざしでこちらを見た。

戻ったところで当分眠れそうにない私は、素直に青年の言葉に甘えることにした。突然訪れた機会に惑いもあったが、現在この屋敷で進行中の不可解な出来事について、忌憚のない彼の意見を聴いてみたくもあった。それに、ひょっとすると木乃家の側でも、公平な眼を持つ第三者の存在を欲していたのかもしれないなどと、このときはそんな虫のいい推測すら頭をよぎったのだが。

私は少し猫背の美津留の後ろに跟いて、狭い渡り廊下に歩を進めた。てっきり離れ

へ案内されるものとばかり思っていたが、あの納戸部屋の、半開きになった戸口まで来たところで、ふいに彼は目顔でこちらにうなずきかけると、まるで異次元へ通じる裂目にでも吸いこまれるように、音もなく室内へ身を滑らせた。彼のいった〝僕の部屋〟とは、驚いたことに納戸部屋の屋根裏を指していたのだった。

軋む木の階段を、私は誘（いざな）われるまま恐る恐る上った。非常に頼りない思いと同時に、禁忌を侵す感覚が、私の胸に密やかな昂（たかぶ）りを生んだ。

いったい過去、木乃家以外の幾人の人間が、その秘密めいた薄暗い小部屋に足を踏みいれることを許されたのだろう――、梁（はり）や母屋（もや）が剥きだしの低い天井は、まさしくそこが屋根裏であることを示すとともに、棟木から急勾配で傾斜した造りのため、活用できるスペースは階下に比して極端に狭かった。

板敷きの床には、くたびれたクッションと座卓が置いてあった。座卓の上には、夜のあいだ、それが唯一の光源となるらしい電気スタンドと、ガラスの灰皿、汚れたマグカップが載っており、あとは湯沸ポットとインスタントコーヒーの角壜、いささか時代遅れのラジカセが部屋の片隅に並んだほかは、卓上も、その周囲も、無造作に積みあげられた書物によって領されていた。

その小部屋にはまた、片開き式のささやかな開き窓が付いていた。時折、強風が思いだしたように窓枠を鳴らした。外は闇で、目を凝らしても自身のけだるげな顔が映るばかりであったが、日中であれば、そこからは正門まで続く前庭が見渡せるのだった。

煙草は部屋に置きっぱなしだったが、美津留に差しだされたケントを一個のライターで競うように燃やしながら、この夜、私たちは思いがけずいろいろな話をした。美津留は、潰れたクッションを照れくさそうに貸してくれた。

(※二人の包帯男出現の状況についても、ここで初めて私は知ったわけだが、そのあたりの経緯はすでに記したとおりなので端折ることにする)

「ずいぶんと本があるね」

会話は、そんなところから始まった。

「ええ、でも、ほとんど父の蔵書なんです。あまり持ってくると床が抜けそうですから、これでもとっかえひっかえしてるんですけどね」

「ここは、じゃあ、君の読書室?」

「そういうわけじゃないですけど。……いま、うちでは、母屋に両親、離れには自分と妹が住んでいるんです。特に理由があってのことじゃないんですが、この広い屋敷に四人きりですからね、好き勝手に使ってる感じです。でも、ここ数年、自分はほとんどこの屋根裏部屋で過しています。いつのころからか、離れにも母屋にも用があるとき以外は行かなくなっちゃった。ここ、妙に落着くんですよ」

私は〝第二の包帯男〟の語った昔話を思い起して訊ねた。

「もともと離れには、君の従兄に当る人が住んでいたそうだけど」

「はい、圭介さんですね」

板壁に背を預けた美津留は声低く応じて、

「兄の一個下で……だから、僕より八つ上ですね。歳が離れていたせいもあって、僕は圭介さんとはさほど接触がありませんでした。佐衣に至っては、彼らがいなくなってから生れたんです。それと、僕の記憶にあるのは、もう兄とも仲が悪くなっちゃったころのあの人なので、申し訳ないけど、狡猾で裏のある皮肉屋っていう、悪い印象しかないんですよ」

「その点で少々立ち入ったことを訊くようだけど、ご家族同士、あまり仲が良くなかったって」

「ええ、父と茂樹叔父は、兄と圭介さん同様、ひとつ違いだったんですが、実の兄弟でありながらまるで性格は違っていて、いろいろ……財産のことや何かで揉めごとが絶えなかったんですよ。……これも良し悪しなんですが、うちって、あちこち地所を人に貸したりなんかして、働かなくても食べていけるんです。

でも、茂樹叔父ってのは非常に身持ちの悪い人で、木乃家の財産は、父が一人で管理する形を採らざるをえなかった……。もちろん、不仲の原因はそれだけじゃないんでしょうけど、お金がらみで骨肉の争いに発展するのって珍しくもないらしいですからね」

寡黙なイメージの青年が予想以上に口を開いてくれることに力を得た私は、重ねて訊いた。

「君がまだ小さいときに、彼らはここから越して行ったんだそうだね」

「はい。もう、完全な喧嘩別れですよね、父と茂樹叔父にしても、兄と圭介さんにしても。でも、父はちゃんと相応のものを渡したっていってました」

そこで美津留は隅のポットに眼を向けると、水を持ってこなくちゃ、と独りごちた。

喧嘩別れの一族。一歳違いの従兄弟――。このとき私の胸に、卒然と湧きあがったひとつの疑念があった。それは、〞第二の包帯男〞が聞いたらまたぞろ〞昔取った杵柄〞と失笑しかねない突飛な想像だったが、だからといって、絶対にありえないこととも思えなかった。

あまりに狎れ狎れしい、出すぎた真似と承知しつつも、ためらいを押しのけて私は水を向けてみた。

「いま現在、その方々の消息はわかっているのかな。例えば、従兄の圭介さんが、どこで何をしているのかといったことは……」

さりげなく訊ねたところで、美津留とひたと眼が合った。彼の暗い視線は、こちらの内心を窺い読むふうにまっすぐに注がれ、軽い動揺を覚えた私は、沈黙を埋めるようにむやみに煙草を吹かした。

「圭介さんに関しては、まったくわかりません。もう二十年近く音信不通ですね」

美津留の返答は淡々としたものだった。彼は揉み消したそばから新しい煙草に火をつけると、細く煙を吐きだして、

「ただ、そう……、あれはいつごろだったか、突然、茂樹叔父が戻ってきたことがあったんです。こちらも同様に二十年近く行方知れずだったのが、ですよ。これにはさすがに驚きました。父がいうには、考えられないぐらいの借金を抱えて死に物狂いで逃げ帰ってきたらしくて」

「……それで？」

なるべく穿鑿（せんさく）口調にならぬよう、私は先を促した。

「ええ、ここにまで借金取りに押しかけられたんじゃ堪りませんからね、仕方なく、

もうこれぎりという約束で父が始末をつけてまた追い返しちゃったんですけど、叔父も圭介さんの居場所は全然知らないみたいで、そのことでさんざんぼやいてましたっけ……。でも、ほんとは僕らも、人のことをとやかくいえた義理じゃないんですよね。何しろこの八年のあいだ、兄と連絡ひとつ取っていなかったんですから。結局、そういう家系なんですよ、木乃家は」

立てた両膝を抱えるようにして寂しげに笑った美津留は、そこでふいと悪戯っぽい、それでいて、たしかに内奥に真剣味を帯びた声調子になって、

「僕からもひとつ質問させてください。大川戸さんはあの男の知りあいなんですか？」

と、こちらに身構える隙を与えずにいった。

「あの男……？」

ぼんやりと鸚鵡返ししたところで、私はハッとした。同時に、美津留がその小部屋に招いてくれた理由を、あまりに手前勝手に解釈していた自分の迂闊（うかつ）さに、頬の赧（あか）らむ思いだった。恥ずかしながら、手洗いの前で偶然出くわした彼が、好機とばかりにこの場を設けた真意に、ようやくそこで私は気がついたのだ。

要するに私は、彼の信頼を勝ち得てその隠れ家に招待されたわけではなかったということだ。むしろ、下手をすれば、奸計を企てる一味と疑われてもおかしくない立場

なのであって——、しかし、〝第二の包帯男〟を〝あの男〟呼ばわりするということは、つまりは、それが木乃家の下した結論なのであろうか……

「いや、君がそう思うのも無理はないな」

ことともなげな調子を意識するあまり、私は変に浮薄な声音になって弁解した。

「いわれてみれば、たしかに二人、いかにも示しあわせてやってきたみたいだけど、そうじゃないんだ。本当に偶然、同じ日にここへ来あわせてしまったみたいで」

「そうなんですか。ならいいんですが。で、彼はこの家のこと……例えば、母や妹のことで何かいってませんでしたか？」

含みありげな問いを投げてよこしながら、だが、美津留の態度に目立った変化は感じられなかった。

「どうだろう。特にそういう話は……。ああ、でも、お母さんと妹さんはあまり躰が丈夫じゃないっていってたっけ。そういえば、お父さんも話していたね、夫人が寝たり起きたりだって」

「ええ……。躰もそうですが、どちらかというと、心配なのは心のほうかもしれません」

美津留はいくぶん顔を曇らせて伏眼になると、

「こんな淋しい場所に閉じこもりっきりですからね、精神的に不安定になるのも無理はないという気もしますけど、まあ、そんなわけで、今日みたいな変てこな騒動には、なるべく妹なんかは巻きこみたくないんですよ」

　この言葉を聞いて、私の耳には例の少女の甲高い悲鳴がくっきりと甦った。

「しかし、そうはいっても皆さん、たまには外出することもあるんだろう？」

「もちろん、まったくないってことはありません。用があれば出かけますよ。でも、だいたいのことは湯山さんがやってくれますから、出る必要がないといえばないですね」

　私は、お膳を運んでくれた老人ののっそりとした挙措を思い泛べながら訊いた。

「あの方は古くからここで？」

「いえ。ずいぶんな歳ですし、昔からずっと、というふうに見えますが、実際はさほどでもないんです。父がどこからか探してきた人で……それというのも、ここに住みこんでまで働いてもいいなんて人、めったなことじゃ見つかりませんから。どうも、巷（ちまた）ではわが家はあまり芳しくない評判を立てられてるみたいで」

「それは、どういう？」

　次から次へと喰らいつく私に、さすがに美津留も持て余し気味の苦笑を漂わせていった。

「弱ったな、勘弁してください。よそから来られた方にまで悪評を広めたくはないですよ」

木乃家にまつわる噂など、この時点では何ひとつ知らなかった私は、隠棲する一族の見えざる暗部にあらぬ想像を馳せながら、性懲りもなくさらに問うた。

「ここまで来るには、あの峡谷の吊橋を渡るしか道はないのかな」

「そうですね。もちろん森を掻きわけてどこかへ抜けられないこともないでしょうけど、高さがないわりにけっこう深い山ですし、熊に襲われても困りますからね……」

「熊？　熊が出るのかい？」

私が眼を丸くすると、美津留は、出るらしいですよといってニッと笑った。

「車も入れないんじゃ何かと不便だね」

「ええ、それでも昔は、ここまで車で上れたそうなんです。だから表の門もずいぶん広いでしょう？　それが或るとき、お祖父ちゃんがわざわざ橋まで小さいものに架け替えて、極力人が立ち入れないようにしちゃったって……。要するに、うちはそういう世間との付きあい方を選んだんですね」

靄（もや）のように紫煙の立ちこめる狭い空間で二人きり話してみて、私は木乃美津留を至極まともな好青年と感じた。常識もあり、なかなか頭も良さそうだ。それで、とうとう私は、切りだしたくとも妙に憚（はばか）られるものがあって躊躇（ちゅうちょ）していた、肝心かなめの質問をぶつけてみたのだ。

「美津留くん、ここだけの話、あの二人についてどう考えてる？　仮に本物であれば、どちらかが実のお兄さんってことになるけど」

「そこが、いちばんの問題ですよね」

低い天井を見上げて、彼は小さく溜息を吐いた。

「でもね、大川戸さん、ホントここだけの話、僕と父のなかではとっくに答えは出てるんです」

穏やかにいいきったその返答は私を驚かせたが、反面、そうでなくてはおかしいというぐらいに、血の繋がった家族であれば、それは当然のことのようにも思われた。

「そういえば、妹さんと二人、お父さんに部屋へ呼ばれていたね。そのときに？」

「ええ、そういったことも確認しあいました」

「……で、結論は？」

「結論、ですか。結論は……、すみません、いまはまだお伝えするわけにはいかないんです。明日になったら父が何らかの答えを出すでしょう。でも、その前に訊いても、父は一切口を割らないと思いますよ。今回のことにかぎらず、もともとあまりしゃべらない人なので。無愛想ですみませんが、これからも何かあったら気軽に僕にいってください。できるだけのことはしますから」

そういってから急に気がついたように微笑んで、

「ああでも、明日にはもう発たれるんでしたね。車はどうするおつもりですか？」

「車？」

「ええ、故障しちゃったんでしょ？　修理を呼ばなきゃいけないぐらいなんですか？」

「ああ、いや、大丈夫……、それは自分で何とかするよ」

唯一後ろめたい質問を受けたのを潮に、私はそろそろ部屋へ戻る旨を告げて、腰を上げた。立ちあがると、長身の美津留は梁に頭がつきそうだった。今度は私が先になって、軋む階段を注意深く下った。

「裏庭を抜けたこの上に仏舎利塔があるんですが、お帰りになる前に上ってみたらいかがですか」

背後の高みから美津留がいった。

「仏舎利塔？　遺跡を見物に行く途中、たしか墓地のなかにあったようだけど」

「ええ、いえ、あれとはまた別に、うちのご先祖が建立したものなんですよ。大したものじゃないですが」

外は変らずひどい風で、階下の納戸部屋に降りたつと、こちらの木枠の窓ガラスも、生あるもののごとく震えていた。何気なくそこへ眼を向けて——だが、その途端、私の心臓は痛烈な搏動を刻んだ。カーテンもない剥きだしの窓、その向うに、真黒な男の影がへばりついている。ガラスに顔をつけて室内を覗きこんでいたその怪人物は、思わぬところから現れたこちらの気配に驚いたのか、スッと身を沈めるように姿を消してしまった。

「見たかい、いまの」

うわずった私の問いには答えず、美津留は旧式のねじ錠をもどかしげに捻って窓を開け放つと、首を突きだして外を見回した。私も一緒になって眼を凝らしたが、もはや人影はどこにもなかった。夜風が黒い塊となって吹きこんで、呼吸を詰らせた。

窓の外は、屋敷の裏手に当っているようだった。右方向は張りだした母屋の壁に視界を遮られていたが、それでも部屋の薄闇に慣れた眼に、家庭菜園らしき畑と、左手奥には何やら白っぽい屋舎が浮いて見えた。

「あの建物は何だろう？」

半ば独りごとのように私はいった。

「ああ、あれ……サボテンの温室です。父の趣味だったんですが、ここのところほったらかしで……」

律儀に答えながらも、美津留の意識は直前に起った変事にすっかり囚われているふうだった。

「いったい誰だろう……こんな辺鄙な場所を、しかもこんな真夜中にうろつきまわる人間なんているはずがないのに……」

もしも声に色彩があるものなら、美津留のその声は凍りついたように青ざめていた。

「千客万来、だね」

あまりに深刻そうな彼の様子に、私は冗談めかしてそんなことをいってみたが、青年は思いつめた表情で黙りこくるばかりだった。

＊

部屋を出たときより間違いなく神経は昂っていたけれど、いざ布団に横たわると、今度はすぐに眠りに就くことができた。その代り、奇妙な夢を見た。それは、幼いころから繰り返し見てきた夢であった。何度見ても、目ざめてみると上手く言葉で説明できない、いわばイメージだけでできあがった夢——疲れているときにかぎって、私はよくそれを見た。

夢のなかで私は、天国を思わせるイメージの中心にいる。あえて喩えるなら、そこは真夜中の草原とも湖上ともつかぬ、幽かな月光に照らされた、えもいわれぬ美しい世界だ。音も動きも存在しない。私の魂はどこまでも澄み透り、邪念のかけらも持たず、完全なる安らぎに満たされている。

だが——、そのヴィジョンは前触れもなくいきなり終りを告げる。突如、耳を劈く轟音が響きわたると、いつのまにか私は、瓦礫の山に囲まれたような、暗く、恐ろしい世界に抛りこまれている。この世の不快のすべてを凝縮したようなノイズ。私の心は一転して巨大な不安に曝され、抛りどころを失い、耐えがたい恐怖と苦痛に苛まれる。それはまさに地獄としかいいようのない場所だ。

けれども、このヴィジョンもまた、さほど長くは続かない。ほどなく私は、一瞬にして、清らかな救いの世界に立ち還っているのだ。

天国と地獄の連続体。そうしてそれが、眼の醒めるまで延々と繰り返される……

前回、この夢を見たのはいつだったろう？　翌朝、布団の上で上体を起したまま、私はうっそりと考えた。そうしてそのまま、しばし余韻を引きずって身動きできずにいたが、やがて、いかにも引戸の隙間から差し入れましたという具合に、畳の上に一枚の紙片があるのに気がついた。

四つん這いで這っていって手に取ったそれは、あの〝第二の包帯男〟から私に宛てられた、走り書きのメッセージであった。

〈大川戸さん、やはり僕はここへ戻ってくるべきではなかったのです。すみません、一足先に帰ります。秋人〉

「何だ、これは……」

唖然という言葉ではいい表せぬほど唖然として、思わず私は腑抜けたように呟いた。

こうして〝第二の包帯男〟は、あたかもきっかけを取り違えた役者のごとく、ありうべからざる時期にありうべからざる形で、忽然と表舞台から退場してしまったのである。

生ける死者

答えてくれる人がいるなら訊いてみたい。こんなとき、普通、人はどんな気持になるものだろう？

思い返してみるに、理不尽な書置きを覚醒しきらぬ頭で一読し、いっとき茫然としていた私の胸に、最初に湧きあがってきた感情はといえば、あの贋者野郎にしてやられた、という、ざらついた口中に苦い唾が滲みだすような憤りであったようだ。正直に書くが、わずかながらも〝第二の包帯男〟の安否を思いやる気持が芽生えたのは、もっとあとになってからで、それが私という人間の器のほどを表しているといわれれば一言（いちごん）もないのだけれど、しかし、このときの自分の心情も無理からぬものであったと、それは、いまでもそう思うのだ。

あなたの協力が必要だ、などと体（てい）のいいことをいっておきながら、当の本人は一方的な別れ話めいた殴り書きを残してさっさと姿を消してしまう。これはもう、端（はな）から私に足止めを喰わすだけが目的だったのではないかとさえ疑われ、もしや、あの〝赤沼〟べりの私の愛車は、いまごろとっくに持ち去られているのではないかしらと、そんな俗骨丸だしの不安に苛まれたことも、素直にここで告白しておこう。

時刻は午前七時半だった。すぐに〝第二の包帯男〟の部屋を覗いてみたが、案の定そこはもぬけの殻で、使った形跡のない布団がきれいに畳まれているばかりであった。

ペテンにかけられたのではないかという疑心と焦燥。最後まで木乃秋人を名乗ったまま遁走した、その厚顔ぶりに対する憤りと嫌悪。それでいて私は、あわてふためいて足音荒く階下に駈けおり、八つ当り口調で木乃家の人々に事態を報告するような真似はしなかった。そうしたい気持は山々だったけれど――、このへんの気取り、見栄っ張りなところも、多々ある私の欠点のひとつだった。

木乃邸の二階に手洗いはなかったが、狭い洗面所だけは申し訳のようにしつらえられていたので、落着かぬ気分のまま歯を磨き、顔を洗い、服を着替えて、ようやく私は平静を装った足取りで階段を下った。

おぼろげに記憶していた〝第二の包帯男〟の靴は、やはり玄関に見当らなかった。私は、まだ立ち入ったことのない居間に向いかけ、そこでふと思いたって外へ出た。

十一月の朝の光は、薄布で濾したように柔らかだった。想像以上に気温は低く、澄んだ空気は張りつめていた。夜じゅう吹き荒れた強風はもはや別世界の出来事のようで、薄青の秋晴の下、一夜を過した屋敷の外観を初めて私ははっきりと眺めた。

累年の情趣と傷みをともに宿し、胸に沁むような静謐な雰囲気を湛えた木乃邸は、もはや前夜の不気味な印象など微塵も纏ってはいなかった。どちらかというとそれは、山深い温泉宿といった風情であった。

このとき私が外へ出たのは、きっと、無意識ながら〝第二の包帯男〟逃亡の証跡でも見つける気でいたのだろう。しかし、前日の夕刻に潜り抜けた、黒塗りの正門まで足を運んだところで出会ったのは、新たなる登場人物――冷えた空気に頬を紅く染めた、朴訥な童顔の青年であった。鉄柵の向うを妙に切羽詰った様子でうろつく彼の姿は、さながらカーキ色のパーカを着こんだ態だった。木乃美津留も背丈だけは優に一八〇センチ以上ありそうだが、何しろこの青年ときたら、さらに縦に十センチ、横に数倍は巨大な体軀の持主だったのである。

青年はゆっくりと歩み寄る私の姿を認めると、一瞬怯えた素振で動きを止めた。そうして彼は、探るようにしばしこちらを凝視していたが、ふいにその巨体からは想像もつかぬか細い声で、おどおどとこう訊ねたのだった。

「あなたは……誰ですか？」

これにはさすがの私も呆れた。自分から電話をかけてきて、いきなり「どちら様ですか」と口走るようなものだ。何だこいつは、と思いながらそれとなく観察すると、気弱げな童顔にただならぬ決意を秘めた面持で、なおかつひどく不安そうに眼が泳いでいる。そのさまはやけに漫画じみており、おかげでこちらは、わずかながらもそれまで抱えていた重苦しい気分が和らいだぐらいだった。

じつは、ひと目見た瞬間から、私はこの青年こそが真夜中に納戸部屋を覗いていた怪人物だと確信していたので、それがいま、さも締めだしを喰ったふうに門の外でうろついているのも不審は不審だったが、相手から敵意めいた感情が伝わってこないことが気持を冷静にさせた。

　青年の珍妙な第一声に応えて、私は自分がゆうべからこの家に泊っている者だと伝えた。すると、それを聞いた相手の表情に、何ごとか期待するようなかすかな明るみが差した。

「じゃ、じゃあ、もしかしてあなたが津田さん……？」

「津田？　いや、僕は大川戸という者だけど」

　青年の顔は立ちどころに曇った。が、次の瞬間、彼は、丸々とした両手でがっしりと鉄柵を握りしめると、溜めに溜めこんだものを一気に吐きだすがごとく、猛烈な勢いでまくし立てはじめた。

「僕、寺井睦夫っていいます！　あの、佐衣さんはいますか？　佐衣さんに会わせてください！　この屋敷のどこかにミカという女の人が囚われてるんです。たぶん、まだ若い子だと思います。……あの、大川戸さん、すみませんがこっそり佐衣さんを呼んできてもらえませんか？　彼女なら一発で僕の話がわかります。でなけりゃ美津留でもいい。僕、高校時代、美津留と同じ学校に通ってたんです。クラスも一緒でした。ああ、でも、彼は一年の途中で辞めちまいましたけど――」

溢れだす思いに言葉が追いつかないといったその様子に、内心辟易（へきえき）しながら私は遮った。

「ちょっと待って。何をいってるのかよくわからないな。それより君、ゆうべ裏庭から屋敷のなかを覗いていただろう？　用があるなら、そんなとこに突立ってないで入ってきたらいいじゃないか」

「なっ、何をいうんですか、僕は覗きなんかしてませんよ！」

たちまち青年はいきりたって鉄柵を鳴らすと、

「たしかに……たしかにミカさんのことを考えながら、このへんをさまよっていたのは事実です。ええ、ほんのちょっとだけ裏庭にも回ってみました。だけど、暗がりの奥に人の気配を感じた気がして、怖くなってすぐに逃げだしたんです。もしも家のなかを覗いてた奴がいたというなら、きっとそいつですよ！」

嘘か真（まこと）か、まるできつく咎（とが）められでもしたように、泣き顔になって抗弁するのだった。いわれてみれば、窓に映った人影はここまで大きくなかった気もしてきたが、それでは、寺井青年のほかに、ゆうべ何者かが裏庭に潜んでいたというのだろうか？

それはともかく、〝津田さん〟だの〝ミカさん〟だのいわれても私には何が何やらで、よもや後者は、まだ名前を聞いていない光明氏の夫人のことでもあるまい、何にせよ眼の前の青年が木乃兄妹の知りあいなのは本当らしいので、通用門から招きいれるなり尻込みしはじめるのを、半ば無理やり玄関口まで連れていった。

二人して沓脱に立って声をかけると、ほどなく現れたのは光明氏であった。極度にしゃちこばって声の出ない青年の背中を私は軽く突いてやった。それを合図のように、

「あの、僕、郵便配達でいつもここへ来てます」

頓狂な声でそういった寺井青年は、あとはもう、噴きだす汗をしきりに手の甲で拭いながら、ひたすら「佐衣さんか美津留くんに会わせてください」と繰り返すばかりで、どうにも言葉足らずで要領を得ない。

「朝っぱらから何なんだ、君は」

あまりに性急であまりに直情的なこの馬鹿でかい赤ん坊に、光明氏が黒々とした眉をしかめて立腹したのも無理からぬ話であった。ただし、おかしな妄想に取り憑かれているのでもないかぎり、青年をそこまで必死にさせている事情というのはたしかにあるはずで、その点は気にならぬでもなかった。

「光明さん、彼は美津留くんの高校時代のクラスメイトだそうですよ。何か彼に大事な話があるそうで、ゆうべもここを訪ねてきたらしいんです」

「……ゆうべも？」

「ええ。いかがでしょう、よろしければ、二階でこの青年と話をさせていただけませんか？　どうもずいぶんと昂奮してるようなので」

駄目元で頼んではみたが、

「大川戸さん、あなたのことは親切心でお泊めしたつもりです。あまり勝手な真似をしてもらっちゃ困りますな」

難しい顔で唸るように拒絶されて、他愛もなく私は怯んだ。ところが、そんな光明氏の態度に変化を生ぜしめたのは、このあとだしぬけに青年が発した、

「僕、寺井睦夫です。寺井百合の弟です！」

という一見変哲もない言葉であった。けっして動揺するというのではないが、値踏みするような警戒するような視線を薄茶のレンズの奥から青年に注いで、やがて光明氏は無愛想ながらこういった。

「大川戸さん、こちらから誰か呼びにやるまで、一緒に二階の部屋にいてください」

私は咄嗟の返答に窮したが、ともかく当主の気が変らぬうちにと、湯気の立ちそうな汗みずくで放心している寺井青年を急かして階段に向った。食堂の入口からふらふらとさまよい出てきたその人とばったり鉢合せしたのは、まさにこのときであった……

蓬髪と表現したいほどの乱れた髪は、家のなかでもあり仕方ないとしても、やつれ果て、それでいて不自然にむくんだ黝(あおぐろ)い顔貌をして、焦点の定まらぬ、鈍い潤みを宿した眸でこちらを見つめる中年女性——一見して病んだ精神状態に置かれていると知れるこの人が、では、光明氏の夫人にして美津留の母親なのかと、私は棒立ちになって息を呑み、初対面の挨拶をしかけて舌がもつれた。

一方、後ろから力ずくで二の腕を摑まれて振り返れば、寺井青年もまた、逸らしたくとも意のままにならぬというふうに眼前の女性を凝視しながら、その躰は眼に見えて震え、どういうつもりか一刻も早く私を二階へ連れ去ろうと、荒い息遣いで痛いぐらいに腕を引っ張りつづけている。その様子は、こちらはこちらで明らかに常軌を逸しており、いまにも泡を吹いて卒倒するのではないかと危惧されたほどだった。

そうしているあいだにも、光明氏がその人の背にそっと手を回して無言のまま居間へ向いはじめ、ただ一度振り向いた彼の目顔に強く命じられて、私はあわてて青年の尻を押して暗い階段を上ったのだった。

二階に着くなり、今度は、階下の気配を窺うように部屋から半身を覗かせた〝第一の包帯男〟と遭遇した。仮面の奥の冷たい眼でこちらを一瞥しておいて、言葉を交す間もなく、ぷいと彼は戸を閉(た)ててしまったが、寺井青年にしてみれば、これでは木乃家はもはやお化け屋敷も同然であろう。

出会ったばかりの若者の心理状態を想像して、私は冷汗が出た。

*

部屋の真中で頭を抱えてうずくまった寺井睦夫は、呼ぼうが揺すろうが微動だにしない巨石と化した。これには参った。私は壁にもたれて煙草を吸いながら、彼が落着きを取り戻すのを待つよりほかなかった。一遍だけ、朝食はどうなっているのだろうと考えたが、どうもそれどころではなかったし、さして空腹も感じなかった。寺井青年がもの憂げに口を開くまでに、五本の煙草が灰になった。

「あの人は……誰です？」

彼の言葉はまたしてもそんな問いかけから始まった。

「あの人って、さっきの包帯の男かい？」

「ち、違いますよ、あの、女の人……」

度を超した恐怖にパニック寸前だった、階下での青年の様子をまざまざと思いだしながら、私はいった。

「誰って、美津留くんたちのお母さんだ。僕も初めてお会いしたんだが、よほど加減が悪いようだったね」

「美津留のお袋さん……？　そうなんですか？　やっぱりそうなんですか？　けど、まさか……そんなことがあっていいのか……」

悪寒に耐えるようにみずからの肩を抱いて巨体を丸め、寺井青年は何やら考えこんでいたが、続いていかにも内密の話らしく、極端に声をひそめた。

「大川戸さん、この屋敷のどこかに隠し部屋のようなものはありませんか？」

「隠し部屋だって？」

私は面喰らいながらも少し考えて、

「ひょっとして、君がいいたいのはあの屋根裏部屋のことかい？」

「屋根裏？　そんな部屋があるんですか？　じゃあ、そこかもしれない。いや、きっとそこです。そこに、囚われの少女がいるんです！」

急激に跳ねあがる青年の声を掌で抑えて、私はいった。

「落着けよ。その部屋にはそんな人はいないよ」

「嘘だ！」

「嘘なんかついたってしょうがないだろ。それより、君、もう少しわかるように説明してくれないかな」

　残り少ない煙草の一本を吸いつけてから促すと、青年はむっつりとした様子ながら、切れ切れの小声でしゃべりだした。

「僕、佐衣さんから葉書を預かったんです。〝ミカは今、遠い山奥にいます。助けにきて〟って、たったそれっきりの文面でした。目黒区上目黒の津田知也という人に宛てた葉書……、知るに也で知也です。ミカはカタカナで……」

「佐衣さんが、君にそれを投函するように頼んだのかい？」

「ええ、二週間ぐらい前、ここへ配達に来たときのことです。差出人は佐衣さん自身でした。僕、すぐに頼まれたとおりにしましたよ。てんで意味がわからなかったけど、何かすごく困ったことになってるっていうのは想像がつきましたから」

　そこで彼はにわかに苛立った様子で口もとを歪めると、

「佐衣さんは誰にも知られないようにその葉書を出そうとしてたんです。だから、僕もいろいろ考えた末、こっそり佐衣さんに会って手助けする決心をしたんだ。それをあなたは勝手にこんな形にしてしまって……、いまごろ佐衣さん、お父さんにこっぴどく叱られてるかもしれない……」

　私は事情をよく呑みこめぬまま、気圧されて頬を掻いた。

「だって、その葉書のことはまだ誰にも知られてないんだろ？　それにいまのいい方だと、光明氏――佐衣さんや美津留くんのお父さんが、ミカって少女を監禁でもしてるふうに聞えるぞ」

「だとしても、僕は驚きませんね」

　壁に眼を向けて青年は吐き棄てた。

「いや、たぶん本当にそうなんじゃないかと思います。この家にはいろいろと怪しい秘密があるに違いないんだ」

　万が一にも、光明氏がそんな大それた隠しごとをしているというなら、少なくとも美津留がそれに気づいていないはずはないだろう。屋根裏部屋？　まさかあそこに隠し扉が存在しているわけでもあるまい――紫煙をくゆらせながら、私は前日からの一連の出来事を反芻しつついった。

「寺井くん、いま、このうちではひどくおかしなことが起ってるんだ。長男の秋人さんが八年ぶりに帰郷したばかりなんだが、それが因（もと）でどうにもややこしい状況になっていてね」

「何ですって？　秋人さんが……あの男が帰ってきたんですか！」

　見るからに愕然として寺井青年は叫んだ。それは思いもよらぬ反応であった。

「それで、それで彼はいま、この家にいるんですか？」

　のしかかるように詰め寄られて私はたじろいだ。

「うん、いるといえばいるんだが……どうもそれが、簡単には説明しきれない話でね」

　だが、もはやこちらのいうことなど一切耳に入らぬ様子で、寺井青年は酸欠の金魚のごとく喘ぎながら天井を振り仰いだ。ころころと変化する感情、情緒不安定気味な彼の態度のうちでも、このときの惑乱ぶりには一種異様な凄みが感じられた。そんな狂態を見るにつけ、私のなかでは彼の正気に対する疑いが徐々に比重を増しはじめた。

「君、大丈夫かい？　具合でも悪いんじゃないのか？」

「……ああ、大川戸さん、あんたは僕がイカレてると思ってる。奇天烈なことばかり口走る、頭のネジが緩んだ奴だと呆れてるんでしょう。でも、あんたは何も知らないんだ。さっきの女の人……ねえ、あれはいったい誰なんです？」

　と、最初の問いに返ってこちらを見据えた彼は、恐ろしく真剣な表情で、なおかつ年少者に噛んで含めるような口調でこういいきったのだった。

「いいですか、よく聞いてください。美津留のお袋さん……あの人は、おととしの秋に病死してるんですよ！」

「病死？　馬鹿なことをいうなよ」

思わず私も声を高めた。

「嘘じゃない、本当です。なのに……、それが、どうしてああやって生きてるんですか。あの人は何者なんです？　いえ、僕は美津留のお袋さんの顔は知ってます。あいつが退学する直前、何度か学校へ来たことがあるから……」

木乃家の女性陣——光明氏の夫人とはこの日の朝、初めて顔を合せ、美津留の妹佐衣のほうは、前の晩に短い悲鳴を耳にしただけだが、邸内に最低二人の女性がいることに関しては疑問の余地はなさそうだ。ただし、彼女たちの存在感は、私のなかでまだ非常に稀薄で、薄曇りの日の影のごときものであった。それにしても、いうに事欠いて生ける死人とは、あまりに荒唐無稽ではないか——。こんな話を真に受けてはいけない、次々と巻きおこる奇怪な出来事に瞞着(まんちゃく)されてはならないと私は思った。

「君が高校生のときって、もう五年は前だろう。夫人の顔をいまも憶えているのかい？　さっきの女性がその人だった？」

「わかりません、よく似てはいますが、あんな恐ろしい顔つきになっていたんじゃ……」

ひどく不安げに答えた寺井青年は、だが、そこで急に眉をひそめた。彼は怪訝な眼でこちらを見て、

「大川戸さん、じゃあ、あなたはさっきの人が美津留のお袋さんじゃない、別人だとでもいうんですか？」

そう訊いた。私は言葉に詰った。たしかに、それもまた変な話だった。ゆうべ美津留はいっていた。彼ら一家は〝この広い屋敷に四人きり〟で住んでいるのだと。だが――何となくしっくりこない。どこかしら辻褄の合わないところがある。その違和感の源に、私はすぐに気がついた。

そうだ、五人して納戸部屋へ向った際、〝第一の包帯男〟は、母の寝顔に向って長の無沙汰を詫びたとはっきりいっていたではないか。ということは、彼はそのいの人を実の母親だと認めたことになりはしないか。ということは？　ということは？　また、美津留はこうもいっていた。本物争いに火花を散らす二人の〝秋人〟について、〝僕と父のなかではとっくに答えは出ているんです〟と。では、その判断の拠りどころとなったものは果して何であったか――。

一人黙考しながら、しかし、こんなことは、少し内情を知れば簡単に氷解する、取るに足らない疑問なのかもしれないと私は思い直した。

「寺井くん、もうひとつ訊こう。君のお姉さんは、何かこの家と関係があるのかい？」

今度は、青年が言葉に詰る番だった。彼は偸むようにこちらを見た。それから、子供じみた仕種（しぐさ）でじっと右手の爪を見た。私は、青年がいきなりまた大声で喚きだすのではないかと恐れたが、それは杞憂だった。かなり長いこと彼は口を鎖していたが、やがて、指先を見つめたまま静かに話しはじめた。

「……もう、ずいぶん昔の話ですが、姉と秋人さんは結婚を約束した仲だったんですよ。秋人さんとは僕、中学のころに三度ばかし会ったことがあります。無口だけど、いい人でした。僕らはけっこう打ち解けていたと思います。少なくとも僕は嫌いじゃなかった。

ところが、二人の関係が知れた途端、狂ったような……猛烈な反対運動が展開されたんです。あれは凄まじかったですよ。うちの両親や親類縁者、近所の人たちまで寄ってたかってね。で、結局、結婚の話はあっけなく立ち消えになった。このとき、姉のお腹には子供がいたんです。そんな状態で、すべてがぶち壊されたってわけです」

「その、猛烈な反対というのは……？」

「説明してもあなたには理解できないでしょう。ここらでは、昔から木乃家は忌むべき存在なんですよ」

青年はわずかに喉を震わせた。彼の声は抑揚を欠き、本来そこに込められるべき感情が失われているように聞えた。

「お腹の子供のことを、姉はずっと隠していました。それが知れていたら、騒動は二倍三倍になっていたと思います。僕や、うちの親がそのことを知ったのは、姉が流産したあとだったんです。流産……原因はいうまでもないでしょう。秋人さんとの関係を強引に裂かれたショック、それ以外考えられません。姉は出先で倒れて病院に担ぎこまれ、そのまま入院しました。そして、しばらくぶりに自宅に戻ってきた、まさにその夜に……みずから死を選んだんです、自分の部屋でね。

弟の僕がいうのも何ですが、姉はとても綺麗な人でしたよ。でも、そんな姉の死にざまは……、ねえ、大川戸さん、知ってますか？　人の死ってのは全然美しいもんじゃないですよ。醜くて、どろどろしてて、とてつもなくおぞましいものなんです……。

秋人さんに罪はありません。彼だって被害者だったんでしょうから。けれど、あのころ秋人さんは、唯々諾々と周囲のなすがまま、いわれるがままで、自分からは何ひとつ主張しようとしなかった。もしもあの人に世間と闘う意志があったら……姉は、どんなに後ろ指をさされても随いていったと思いますよ。でも、そうはならなかった。彼は姉に救いの手を差し伸べようともしなかったし、あげく、姉が死んだ途端、転げ逃げるようにこの町を出ていったんです。そう……あれはもう、逃げるというしい方以外、表現しようのない卑劣で冷酷な行為でした。

……大川戸さん、僕ね、彼の最後の行い、ただその一点に関して、生涯木乃秋人を許さないって決めたんです。たとえそれが筋違いの憎しみであっても、です。ここだけの話、ぶっ殺してやる、なんて、自分でも気づかないうちに呟いてることがいまでもあるんです。

……けど、いいんです、別に。そのことで、いまさら僕は何かしようなんて思っちゃいない。ただ――、そんな、まさか、彼が帰ってくるなんて……嘘だ……嘘だ……」

　心の奥底に押しこめた陰鬱な記憶、それを養分にして生きつづける複雑な感情を、寺井睦夫がなぜそうもあっさりと見ず知らずの人間に吐露してみせたのか――、正直なところ、身内の劇的な死に直面した経験もなければ、固より兄弟も持たぬ私は、このときの青年の心理をいまもって推し測ることができずにいる。それゆえ、最後には悲愴な嘆声になって髪を掻きむしった彼を間近に見つめながら、私は憐憫とも或る種の畏怖ともつかぬ名状しがたい心持で、かけるべき言葉を探しあぐねていたが、そこでふと気がついてこう訊ねた。

「寺井くん、ひょっとして君、ゆうべは寝てないんじゃないか？　まさかずっとこの辺りにいたわけじゃないだろうね」

「……そうですよ。もうふらふらです」

「やっぱりそうだったか。困った奴だな。とにかく……その〝ミカ〟さん云々についてはは僕にはよくわからないが、あとで美津留くんにでも確かめておくよ。君はいったん家に帰って寝たほうがいい。寝てないから余計に神経に来るんだ。冗談じゃなく、ぶっ倒れるぞ」

だが、寺井青年は充血に濁った眼を力なくこちらに向けて、自棄のような薄笑いを口もとに泛べると、意外なことをいいだした。

「だって、帰れやしませんよ。僕だけじゃない、大川戸さん、あなたもね……」

「帰れない？　なぜ」

「知らないんですか？　橋が……吊橋が落ちちゃったんですよ。峡谷まで下りて驚きました。明け方に爆発音がしたの、聞えなかったんですか？」

ここへ来て、いよいよ私には彼の正気が疑わしくなってきたが、いわれてみれば、あの不可思議な夢に翻弄されているさなか、はるか遠く、たしかに爆音めいた響きを聞いた気もしてきたのは、私の頭が単純すぎるのだろうか。

沈黙に包まれた部屋でしばらく待っていたけれど、いつまで経っても誰も現なかった。業を煮やした私は光明氏との約束を破り、寺井青年を残してそっと納戸部屋へ向うと、階段の下から二度三度と美津留の名を呼んだ。だが、いないのか熟睡しているのか、屋根裏部屋からは何の返答もなかった。もしかしたら彼は離れにいるのかもしれない。とはいえ、勝手にそこへ踏みこむのは、いかな私でもさすがに遠慮された。納戸部屋を出るとき、あの青磁の麻利耶観音像が眼に留った。いつのまにかそれは、茶箪笥の上の、ガラス扉付きの飾り棚に納められているのだった。

　真夜中同様、木乃邸は変らず無人めいた静けさと薄闇のうちにあった。渡り廊下から母屋に戻ったところで私はわけもなく足を止め、いっとき暗がりの廊下に佇んだ。年甲斐もない漠（ばく）とした心細さがふいに胸を締めつけた。まだまだ気楽な部外者のつもりでいたものの、思えばこのあたりから私は、或るひと筋の流れによって、自分がどこか、より暗い場所へ運ばれていくのを、無意識ながら感じ取っていたのかもしれない。

陸の孤島

足音を響かせぬよう、急いで部屋へ取って返した。
戸を開けると、寺井睦夫が仰向けで寝息を立てていた。
規則的に上下する寺井青年の腹をぼんやり眺めているところへ、湯山老人が朝食を運んできた。当然といえば当然だが、お膳は一人前しかなかった。私以上に青年は空腹のはずだったが、寝入り端を起すのも忍びないので、勝手に一人で食事を始めた。塩鮭に玉子焼きという絵に描いたような朝食であった。あっというまに平らげて、青年に毛布をかけてやってから、ふたたび私は階下へ向った。

まっすぐに訪ねたのは、まだ足を踏みいれたことのない居間であった。ためらいながら私は磨ガラスを敲いた。光明氏の低く短い声に許しを得て引違い戸を開けば、そこは、真中に囲炉裏を配した古めかしい和室であった。自在鉤にかかった鉄瓶が柔らかな湯気を立てており、その湯気の先に、銀髪の光明氏が独り黙然と胡坐をかいていた。

室内は広く、朝から電灯が灯っていた。納戸部屋ほどではないにせよ、ここの明りもひどく弱々しいもので、部屋はいかにも日本家屋然とした薄闇を隅々に湛えていた。色白で華奢な美津留に対し、光明氏は浅黒い肌と、がっしりとした体軀の持主であった。薄暗い邸内で常に色眼鏡をかけているところを見ると、この人は何か眼に障害を抱えているか、あるいは色素の少ない、極度に眩しさに弱い虹彩をしているのかもしれない。私は敷居の手前に立ったまま、〝第二の包帯男〟が書置きを残して姿を消した旨を手短に報告した。

「消えた。なぜ」

光明氏は狐に抓まれたような顔をした。

「理由はわかりません。ですが、少なくとも彼が贋者であったことは、これではっきりしたのではないでしょうか」

「しかし、それは……」

半白の口ひげを撫でながら、当惑した様子であやふやな言葉を呟いた光明氏を前に、私は私で少なからず戸惑っていた。確信と呼べるほどではなかったものの、この件について、てっきり私は、光明氏がさもありなんという反応を示すか、もしくは血相を変えて憤慨するとばかり思っていたからだ。自分の声に怪訝の色が混じるのを自覚しつつ、私は訊ねた。

「あの男は、贋者ではなかったのですか？」

「いや、待ってください。あれがみずから姿を消したということは……」

いったん座布団から腰を浮しかけて、光明氏はすぐに元の姿勢に戻った。明らかに彼は冷静を欠いていた。あらぬ方向に視線をさまよわせながら何ごとか考えこみ、ふとわれに返ったようにこちらを見やって、そこでようやく私を請じ入れた。

けっして懐古趣味で造られたのではない、時代のついた囲炉裏を前に、私は光明氏と斜(はす)かいに正座した。魚をかたどった自在鉤の横木を挟み、私の正面には壁一面の障子戸があり、そこを開けばおそらく、玄関脇の日本庭園が望めるはずだった。

また、光明氏が背を向けている部屋の奥は、欄間付きの四枚の襖によって仕切られていた。氏と二人きり、膝を突きあわせるだけでも大変な気づまりだったが、加えてこのとき私は、どうにも奥の間が気になって仕方がなかった。ひょっとすると、襖一枚隔てたすぐの暗がりに、あの枯痩(こそう)した中年女性が虚ろな眼を見開いたまま仰臥しているのではないか。それとも、いましも音もなく襖が開いて、膜を張ったような濁った眸がこちらを覗きこむのではなかろうか――そんなことを考えると、いっそう私は落着かず、心平らかではいられなかったのである。

〝第二の包帯男〟失踪について、私は光明氏の見解を黙して待った。だが、憂鬱な面持で自身の考えに涵(ひた)る彼は、なかなかしゃべりだす気配を見せなかった。焦(じ)れた私は、続いて寺井青年から聞いた吊橋落下の件を伝えた。

「橋が……？」

途端に光明氏は黒い濃い眉を吊りあげた。

「ええ、何でも朝方に爆発音がしたそうです。あいにく私は眠りこんでいて気づきませんでしたが」

「いや、音がしたのは本当です。あれは四時ごろだったか、たしかに発破でもかけたような音だった。では、あのときに……しかし、爆発というのはどうしたわけだろう」

「ええ、そこが不可解なんです」

　私は膝を乗りだしていった。

「劣化したワイヤがゆうべの強風で切れたとでもいうなら、まだ理解できますが、吊橋が爆発するなんてちょっと考えられない話ですからね。例えば、バイクか何かが転落して炎上したとか、それとも、切れた吊橋が岩肌を打ちつける音だったのか……いずれにしても爆発音というのはどうかと思いますが、ともかく、これからひとっ走り確認してくるつもりでいます」

「そうか、仮にあの橋が落ちたとなれば、大川戸さん、あなたも……」

「そうなんですよ。場合によってはしかるべきところに救援を頼まなくてはならないでしょうね」

　光明氏は鼻孔から太い息を吐いて、難儀なことだ、と呟いた。それから彼は、煮立った南部鉄瓶を取りあげて急須に湯を注ぎながら、

「時に、寺井くんは？」

と訊いた。

「部屋で寝ています。どうも呑気なものですが、何せゆうべは一睡もしていないらしいので、ご迷惑でしょうが少し休ませてやっていただけませんか。どのみち、彼もこのままでは帰れないわけですし。

ところで、美津留くんや佐衣さんには彼のことは？」

ああ、と光明氏はうなずいた。

「あの青年が美津留の同級生だったというのは事実のようです。美津留には部屋へ行くようにいっておきましたが」

「そうですか、では、どっちみち私は席をはずしていたほうがよいかもしれませんね」

光明氏には山ほど訊きたいことがあったが、何はさておき気がかりなのは吊橋であった。私は早々に居間を辞して、靴紐を結ぶのももどかしく玄関を飛びだすと正門へ向った。

〝第一の包帯男〟に呼び止められたのは、ちょうど冷たい鉄柵を開きかけたときだった。

突然、後方からしわぶきにも似た音が響いて私は手を止めた。かろうじて、大川戸さん、と聞き取れた嗄れ声に振り返ると、花壇の前に屈みこんでこちらを見据える〝第一の包帯男〟がいた。

　この男に直接声をかけられるのは初めてだったので、私は少し硬くなって歩み寄り、われながら愛想のない挨拶をした。ゆらりと立ちあがった彼は、前夜と同じ黒いタートルネックのセーターに白シャツを羽織り、下はグレーのズボンを穿いていたが、足もとはサンダル履きであった。

　いかにも北国らしい、どこか脆い印象の晩秋の陽ざしを浴びて、〝第一の包帯男〟の容貌を蔽った仮面はいよいよ際立って白く、非人間的な違和感を伴ってすぐそこにあった。ましてや彼の黒い眸は、このとき、恐ろしく鮮やかに私の眼に映じた。仮面に穿たれた孔は、彼の眸とぴったり同じ大きさであった。白布を巻きつけた球体の上で、ただ二個の眼球だけが命を持ち、濡れ耀き、蠢いている。それは不気味でもあり、妙にユーモラスでもあり、あたかもマグリットの絵を見たときのような現実感の揺らぎを私の内奥にもたらした。

「朝からやけにバタバタしてるじゃありませんか。いったい何があったんです？」

　意外にもごく気さくな調子で〝第一の包帯男〟はいったが、吊橋が落ちたらしいことを伝えると、一瞬呆気に取られたように絶句して、それから緩慢に首を振った。白手袋をはめた彼の手からは、毟りとられたサルビアの花がいくつも地面に零れ落ちた。

「冗談でしょう、大川戸さん。あの橋はそんな簡単に落ちるような代物じゃない」

「私もそう思いますよ。ですから、いまから確かめにいくんです」

「なるほど、万が一それが事実なら、ここにいる人間全員が非常に困った状況に陥るわけですからね」

屋敷を振り仰ぎながら彼はそういったが、言葉とは裏腹に、その声はなぜか、暗い喜悦を帯びているように感じられた。

「ところで大川戸さん、自称〝秋人〟氏のお姿が見えないようですが、彼はまだお寝みですか？　おまけに今朝は、新たな客人まであったみたいじゃないですか。よもや彼まで、贅沢暮しで肥満した木乃秋人を主張しだすのではないでしょうね！」

長年使っていなかった蛇口から水が噴きだすような声で、〝第一の包帯男〟は高く短く嗤った。前夜、誰が見ても〝第二の包帯男〟に与していた私は、ばつの悪さを押し隠して、できるだけ平板な調子で答えた。

「あの包帯の男は、どうやらここを出ていったようです。理由は不明ですが」

「出ていった、ですって？」

冷えた空気を震わせて、〝第一の包帯男〟はもう一度嗤った。

「こいつは痛快だ。では、あの小悪党は逃げたのですね？　とうてい勝目はないと自覚して逃げだしたのですね？　いや、或る意味それは賢明な選択です。が、同時に、どちらが本物の木乃秋人であったか、これ以上明確な答えはないともいえますね」

「まあ、そう受け取るのが妥当でしょうね」

私は何とはなしに不快な気分で答えたが、そこで〝第一の包帯男〟はふっと真面目な声になって、

「しかし、大川戸さん、橋が落ちたとおっしゃいましたが、それでは奴はどうしたんでしょうね。悪運強く谷の向うに渡ることができたのかどうか……」

いわれてみれば、たしかにそれは微妙なところだった。本当に吊橋が崩落したのだとすれば、〝第二の包帯男〟がこの屋敷を出たのは、果してその前か後か。

「まさかとは思うが、われわれをここへ閉じこめる魂胆で、あの男自身が橋に細工をしたんじゃないでしょうね」

〝第一の包帯男〟がいった。

「そんな……だとしたら、彼は小悪党どころか極悪人じゃないですか」

「そう、しかし、案外これは当っているかもしれませんよ。だいたい、この家へやってきた目的からしてよくわからないのだから気味が悪いじゃありませんか。そりゃあたしかに、木乃家の長男に収まれば、ゆくゆくは苦もなく莫大な財産を受け継ぐことにはなりますがね……。ともあれ、今回は、家族に何ごともなくて幸いだったという

べきでしょうか」

仔細げに語る〝第一の包帯男〟の声調子は、もはや完全に勝利者のそれであった。私は自分の馬鹿さ加減まで非難されている気がして無性に腹が立ったが、まずは吊橋の状態を確認することが先決だったから、行きがかり上、気のない声で〝第一の包帯男〟を誘ってみた。すると、男は言葉少なにそれを拒んだなり、何のつもりか、足もとに散らばった紅い花を丹念にサンダルの底で擦り潰しはじめるのだった。その様子には、どことなく狂的な感じがあった。こちらの存在を忘れたかのように、彼はもう何もいわなかった。

思わぬ時間を喰った。そこから私は大急ぎで山道を下った。上り、下り、上り、下り。その坂を通るのは早くも四度目だった。ほとんど陽の射さぬ土の道には、ところどころ、木洩れ陽が白い水泡のごとく浮きあがっていた。群木の奥のそちこちで啼き交す、名も知らぬ鳥のわめき散らすような声を聞きながら、ほどなく私は吊橋のたもとまでたどり着いた。

そこで見たものは、半信半疑の気持を打ち砕く恐ろしい現実であった。いや——、実際には、眼よりも先に嗅覚がすべてを悟っていたといえるだろう。明け方四時ごろの出来事というのであれば、もう五時間以上経過していたはずだが、鼻を衝く火薬の匂いは、周辺の空気に、土に、樹肌に、いまだしっかりと染みついていたのだ。

もはや、事態は冗談では済まされなかった。

橋はほぼ中央で切断されたらしく、生命力豊かな植物の蔓延る向う側の切岸に、縄梯子めいた半分が犬の舌のように垂れさがっているのがはっきりと確認できた。丸木の橋桁は無惨に引き裂かれ、かなりの数の床板がはるか谷底へ舞い落ちてしまったようだ。いったい全体、どんな手段を使えばこれほどの破壊が可能なのだろう。爆薬。むろんその点に疑いはなかろう。しかし、誰が何のために——？

峡谷の向うに濃緑の杉林が見えた。その手前には、切岸の縁に沿って細道が続いているはずだが、いくら見渡しても、そこに人影の現れる気配はなかった。

〝陸の孤島〟という大仰な表現が脳裏に兆し、私は呻いた。

それでも、この時点ではまだいくらか気持に余裕があったとも思う。

*

暗澹たる気分を抱えて木乃邸に戻ると、出がけに〝第一の包帯男〟がしゃがんでいた辺りの陽だまりに、今度は美津留が佇んでいた。ひょっとすると私の帰りを待っていたのかもしれない。互いに歩み寄って、われわれは尖った表情を見交した。私はたったいま目の当りにしてきた惨状を口早に報告した。

「これは一刻も早く助けを呼んだほうがいいね。消防か、警察か……さて、どこに電話すればいいんだろうか」

私がいうと、美津留は、あの屋根裏部屋ではついぞ見せなかった厳しい眼つきでこちらを直視した。

「それが、大川戸さん、じつは屋敷のなかでも困った事態が持ちあがりました」

これ以上困った事態などあろうかと思いつつ、何のことかと訊ねた。

「ええ、電話線が切断されているんです」

「何だって？　じゃあ、電話が通じないのかい？」

いわずもがなの問いを発する私に暗いまなざしを注いで、

「さっき、父が或るところへ電話をかけようとして、初めて気がついたんです。受話器を上げても音がしない。宅内の配線は問題なさそうだったので、最初は電話機の故障を疑ったんですが、よくよく調べてみると、表の保安器のところでケーブルが切断されているんですよ。見てもらえばわかりますが、絶対に自然に切れたものじゃありません」

「では、当面どこにも連絡が取れないと？」

〝陸の孤島〟という言葉を、今度こそ大仰とも思わず噛みしめて、私はいった。

「誰か、橋が落ちているのを見つけてくれればいいんですが、あの峡谷ぞいを通る人なんてほとんどいませんから、運が悪ければしばらく時間がかかるかもしれませんね」

何日ぐらい、と詮無いことをいいかけて呑みこみ、代りに私は、

「寺井くんとは会ったかい」

と訊ねた。

深夜の屋根裏部屋での対話から起きつづけなのだろうか、美津留は疲労の浮いた艶のない顔でほんの少し笑った。

「彼、ものすごい鼾で寝てましたよ。当分起きないんじゃないかな」

「ゆうべ、納戸部屋を覗いていたのは……」

「そう、こうなってみると、どうやらあれは寺井だったんですねえ」

やけに感慨深い調子で美津留が唸るところへ、私は、いま一人の人物が裏庭にいた可能性を指摘してみせた。

「別の人間が……？」

陽ざしが翳るようにふたたび表情を硬くして、美津留はこちらを見下ろした。

「まあ、あくまで寺井くんの言葉を信じればね。単に彼の見間違いかもしれないし」

「そうですか。しかし、それはそれとして、寺井の奴はいったい何の用で来たんでしょう。大川戸さん、何か聞いてますか？」

どこから話してよいものか私は迷った。迷った末に、やはりこれは美津留と寺井青年のあいだで直接交されるべき内容だろうと考えた。そう伝えると美津留は、無言でうなずきながらも、なぜかしら心配そうに眉を曇らせるのだった。

とまれ、帰路を断たれたことで、皮肉にも私が木乃邸で過す時間は自動的に延長されたようだ。いずれ私も、より多くを知ることになろう。思えば、短時間のうちにあまりにいろいろなことが起りすぎた。それらひとつひとつをどう位置づけ、どう結びつけたらよいのか、このときの私には何もかもが霧の向うだったが、いかに鈍感な私でも、次第次第に濃くなりまさる悪い予感だけは意識せずにいられなかった。

このあと、美津留と連れだって部屋に戻ると、そこに寺井睦夫の姿はなかった。すでにお膳も布団も片づけられ、ただ私の旅行鞄だけがぽつんと畳の上に置かれていた。なぜだか私はぞっとした。離れでひと眠りするという美津留が立ち去って、また私は一人になった。

惨劇起る

〝第二の包帯男〟に続いて、寺井睦夫までが行方をくらました現実に、私の心はいよいよ翳った。それと同時に、万が一にも〝第二の包帯男〟の失踪が自身の企てによるものでなかったと仮定した場合、昨夜未明、彼の身にいったい何が起ったのだろうという疑問が、このとき初めて頭をよぎった。

古いホラー映画ではないが、見ようによっては、まるで彼らはこの屋敷に食われてしまったふうにも思われ、それにしては、私一人いまだ平気な顔で居坐っていられるのはどうしたわけだろう。

木乃家と何ら因縁を持たぬ唯一の局外者であること。それが理由なのだろうか？局外者——そうはいっても、いや、それだからこそ、消えた二人の足跡を探して好き勝手に邸内をうろつきまわるわけにもいかず、気がつくと私は、あてがわれた寂しい部屋で眠りこけていた。睡眠が足りていないうえに、疲労のせいか、いまひとつ体調も冴えなかった。

眼が醒めると昼すぎであった。私は改めて居間に光明氏を訪ねたが、状況は何も変っていなかった。朝方と違って、光明氏は明らかに苛立っており、とうに結論が出ているという二人の秋人の件についても一切語らぬまま、ただ、もう少し様子を見ましょうというばかりだった。

私はすごすごと部屋に戻り、遅い昼飯を食い、変に持て余した時間を潰すため、これまでの出来事を記録してみてはどうかなどとぼんやり考えはじめた。しかし、それは非常に億劫なことでもあり、どこから取りかかってよいやらすぐには算段もつきかねた。そうこうするうちに無為な時間は流れ、季節柄とはいえ早くも陽が傾きだして、いっそう気分は塞いだ。

悪い予感が現実のものとなったのは、それからいくばくも経たぬころであった。時を追い、知らぬ間に濁流と化していた混沌の渦のなかで、ついに事件は起ったのだ。そして、忽然と姿を消した二人がふたたびわれわれの前に現れたのも、まさにその惨劇の場面においてであった……

午後四時半を回っていた。湯山老人がやってきて、ぼそりとした調子で光明氏が裏庭で待っていると告げた。わざわざそんなところに呼びだされる理由は判然としなかったが、さては事態に動きでもあったかと、急いで私は玄関を出ると、池の端(はた)を通って反時計回りに屋敷の裏へ向った。

木乃邸は、赤みがかった石塀に全体を囲まれていたが、敷地の右奥に当る位置には裏口があり、レールの付いたその横開き式の鉄扉の前に、何となく疲弊した様子の光明氏が佇んでいた。

「急にお呼びたてしてすみませんね」

あくまで客人扱いということなのか、私に対しては非常に丁寧な言葉遣いで接してくれる氏が、声穏やかにいった。

この裏庭は、想像していたとおり、前の晩に納戸部屋の窓から見えた場所であった。光明氏のそばに立って見渡すと、最も奥まった辺りに、美津留のいうところの〝サボテンの温室〟が、西陽を浴びて、それ自体、発光体のごとくきらめいており、その手前、収穫期を終えたらしい黒土の畑は、畝と畝間に鮮やかな光と影のコントラストを描きだしていた。だだっ広い庭の片隅で、光明氏は、前日来じつに初めてといってい い温顔でこちらを見た。

「朝晩、ここから手を合せるのが日課になっていましてね。昔は毎日のように上り下りしていたのですが、膝を悪くしてからはすっかり横着してしまって」

光明氏の言葉の意味はすぐに理解できた。それというのも、〝裏庭を抜けたこの上に仏舎利塔がある〟ことを、前夜、私は美津留より聞き及んでいたからだ。仰ぎ見る光明氏の視線を追うと、裏門の向うには、たしかに灌木の繁みに蔽われて見えない坂道が、さらなる高みへと延びているらしい。そしてその坂の上、ところどころに赤や黄をまぶした暗緑の樹林に囲まれて聳え立っているのが、象徴的な相輪をてっぺんに頂いた白堊の仏舎利塔なのだった。

このあと、私自身も足を運ぶこととなる木乃家の仏舎利塔は、形としては円形三重の石塔であった。一段目と二段目はそれぞれ幅一メートルほどの回廊を有しており、二段目の中央に、椀（わん）を伏せたようなドーム状の塔身がある。そして、塔身の正面部を刳（く）り抜いた龕（がん）には、巨大な仏陀の黄金像が泰然と鎮座しているのである。

前日同様の黄昏が、塔の背後の空を金色に染めていた。滑らかな側面を光の絵具で縁取った円塔は、全体的にはやや黝（くろず）んで見えたものの、それでもこちら向きに安置された仏陀の坐像は、あたかも西陽を後光に見立てたごとく、鈍い耀きを纏って遠くわれわれを見下ろしていた。

「ゆうべ、美津留と話されたそうですね」

静寂のなかで、光明氏はぽつりと訊ねた。

「ええ、調子に乗ってあれこれ嘴（くちばし）を突込んでしまいました。きっと美津留くんも不快に思ったことでしょう」

私は少しく恥じて頭を下げたが、光明氏は鷹揚にかぶりを振って、ゆっくりといった。

「いや、それはお互いさまというべきでしょう。というのも、正直なところ、大川戸さん、私たちはあなたの訪問をどう受け取ってよいのかずいぶん戸惑っていたのですよ。要するに、あなたが何者なのか怪しんでいたのです。

ご承知のとおり、ここは道に迷って入りこむような土地じゃない。ふだんは訪れる者など皆無といっていい場所です。それがこの数日、まるで申しあわせたかのように訪問者が続いた。われわれが警戒心を抱いた気持も、或る程度は理解していただけると思いますが」

それはよくわかります、と私は答えた。光明氏は小さくうなずいて、

「まことに申し訳ないが、ゆうべ美津留は、あなたという人物を見極める心づもりで屋根裏部屋へお招きしたらしいのです。けしからん話ですが、ひとつご容赦願いたいと思います。しかし、大川戸さん、結果、美津留はあなたを信用するに足る方だと判断したようです。それで、というわけでもないが、あなたにはざっくばらんにお話ししたほうがいいと私も考えたのですよ。もっとも、何から話したらよいものか、じつはいまもまだ迷っているのですが」

私は半ば恐縮し、半ば興味津々で、夕陽に照らされた光明氏の顔を見つめた。

「あの青年、寺井くんがどこへいったか知りませんが、現状では帰る手立てがないのですから、おおかた、陽が暮れる前にはここに戻ってくるのではないかと思います。その前に大川戸さん、私はあなたと話しておきたかった。あなたが知っていること、反対に、あなたはあなたで妙な家に迷いこんだという不安もおありでしょうから、お伝えできることはすべてお教えしておこうと」

「しかし、私から質問することはあっても、お伝えできる事柄などありそうにないのですが」

「そうでしょうか」

光明氏は茶色い色眼鏡の奥からじっとこちらを見据えて、

「あなたは急に姿を消したあの二人といろいろ話されたのではないですか？　彼らがどういうつもりでここへ来たのか、お聞きにはなりませんでしたか」

それは肯定も否定もしかねる問いであった。私の脳裏には、木乃秋人を名乗る〝第二の包帯男〟が間違いなくこの家で何かを探ろうとしていたこと、寺井睦夫が〝ミカ〟という少女を救いだすつもりだったことが、ほぼ同時に思い泛んだ。そのへんの事情をいかに伝えるべきか、私は迷い、いったん口を開きかけてまた噤(つぐ)んだ。そうした態度をみずからに対する不信感とでも受け取ったのか、光明氏はどことなくいいわけめいた口ぶりでしゃべりだした。

「今朝、家内をご覧になってあなたも気づかれたでしょうが、あれの神経は病魔に冒されておりましてね……、率直にいって、先行きに関しても悲観的にならざるをえない状態なのですよ。せめて、要らぬ雑音で病状を悪化させることだけは避けたいと思いまして、それでわざわざこんな場所まで来ていただいたのですが」

このとき、私の頭には、例の生ける死者の話が卒然と想起された。ただし、何の前置きもなしにそんな不躾(ぶしつけ)な質問などできようはずもない、そこで私は、

「寺井くんは高校時代、学校を訪れた奥様をお見かけしたことがあったそうですよ」

遠まわしにそんなことを口にしたのだったが、対する光明氏の反応は予想外のものであった。

「ああ、なるほど、それで……」

と、何やら腑に落ちた風情で呟いた彼は、続けざま、

「家内について、あの青年はほかに何か妙なことをいっておりませんでしたか？」

淡々とした調子でそう訊ねるのだった。

「ええ、じつは非常に失礼な話なのですが、彼は、その……」

いい淀む私に、光明氏はさらに淡々と問うた。

「ひょっとして、あなたがおっしゃりたいのはこういうことではないですか。つまり、美津留の母親はとうに死んだはずだと」

思いもしないことだったが、光明氏が言外の意味をすっかり汲み取っているのを知って、私は気が楽になった。軽く頭を下げて彼の推測を認めると、

「やはり、そうでしたか……。いや、今朝のあの青年の驚きようはちょっと異常でしたからね。しかし大川戸さん、それは誤解です。わが家の或る事情から生じた、いささか滑稽な誤解なのですよ」

「と、おっしゃいますと？」

「まず、美津留や佐衣の母親――雅代といいましたが、たしかにこれは、二年前の秋に他界しております」

「では……」

「ええ、今朝、あなた方とお会いしたのは、後妻の峯子なのです。むろん雅代と峯子のあいだに血の繋がりはありません。まったくの他人です。それでいて、二人はなかなか顔立ちが似ているのです。私としては、雅代の面影を求めて再婚したつもりもないですが、やはり寺井くんが誤解するほどに似かよっていたということですね……」

私は密かに嘆息した。幽霊の正体見たり何とやらで、種を明せば結局そんなことか

と拍子抜けする思いだったが、それでも胸中、片づけられぬ疑問は残った。では、〝第一の包帯男〟もまた、寺井青年と同様の勘違いをしたというのだろうか？　〝十年近い無沙汰〟というからには、彼が峯子夫人のことを実の母親と認識したのは間違いあるまい。二年前に母が他界したことを知らず、よく似た後添えを実母と見誤ったと——そんなことが果してありうるだろうか？　いやいや、いくら何でもありえない。

だが——、ああ、どこまでいってもこうした問題は、本物の秋人が確定しないことには焦点がぼやけてしまうのだ……

「光明さん、寺井くんは〝ミカ〟という少女を捜しにここへやってきたらしいのですよ」

「〝ミカ〟ですって？」

「ええ」

私は、寺井青年が美津留の妹佐衣から葉書を託された顛末を語った。黙ってそれを聞き終えた光明氏は、ひどく悲しげにかぶりを振り、暗い声で呟いた。

「それは……妄想です」

「妄想？」

「ああ、いや、睦夫くんの、という意味ではありません。佐衣の妄想だといいたかったのです。大川戸さん、あなたはまだ佐衣とはお会いになっていませんでしたでしょうか」

私は無言でうなずいた。

「美津留からお聞き及びかもしれませんが、佐衣には幼いころから少々普通でないところがありましてね……、要するに、あれはわれわれとは違う世界に住んでいるのです。おそらくその〝ミカ〟という少女も、佐衣が創りだした空想の産物でしょう。その葉書を書いたとき、あるいは当人は、山奥の恐ろしい屋敷に囚われている〝ミカ〟という少女になりきっていたのかもしれません」

邸内のどこかに少女が監禁されているという可能性に較べれば、光明氏の説明は何倍も納得のいく答えだと私は思った。そうすると、ゆうべ美津留が仄めかしたとおり、木乃家に暮す二人の女性は、ともに何らかの精神的疾患を抱えていることになり、彼女らが表面に現れてこないのも納得がいくが、この際、訊きにくいことはまとめて訊く気で私はいった。

「寺井百合さんのことは、もちろん憶えておいでかと思いますが」

「ええ、忘れられるはずもありません。あの青年がよもや百合さんの弟とは……、その上、郵便配達で前々からここへ通っていたというのですから、彼にとっては皮肉な運命です。百合さんと秋人のことは、もうご存じなのですね？」

「今朝、寺井くんから聞きました」

「そうですか。彼女にはじつに気の毒なことをしました。しかし、それはひとまず措いて、大川戸さん」

と、そこで光明氏は、相談ごとでも持ちかけるような調子でこういった。

「秋人を名乗る人物がここへやってきたのと時を同じうして、あの青年が現れたことを、あなたはどうお考えになりますか」

「それは……」

いいかけるところへさらに被せて、

「むろん、佐衣から渡されたという葉書の内容が、彼の若者らしい騎士道精神を喚起したと考えることもできましょう。しかし、本当にそう額面どおり受け取ってよいのでしょうか。それというのも、あまりに計ったようなこのタイミングは……」

「つまり、秋人さんの帰還を前提に、彼はやってきたということですか？」

「そうした疑いを、私も美津留も棄てきれずにいるのです」

寺井青年の告白をじかに聞いている私は、複雑な心境で考え考え反駁した。

「ですが、いま秋人さんと会って、寺井くんはどうしようというのでしょうか。たしかに彼は今朝、秋人さんに対する生涯消すことのできぬ憎しみを否定しませんでした。けれど一方で、彼は、それをもう過ぎたことだと……ただ心のうちに畳み、眠らせておくべき感情だと、そう自分のなかで折合いをつけている様子でした」

「そうですか。いや、それならそれでよいのです。何にしても、今晩もしも彼が戻ってきたら、まずは直接その点を確かめたいと思っているのですが」

「しかし、そのためには、あの素顔を隠した二人の人物のうち、どちらが秋人さんなのかという点もはっきりさせる必要があるのではないでしょうか」

「おお、むろんです。むろんそれも明らかにしなくてはならないでしょう」

「すでに答えは出ているのだと美津留くんはいっていましたが」

「そのとおりです。そう、ちょうどいい機会だ、大川戸さん、あなたにだけは先にお話ししておきますが——」

　と、ずっと待ちわびていた核心に、とうとう光明氏が触れようとした、まさにそのときであった。突如、邸内のどこからか、怒号に近い諍い(いさか)の声が響きわたり、われわれの耳朶(じだ)を撲(う)った。続いて、ガラスが砕け、激しく組みあうような硬い音がはっきりと聞え、思わず私は光明氏と顔を見合せた。

「いまのは……」

にわかに緊張した面持で光明氏がいった。

「あれは、美津留の声ではなかったですか。おそらく納戸部屋でしょう」

既述のとおり、納戸部屋には裏庭に面して古ぼけた窓がある。なるほど、あそこからならたしかに音もよく届くだろうと思われた。

私は美津留の身を案じて無意識のうちに走りだしていた。五時であった。

納戸部屋の窓は、母屋の出っ張りの陰、奥まった翳りのなかにあった。ほとんど陽の当らぬらしい、そこだけに繁茂した美しい苔を踏んで駈け寄ると、ガラスの向うにヌッと姿を現したのは意外にも〝第一の包帯男〟だったが、さらに意外なことに、災厄後の素顔ともいうべきあの白い仮面を彼は装着しておらず、無惨に抉(えぐ)り取られた〝顔のない顔〟がすっかり露わになっているではないか！

半分ほど窓を開いた〝第一の包帯男〟に、私は狼狽(うろた)えながらいったい何ごとかと訊ねた。

「おや、外まで聞えましたか。なに、たいしたことじゃありません、久しぶりの兄弟喧嘩ですよ。……あなたこそ、そんなところで何をしてるんです？」

荒い息遣いと隠しおおせぬ昂奮を、無理やり笑いに紛らすふうに彼は続けた。

「美津留と二人、ゆっくり話でもしようと思って屋根裏に上ったんですがね。奴ときたら何を血迷ったか、いきなり私のことを糾弾しはじめたんです。八年も家族に心配をかけておいて、どの面さげて帰ってきたんだなんて大人ぶったことをいいだしてね……。内心大いに負目のあるところへ真向から痛烈な非難を浴びたものだから、思わずこっちもカッとなって手を出した。あげくが、子供のころにだってやらかした憶えのない取組みあいですよ。頭脳はともかく、腕力じゃ到底あいつは私の敵じゃないが、おかげで大事なマスクを引っぺがされてしまいました」

そこで彼は、あののっぺらぼうの怪談の蕎麦屋のごとく、白手袋の掌でつるりと顔をひと撫でした。表情のない顔の歪んだ口もとからは、すきま風のような笑いがひゅうひゅうと洩れた。私は眼の遣り場に困って、屋根裏部屋へ続く階段を覗きこんだ。するると、

「秋人兄さんなんて帰ってこないほうが良かったんだ!」

いきなり聞えてきたのは美津留の涙声のような叫びであったが、紛うかたなく発された〝秋人兄さん〟の一語に驚く間もなく、

「おお、誰か! 誰か! 大川戸さん!」

間髪をいれず今度は光明氏の叫びが響いて、私も〝第一の包帯男〟も弾かれたよう

に身じろいだ。

「お父さんの声ですね……？」

瞬時に巨大な不安に取りこまれた様子の〝第一の包帯男〟を残し、あわてて踵(きびす)を返すと、裏門の前では、後ろ姿の光明氏が棒立ちに立ち尽し、山上の仏舎利塔を仰ぎ見ている。彼は私の足音に気づいて振り返るなり、

「大川戸さん、あれを、あれを——」

およそこの人らしからぬうわずった声で、彼方の塔を指さすのだった。

——ああ、この先、晴れた夕空を眺めるたび、私は厭でもそれを思いだすことだろう。

白堊の塔上にはこのとき、黄金の仏像を遮(さえぎ)るようにして、組んず解(ほぐ)れつ揉みあう二つの人影があった。彼らは二段目の回廊に立っていた。一人は、フード付きのパーカを着こんだ大変な巨漢で、いうまでもなく、それは寺井睦夫と思われた。

もう一方の小柄な人物は——と、そこで私は愕然として息を呑んだ。完全なる逆光の遠目にも、その人物の頭部が白い包帯でくるまれているのは明らかであった。丈の短い、黒っぽいブルゾン姿——ではあれは、すでにこの付近から立ち去ったかと思われた〝第二の包帯男〟なのだろうか？

それにしても、なぜ消えた二人があんなところにいるのだろう。何があった。何が起ろうとしている。激しく争う彼らの声も息遣いも当然聞えはしなかったが、なす術もなく見守る私たちの視線の先で、ごく短時間のうちに勝敗は決した。パーカの大男が棒のごときもので激しく頭部を撲りつけると、包帯の男は骨を抜かれたようにあっけなく頽れ、その躰を軽々と担いだ大男は、いっとき周囲を見回したのち、そそくさと回廊を回ってわれわれの視界から姿を消してしまった。

足裏に根が生えたように身動きできない光明氏と私のもとへ、取るものもとりあえずといった様子で表から駈けつけたのは、仮面をかぶり直した〝第一の包帯男〟であった。

「大丈夫ですか！　何があったんです」

胸の鼓動が早鐘を打つ一方で、頭も舌もすっかり麻痺していたが、私はたったいま起った信じられぬ光景について、どうにかこうにか伝えることができた。

「何ですって？　本当ですか、お父さん」

「ああ……、誤解だ。いけない。勘違いをしているのだ……」

うわごとのように呟く光明氏の肩へ労（いたわ）るように手を添えながら、〝第一の包帯男〟は毅然としていった。

「大川戸さん、一緒に塔まで行ってみましょう。暗くなってからじゃ大変だ」

「ええ……そ、そうですね」

無理やり気を奮い立たせて私もうなずいた。

「われわれ二人で行きますか？　美津留くんは？」

「あいつはしばらくそっとしといたほうがいいでしょう。どうぞお父さんも中で待っていてください」

「いや……私も行こう」

半ば虚脱状態に見えた光明氏であったが、絶望的な顔色のまま深い息を吐くと、銀髪を緩く振っていった。

「ただ、とても君らと同じ速さでは歩けまい、美津留と一緒にあとから追いかけよう。よもやとは思うが、二人とも十分気をつけて……」

徐々に夕霞が立ちこめはじめた。

＊

坂は、峡谷から木乃邸へ至る道よりもだいぶ勾配がきつかった。〝第一の包帯男〟

が先になって、われわれは湿っぽい暗がりのなか、小枝や落葉を踏みしめながら無言でひたすら脚を動かしつづけた。すぐ前方を行く〝第一の包帯男〟の、仮面とシャツと手袋の白がゆらゆら揺れて、それは浮遊する物の怪(け)じみて視覚を惑わせ、距離感を狂わせた。

道すがら、大変なことになったという思いばかりが胸に差し、激しい焦燥に心は千箇(ちぢ)に乱れた。いつかこれとよく似た気分を味わったことがあった気がするが、どうしても思いだすことができなかった。たぶん幼いころの記憶だろう。

頂上までは十分以上かかった。天然のトンネルを抜けでると、空は雀色に変っていた。急に風が強まって、樹々のざわめきがひときわ激しさを増した。

改めて至近距離から見上げる仏舎利塔に私は圧倒された。その大きさゆえではない、いかにも人工的で、場違いで、異質な印象に気圧されたのだ。ひとことで評すなら、まさしくそれは奇観であった。

いちばん下の段は三メートル近い高さがあり、二段目はもう少し低かった。黄金の仏陀像に向って一直線に階段が延びており、まずは私たちもそれを上った。間近に対峙すると、仏像はさらに巨大であった。人形(ひとかた)を模した像の多くがそうであるように、相似(あいに)た異形(いぎょう)のものから受ける一種異様な感じ、加えて、神々しさともまた違う畏怖に、私は身のすくむ思いがした。振り返ると、眼下に木乃邸の赤い屋根が靄って見えた。

二手に分かれて回廊をひと巡りしてみたが、すでに塔上に人影はなかった。正面とは別に、裏手にも狭い階段があるのを見つけ、私は〝第一の包帯男〟に声をかけた。

「たぶんこちらから下りたはずです」

正面階段を下る姿を目撃していないのだから、それは当然の推測であった。われわれは慟い靴音を響かせて裏階段を駈けおりた。

塔の周囲は一面鬱蒼たる草木(そうもく)であった。それは夜を産みだす漆黒の焔(ほのお)のように見えた。ただでさえ、二人きりでの捜索は無謀だったが、釣瓶落しの喩えそのままに、急速に闇は深まりつつあった。

「ああ、陽が落ちる……」

痛切な声で〝第一の包帯男〟が嘆いた。

幸い、そこへ光明氏と美津留が懐中電灯を持って現れた。直前に派手な諍いを繰り広げたという美津留と〝第一の包帯男〟だったが、そんなことを気にしている場合ではなかった。それどころか、むしろこのとき、われわれ四人のあいだには奇妙な連帯感さえ芽生えていたのだ。

二本の懐中電灯の一方を借りて、私と〝第一の包帯男〟は、塔の裏手の南側を中心に、密生した藪のおもてに人の分け入った痕跡を探した。〝第一の包帯男〟は仮面の下で忙しなく呼吸をしながらいった。

「方角的にはこの奥が峡谷に当ってるんです。外れに待ち受けているのは恐ろしく截りたった崖ですからね、知らずに踏み進めば、太古の地割れに真逆さまですよ。さすがにそんなヘマはしないでしょうが」

「どこか、林のなかに知られざる逃道はないのでしょうか」

「私の記憶するかぎりでは、そんなものはありませんね。ですから、おそらくまだ睦夫くんは近くに潜み隠れているに違いないんですが、しかし……ああ、畜生、こんなに暗くなっちまったんじゃ……」

ふたたび〝第一の包帯男〟が嗄れた嘆声を発したときだった。

「こっちです——！」

幽冥を一閃して美津留の声が響き、私たちは野生動物めいて反射的に動きを止め、それから、大きく振りまわされる懐中電灯の光を目指して競うように走りだした。

そこは塔の裏手の北側であった。黒い林のなかに躰半分踏みこんだ恰好で、光明氏と美津留がこちらに向けて盛んに合図を送っていた。二人してほぼ同時に駈けつけると、彼らの足もとには、仰向けに倒れ伏して動かぬ人影が認められた。それは、顔面を包帯で蔽ったブルゾンにジーンズの男であった。

「死んでいますか？」

喘ぐように肩で息をしながら〝第一の包帯男〟が訊ねると、光明氏は、

「おそらく……」

ひとことだけそう答えた。

「顔を……この人の素顔を確認していいですか」

震える声でいったのは長身の美津留であったが、その瞬間、張りつめていた私の精神は音をたてて均衡を崩し、腹の底には鉛の塊にも似たものがずっしりと沈みこんだ。圧迫されるような恐怖と、過去に味わった記憶のないほどの倦怠感が、隈なく全身を支配し尽した。

すぐ眼の前では、片膝を突いた美津留が早くも包帯を解きだしていた。その両脇で、光明氏と〝第一の包帯男〟が、勝手知ったる儀式のように、並んで懐中電灯を差し向けている。包帯はとてつもなく長かった。二重に重ねられた光輪のなか、徐々に剥かれてゆくその顔を、皆が喰い入るように見下ろしていた。

やがて、死者の首もとを滑り逃げる白蛇のごとく、最後のひと巻きが音もなくはずされたとき、人々のあいだを声なき声の揺動が、これまた不可視の蛇のように貫き走

った。

「これは……」

呻くように洩らしたのは〝第一の包帯男〟であった。案の定というべきか、死体の顔には取りたてて負傷の痕跡は認められなかった。三十歳前後と思われる痩せぎすの男――私以外の三人が、その人物の正体を知っているのは確実だった。

四人の生者と一人の死者のあいだに、不気味な沈黙が垂れこめた。それは、初めて木乃家の玄関扉を開いたときの情景を私に思い起させた。夜風に弄られながら立ち尽す、その不快な時間の滞りに耐えかねて、大声で叫びだしたい衝動をかろうじて抑えつつ私は訊いた。

「誰なんです、この人は……」

返答はすぐにはなかった、が、しばらくして、その身を引き絞るような声で応じたのは〝第一の包帯男〟であった。

「初めから、わかっていました。年を経ても面影は変ってない……この男は、圭介です。従弟の圭介です！」

「圭介さん……では、やはり本物の秋人さんは……」

闇に浮いた白い仮面を見据えて呟いた私に、横から光明氏が神託めいた語調で告げた。

「そうなのです、大川戸さん。正真正銘、ここにいるのが息子の秋人なのですよ——」

幻想庭園

木乃圭介の遺体は、庭木の雪囲いに使う筵(むしろ)にくるまれ、従兄弟たちの手で裏庭のサボテン園に運びこまれた。滑りやすい坂の途中では私も協力した。けっして親しい間柄でなく、かといって道端ですれ違っただけの他人でもない、短時間ながら二人きりで会話も交したその男が、知りあった翌日に骸(むくろ)となっている事実に、私は悲しみとも恐怖とも違う、言葉にいい表せぬ運命の不思議を感じた。

温室と聞いていたので遺体を安置するにはどうかと思ったが、サボテン園の内部は冷えきっていた。暗がりの棚には海胆(うに)によく似た巨大なサボテンが無数に並び、長いことほったらかしだというそれらは、生きているのか枯れているのかよくわからなかった。遺体は中央の通路に横たえられた。

結局この晩、寺井睦夫の行方、安否を確認することは叶わず、捜索は翌朝に持ち越された。人々が戻った木乃邸を、前日とは異なる手触りの闇と静寂が領した。

それぞれ手洗いなど済ませたのち、われわれは食堂に会した。光明氏は、厨房にいた湯山老人を別室に下がらせ、美津留に命じて珈琲を沸かした。四人してテーブルに向いあったとき、もはや部外者ではないことを私は強く意識した。

善後策の検討という意味合いのことを初めに光明氏はいった。そのために設けられた席でもあった。だが、あの異様な惨劇の余韻醒めやらぬ状態では、さすがに皆、すぐには言葉も出なかった。特に、仮面の男――木乃秋人の内面の懊悩は深刻に見えた。裏庭から塔の惨劇を目撃した際、光明氏が発した言葉。〝ああ……、誤解だ。いけない。勘違いをしているのだ……〟――いまやその意味するところは明らかで、むろん確言はできぬけれど、〝第二の包帯男〟こと木乃圭介は、秋人の身代りとなって寺井睦夫に殺害された公算が高いのだ。

テーブルに肘をついて頭を抱えた秋人の様子からは、それまでに見受けられた皮肉な言動、露悪的な態度がすっかりこそげ落ちていた。ひと息に飲み干せるほどに珈琲が冷めたころ、ようやく彼はぽつりぽつりと語りだした。

「……美津留はともかく、父と私は、初めからあの男が圭介だと看破していたのです。そもそも、この家の間取や納戸部屋のことをあれだけ詳しく知っているのは、圭介以外にありえませんからね。

それと、これは非常に感覚的な部分なんですが、私が揺ぎない確信を抱いたのは、あいつが幼いころの思い出を語ったときだったんです。家族同士が、いがみあい、憎しみあうなかで、秋人と圭介だけはとても仲が良かったって……当人は、あくまでそれを〝木乃秋人〟として話しているつもりだったんでしょうが、あのとき、彼の言葉に宿っていた感情が紛れもなく圭介のそれであったことを、私は、私だけは、はっきりと感じ取ることができた。

あの郷愁を帯びた圭介の声……おかしな話ですが、私は胸が詰るような気持で、思わず声をあげて泣きだしたくなるぐらいでしたよ。それでいて、一方では、あいつに対する怒りではらわたが煮えくり返っていたのも事実なんですが……」

「でも、そこまでわかっていたんなら、その場で圭介さんだって指摘してもよかったんじゃないかな」

伏眼がちに珈琲カップを見つめたまま、美津留が暗い調子でいった。

「うん、いっそのこと、そうする手もあったろうさ。ただ、あの時点で、そこまであからさまに圭介に屈辱を味わわせる気には、どうしても俺はなれなかったんだ。それでせいぜい皮肉な態度を取って、納戸部屋の麻利耶観音探しでカマをかけてみたんだが、あれは曖昧にはぐらかされてしまったね」

ふたたび沈黙が生じたところで、小さく空咳をして私は訊いた。

「それにしても、彼はなぜあなたの名前を騙って現れたのでしょうか」

「そう、いまとなっては、本当のところはよくわかりません。何となく、想像はつきますがね。ただ、ひとついえるのは、過去の因縁ゆえに、圭介として大手を振ってここへ戻ってくるのは難しかっただろうということですよ。下手をしたら門前払いだってされかねない……

たぶんあいつは、私が顔に大怪我をしてこんな仮面をかぶっていることを前もって調べていたんでしょう。だからこそ、包帯を巻いてここを訪れるなんて突飛な計画を考えついたんだろうと思いますよ。

あいつにとって予想外だったのは、じつにわずか二日違いで、この私が先に帰ってきていたことでしょうね。精一杯虚勢を張ってはいましたが、内心愕然としたと思いますよ。さすがにこうなってはもう勝目はないですからね、それで、夜が明ける前に逃げだした。そこまでは、まあ良しとしましょう。問題はそのあとです。何がどうしてあんな災厄を招いてしまったのか……圭介が睦夫くんに殺されるいわれなどありはしないのに……」

彼は額を押さえて何度も何度もかぶりを振った。怺（こら）えがたい無念がひしひしと伝わ

ってきて、私の心を重くした。それはほかの二人も一緒だったのだろう、

「大川戸さん、これからどうしたらいいと思いますか」

雰囲気を変えるように、美津留が取ってつけた問いを投げてよこした。

「これから……」

「ええ。秋人兄さんに行動力がないのは昔からですが、父もどっしり構えているように見えて、これであんまり思いきりのいい人じゃないんですよ。何かにつけて内に籠る方向に向うのがわが家の常ですからね、ここは外の人の意見を伺えればと」

父と兄を前に、美津留は少々手厳しいことをいったが、今後の方策に関しては、しかし私だってありきたりなことしかいえはしなかった。

「こんな事件が起きてしまってはなおさらだけど、何しろまずは外部と連絡を取ることだろうね。仏舎利塔で狼煙(のろし)でも上げたら気づいてもらえるかしら」

「狼煙って……そんな」

美津留が絶句すると同時に、呆れたような空気が場に漂ったので、顔が熱くなった。想像するとたしかに滑稽な光景ではあるが、私は半ば本気でそれを考えていたのに。

「それでなければ、山越えかな。この家に地図はない？」

「地図ですか、古いのだったらありますよ」

「何なら明日、僕が山を越えてどこか麓の町へ出てもいいんだが。ひとつ心配なのは、冬眠前の熊に出くわさないかってことだけど」

「大川戸さん、このへんに熊なんかいやしませんよ」

憐れむように秋人がいった。ますます赤面して隣の美津留を見やると、彼は笑いを噛み殺すように下を向いて、

「ごめんなさい、ゆうべ熊が出るっていったのは冗談なんです。だから、その点は心配いらないんですが……」

申し訳なさげにそういって、事態が事態だけにすぐ真顔に戻ると、

「でも、仮に山越えを決行するにしても、一日二日は待ったほうが得策じゃないでしょうか。橋が落ちたとはいえ、僕らは何も雪山で遭難したわけじゃない。あの細道を誰かが通りかかってさえくれたら、いくらでも連絡は取れるんですから。明日になったらできるだけ峡谷べりで人が通るのを待ちませんか。誰か来たら、大声で呼びかけるんです」

「しかし、通りかかる人がいるなら、自発的に助けを呼んではくれないだろうか」

「どうですかね、そうだといいんですけど。……ああ、こういうときに日ごろの世間様との付きあい方が響いてくるんですね」

冗談とも本気ともつかぬ調子で美津留は嘆息してみせた。自分自身も含めてということだろうが、彼がことのほか家族批判めいた発言をするのが私には印象的だった。ああした出来事の直後で、彼もいくらか気が荒んでいたのかもしれない。もっとも刺々しさは感じられなかったので気まずい思いもせずに済んだが、

「僕、一度部屋に戻ります」

急にそこで美津留は父と兄に声をかけて立ちあがると、

「大川戸さん、一服しませんか」

軽く私の背に触れて誘った。珈琲も良かったが、無性に煙草が欲しくなっていたところなので、光明氏と秋人に目礼をして、私は美津留とともに食堂を出た。

＊

「どちらが本物の兄かってことだけは、僕も最初からわかっていました」

薄暗い廊下を歩きながら美津留はいった。

「大川戸さんなんかは、兄のことをずいぶん厭味っぽい、意地の悪い人だと感じていたでしょう？　でも、あなたが来られる前……二人目の包帯の男が現れるまでは、兄

はまったく昔どおりの秋人兄さんだったんですよ。それが、あの二人目の包帯男が現れた途端、いきなり豹変してしまった。なぜか？　包帯男の正体が圭介さんだとわかってみれば、全部納得がいくんですね」

「つまり、過去の因縁が尾を曳いていたと？」

「ええ、ことほど左様に、木乃家の二家族は遺恨骨髄に徹していたわけで」

渡り廊下への引戸を開いたところで、美津留は離れへ続く廊下の奥を透かし見るようにして呟いた。

「月が、出ているみたいですね……」

前にも記したように、この狭い渡り廊下には採光窓が付いているのだが、いわれてみれば、たしかにこのとき、そこから幽かな光が射しこんで、真暗な廊下の先の一部分だけを仄白く浮きあがらせているのだった。

吸い寄せられるように、われわれはどちらからともなく窓ぎわへ寄った。外に見えるのは、母屋と離れに囲まれたごく小さな内庭であった。その景観をガラス越しに見たとき、思わず私は眼を瞠り、身中の深いところから溜息を洩らした。

「きれいでしょう。青い満月の夜なんかはもっと凄まじいですよ。僕、ここから眺める庭を、勝手に〝幻想庭園〟なんて呼んでるんです」

〝幻想庭園〟――大袈裟な呼称ではあるが、美津留がそう名づけたくなる気持はわからないでもなかった。中央にやけに大きな樹が一本生えているほかは、屋敷の壁に沿って数種の植物が植わっているだけの変哲もない小庭だが、あたかもこの嵌め殺しの窓から覗かれるためだけに造られたような、そこはあまりにもささやかな秘密めいた空間で、視線の先、姫沙羅とおぼしき樹木の滑らかな樹肌も、大ぶりの八手や紫陽花の厚い葉も――、月の光を浴びて、まるで作り物のような、あるいは全体を夜光虫の蠢動に蔽われているかのような、一種夢幻的な光沢を放っている。これがもし皓々と照る青白い満月の光を浴びたなら――、たしかにそのときは私も、一輪の薔薇さえないそこを、迷わず〝幻想庭園〟と呼んだことだろう。

前夜見た、いつもの奇妙な二面性の夢。あの天国の情景に、ほとんどそれは近いように思われた。しばし私は、魅入られたふうに眼前の異空間を眺めやっていた。

と、そのとき、視界の奥の暗がりに、何やら白っぽいものがフワフワと現れて、私の意識を覚醒させた。ぎくりとして、私はガラスに顔を押しつけんばかりに眼を凝らした。

それは、一個の人影であった。パジャマらしき白い衣服に身を包んだ、髪の長い少女であった。内庭の遠く――彼方に見える前庭に、その少女は忽然と現れたのだった。

方向から推して、彼女は離れの玄関から出てきたように察せられた。よもやこんなところに観察者がいようとは思いもしないだろう、少女は月明りの下、広い庭先をどこへ向うでもなく、右に左に踊るようにふらふらとさまよいだした。その足取りは、話に聞く夢中遊行者めいて、雲を踏みしめるがごとく現実味を欠いていたが、ほどなく、黒く沈んで見える石塀ぞいの花壇の前でふいに立ち止った彼女は、まるで地面に吸いこまれるようにスッと腰を落すと、華奢な背中をこちらに向けて、何やら一心に土いじりらしき行為をしはじめた。

謎めいた少女の行動に、私は戸惑うほかなかった。が、彼女の右手の先に光るものを眼にしたとき、まるで電流に撃たれるごとく、一瞬にしてすべては諒解せられたのだ。

それは、朧な月光を撥ね返す、銀色の鋭い鋏であった。白い少女は、まるで居並んだ小人の首でも刎(は)ねるように、次から次へと花壇の花々を剪(き)り落しているのだった……。

全身の汗腺から冷たい汗が噴き出た。見てはならぬものを見た気がして、私は高い位置にある美津留の横顔を恐る恐る窺った。深い憂慮に蔽われた青年の表情は、何ごとか耐え忍ぶようにこわばり、青ざめていた。

「佐衣……」

絞りだすふうに、彼は苦しげにその名を口にした。それから、私の視線を躱すように窓辺から離れると、こちらもまた夢中遊行者めいた足運びで、音もなく納戸部屋へ向ったのだった。

＊

その後、屋根裏には半時間もいなかったと思う。私たちはただ、とんだことが起きたものだという短い慨嘆の言葉と溜息を、投げだすように交互に口にするばかりであった。おまけに部屋には灰皿がなくなっていた。あの夕刻の兄弟喧嘩の際に割れてしまったのだ。二人とも、煙草に火をつけてから気がついて大いに弱った。

さて、早々に母屋の二階に戻った私は、元来体力がないせいもあって疲労困憊だったが、それでも何かに憑かれたようにノートパソコンを開くと、いまだ死体の重みの生々しく残る手で、いよいよこの記録を打ちこみはじめた……

ここまで書き残すにはかなりの日数を要し、そのあいだにも、事態は大きく揺れ動いた。不幸にして、サボテン園の亡骸は二体に増え（寺井睦夫の縊死体は、この翌日、山林の奥で見つかった）、幸いにして、事件から数日後、われわれは〝陸の孤島〟状態を脱することができた。

そして――、これを綴っている私は、すでに東京の自宅である。

あとはもう、改めて今回の悲劇的な出来事の真相を記してしまえば、誰に請われたわけでもないこの長い記録もおしまいだが、ひとつ、いまなお忘れがたく胸に刻みこまれているのは、別れぎわ、密かに握手を交した木乃美津留が囁いた言葉だ。

「大川戸さん、東京へ帰ったら、こんな変てこな家のことはどうぞ忘れてください。所詮、ここはあなたの暮す場所とは別世界なんですから……」

このとき美津留は白蠟めいた頬に寂しげな微笑を泛べていた。私の眼には、それが泣き笑いのように映った。

別世界。たしかにそれは事実だと思う。私はひょんなことから迷いこんだ異郷で、いいように翻弄され尽した憐れな異邦人であった。こうして現世へ舞い戻ってくるところなどはいささかお伽噺めくが、まさにお伽噺そのままに、仮にふたたびあの遠い北の地を訪ねたところで、二度と山中の木乃邸にはたどり着けないのではないかと、確信に近い思いでいま私は回想している。

最初に直感したとおり、やはり木乃家は不吉のマヨヒガだったのではないか。何かの弾みで偶然此岸（しがん）へ通ずる扉の開いてしまった、この世のものならぬ館なのではないか。しかし、たとえそうであったとしても、見えざる世界のどこかに、たしかにそこは存在しているのに違いない。

これから先も、あの家でひっそりと生きつづけていくであろう人々のことを思うとき、無事に帰還したわが身に安堵する一方で、私の心はどこまでも暗く沈みこんでゆくのである……

第二章

1

昼下りの病室には明るい日脚が入りこんでいた。深々と背もたれに身を預けた進藤啓作は、前夜、自宅で印字してきた紙の束を両手で丸めながら口火を切った。

「この事件ならニュースで見たよ、ここまで入り組んだ話とは思いもしなかったが。それで君は何か……いまだ明かされざる真相を、この記録のなかから引きだそうというんだね？　素人が二人寄って、文字どおりの安楽椅子探偵（アームチェア・ディテクティブ）だが、では、どこから話そう？」

「ふん、それなら俺は文字どおりの寝台探偵（ベッド・ディテクティブ）というわけだな」

むくりと上体を起した病人がいった。幸い顔色は悪くなかった。

「君の語彙にそんなミステリ用語が含まれていようとは意外だ」

「なに、つい最近知ったのさ。吾朗からの受け売りだ、奴はマニアだからな。それはともかく、一読しての感想から聞こうか」

「感想か、詳細かつ奇妙な手記だ」

「奇妙。どのへんが。なかなかわかりやすいとは思わないか」

「うん、わかりやすいといえばわかりやすい。大川戸氏、思ったよりも達者な書きっぷりじゃないか。まさに昔取った杵柄かな。しかし、当然ながらすべてが氏のフィルタを通して描かれているからね、彼が事実を事実として正しく捉えていたのかどうか、ちょっと曖昧なところもあるようだよ。そうはいっても、結局この不幸な事件は解決したんだね」

「うむ、そこに……最後の章に書かれてあるとおりだ。寺井睦夫という青年が、とんだ人違いから木乃圭介を殺害、その後、自殺したのだ」

「おおまかな流れとしては――、

1　十一月二日の午後五時すぎ、大川戸氏と木乃光明氏が、屋敷の裏庭より仏舎利塔の上で争う二人の男を目撃する。一方は寺井睦夫、もう一方は包帯の男であった。

2　その後、〝第一の包帯男〟、大川戸氏、光明氏、美津留青年の四人が塔周辺に駈けつけ、林のなかから木乃圭介の遺体を見つける。彼は鈍器で頭部を殴打されていた。

3　翌三日午前、寺井睦夫の遺体が、同じく塔の裏の林で発見される。こちらはベルトを用いた首吊り自殺で、近くの枝には彼のカーキ色のパーカが掛けられていた。

4　四日、土地の人から吊橋落下の報が派出所に告げられたのを機に、その後数日を要して簡易橋がかけられ、そこで初めて殺人事件も明るみに出る。

5　捜査の結果、事件は、寺井睦夫が木乃秋人と取り違えて従弟の圭介を殺害後、当人は覚悟の自殺を遂げたという形で決着する。

6　寺井睦夫の自宅の部屋から、〝木乃秋人を殺して自分も……〟といった内容の書かれたノートが見つかった由。大川戸氏いわく、これが捜査陣の心証に大いなる影響を与えたものらしい。

7　十一月十二日、諸々から解放された大川戸氏が無事帰京する。

と、まあ、ざっとこんなところだね」

「うむ、大雑把だが、そんなものでいいだろう。ただしもう一点、重要なところが抜けている。吊橋を破壊した犯人と、爆薬の出所……、或る意味、警察は殺人事件以上にそこを問題視したそうじゃないか。無理もない、何せ手がかりとなるべき一切が谷底に消えてしまったんだからな」

「想像すると恐ろしい場所だな。回収もままならないほど深い谷なのだろうか」

「こっちは現場を見ていないから何ともいえないが、大変は大変なんだろう」

「だが、何にしても、吊橋の爆破と電話線の切断に関しては、殺人事件とは別口……寺井睦夫ではなく、木乃圭介の仕業ということになったんだね。圭介が十七年ぶりに木乃邸を訪れたのは、かつての怨恨を晴らすためだったという解釈だ。それゆえに、あらかじめ爆発物まで用意してきたと」

「そう踏まえてそいつを読むと、大川戸氏が最初に木乃家へ助けを求める場面……あそこで〝第二の包帯男〟の圭介が協力を買って出て、わざわざ旅行鞄を抱えて外へ出るだろう。どうも彼は鞄のなかに爆薬を隠し持っていたんじゃないかと思えるんだな」

「彼の仕業ならそのとおりだろう。出かけているあいだに爆弾を発見されでもしたらおじゃんだからね」

「それにしても」

と、パジャマの襟から覗いた胸もとを撫でながら病人がいった。

「圭介は本当に復讐のためにやってきたのだろうか。あわよくば彼は、秋人になりすまして財産を横領する魂胆だったとも考えられるんじゃないか」

「そいつはどうかな」

啓作は即座に異を唱えて、

「いや、仮に圭介が前もって秋人の客死を知ってでもいたなら、その線も十分ありえるだろうが、秋人がどこかで生存しているかぎり、あまりにそれは無謀な計画じゃないか。長年断絶しているとはいえ、いつ何時本人が姿を現さないとも限らない。帰ってこないまでも、家族と連絡を取る可能性はゼロとはいえまい。事実秋人は、圭介よりひと足先に生家の敷居を跨いでいたんだろう」

「うむ、たしかにな。では、やはり圭介の目的は最初から木乃光明一家鏖殺(おうさつ)か。そのために外部と連絡のつかない状況を作りあげたと」

「橋を壊したのが圭介ってことは、彼は逃げだしたわけではないということだね」

「そりゃそうだろう。大川戸氏に宛てた書置きの文面もあくまでフェイクさ。そもそも、逃げるなら吊橋を壊す意味がないし、橋を渡ってから腹いせのように爆破したのだとしても、死体が向うにあるのがおかしいじゃないか」

「そうだな。圭介はいったん夜中に屋敷を出て、電話線を切り、橋を壊す。それからじっくりと復讐に移るつもりだったわけだ。だからこそ彼は橋のこっちへ渡らず、付近をうろうろしていたと。ひょっとすると、事を成し終えたあとは自分も死ぬ気だったのかもしれないな」

「うむ、解釈としては、一応それで成立する。とはいえ、やはり妙なところはあるんだ。圭介が大川戸氏を木乃邸へ泊めるべくみずから引き留めた行為をどう捉える。彼にとって部外者は邪魔者でしかなかったはずじゃないか。

　まあしかし、圭介の思惑はさておいて、実際には、彼がその目的を果す前に思わぬ伏兵が……本来圭介にとっては敵でも何でもありゃしない青年が、とんだ勘違いから彼の命を奪うという皮肉な事態が起った。八年の昔に秋人の取った行動が、今度の事件の禍根だったとするなら、考えようによっちゃ、圭介は秋人に殺されたともいえるんじゃないだろうか」

「まさしく過去の因縁が招いた悲劇というわけか。ともかく、殺人事件だけ取りだして見れば、一見、事実は明々白々だね。犯人は知れた。動機も知れた。しかし……」

「そうだ、しかし、だよ」

と、病人は声と肉体にぐいと力をこめ、だが、あっけなくまた脱力して続けた。

「いや、お前がいま何をいいかけたかは知らないが……、明かしてしまうと、啓作、お前と俺のこの事件を捉える視線には、現時点では大きな隔たりがあるのだ。なぜなら、俺はお前の知らない或る重大な事実を知っているからだ。いまに話して聞かせるが、それを知れば、お前だってこの事件の上に新たな色彩を見出さずにはいられなくなるだろう」

啓作は、常になく思わせぶりなものいいをする友人の顔を訝しげに見据えていたが、あえて追及はせずに、

「大川戸氏のほうから突然これを君に送ってきたといったね」

そう訊いた。

「うむ、それからほどなく、彼は死んだのだ」

「おい、そのいい方だと、あたかも大川戸氏が口封じか何かで消されたようだぜ。病死ってのは本当なんだろう？」

「むろんだ。俺は電話で氏の家族からそれを聞いたのだ。実際驚いたね。ちょっと背

筋が薄ら寒くなった」

「彼は何といってフロッピーを送ってきたんだ」

「うむ、東京へ戻って事件の記録を書き終え、自身で読み返してみて……そこで大川戸氏の胸に或る疑問が生じたのさ。彼はぜひともそれを俺に伝えなくちゃならないと考えた。正直なところ、もっと早く気づいてしかるべき疑問だったとは思うがね。その意味じゃ、彼がミステリ作家として凡手に終ったのもうなずける」

「そのいいぐさはひどいな。作品を読んでもいないくせに。しかし、早く気づいてしかるべき疑問とは何だ」

「葉書の一件についてさ。木乃佐衣が寺井睦夫に託したという葉書――〝ミカは今、遠い山奥にいます。助けにきて〟というやつだ。仮にその葉書が佐衣という少女の妄想の上に書かれたものなら、宛所に該当なしで木乃家へ戻ってくるのじゃなかろうかと、大川戸氏は考えたのだね。ところが、そんな話は木乃光明も美津留もしていない。ということは、葉書はちゃんと宛名の主に届いたのではないか。津田知也なる人物は実在しているのではないか。そう大川戸氏は思い至ったのだ。実際、その想像は当っていたので――これがその現物だ」

そういって津田知也は魔法のように一枚の葉書を取りだすと、啓作の鼻先に突きつけた。

「この件に関して、残念ながら大川戸氏自身は納得の行く解釈を提示しえなかった。彼にできたことは、ただ津田知也という男の宛所を探し当て、手紙とフロッピーディスクを送って注意を喚起することだけだった。もっとも、大川戸氏には時間がなさすぎたともいえる。だって、こっちから連絡を取ったときには、すでに彼は亡くなっていたのだからね。だからさ、その文書は絶筆にして遺言なんだよ、彼の」

「なるほど。で、訊くが……」

と、そこで啓作はひどく難しい顔になって一段声を低めた。

「君の妹——未夏(みか)ちゃんは、事実、行方不明にでもなっているのかい」

「いきなり核心を衝いてきたな」

津田の眼がじろりと啓作を一瞥(いちべつ)し、わずかに逸れて大窓の晴れた冬空に移った。

「そうなのだ、啓作。未夏は或る事情で半年ほど前から姿をくらましているのだよ」

「初耳だ」

「うむ、ほとんど誰にもいってない」

「しかし、半年も前とは……たしか君の妹はまだ高校生だろう。そんな長期間家を空けるとはいったいどういう理由だ」

「それがおいそれとはいえない内容だから、お前にも秘密にしていたのじゃないか。しかし、こうなってはもう隠しだてするわけにもいかない。今日は腹を割って話すつもりだが、お前より前に事情を打ち明けて協力を請うたのが、ほかでもない飯塚吾朗だったのだ」

「なるほど、そこへ繋がるわけか」

「本当なら、誰にもいわずに俺自身でどうにかしたいところだったが、あいにくとこのていたらくだ。十月の半ばすぎにその葉書が届いて、いよいよ気持だけは逸ったが、みずから差出の住所を訪ねていくことは、到底できない相談だった」

そこで津田は、逡巡の面持でしばし考えに耽っていたが、

「啓作、ここだけの話だ。未夏は犯罪を犯したのだよ。そして、最悪なことには逃亡を図ったのだ。馬鹿な奴だ。幸か不幸か、このことはまだ表沙汰になっていない。とにかく一刻も早く未夏の居所を突きとめたいのは山々だが、親父としては、立場上、おおっぴらに捜索願を出すわけにはいかないというのだ」

「犯罪。あの未夏ちゃんが犯罪とね。それは間違いないことなのか？　僕の頭のなかの彼女は、いまだに赤いランドセルを背負った小学生だが」

「何年前の話だ。俺たちが歳を喰ったぶん、未夏だって成長してるさ。さっきお前の

いったとおり、あいつは今年十七になったよ、高校はとっくに辞めちまったがね。まったく、俺といい未夏といい、こと子供の教育に関しちゃ、うちの親は失格だな」

親が失格か子が落第かわからぬが、病人の心中にわだかまる憂慮の正体だけは、次第に啓作の頭にも呑みこめてきた。受け取った葉書の少女らしい文字をしげしげと眺めながら、彼は訊ねた。

「知也、君はこれを書いたのが未夏ちゃんだと思うか」

「俺にはそうとしか思われない。佐衣という少女がそいつを寺井睦夫に手渡したという以上、少なくとも、その北の地の一軒家に未夏が関係していることだけは疑いようがないじゃないか。驚いたよ。喩えるなら、逃げた飼犬が想像もつかないぐらい離れた土地で見つかったような心境だ」

啓作は見る見る心が重くなるのを覚えた。実際、話題はどんどん厄介な方向へ動いていくようであった。

「未夏ちゃんはいまも木乃邸にいるのだろうか」

「わからん。だが、木乃邸には大川戸氏が立ち入らなかった部屋がいくつもあるようじゃないか。俺は渡り廊下の先の離れが気になるのだ。ひょっとすると、そこに未夏がいるんじゃないか」

「では、木乃家の人々は家族一丸で未夏ちゃんを匿（かくま）ってでもいるのだろうか。大川戸氏の問いに対して、光明氏はすべて娘の妄想だと否定しているが」

「彼は、大川戸氏のことを刑事か何かだと疑っていたんじゃないかな」

さほど自信なさげに津田はいった。

「では、やはり匿っていると？　しかし、なぜそんなことをする必要があるのだろう？　それに、匿われているにしては〝助けにきて〟というこの葉書の文面はどうしたわけだ」

「だから、辻褄の合わないことだらけなのは承知しているさ。そこんところをお前に補ってもらいたいのだよ」

「なあ知也、先に確認しておこう。結局は、君も親父さんの地位の手前、これを警察沙汰にはできないというわけだね」

ごく穏やかな口調で啓作は訊いたが、それでも津田はいくぶん鼻白んだ顔つきになった。

「ああ、そのとおりだ。しかし、親父の体面のためというんじゃない、俺はただ秘密裏に未夏を連れ戻してやりたいだけだ。お前はそれを嗤うか。批判するか。どっちでもいいが、何も俺は犯罪を揉み消そうというんじゃないぜ。あとのことはあとのこと

という だけさ」

「わかった。まあいい。それで飯塚吾朗に助力を仰いだんだな」

「うむ、あのころ、お前が多忙を極めていたのはこっちも承知していたからね。俺は奴を呼んで、未夏の写真と木乃家の情報を預け、一切を託した。あいつは肝も据わってるし、少々偏ってはいるが冴えた頭脳（あたま）も持っている。探偵志願だけあって、当人も俺の頼みを聞いて大乗気だったよ」

「だが、飯塚は――、おい、飯塚吾朗のこの事件で果した役割はどこにあるんだ？」

啓作の問いを受けて、津田の表情は眼に見えて一種凄みのあるものに変じた。彼は絶句したようにいっとき息を止め、それから深く長く吐きだして、こういった。

「奴は、間違いなくその地に到着した。それはたしかだ。到着して、何度か俺に連絡さえよこしたんだ」

「何といってきた」

「うむ、それがまた、じつに奇妙な話でね……。おい、こいつを見てくれ」

そういって、ふたたび手品師のごとく津田が取りだしたのは携帯電話であった。

2

「ここは携帯を使っても平気か」

「うむ、この部屋でなら問題ない。まあ見てくれ」

津田知也は、みずからメールの受信フォルダを開いておいて、啓作に差しだした。

「飯塚からか」

メールは全部で三通届いていた。順に眼を通し終えて、啓作は非常な驚きに打たれざるをえなかった。それは、こんな内容であった。

〈第一信　十月三十一日　午前十時〉

「今朝早く夜行でこっちに着いた。すでに目的地の近くまで来ているが、奇妙な男と出会ったので報告しておく。これから訪ねる家にまんざら無関係な人物でもない。ひどい怪我を負っているから先に病院へ連れて行くつもりだ」

〈第二信　十月三十一日　午後九時〉

「驚くべきことだ。お前の心配をよそに浮かれているようで悪いが、これこそ俺が長年待ち望んでいた事件かもしれない。東京を発つときから悩みどころだったのが木乃家への潜入方法だったが、どうやらそれも手筈がついた。あえて俺は、ミイラ取りがミイラになる戦法で臨むつもりだ。呪詛を吐く血まみれのミイラさ。網にかかるのは思いのほか大きな魚かもしれないぞ」

〈第三信　十一月一日　午後一時〉

「知也、どうやら仕事がひとつ増えたようだよ。近々木乃家に起るはずの殺人事件を未然に喰いとめるという仕事がね。いよいよ腕の見せどころだ。期待してくれ」

「こいつは……」

啓作の胸は怪しく騒いだ。思わず語気を強めて問い糺（ただ）そうとするところへ、対する津田もまた、少なからず昂揚の色を頬に表してそれを押し留めた。

「まあ待て、まあ待て。先に俺にいわせてくれ……。昔っから俺は国語の点が悪かったが、〝ミイラ取りがミイラになる〟とは、人を連れ戻しに出かけたはいいが、そのまま当の本人が帰ってこなくなるという意味のことわざだろう。おい、合ってるか？」

「そのとおりだ。翻（ひるがえ）って、敵に丸めこまれるという意味合いもあるだろう」

「なら、なおさらだ。それを〝戦法〟と称するとは、あの野郎、何をいっているんだと思って、そりゃどういう意味かと訊いてみたのさ。ところが、奴はこっちからの質問にはてんで答えようとしないんだ。早速の名探偵気取りで、ここぞという瞬間まではもったいぶって口を鎖そうという肚さ。しかしまあ、おおかた木乃家と木乃伊（ミイラ）を掛けて洒落てるつもりだろうと思って、そのときは深く考えもせずに終ったが、あとになって大川戸氏の手記を読むとどうだ。本当に木乃家にはミイラ男が上がりこんでるじゃないか」

「だが、木乃家に現れた包帯男は、どちらも飯塚ではなかったんだろう？」

「そうとも。奴じゃなかった」

「そうすると……」

　といいかけ、啓作はふと調子を変えて訊ねた。

「この三通目のメールのあと、電話なり何なり、報告は来ていないのかい？」

「ない。なしのつぶてだ。ただ、木乃邸は携帯の電波が届かないらしいから、連絡がないということは、このあと吾朗は首尾よく屋敷に入りこんだんじゃないかとは思う。

　しかし如何せん、奴の企てが功を奏したのか、しくじりに終ったのか、何ひとつ状況がわからない。わからぬところへ、例の殺人事件が起ったのだ。ミイラ取りがミイラに……いまのところ、それは本来の意味合いどおりになったといわざるをえないのだが、どう思う、お前」

「うん、そうだな……。ではひとつ、僕なりに推測してみてもいいか」

啓作の声に、津田は目顔で先を促した。

「これらを読んで確実にいえるのは、飯塚には、前もって殺人事件の予感があったということだね。で、なぜ奴が事件を予感しえたかといえば、このメールに書かれている、ひどい怪我を負った男と出会ったがゆえだと推察できるだろう。かの地に着いた翌日になって、殺人事件を未然に喰いとめる云々いいだしたのも、その男から何かそれらしい話を聞いたか頼まれたかしたためだと考えていいんじゃないか」

「うむ、それについては俺も異論なしだ。しかし、いったいその男は何者なのだろう。怪我をしているというが、まさか〝第一の包帯男〟のことじゃないだろうな」

「飯塚がその男に出会ったのが十月三十一日。大川戸氏の手記を読めばわかるが、〝第一の包帯男〟が木乃邸に現れたのはその前日の夕方だ」

「吾朗は、木乃家を訪れる前に〝第一の包帯男〟に会ったのだろうか」

「いや、どうも違うように思うな。たしかに登場人物中で負傷しているのは〝第一の包帯男〟だけだが、それはいまさら病院へ連れて行くような怪我でもないはずだ。そもそも、〝第一の包帯男〟などと呼んでるが、彼の正体は木乃秋人なんだぞ」

「わかっているさ。だが、考えてみろ、それで何か都合の悪いことがあるかい?……いや、おい、この線はなかなかいいぞ。吾朗の会ったのが秋人だったとしたら、彼が生家に起るべき殺人事件を阻止しようとするのは当然じゃないか。詳細はわからぬが、八年ぶりの帰還を遂げた秋人は、そこで何か悪い予兆を感じ取ったのかもしれない。

これは想像だが、帰郷した翌朝、久しぶりの生れ故郷を懐かしんで界隈を散策していた秋人は、たまたま吾朗と遭遇したのだろう。そして、二人のあいだで何らかの重大なやりとりが交される……。これはちと苦しいが、秋人は過去の負傷がまだ癒えていなかったんじゃなかろうか。だから吾朗は病院云々いいだしたんだろう。

そのあと、吾朗と秋人が近隣の病院へ向ったかどうかは不明だが……いずれにしろ秋人は何喰わぬ様子でまた家に戻る。一方、これから訪れる木乃家に惨劇の気配ありと知った吾朗は……ふむ、あいつはそれからどうしたのだろう?」

津田の推測にじっと耳を傾けていた啓作は、相手の想像が行き詰ったところで、携帯電話の画面をスクロールさせながらいった。

「この〝網にかかるのは思いのほか大きな魚かもしれないぞ〟という文面なんだが」

「うん?」

「うん、じゃない。知也、むろん君も気づいているのだろう。納戸部屋での麻利耶観音探しのあと、大川戸氏の部屋にやってきてひとしきり会話を交した〝第二の包帯男〟が、去りぎわにまったく同じ言葉を発しているじゃないか。これをどう解釈すればいい。果してただの偶然なんだろうか」

「そう……、じつは俺も、思わず大川戸氏の手記と吾朗のメールを見較べてしまった」

「だろう。いったいこりゃどういうわけだ。おい、ひょっとして〝第二の包帯男〟の正体は飯塚なんじゃないのか。だとすれば、君がさっきいった飯塚と秋人の協力の図式も納得がいく。つまり、二人の包帯男の争いは端から狂言だったということだ。だいたい、大川戸孝平という無名作家の作品までしっかり押えているあたり、いかにも〝第二の包帯男〟は飯塚らしいじゃないか」

「もしもそうだとしたら、たしかに吾朗は、ミイラ取りが、ミイラになって乗りこんだ恰好だ。木乃家へ潜入する手段としても、あまりに突飛ではあるが、今回にかぎってはそれが可能なシチュエーションだったともいえる。だが……」

と、ここで津田は衝動的に苛立った気を漲らせると、

「知ってのとおり、殺された包帯の男は吾朗ではなかった。〝第二の包帯男〟の正体は木乃圭介だったんだ。この話には吾朗の登場する余地はない。じゃあ、奴はどうし

たんだ。どこへ消えたんだ。なぜ連絡がない」

「まあ、そう焦るな」

やんわりと宥めておいて、啓作は席を立ち、勝手に茶の用意を始めた。断片的にではあったが、木乃家殺人事件の見えざる面が徐々に姿を現しはじめ、啓作自身、知らぬまに怖いぐらいな興味の虜になりつつあった。床頭台のテーブルに二人分の湯呑みを載せながら、ふいに思いついて彼はいった。

「殺された〝第二の包帯男〟が木乃圭介というのは絶対に間違いのないことなんだろうか」

「どういう意味だ。殺されたのは吾朗で、それを木乃家の人々が、こぞって圭介であると証言したとでもいいたいのか？　いくら田舎の警察でも、そんな馬鹿げた過ちはしでかすまいよ」

「しかし、少年時代の圭介が木乃家を去って、すでに十七年も経過しているというじゃないか。以降、まったくの音信不通だったって。仮に……そう、飯塚と圭介の容貌が似ていたとしたらどうだろう」

「……啓作、お前は是が非でも吾朗を殺したいのだな？」

「いや、そういうつもりじゃないが……。では、少し視点を変えて、〝第一の包帯男〟

が本当に秋人かどうか考えてみようじゃないか」

「それこそ論ずるだけ無駄というものだ」

「なぜそう決めつける」

病人のにべもない返答に、啓作はちょっと憎らしいような気が起って、あえて不機嫌な語調で反駁した。

「だったら何のための寝台探偵（ベッド・ディテクティブ）だ。ひとつひとつ可能性を当っていって悪いことはあるまい」

低く唸りながら津田は折れた。

「うむ、たしかにそれはそうだ。悪かった。しかし、〝第一の包帯男〟の正体についてはさすがに間違いはないと思うが」

「大川戸氏の手記のなかで、〝第二の包帯男〟は〝第一の包帯男〟のことをこう語っている」

啓作は持参してきた手記の頁を繰って、該当の箇所を声に出して読んだ。

「〝彼は、木乃家へ災厄をもたらすためにやってきた招かれざる客ですよ。抛っておくと、近々必ず恐ろしいことが起る〟……仮に〝第一の包帯男〟が秋人の贋者だとすれば、彼こそ、飯塚が未然に防ごうとした未来の殺人犯だったといえないだろうか。

だからこそ飯塚は急いで行動に移る必要があった。〝もう少し探ってみなくちゃいけない。先手を打たれないうちに、今夜じゅうにも動きださないと……〟とね」

「おい、待て。何だかぐちゃぐちゃだな。仮に、仮に、ばかりでお前の説を聞いてると頭痛がしてくる。では、二人の包帯男は両方とも現在しれている人物とは別人だというのか？……まあいい、顔も声も、それからおそらく指紋さえも喪ったであろう〝第一の包帯男〟に関しては、百歩譲って木乃秋人じゃないとしてみようか。だが、〝第二の包帯男〟は断じて飯塚吾朗じゃない。納得できないなら、いまから県警にでも問いあわせてみるがいい。

　それと啓作、お前は寺井睦夫の存在を忘れているぞ。素直に解釈するなら、最も殺人の動機を有しているのは、秋人に恨みを抱く寺井青年を措いてほかにないだろう。現に彼は今回やらかしちまったわけだ。吾朗が阻止せんとした殺人は、この寺井睦夫による秋人殺しのことだったと考えるのが自然じゃないか」

「なるほどね、では、それを未然に喰いとめるよう、飯塚に依頼した謎の男は何者だ。やはり秋人だったという解釈でいいのかい」

「それは……わからんさ。うむ、結局、疑問はそこへ戻らざるをえないのだね」

　ふいに戸口から明るい声が響いた。現れたのは検温に来た初々しい看護師で、そこで二人の会話は途切れた。

啓作は一階の喫煙室に下りて煙草を二本吸った。病室に戻ると、津田は一人で仰向けになっていたが、何となく先ほどの続きを再開する雰囲気でもなくなっていた。少し離れて眺める病人には、明らかに疲労の色が窺えた。

そろそろ帰るといいながら、それでも啓作はさらに半時間ばかりを静かすぎる個室で過したが、そのあいだに津田は、思いだしたように妹の犯した犯罪について打ち明けた。

それは非合法な精神変調薬に絡んだ話であった。木乃家の一件と違い、こちらは啓作には未知の事件であったけれど、薬が原因で、仲間内の一人が大学の屋上から飛び降りたと聞いて、ああと思った。

ほとんど読み飛ばしたに等しいが、飛び降り自殺のニュース自体には憶えがあった。未夏はけっして深く関わっていたわけではない、とは、ひと回りも歳の離れた兄の言葉だったが、啓作に真実を確かめる術はなかった。

「なに、本当だ。いまだ未夏まで捜査の手が伸びていないことからも、あいつがほとんど無実みたいなもんなのはわかるだろう。ほんの悪戯心、火遊びだったのさ。魔が差したのだ。本当なら、何も逃げることなんかないんだ。それでも、そのグループの末端に加わっていたという事実だけで、未夏にとっては致命的なのだ。つまり、それが親父に知れるということがね。それであいつは発作的に逃げだしてしまったのだ……

一度、本人からメールが来て、自分の意思で姿を隠したことだけはわかった。俺はひと安心すると同時に、すぐに帰ってこいといってやったよ。だが、返事はなかった。あいつの性格からして、よもや自殺するようなことはあるまいと、その点だけは比較的心配もしなかったが、そうこうするうちに月日は経ち、俺は俺で、永遠のようにベッドに括りつけられ、腹をメスで刻まれ……、そこへ舞いこんだのが、例の葉書だ。妹が助けを求めている。俺は居ても立ってもいられなくなった。そこで吾朗の力を借りることにしたのだが、今度は肝心の奴までが音信を断ってしまった……

ああ、啓作、俺は不安で堪らないよ。なあ、どうすればいい。いったい、北の果ての木乃邸で、何が起きたというのだろう？」

激した病人の眉間には、苦悶の皺が深々と刻まれた。

3

翌日（あくるひ）、三度（みたび）続けて津田の病室を訪ねてみると、そこには仰臥（ぎょうが）した病人のほかに、和服を着た彼の母親と、前の日にも見かけた初々しい看護師の姿があった。聞けば、しゃべりすぎと昂奮が祟ったのか、夜半から津田はにわかに体調を崩したらしかった。啓作は以前より面識のある母親に廊下で長々と叱られたあげく、この日は予想外の追いたてを喰った。病人自身が啓作を悪者に仕立てるはずもないから、大概母親の思いこみだろうが、この場合、啓作にまったく罪がないともいえなかった。

ほかに用もないのに新宿まで出てきた啓作は、非常な虚しさを覚えるとともに、ぽっかり空いた時間を前に大いに戸惑った。

寒い午後であった。彼は革ジャンの襟を立て、前屈みになって、駅前へ出るためゴールデン街脇の遊歩道を通り抜けた。〝四季のみち〟と名づけられた小径は、その昔、都電の引込線が走っていた場所らしい。むろん啓作の歳では、そんな古い話は体験のしようもないけれども、葉陰の小暗い道を歩きながら彼は、かつてその路傍にあったスペースＤＥＮという芝居小屋を懐かしく思いだした。

ＤＥＮは窖（あなぐら）・隠れ家の意である。十代の終り、啓作はそこの埃っぽい狭い舞台に立った。ほかにも、かつて彼はこの新宿で小さな舞台を踏んでいた。だが、そうした思い出の場所のいくつかは時とともに姿を消した。アートシアター新宿（ジュク）は名前を変えて荻窪に移り、三丁目のゲームセンターの二階にあったタイニイアリスは二丁目へ越した。当時の記憶を喚び起して、啓作は何か、若くして、いっぱしの歴史の証人にでもなった気がした。そうして、曲りなりにも自分がいま演劇の世界で糧を得ている事実を、喩えようのない不思議な感慨をもって眺めた。

靖国通りを渡り、ふらりと紀伊國屋に立ち寄った彼は、だが、結局何も買わずに店を出て、さっさと深川へ戻る地下鉄に乗った。

からがらに空いた車両の隅に陣取った啓作は、何となく憚るように周囲を見回したのち、鞄から大川戸孝平の手記を取りだした。彼はその記録に、頭のなかで勝手に『模像殺人事件』なる表題を付していた。それというのも、木乃家の人々の佇む姿がたびたび蠟人形に擬（なぞら）えられていたり、呪術的な悪魔（シェターニ）像だの、納戸部屋の麻利耶観音像だの、黄金に耀く釈迦牟尼像だの、やたらと文中に彫像の描写が出てくるためであった。

前日の津田知也とのやりとりは、まだはっきりと頭に残っていた。だが、その場で何が明確になったわけでもないから、さらに安楽椅子探偵（アームチェア・ディテクティブ）を先へ進めるとなれば、どこか架空の地点に立脚して、大胆な推測を駆使するよりほかないように思われた。その前に啓作は、もう一度まっさらな頭で全体に眼を通すことにした。

きちんと手記を通読するのは二度目であった。電車の振動に身を任せて読み進めながら、彼は気になる箇所を次々とマーカーでなぞっていった。すると、徐々に白い紙の表面に、理解しがたい矛盾点が、蜜柑(みかん)の汁の炙(あぶ)りだしのようにいくつも立ち現れてきた。それは筆者たる大川戸氏の矛盾というより、そこに登場してくる人々の矛盾であった。

およそ三十分で最寄駅に着いた。地上に出た啓作は、駅前で定食を食い、鈍色(にびいろ)の運河を二つ越えて家に帰った。帰宅すると、津田から謝罪の留守電が入っていた。

この翌日から啓作は少し忙しくなった。書くほうは書くほうでずいぶん遅れていたし、ほかにも雑誌社の人間と打ちあわせたり、関係している劇団の仕込みやゲネプロに立ち会ったりするのはまだしも、無断駐輪で撤去された自転車を遠方まで受け取りにいくという、自業自得とはいえ馬鹿馬鹿しい時間の使い方もさせられた。元来忙しなく生きることに充実を認めない呑気者の彼は、すぐに弱音を吐きたくなったが、その間にも手記のことは常に頭にあった。そんななか、津田から秘密の逢引でも求めるかのような電話がかかってきて、啓作は律儀にまた新宿まで出かけていった。

＊

「なに、ちょっと熱が出ただけさ。お前を追い返したというから怒ってやった」

ベッドの上で胡坐をかいた病人は、艶のない顔で威張っていった。

「そんなことをしちゃいけない、こっちも悪かったんだ。相手を思えば、風邪をひいてる友達の家には遊びに行くべきじゃないってことだ」

「ふむ、だがまあ、来てくれて良かった」

「しかし、長居はしないぞ。それと、また怒られては敵わないから、今日はなるべく君にはしゃべらせないつもりだ」

これを聞いて、津田は急に嬉しそうに眼を耀かせた。

「それは、何か語るべき用意があるということだな」

「あるにはあるが、あまり期待されても困る。いいわけするつもりはないが、いろいろ考えるには情報量が少なすぎるんだ」

「うむ、たしかにな。それは俺も承知している。そのうえで……」

「そのうえで、気になるところをピックアップしてきた。或る意味じゃこの前の続きに等しいが」

啓作は膝の上でノートを開き、言葉を継いだ。

「先日僕らは、木乃家に現れた二人の包帯男の素性について話しあったね。〝第一の包帯男〟は木乃秋人である。〝第二の包帯男〟は木乃圭介である。公にはそれであっさりと落着したようだが、果してその解釈は正しいのだろうか、と。

たしかに一見、収まるべきものが収まるべきところに収まったかに見える。何せ身内がそう証言しているのだから間違いない。警察が遺体の身許を認めたのだから議論の余地はない。そう考えれば、素直に納得もできる。

ところが、〝第一の包帯男〟は木乃秋人である。〝第二の包帯男〟は木乃圭介である――そうした結論が表に出る以前の人々のやりとりなり発言なりには、どうも釈然としないところが散見されるようだ。幸いにして、それらを克明に記録に残してくれた人物がおり、われわれはそいつをじっくりと吟味する機会を得た。

で、改めていうが、やはり何かがおかしいと僕は思う。この過程を経てこの結論にたどり着くのは変じゃないか、そう思わざるをえない記述がそこにはある。それは、けっして見つけだすのに特別な頭脳の要るものじゃない。いくつかは、記述者である大川戸氏自身が違和感を覚え、文中で疑問を呈しているぐらいなのだから」

そこまでいって、啓作は相手の反応を窺うように口を鎖した。パジャマ姿の津田は、いつのまにかさっぱりと髯を剃っていた。おかげでいっそう衰えの目立つ、痩けた頬を撫でながら、彼は頼もしいような調戯うような眼色で、ただ黙って啓作を見返した。妙な面映さを感じつつ、啓作は静かに相手に問うた。

「〝第一の包帯男〟に関してだが、彼が木乃秋人と認められたのはなぜだと思う」

「家族の直感、なんていう答えはなしだろうな」

「当然だ。よしんばそれが最大の理由としても、ここでは減点だよ」

「うむ。まあ、今日はおとなしく拝聴しようか」

頬をさすりながら穏やかに津田はいった。

「そうだったな。なら、君は頭脳と耳だけ働かしてくれ……。答えの一つ目は、彼が木乃家の玄関の鍵と、秋人の身分証を持っていたことだよ。二つ目は、納戸部屋に隠された麻利耶観音像の在処を知っていたことだ」

「うむ」

「鍵と身分証は非常に有効な証拠となりえた。一方、観音像に関しては、〝第二の包帯男〟が指摘したように、帰宅して一両日のあいだに、こっそり自分で安楽椅子のなかに隠しておいたと考えられなくもない。

ただしこのイカサマが成立するのは、かつて秋人と圭介が像を隠した日からおよそ二十年、飾り棚の観音像を誰も眼にしていない場合に限られる。そんな勝目のない可能性に賭けるはずはないから、やはり観音像はずっと安楽椅子のなかにあったのだ。加えて〝第一の包帯男〟は、不吉の麻利耶観音像について、昔、光明氏が語ったという怪談めいた逸話のこともちゃんと憶えていた」

「なるほど」

「では、〝第一の包帯男〟が秋人だったとして、反対に腑に落ちない点はないだろうか」

「例の、母親のことじゃないのか」

「そのとおり。秋人の実母である雅代さんは一昨年の秋に他界している。にもかかわらず〝第一の包帯男〟は、光明氏の後妻である峯子夫人を見て、〝母の寝顔へ十年近い無沙汰の侘びを囁いた〟と語っている。大川戸氏もたびたび書いているが、これはいかにも妙だ。郷里を出て八年間の音信不通のゆえ、仮に秋人が一昨年の実母の死を知らないでも不思議はない。だが、いくら似ているといっても、実の母親と別人を見誤るだろうか？　幼いころに生き別れたとでもいうならまだしも、二十歳すぎまで共に暮していた母親の顔だ」

　とりたてて目新しさもない啓作の提起に、だが津田はごく生真面目な様子でうなずいた。啓作は唇を湿してさらに続けた。

「次に、殺害された〝第二の包帯男〟について考えてみよう。記録に表れているなかで、彼を圭介と断ずるに有用な事実は何か」

「〝第二の包帯男〟は木乃邸の間取を事細かに知っていた。秋人と圭介の少年時代の思い出を語ることもできた。しかし、これは〝第二の包帯男〟が秋人である証左にもなりうるが」

「たしかにね。では、彼が圭介であっては……もしくは秋人であっては辻褄の合わない事実は何かというと、納戸部屋の麻利耶観音像について答えられなかったことだよ。知っていて、あえて空惚けたなんてことはありえないはずだ。なぜなら、そこだけ忘れたふりをする理由が見当らないからね。〝第二の包帯男〟はたしかに麻利耶観音像の話を知らなかったのだ」

「本人は事故で頭を打ったとか何とかいっていたな」

「うん、しかし、死体となって発見されたとき、包帯の下の素顔はきれいなもんだった。そもそも彼の身に事故なんてなかったんだ」

「ああ、そうか。じゃ、なぜ麻利耶観音の在処を知らなかったんだろうか」

「大川戸氏もそこに疑問を抱いている。実際、どう考えてもこれはおかしいよ。だって彼は圭介のはずなんだから」

「ほかに気になった点はないか」

と、津田が訊いた。

「ある。また麻利耶観音の話になるが、〃第一の包帯男〃が安楽椅子の座面の下からそいつを取りだす場面で、光明氏が不自然なうろたえ方をするだろう。単に安楽椅子のなかから像が出てきたことに対する反応といえなくもないが、果してそうだろうか。大川戸氏が特に違和感を覚え、〃第一の包帯男〃も呆気に取られたぐらいだから、それはよほど印象強い反応だったのだろう。光明氏をそこまで狼狽させたものとは何なのか。彼はその場に何を見たのか？

もうひとつある。納戸部屋の一幕より前、玄関先で〃第一の包帯男〃が仮面を脱いでみせる場面だ。鉤の手の廊下の角から男の素顔を見た少女が、恐怖のあまり悲鳴を上げる。その声を聞いて、〃第二の包帯男〃は自制できない驚愕を露わにして、とっさにそちらへ駈けだそうとする。

大川戸氏が推測するに、このとき〃第二の包帯男〃は少女の姿をも目撃したのではないかという。これについて大川戸氏に問われた〃第二の包帯男〃は、妹の悲鳴を聞いてびっくりしただけだと答えているが、彼が圭介なら、当然この返答自体が紛いものだ」

「しかし、その時点での彼は、自身を秋人であると主張していたのだから、そう答えざるをえないだろう」

「たしかに。が、僕が気になるのはそこじゃないんだ」

「というと？」

「うん、はっきりいってしまうと、その悲鳴を上げた少女というのが、本当に秋人の妹の佐衣だったのか、少々疑わしいものがありはしないか――」

「何だって？　おい、まさかお前、それが未夏だっていうんじゃなかろうな」

ベッド上で躰ごとこちらを向いた津田が、噛みつかんばかりの言葉を発した。

「なぜだ、なぜそうした結論に行き着く」

「待て、これは結論なんかじゃないし、根拠もない。ただ何となく気になっただけなんだから。で、そうした突拍子もない空想をしてしまうのも、もとはといえば、佐衣という少女があまりに陰の存在でありすぎるからだ。廊下の悲鳴を除けば、最後の最後、蒼い月下の庭先に幽霊じみた狂気的な姿を見せるだけだろう。その場面の描写がなければ、彼女の存在すら疑いたくなるところだ」

「気が狂れていたるから、離れに引っこんでいるということなんだろうが……」

「事実、そうなのかもしれない。そうでないのかもしれない……」

　二人はそれぞれの思いに沈んでひとしきり押し黙った。ほどなく、先に口を開いたのは啓作のほうであった。

「ところで知也、話は飛ぶが、飯塚は紺色のブルゾンを持っていただろうか？」

「……ブルゾン？　どうだろう、ちょっと記憶にないが、持っていたとしても何ら不思議はあるまい。金のタキシードとでもいうなら別だがね」

「今回の件を依頼するに当って、奴とは顔を合せたんだろう？　そのときの服装はどうだった」

「さて……いちいち男の服なんか憶えちゃいないが、どうも紺色ではなかったようだ」

「そうか」

「おい、紺のブルゾンというのは〝第二の包帯男〟の服装だな」

　津田は眉をひそめて啓作を見た。

「お前はまだ疑っているのか、〝第二の包帯男〟が吾朗だと」

「ああ、いや……」

　啓作は次第に歯切れの悪くなる自分を意識した。津田もそれを感じたのだろう、

「お前の注意を惹いたのは、だいたいそんなところか」

いつになく労うような声でいった。

「そうだな。最後にもうひとつ、秋人と圭介は風貌が似ているという事実も心に留めておこうと思う」

「手記のなかにそんな記述があったかね」

「うん、〝第二の包帯男〟が少年時代の秋人と圭介の思い出を語る場面だ。〝姿形だけは非常によく似たわれわれでしたが〟とある」

「なるほど。で、そこから導きだされるのはどんな推理だ」

「いや、わからん。ただ心に留めておこうというだけさ」

「では、こうして語ってくれた諸々について、納得のいく解釈はいまだ得られずか。なに、別にお前に問題を丸投げしてるわけじゃないから気にしなくっていいが」

「うん、いや……」

啓作はふたたび口ごもった。そして、迷いながらこう続けた。

「じつは、すべてをクリアにする仮説がないわけでもない」

たちまち津田は、閃くような驚きの表情を泛べた。

「本当か？　未夏のことも？」

「ああ。ただし、あまりに突飛すぎて口に出すのもためらわれる」

「かまうものか。そいつを聞かせてくれ」

「うん、どうするかな。話してもいいが、じつはまだ上手く筋道が立っていないんだ」

「おい、啓作。お前までもったいぶらなくてもいいじゃないか。別にここで間違ったことをいったところで責任問題になるわけじゃなし」

「それはそうだが……しかし、今度にしよう。もう一日二日悩ませてくれ」

実際、啓作の頭には、或る茫漠とした考えが靄のように漂い、どんよりと渦を巻き、曖昧ながらもひとつの形を結びつつあった。けれども、そこにはまだ血も肉も具わってはいなかった。それは臆測の域を半歩踏み越えた程度の推論に過ぎなかった。その論に命を吹きこむには、確乎たる事実の収集が不可欠であった。また、もしも自身の頭にある仮説が正しいとするなら、それはそれでさらなる難題を派生させる端緒になるのを啓作は知っていた。

先日、津田はこういった。

〝誰が殺したか？　いかに殺したか？　俺が考えるに、問題はそんなところにはない〟

とはいえ、それが避けて通ることのできない難所であることに変りはなかった。このまま眼の前に続く道を進むなら、解決済の殺人事件に、彼らはどうしても新たな解釈を当てはめる必要があった。

4

それから数日経った。この日、啓作は明け方床に就いて昼前に起きた。憂鬱な気配に二階から眠い眼で窓を覗けば、民家のあいだに望まれる運河も、鉄橋も、柳の古木も、小糠雨の向うで灰白色に煙っていた。

年の瀬も押し迫り、気がつけば日付はもう十七日であった。この前日、津田の手術の日程が決ったのを啓作は知らされていた。それを別にしても、このころになると啓作の内には、もう一刻の猶予もならぬという気が灼けつくごとく起って、頻繁に精神状態を揺すぶりはじめていた。津田の妹の居場所や安否はいまもって不明だが、一日延びるごと、彼女を無事に連れ戻す作業は困難の度合いを増すように思われた。

啓作は平静な顔の下で一人焦燥した。そうして、折に触れては例の空疎な仮説を捻りまわしていたが、ここ一日二日は、却って以前より昏迷が強まった感があった。彼は改めて考えを整理する必要に迫られた。

顔を洗って眼を醒ましたのち、啓作は机に向った。眼の前には、大川戸氏の手記のほか、木乃家の事件についてあれこれ留書きしたノートがあった。煙草をくゆらせながら、彼は新しいページを開いてボールペンで黒丸を打つと、まずはそれに続けて

〝謎の男〟と書き記した。この簡略な符牒は、飯塚吾朗が道中出会ったという人物を意味していた。みずからの拙い文字をじっと見おろしながら、啓作の意識は『模像殺人事件』の寂寞とした世界の内側へ埋没していった……

〝謎の男〟は負傷していたという。それは、飯塚が病院へ連れて行かねばならぬほどの怪我であったらしい。この怪我というキーワードが、いつしか啓作のなかで、〝第二の包帯男〟の紺色のブルゾンと結びついていた。泥濘にタイヤを取られた大川戸氏が木乃邸に助けを請うた夕刻、協力を買って出たのが〝第二の包帯男〟であったが、二人して屋敷を出ようとした際、〝彼のブルゾンの襟から肩にかけて、油染みのような汚れがこびりついているのに〟大川戸氏は気づいている。

〝油染みのような汚れ〟――もしやそれは血液ではなかったかというのが啓作の疑いであった。二通目のメールで飯塚は、〝呪詛を吐く血まみれのミイラ〟なる怪しげな言葉を残している。啓作はこれを、血まみれのブルゾンを着た包帯男の意に解釈した。そうすると、〝第二の包帯男〟こそが、飯塚の出会った〝謎の男〟ということになる。

ところが、この結論は啓作にとってあまり旨くない。なぜなら、いまでも彼は、〝第二の包帯男〟イコール飯塚吾朗という着想を棄てきれずにいるからだ。それは思いつきというよりむしろ確信に近かった。実際、メールの文面を読んでもそう取れる。〝呪詛を吐く血まみれのミイラ〟となって木乃邸へ乗りこむのは、誰が見ても飯塚自身であるようにそれは読める。

〝ミイラ取りがミイラになる〟だの、〝網にかかるのは思いのほか大きな魚かもしれない〟だの――飯塚のメールにあるこれらの言葉を単独で証拠と呼ぶことはできないが、大川戸氏の手記との照応によって、そこには奇妙な符合が立ち現れる。先入観を持って手記を読むほどに、〝第二の包帯男〟の言動は、たしかにあの飯塚吾朗のそれとしか思われないのだ。

だが、その一方で現実は、啓作の考えを一太刀（ひとたち）のもとに斬り捨てんとする。撲殺死体となって発見された〝第二の包帯男〟は飯塚ではなく、十七年ぶりに故郷の土を踏んだ木乃圭介であった……。頭のなかの確信と現実との差違に啓作は戸惑った。そして、戸惑いながら彼は、そこに何らかの絡繰（からくり）が潜んでいると考えた。何者かの作為が介在していると疑った。

次に啓作は、〝包帯男〟とノートに記した。

顔面を包帯で蔽った男が二人。普通ならば考えにくい状況である。なぜ、彼らはまったく同じ恰好をして木乃邸に現れたのだろう。両者は事前に示しあわせていたのではないか？　邸内での諍いは狂言だったのではないか？　一度はそうも考えてみた。けれど、仏舎利塔の惨劇を経て、一方が死に、一方が生き残ったことを思えば、やはり両者は敵対関係にあったと見るのが自然であろう。その前提のもとに、啓作は思考を推し進めた。

敵対する二人が、二日の時間差で木乃邸を訪れる。一人は顔に甚大な損傷を被り、一人はただ素顔を隠すことのみが目的のように包帯を巻いて。これは、おそらく前者あっての後者と思われる。つまり、顔に怪我を負った前者の存在を事前に知っていたからこそ、後者はあえて同じ風体(なり)でやってきたのである。

対立する両者は、木乃邸で出会う以前より、何らかの関係を持っていたとも考えられる。あるいは、二日――〝第一の包帯男〟が現れてから二日のあいだに、彼の複製ともいうべき〝第二の包帯男〟を誕生させる何ごとかが起ったとも考えられる。

事実、啓作は、その間に起きた或る不可解な出来事を知っている――飯塚吾朗と〝謎の男〟の接触が、それである。

啓作は新しい煙草に火をつけた。彼はノートに三つ目の黒丸を打つと、そのあとに〝爆薬〟と書いた。

吊橋が爆破されたことで、木乃邸の人々は数日間の〝陸の孤島〟状態を余儀なくされた。いまのところ、吊橋爆破に用いられた爆薬は、木乃圭介が用意してきたものとされている。木乃光明一家への復讐が、圭介の橋を破壊した動機であるらしい。

ところで、〝第一の包帯男〟の顔面の損壊は、勤めていた化学薬品工場における爆発事故が原因であったという。包帯男だけでなく、爆破事故も二つだ、と啓作は思った。彼はこの二件の爆発の関連性を考えてみた。そして、吊橋が破壊された際、周辺に火薬の匂いが立ちこめていた点から、それは工場での事故と別物と見てよいのではないかと結論づけた。もっとも、あいにく啓作は、化学薬品工場なる場所で行われる作業について、何の知識も持ちあわせていない。ゆえにこの件に関しては、すぐにどうこういえるものでもなかった。

ただ、ここでふいに啓作は、まったく別の観点から、そうか、と思った。今回の事件の捜査過程において、当然〝第一の包帯男〟の身許は確認されたのではなかろうか。もしもそこに不審がなかったとすれば、少なくとも彼が木乃秋人であることだけは真実と断じてよいのではないか……。〝第一の包帯男〟は、木乃秋人として田端の工場に働き、秋人の身分証を携えて木乃邸に現れた。これでもなお彼の素性を疑うとなれば、偏見と誹られても啓作は反論する言葉を持たない。

四番目に啓作は、〝寺井睦夫〟と書いた。

いわずと知れた、仏舎利塔の殺人において犯人とされている巨漢の青年であるが、実際のところ、あらゆる面で彼ほど重大な意味を持った存在もないであろう。木乃家の人々にとってはむろんのこと、津田や啓作にとってもそれは同様だ。津田の妹未夏と木乃家との関わりを報せてくれたのが彼である。秋人が八年のあいだ故郷と断絶していた理由を聞かせてくれたのも彼である。三兄弟の実母が一昨年の秋に病死していることを教えてくれたのも、やはり彼である。

津田のいうとおり、寺井睦夫は明確な殺人の動機を持っていた。姉の死に対する復讐。自宅の部屋から、秋人殺害を匂わせるメモ書きが見つかったとも伝えられている。しかし一方で、彼は大川戸氏に向ってこのように吐露しているのだ。

〝ここだけの話、ぶっ殺してやる、なんて、自分でも気づかないうちに呟いてることがいまでもあるんです。……けど、いいんです、別に。そのことで、いまさら僕は何かしようなんて思っちゃいない〟

また、事件の起る前ではあるが、大川戸氏も光明氏に対し、こう寺井青年を弁護している。

〝たしかに彼は今朝、秋人さんに対する生涯消すことのできぬ憎しみを否定しませんでした。けれど一方で、彼は、それをもう過ぎたことだと……ただ心のうちに畳み、眠らせておくべき感情だと、そう自分のなかで折合いをつけている様子でした〟
これを読むかぎり、寺井青年の内には、怨みこそあれ殺意はなかったとも受け取れる。自室のメモ書きとやらも、実行の意志という部分では未知数である。ただし、現実に怨敵を眼の前にして、どのような衝動が内側から青年の身を灼き焦がしたか――、こればかりは当人でなくてはわかるものではあるまい。

　この殺人事件の特筆すべき点は、彼の殺した相手が木乃圭介であったことである。現状、公にされている情報を正しいと仮定したうえで想像するに、圭介は寺井睦夫の前でも秋人として振舞ったと考えられる。そうでなければ、顔の見えない男を相手に、寺井青年が人違いをするはずがないからだ。

　少年のころに木乃邸を去った圭介には、秋人と寺井百合の因縁など知る由もなかった。だからこそ、彼は青年の前でも秋人を演じたわけだが、その行為は文字どおり致命的なミステイクであった。塔上で死地を悟ったときにはもはや、彼には弁明する時間さえ与えられることはなかったのだ……

　もしも圭介が秋人を名乗って現れなければ、〝第一の包帯男〟こと本物の秋人が寺井睦夫に殺されていた可能性もある。また、寺井睦夫が圭介を殺さなければ、圭介が木乃家全員を鏖（みなごろし）にしていた可能性も否定できない。見方によっては、人智の及ばぬ運命の御手が、木乃家の人々を救ったともいえないか。

だが、と啓作は思う。こうした公の解決は本当に正しいのか。

ここで啓作は、それまで見落していた或る点に着目した。

寺井睦夫は秋人と〝中学のころに三度ばかし会ったことがあ〟るらしい。一方、事件の朝、寺井青年と〝第一の包帯男〟は二階の廊下で顔を合せている。このとき、〝第一の包帯男〟こと木乃秋人は、寺井睦夫がかつての恋人百合の弟だと気づいたであろうか……。おそらく気づかなかったろうと啓作は思うのだ。なぜなら、その後、庭先で大川戸氏と接触した折に〝第一の包帯男〟はこう発言しているからだ。

〝おまけに今朝は、新たな客人まであったみたいじゃないですか。よもや彼まで、贅沢暮しで肥満した木乃秋人を主張しだすのではないでしょうね！〟

冗談めかした厭味たらしいいぐさだが、仮にも寺井睦夫を寺井睦夫と認識していたなら、断じてこんな言葉が出てくるはずがないではないか。〝第一の包帯男〟は気づかなかったのだ。なぜか。寺井青年の風貌が中学のころと大きく様変りしたためと考えれば、問題視することではないのかもしれない。だが、果してそうだろうか――。

五つ目の黒丸を打ったところで啓作の手は滞った。彼はけだるげに首を回し、長い溜息をついた。

生来啓作は、感覚的に物事を判断し、行動するたちの人間であった。論理的思考の不得手な人間であった。しばし逡巡したあげく、とうとう彼はペンを投げだした。寝起きのせいもあってか、どうも思うように脳が機能しない。考えを整理するつもりが、結局、袋小路をうろついているに過ぎないようだ。

　棄てがたい仮説を後生大事に抱え、あくまでそこに固執する啓作は、なかなか角度を変えてものを見ることができなかった。どこまでいっても、彼の頭は初めに自身の仮説ありきだった。彼はただ、それを活かすのに必要な断片（ピース）だけを欲した。低徊（ていかい）し、呻吟する彼は、壁を睨んで煙草を吹かしつづけていたが、そのうちに、無意識のように、口のなかで奇妙な言葉を繰り返し呟きだした。

「一人足りない、一人足りない、一人足りない、……」

　眼前に見えない男の姿が泛んでいた。それは啓作にとって未知の人物であったが、そのくせ彼は、男の風貌を不思議に活き活きと思い描くことができた。

　啓作は見えない男に向って「誰だ、お前は」と問いかけた。傍（はた）から見れば壁に話しかけているのと同じである。幻覚を相手にしているふうでもある。だが、啓作はあくまで正気であった。彼はふたたびペンを執ったが、紙面に並べられるのは、稚拙なイラストや意味のない図形といった悪戯書きばかりであった。やがて彼はパソコンを起動させると、検索サイトで或る情報を熱心に探しはじめた。作業は半時間以上に及んだが、求めるものを絞りこむには至らなかった。

彼は乱暴に椅子を立って、仰向けにベッドにひっくり返った。そうして、ほんの一、二分眼を瞑っていたかと思うと、おもむろに跳ね起きて身支度をし、家を出た。そぼ降る雨のなか向ったのは、津田知也の病室であった。

*

「今日はどうした」

と訊かれて、啓作はそれを切りだした。

「知也、僕は二、三日じゅうにも木乃邸を訪ねるつもりだ」

津田はボサボサの頭で意表を衝かれた顔をした。

「何だって？　何のために」

「どうしても向うでなければ調べられないことがある。安楽椅子探偵から実地の探偵に転向だ」

「調べるって、何を。それがわかれば謎は解決するのか」

「まあ、そう簡単には行くまいがね。仮に首尾よく行ったとしても、結果が吉と出るか凶と出るかわからない。どんな答えが出ても恨むな」

「おい、待て」

遮るように切迫した声を発して、津田は色を作した。

「そりゃどういう意味だ。お前の眼には何か悲劇的な光景が見えているのか」

視線がかちあい、啓作はたじろいだ。友の表情には、かつてないほどの猜疑と焦燥と恐怖の色が泛んでいた。

「いや、そういうわけじゃないが……」

思わず畏縮して、口ごもるように答えてから、啓作はすぐに自身のあやふやなものいいを悔いた。こんな煮えきらない返答では、津田が最悪の結末を危惧してさらに心を乱すのはわかりきっていた。すまないと思う反面、だが啓作は、心身ともに深刻な状態にある津田に、くだくだしい説明をすることを好まなかった。このため、暖かな病室で、二人のあいだにはぎこちない沈黙が生じた。これならわざわざ出立の報告などしに来なくても良かったと啓作は思った。

新しい段階に進むことは、本来なら津田にとっても望むところのはずであった。だが、この日の啓作は、自覚せぬまま全身にただならぬ悲壮感を纏いつけていた。彼はわだかまる陰鬱な空気を攪拌するごとく、うろうろと病室内を歩きまわったが、陰鬱の因は皮肉にも彼自身であった。しまいには病人に、落着かないから坐ってくれと諫められた。

まるで無関係な話題に転換するようなわざとらしい真似もできず、啓作は弱った。それでも自分から訪ねてきたぶん、この日の彼は、厭でも主導権を取るべき立場にあった。しばらくして、啓作は痰のからんだような声でこう訊いた。

「知也、未夏ちゃんはたった一人で逃げたのだろうか」

「そのはずだ。連れがいるとは聞いていない」

怪訝な眼でこちらを見て、津田は弾まない声で答えた。

「なぜそんなことを訊く」

「いや、別に深い意味はない。——ところで、未夏ちゃんの身長はどのぐらいある」

さりげなく訊くつもりが、予想外に思いつめた声が出た。あらかじめ携えてきた質問にもかかわらず、それはあまりに不用意かつ不自然に放たれた。相手が見ず知らずの他人なら、もっと何喰わぬ顔で切りだすことができた——詮無きことを思いつつ、啓作は自分の手際の拙さを呪った。

「あいつは小さいよ。一五〇ぐらいなものだろう」

ぶっきらぼうに津田は答えた。

「そうか……」

「何だ、どうした。いやに心配させるじゃないか」

津田の痩せ衰えた顔がますます険しくなった。極度の不安が心ならずも病人に不機嫌を強いているのは明らかであったが、それでも元来闊達（かったつ）な性質の津田は、友人の尽力まで無視して憤ることはしなかった。眼を閉じた彼は、却って眩しさを感ずるとでもいうふうに眉根を寄せた。それから、みずから気を鎮めるように両手で顔面をこすると、大きく息を吐いた。続いて口を開いたとき、津田の声は平生の調子に戻っていた。

「なあ啓作、もちろん俺としては、お前が親身になってくれるのは心底からありがたい。いくら礼をいっても足りないぐらいだが……しかし、本当に行くのか」

「礼なんか。第一、どれだけのことができるか知れたもんじゃない。正直なところ、僕だってまだ命は惜しいのさ。同時に、君の妹の安全を確実に守れるという自信もない。だから、万が一、末夏ちゃんと自分と、どちらか一方でも生命の危険に曝される可能性があると判断した場合、迷わず僕は警察の手を借りるつもりだ。それでもいいか」

　啓作の真剣な声に、自身、いまここで生死を分ける覚悟を迫られているふうに、津田は数秒間黙った。ほどなく彼は、

「――それでいい」

　囁くように答えるなり、急速な心の昂りを声音に表して、間を置かず続けた。

「いや、そうしてくれ。ぜひそうしてくれ。……啓作、俺は辛い。そして、恐ろしい。もしも、未夏と、吾朗と、そのうえお前まで帰ってこれなくなったら、俺は――」

「僕のことなら心配する必要はない。飯塚と違って臆病だから、極力石橋を叩いて渡るつもりだ」

「そうか。まあ、万事任せた」

「それで、ひとつ頼みがあるんだが、行く前に未夏ちゃんの写真を一枚貸してくれないか」

「うむ、ちょうどここにある。飯塚に渡したときに余計に焼き増ししたやつだ」

　床頭台の抽斗から手帳を取りだした津田は、そこに挟んであった写真のおもてに懐かしげなまなざしを向けたあと、そっと差しだした。受け取った啓作もまた、屈託のない少女の笑みを、是が非でもこの場で記憶する必要があるかのごとく、しばらくのあいだ無言で凝視した。それから彼はふっと顔を上げて、

「手術は来週だったな」

と訊いた。

「そうだ」

「それまでには帰ってくるつもりだが、こればかりは行ってみないことにはどうなるか」

「啓作」

胡坐の上で組んだ両手を見つめ、一語一語噛みしめるごとく津田は言葉を発した。

「くれぐれも、未夏をよろしく頼む」

「わかった。君ももうひと踏ん張りだ」

「そうだな。いい加減、今回をもって手術は打ち止めといきたいんだが」

無理におどけた調子を押しだした津田のその言葉を、啓作は二通りの意味で重く受けとめた。脂気のない疲れた横顔にじっと眼を注ぐと、

「なに、お前の冒険譚の結末を聴くまで死にゃしない」

そういって津田は静かに笑った。

忙しく諸々に段取をつけ、啓作が北へ向う新幹線に乗ったのは、この二日後、十二月十九日の昼前であった。

5

混みあった客車の窓側の席で、長い道中、啓作は飽かずに外を眺めていた。車中の人となったときから彼は、この列車を降りるまでのあいだ、強いて事件については考えまいと決めていた。試みはおおむね成功したものの、困ったことには、とある小説の印象深い一節が、執拗に泛びあがっては彼を苦しめた。

〈……不幸はいつも思い設けぬところに起る、ずいぶん身を戒しめ要慎をしていても、それは不意にやってきて人を摑む、その運命をひき裂いて谷底へとつき墜とす……〉

啓作が考えていたのは津田兄妹のことであった。飯塚吾朗のことであった。しかし、思いもよらぬ不幸の深淵に墜ちこんだのは、むろん彼らばかりではなかった……

途中、啓作は半時間ほど軽い眠りに落ちた。瞼を開くと、線路ぞいに蜿々と続くだだ広い田園風景は、うっすらと雪化粧を施していた。だが、さらに北上するにつれて雪は跡形もなく消え、ふたたび景色は寂しい枯草色を晒した。続いて現れた鉛色の海原は海獣の背鰭めいた白波を立て、岩のような島のような、奇妙な形の黒影が遠く霞んだ。東京を出て以降、雨は降りつづいていた。

在来線に乗り換えるころには外は闇に包まれた。車内は一気に空いた。冷たい窓は、その車内の様子を映しこむ黒い鏡に変った。やがて改札口を抜けたとき、啓作は、初めての土地に降りたつ心細さとともに、何か次元を越えて『模像殺人事件』の作品中に入りこむような不思議な感慨を覚えた。

あいにくそこも霙混じりの悪天であった。想像と異なり、雪はまったく積っていなかった。駅前の風景はどこかもの哀しく、信号灯の鮮やかな色彩が雨に滲んでいた。這いのぼる底冷えを感じて、啓作はぎこちなく身を縮めた。

前もって彼は、駅近くに宿を取っていた。駅ビルの書店に立ち寄ったあと、この日はまっすぐ宿に入り、旅装を解いた。書店で購入した地元の詳細図を一心に眺めているうち、あっというまに夜は更けた。

翌日から啓作は行動を始めた。早朝からタクシーを駈って、縄文の遺跡や、霊園や、底知れぬ峡谷のある郊外まで出かけていった。傘を差し、地図を片手に白い息を吐きながら、彼はあらかじめ見当をつけておいた地域を訪ねてまわった。ズボンの裾を濡らし、革ジャンの下で背中だけ汗をかいた彼は、たちまち悪寒に襲われだした。行った先々で、田舎らしい警戒心と親切とが彼を迎えた。

次の日も、啓作は同じ行動を繰り返した。そうして丸二日歩きつづけた末に、収穫は二つ得られた。一つは小さな外科医院で。いま一つは鄙びた中学校で。

洟をすすり、足を棒にして宿に戻った啓作は、改めて頭のなかの空疎な仮説を引っ張りだすと、丹念にそこに肉付けを加えていった。真夜中には、処々に空白のある、それでもまずまずの結構を具えた一つの物語ができあがった。彼はすいと立って窓障子を開け、暗い港を透かし見た。あとからあとから湧いてくる胴震いとこめかみの疼きは、けっして風邪のせいばかりではなかった……

翌二十二日の朝、出がけに啓作は、この二、三日のあいだに気安くなった人の好い女将に、こっそりと分厚い封筒を手交して頼んだ。

「今晩七時……いや、念のため八時にしましょう。それまでに僕が帰らなかったら、この書類を警察に渡してください。どうか、必ずお願いします。それによって、殺人者の汚名を着せられた或る青年の魂が救われるのですから」

リュックを引っかけて宿を出た彼は、氷雨のなかを流していた水色のタクシーを捉まえると、抑制したなかにも強い覚悟を秘めた語気で行先を告げた。

道は空いていた。幸い初老の運転手は寡黙であった。周辺を訪ねるのも三日目ゆえ、戸惑いはなかった。

赤い沼のほとりで彼は車を降りた。杉林を貫いた一本道を抜け、雨に煙った峡谷ぞいに出る。真新しい橋を渡り、山道を上る。そして——、むろん幻などではない、その屋敷はたしかにそこにあった。

断章

かつて、人も通わぬ山中のその屋敷に、ひと組の兄弟が住んでいた。両親はすでに他界し、年子の兄弟は競うように家庭を持った。兄は妻とのあいだに二人の息子を儲け、一方、弟夫婦には一人だけ息子が生れた。

兄弟はひどく仲が悪かった。

或るとき、弟は妻と息子を連れて屋敷を出てゆき、あとには兄の一家四人だけが残った。広すぎる邸内の一隅で、彼らは思い思いの、だが、似かよった色彩の寂しい夢を見ながら日々を暮した。

ほどなく、兄夫婦には娘が生れ、家族は全部で五人になった。生れた娘は美しかったが、ガラス玉のような虚ろな眸をしていた。父がサボテンを育て、二人の息子が暗い目色で口を鎖すとき、彼女は庭へ出て花壇の花々を愛(め)で、とりとめのない旋律の唄を口ずさんだ。

やがて、長い年月が経った。

成長した三人の子供のうち、歳の離れた長男は、或る日、故郷を捨ててどこか遠くへ去っていった。残った次男と長女は、その後も変らず同じ屋根の下で暮しつづけた。また月日は流れ、妻が重い病を患った。或る年の秋の日、とうとう彼女は帰らぬ人となった。夫と息子は人知れず涙を拭ったが、娘は虚ろな眼で冷めた紅茶をかきまわしていた。

火葬場の黒煙が溶けこんだ空は高く澄みわたり、冷たい風は執拗に樹々を揺らしつづけた。寂しい家の寂しい死を、土地の人々は声をひそめて噂しあった。けれども水溜りに落ちた一滴の雨粒にも似て、妻の死のもたらした小さな波紋は、あっけなく人々の記憶から消え去った。

その後、人知れず当主は後添えを得た。新しい妻は、けっして外を出歩こうとしなかった。それは先妻によく似た女で、なぜなら当主が愛していたのは、やはり死んだ妻であったからだ。

そうこうするうちに、次男が屋根裏部屋へ籠りはじめた。同じころ、長女は唄を口ずさまなくなった。

さらに時は流れ、長男が郷里をあとにして八年が経った或る日のこと、彼は、何の前触れもなく懐かしいわが家に舞い戻ってきた。

一家はふたたび五人となったが、取り立てて生活は変らなかった。彼らは山中の屋敷で、やはり人目を避けるようにして、ひっそりと日々を過した。

そこから先はすべてが円滑に進んだ。

かつて弟一家がそうしたように、ごく近い将来、彼らは誰に何を告げるでもなくいずこへか越していくだろう。

行先は杳として知れず、その後、一家が故郷の土を踏むことは二度とない……

こんな物語を、秘かに思い描いた人物がいたのだ。

第三章

1

一時の雑音から解き放たれ、本来の静けさを取り戻した木乃邸に、ふたたび来訪者を告げる呼鈴が響いた。高く澄んだ音色は、納戸部屋の奥にいた青年の耳にもかすかながら届いた。それは、徹夜でしたためた長い手紙を隠し終えた、まさにそのときであった。

暗い廊下を足音もなく玄関に向うと、青年はそっと沓脱に下りた。そうして薄闇の底でいっときためらった末、どこか自分の意思ではない、あたかも神意にでも動かされるような心持で、ゆっくりと重い扉を押し開いた。

呼鈴が鳴ってからずいぶん間が空いていたが、そこにはまだ人が立っていた。それは革ジャンを着た若い男であった。若いといっても、青年より五つ六つは上であろう、男は前置きもなく、「未夏ちゃんを連れ戻しにきた」といった。それからみずからを進藤と名乗り、未夏の兄の友人であると打ち明けた。

二人はじっと眼と眼を見交した。初対面ながら、それでも彼らのあいだには、互いに何か、初めから暗黙の諒解めいた疎通ができあがっているかに見えた。血の気のない頬をした痩身の青年は、ちらりと背後の暗がりを顧みたあと、頭髪を雨に光らせた男を打ち沈んだ様子で招きいれた。

向って右手、居間の手前を鉤の手に折れて、さらに先へ進む。突きあたりの引戸を開き、細い渡り廊下へ下りる。邸内は森閑とひそまり返っていた。納戸部屋に入り、奥へ向ったとき、青年は、進藤という男の視線が、そこだけごく脆弱な外光に照らされた窓ぎわの、古い安楽椅子の上に注がれるのを見た。その椅子の、羊毛に蔽われた濃い灰色の座面には、青磁の麻利耶観音像がこれみよがしに横たえられていた。それは、つい先刻、玄関で呼鈴が鳴る前に青年自身が置いたものであった。

彼らは、ひと足ごとに軋む木製の階段を踏みしめて、屋根裏部屋に上った。別段、そこでなくても良かった。だが、すっかり慣れ親しんだ、寂しくも温かい巣のようなその空間が、終りの場所にはまったくふさわしいように青年には思われた。

梁が剥きだしになった狭い部屋で、青年は男から、大判の茶封筒に入った文書を手渡された。クリップで留められた紙の束は厚く、ぎっしりと文字が並んでいた。聞けば、一見小説風なその文書は、あの大川戸氏が書き残した手記であるらしかった。帰京後まもなく、大川戸氏が病に歿したことを、このとき初めて青年は知った。

ふいにこの家にやってきて、不運にも死んでいった人たち。そしていま、新たにここを訪れた男。これはとても奇妙な繰り返しだ、と青年は思った。〝死の家〟の呪い――卒然とそんな言葉が脳裏に泛んだが、いかにもそれは馬鹿げた発想であった。大川戸氏とこの部屋で語らった夜の情景が、やけに懐かしく思いだされた。

そのとき大川戸氏が坐っていた場所には、いま、見知らぬ男が腰をおろしていた。片開きの開き窓から入りこむ光は弱く、青年は慣れた手つきで電気スタンドを灯した。いい加減に頁をめくったあと、埃まみれの小さな座卓に手記を置いて、彼は男に訊ねた。

「なぜ、あなたがこんなものを持っているんです。あなたは大川戸さんとも知りあいだったのですか？」

「いや、違う」

革ジャンの男は短く否定した。

「そうだな、順を追って事情を説明したほうがいいね」

穏やかに彼はいって、濡れた髪を手櫛で拭った。どうやらハンカチを持っていないらしい。彼は遠慮がちに青年に眼を向けた。それからやや伏目になって、淡々と淀みなく、また、こうした場面の訪れをあらかじめ予期していたことが知れる簡明さで、いまここに大川戸氏の手記が存在する経緯を語りはじめた。

事情というのは、一通の葉書に端を発していた。去る十月の半ばすぎ、男の友人である津田知也のもとにそれは届けられた。

〈ミカは今、遠い山奥にいます。助けにきて〉

〝ミカ〟とは、半年ほど前から行方知れずになっている、津田知也の妹の名であった……

男の声に黙して耳を傾けながら、このとき青年は、ともすれば口もとに広がる苦笑みを怺えつつ、或る夕刻の光景を鮮明に喚び起していた。

彼は、その葉書がいつ、いかなる形で出されたものかよく知っていた。暮れなずむ庭先。小走りに正門へ向う彼女の後ろ姿。この部屋の窓からは一部始終が見えていた。居ても立ってもいられず、大いなる焦燥とともに彼は叫んだ——、そう、改めて思い返すまでもなく、あの瞬間こそが運命の岐れ途だったのだ……

東京で葉書を受け取った津田知也は、あいにく長期に亙る闘病生活を強いられていた。また、津田家には、表立って未夏の捜索願を出せぬ事情があった。思いあぐねた津田知也は、長年の友人である飯塚吾朗なる男に、差出住所として記載された木乃家の内情を探るよう頼む。

　ところが、この地を訪れた飯塚吾朗は、謎めいた三通のメールを残して忽然と消息を絶った。やがて、木乃家に起った奇怪な殺人事件が世間の知るところとなり、それは一応の解決を見るが、津田未夏と飯塚吾朗の行方だけは依然として知れない。そこへ届いたのが、大川戸孝平の手記であった。津田知也はさらなる不安に駆られ、いま眼の前に坐っている男、進藤啓作に相談を持ちかけた——。

「それで、どうすればいいんです。僕はこれを読んだほうがいいんですか？」

　この際どちらでもかまわなかったが、要を得た説明に敬意を表して青年は訊ねた。

「そうだね……、面倒でも、そうしてもらったほうが話がしやすいと思う。なに、急がなくていいんだ、僕はこのまま待たせてもらうよ」

　男の言葉に対し、青年は、気のない態度ながらもう一度手記を手に取ることで、諒承の意を示した。それから彼は、ゆっくりと時間をかけて長い記録に眼を通しはじめた。

　その間、革ジャンの男は、言葉どおりただひたすら待ちつづけていた。煙草と古紙と埃の匂いが染みついた部屋には、たくさんの書物が乱雑に、堆く積み置かれていたが、待っているあいだ、男はそれらには眼もくれなかったようだ。

枯れた巨木の洞(うろ)にでも閉じこめられたふうな静寂のなかで、時折、紙を繰る単調な音だけが儚げに響いた。行為に没頭しながらも、青年はみずからが発するその音を常に意識していた。それは時に規則的に、時にリズムを滞らせて、いつ果てるともなく延々と続いた。だが、当然のごとく終りはやってくるのだ。榲桲(マルメロ)のようなスタンドの明りの下で、やがて最後の一頁を読み終えたとき、青年は、彼にしては珍しい、或る種の感動をはっきりと声音に表していった。

「まさか、あの大川戸さんがこんなものを残していたとは知りませんでした！」

「そう、津田にそいつを郵送してすぐに、大川戸氏は他界してしまったのだ。いわば彼は、手記の扱いを津田に一任して亡くなったようなものなんだ。それで……どうだろう、何か当事者ならではの意見があれば聞かせてほしいのだが」

男に請われた青年は、適当な言葉を探してしばし黙ったのち、

「これは、非常に剣呑(けんのん)ですね」

ただぽつりとそう答えた。

「剣呑……それは、君にとって、という意味だろうか」

「まあ、そうです」

「だろうね」

微笑こそ見せぬまでも、男は心なしか満足げな面持でうなずいて、

「前もっていっておくが、幸か不幸か、まだ警察はその手記の存在を知らないのだ。加えて、僕が今日ここを訪問している事実を知る人もない。だが、万が一、約束の時間までに僕から連絡が入らなければ、或る人を通じてそいつのコピーが警察に提出される段取になっている。間違いなく、この家には再度の捜査が入るだろう」

「それは、逆にいうと、こちらの出方次第では穏便に済ませてくれるとでもいうわけですか」

青年が水を向けると、

「さて……」

はぐらかすように男は言葉を濁した。このとき、男が内心のジレンマを悟られまいと努めているのが、青年にはよくわかった。おそらく彼は、いろんな意味で、無傷のまま友人の妹を取り戻したいと考えているのだろう。

ところで、一方の青年としては、いまさらわが身を有利に運ぶよう駈引きする気など毛頭ないのだった。そのことを彼は――つまり、この期に及んで姑息な真似をするつもりなどないことを、ぜひとも相手に伝えたいと望んだ。しかし、あいにくと心境どおりのいいまわしはすぐには思いつかなかった。

「進藤さん、あなたはどこまでご存じなんですか」

純粋に好奇心を満たすべく青年は訊いた。

「自分なりには、かなりのところまで解き明かしているつもりだ」

「すべて、というわけではないでしょう?」

「うん、すべてじゃない」

男は意外なほどあっさりと打ち明けた。その態度に、青年はいくらか好感を持った。そこで彼は労うようにこういった。

「それは、でも、仕方のないことですよ。この複雑に縺(もつ)れた糸を完璧に解きほぐす作業は、何人(なんぴと)であっても不可能なのではないかと思います。なぜならこれは、いくつもの信じがたい偶然が重なった末の結果なんですから。とても理詰めで解決できる代物じゃないんです」

「なるほど、では、あながち僕も力不足を嘆かなくていいというわけだね。それで君は、この屋敷のなかで何が起ったのか、真相をすっかり打ち明けてくれるのだろうか」

「どうしましょう、迷いますね。できることならお断りしたいところですが」

実際、青年はまだ決めかねていた。

「そいつはがっかりだな」

男は探るような眼の色で話者を見て、

「なら、どうして僕をこの部屋へ招いてくれたのだ」

と訊いた。

「どうしてでしょう。自分でも、よくわからないんです」

それは偽らざる本音であった。わかるようで、よくわからない。彼にはもう、ごまかす気もなければ逃げるつもりもなかった。ただ彼は、すべてを終りにしたいだけだった。

「進藤さん、よろしければ、まずはあなたの解釈を聞かせてもらえますか。もしもそれが正しければ、僕も素直に認めることにしましょう。場合によっては、足りない部分を補ってもいい……」

「なるほど、いいだろう」

特に気負いこむ様子もなく、男は穏やかに肯じた。彼はそこで初めて煙草を取りだすと火をつけて、

「恐ろしく静かだね。まるでほかに誰もいないようだ」

柔らかな煙とともにそう呟いた。

「本当に。誰もいないみたいですね……」

「まだ、こちらでは雪は降っていないのだね。本格的に積るのはいつごろだろう」

「さあ、一月二月ってとこじゃないでしょうか。僕にはよくわかりませんが」

「そうだね」

男はわずかに眼で笑うと、すぐに真摯な顔つきになってしゃべりだした。

＊

「初めに、僕がこちらへ来てから調べた事柄について話そう。着いたのは十九日の晩だった。一昨日、昨日と歩きまわって探偵の真似ごとをした。こっちは何の権限も持たない民間人だからね、だいぶん苦労したけれども、おかげさまで二つの重要な事実を手にすることができた。一つは、十月三十一日、とある外科医院で、飯塚吾朗の国民健康保険証を呈示して治療を受けようとした男がいたことだ。訪ねまわる病院の数自体が少なくて、僕としては大いに助かった」

「飯塚吾朗——さっきの話に出てきた津田さんのお友達ですね」

「そうだ。僕の友人でもある」

「その飯塚さんが、病気にでも？」

「怪我だよ。もっとも、飯塚吾朗を名乗ったその男は、急な用事でも思いだしたふうな素振で、診察の前に待合室から姿を消してしまったらしい。おかしな話じゃないか。僕は受付で飯塚の写真を見せ、消えた男の風体を問い糺してみた。するとどうだろう、そいつは飯塚とは似ても似つかぬ人相だったのさ」

男はそこでいったん言葉を切ったが、眉ひとつ動かさぬ青年の様子を見て、すぐにまた口を開いた。

「もう一つ、僕が求めていたのは、寺井睦夫くんの中学時代の容姿を確認することだった。じつはこちらのほうがよほど大変だったよ。いまごろ、木乃家の事件についてこそこそ嗅ぎまわっている妙な男がいると、方々で噂になってるかもしれない」

「あなたは寺井の家でも訪ねたんですか？」

ご苦労さまとでもいわんばかりに、青年の言葉はいくぶん皮肉っぽく響いた。けれども男は、特に気分を害した様子もなく、

「もちろん当初はそれも考えたさ。しかし、家族に会うのはどうにも忍びなくて遠慮したよ。最終的に僕が行き着いたのは、かつて睦夫くんが通っていた中学校だった。明日から冬休みということで、まあ、運が良かったな。それでも、マスコミの人間と誤解されて危うく追い返されるところだったが、或る事情から睦夫くんの無実を晴ら

さねばならぬ者だと力説して、どうにか協力を得ることができた」

「何か、わかりましたか」

「うん。僕は来客用の応接室に招かれて、当時の睦夫くんを知る教頭先生と話をした。そのころは学年主任だったそうだがね。君、あの事件の際、こちらのニュースでは睦夫くんの顔写真は公開されたのだろうかね？　いずれにしてもその人は、ここ一、二年のあいだに睦夫くんを見かけたことがあったのだ。そこで僕は、在校中の睦夫くんと最近の睦夫くんの風貌に、どれほどの違いがあったか知りたいと頼んだ。

　が、教頭は首を捻って、質問の意味がよくわからないというんだ。僕はこういい換えた。中学時代の睦夫くんを記憶している人が、七、八年ぶりに彼を見かけたら、すぐに彼と気づくでしょうか、と……

　返答はイエスだった。彼は昔から躰が大きくて、成人しても当時とさほど変らぬ童顔をしていたそうだ。あれだけ特徴があればすぐにわかるはずだと教頭は請けあってくれたのだ。それが、つい昨日のことだ。僕は宿に帰ってあれこれ頭を悩ませた。結果、どうやらあらかたの答えは出せたと思った。あまり悠長にしている暇はない。とにかく心配なのは未夏ちゃんの安否だ。それで今日、一切に決着をつける気構えで、こうしてここへやってきたのだ」

「ええ、よくわかりました。先に地固めをしてきたというわけですね」

「そのとおり。ほんのささやかな地固めをね」

飄々と答えて、男は暗い天井を見上げて煙を吹いた。ふと気がついて、青年は灰皿がわりの空缶を差しだした。

男は礼をいい、お返しのように青年に煙草を勧めた。青年は遠慮なく相伴（しょうばん）に与（あずか）った。何せ、二日前から手持ちを切らしていたので。

「さて、どこから取りかかればいいのか迷うが、先にもうひとつだけ、飯塚吾朗が津田知也に送ったメールの内容も見ておいてほしい。津田から転送してもらったものをプリントアウトしてきたんだ」

男に指摘されて検めると、先ほどの茶封筒には、もう一枚、別の紙が入っていた。たしかにそこには、三通分のメールの文面が打たれていた。

「それを踏まえたうえで、十月三十一日に飯塚が出会った男及び、大川戸氏名づけるところの〝第一の包帯男〟と〝第二の包帯男〟――この三者が果して何者なのか、そして、飯塚は彼らといかなる関係のもとに結ばれているのか、これを第一の問題として明らかにしてみようじゃないか。

本来の順序としては、十月三十日に〝第一の包帯男〟がこの家に現れたのが最初だが、ここではまず、〝第二の包帯男〟の登場場面から始めたい。飯塚が道中で遭遇した男については、便宜上〝謎の男〟と呼ぶことにする」

そういって呼吸を整えたあと、いよいよ男は本題に入った。

2

「十一月一日の夕方、顔面に包帯を巻き、紺色のブルゾンを着た奇妙な男がこの家を訪れた。大川戸氏いうところの〝第二の包帯男〟だ。彼は前々日に現れた〝第一の包帯男〟同様、堂々たる態度でみずからを木乃秋人であると名乗ったというが……結論からいうと、このとき現れた〝第二の包帯男〟こそは、わが朋友飯塚吾朗だったのだ。一通目のメールにあるとおり、前日、十月三十一日の朝に、飯塚は〝謎の男〟と遭遇している。そして、その〝謎の男〟が身につけていた紺のブルゾンを借りて、飯塚はここへやってきたのだよ。なぜそういえるのか、話そう。

同じく十一月一日の夕刻、〝第二の包帯男〟の訪問からおよそ一時間ののち、大川戸孝平氏がやはりこの家を訪ねている。沼地で立往生した彼は、助けを求めてここまで上ってきたのだ。玄関先にいた君たちのなかで、大川戸氏の要請に応じたのが〝第二の包帯男〟で、二人は連れだって外へ出る。その際、大川戸氏は、〝第二の包帯男〟の紺色のブルゾンに、〝油染みのような汚れがこびりついているの〟を見ているのだ。

僕は、この〝油染みのような汚れ〟を血痕だと判断した。飯塚のメールを読むと、前日に出会った〝謎の男〟がひどい怪我をしていたことがわかる。彼は交通事故にでも遭ったのだろうか？　いやいや、そうじゃない。〝謎の男〟は、何者かに襲撃されて負傷したのだよ。想像するに、深手を負って道端で動けずにいたところへ、運よくこの屋敷を目指してやってきた飯塚が通りかかったのだろう。そこで飯塚は、〝謎の男〟から、木乃家に起るはずの殺人事件を防ぐよう依頼されたのだ。

この段階で、襲撃者イコール木乃家における未来の殺人犯と断じてしまってもほぼ問題はなさそうだが、まだ確定とまではいいきれない。しかしながら、〝謎の男〟を襲ったあと、襲撃者がこの屋敷に向ったことだけは間違いないはずなのだ。なぜなら、だからこそ飯塚は、わざわざ〝謎の男〟の血染めのブルゾンを身に纏うことにしたのだからね……

おそらく襲撃者は、〝謎の男〟が死んだと考えていたに違いない。そこへ、死んだはずの男のブルゾンを着た飯塚が不気味な包帯姿で登場する。まさしく、みずからを襲った襲撃者に対し〝呪詛を吐く血まみれのミイラ〟となって……。わかるかい、こいつは、馬鹿馬鹿しいほど芝居がかった心理作戦なのさ。

これを飯塚側から見れば、津田の依頼を受けて勇躍東京を発ったはいいが、奴は木乃家への潜入手段にずっと頭を悩ませていた。そんなとき、偶然出会った〝謎の男〟から、木乃家に包帯姿の男が入りこんでいることを聞かされる。しかも、その男は近々殺人を犯す可能性があると。さすがの飯塚も驚いただろうが、同時にこれは、奴にとっても渡りに船だった。〝呪詛を吐く血まみれのミイラ〟――すなわち〝第二の包帯男〟となってここへ乗りこむことで、襲撃者に心理的な圧迫を加えることもできれば、本来の目的である津田未夏捜索の足がかりも作れる。度胸の据わった飯塚だからこそ為しえた、危険極まりない冒険といっていいだろう。

ちなみに、襲撃者は、包帯の中身が自分の襲った相手でないことにすぐに気づくだろうが、それはそれで一向にかまわない。実際、彼は〝第二の包帯男〟の不可解な出現を目の当りにして、恐ろしいまでの衝撃を受けたはずだ。思わず〝出ない声を限りに振り絞って『貴様、誰だ。何を企んでる！』と吼え〟るほどにね」

一呼吸置いて、そこで男はやや調子高になった。

「木乃邸に現れた〝第二の包帯男〟の正体は飯塚吾朗だった。しかし、知ってのとおり、その翌日――十一月二日の夜に、撲殺死体となって見つかった〝第二の包帯男〟

は飯塚ではなかった。なぜか」

「なぜです」

「簡単な話だ。十一月一日にこの屋敷に現れ、大川戸氏に奇妙な協力を求めた〝第二の包帯男〟はたしかに飯塚だったが、不自然な書置きを残して姿を消し、死体となってふたたび出現するまでのあいだに、包帯の中身が別の人物と入れ替ってしまったのだ。では、肝心の飯塚はどこへ消えたのか？　信じたくないことだが、おそらく奴はもう生きてはいまいと思う。……どうだい、違うか」

問いかける男の声調子から、それまで抑制されていた憤りの念が黒煙のごとく立ちのぼるのを、青年は感じ取った。だが、他人ごとのように瞑目する彼は、何ら表面だった反応を返さなかった。男はごくりと音を立てて唾を呑みくだし、ふたたびしゃべりだした。

「塔の裏手で死体となって転がっていたのは、現時点で木乃圭介と目されている男だった。そして、いいかい、この木乃圭介と目されている男こそは、飯塚がここに来る途中で遭遇した〝謎の男〟その人なのだ。理由はブルゾンの血痕にある。仮に死体の着衣に他者の血液が付着していたなら、検死の際に間違いなく問題となるはずじゃないか。ブルゾンの血は、まさしく死体となっている男自身の血だったのさ。よって、殺された〝第二の包帯男〟こそが〝謎の男〟だ。

では、〝謎の男〟に負傷を負わせた襲撃者とは何者なのかというと、これは考えるまでもないだろう。その人物は、顔に包帯を巻いた男だ。飯塚に、〝木乃家へ災厄をもたらすためにやってきた招かれざる客〟といわしめた男だ。つまり、〝第一の包帯男〟こそが、明らかな殺害の意志を持って〝謎の男〟を襲った人物なのだ」

「そいつは、いったい誰なんでしょう」

ほとんど無感動に青年は訊いた。

「うん、では続いて、〝第一の包帯男〟と、殺害された〝第二の包帯男〟の正体について考えてみよう。まず、〝第一の包帯男〟については、大川戸氏の手記から以下の手がかりが得られる。

1　麻利耶観音像の隠し場所と、それにまつわる怪談話を知っていた。

2　実母雅代の死を知らず、継母に当る峯子を雅代と見誤った。

3　木乃邸の鍵と、木乃秋人の身分証を所持していた。

4　木乃邸で再会した寺井睦夫を認識できなかった。

1は、秋人と圭介、二人だけが知っている秘密の情報だ。

2は、少年時代に木乃邸を去り、十七年もの空白がある圭介ならば十分にありうる話で、ただし、〝第一の包帯男〟が本物の秋人なら、けっして犯すはずのない過ちだ。

3に関してだが、〝第一の包帯男〟が〝謎の男〟襲撃犯であることは先刻証明したとおりだ。では、何ゆえこの襲撃は行われたのだろうか。

おととい僕は、十月三十一日に飯塚吾朗の保険証を持参して病院を訪れた人物がいたことを確かめた。ところが、この男は飯塚ではない。別人だったのだ。わかるかい、この男こそがまさに、飯塚の遭遇した〝謎の男〟だったのさ。では、なぜ男は飯塚の保険証で診療を受けようとしたのだろう？　思うに、この界隈で己の身許を明かしたくない理由があったのではないだろうか。診察を受けずに立ち去ったのも、誰か――彼を彼と勘づくような人物がたまたま待合室に現れたせいじゃないだろうか。まあ、これは想像だがね。

しかし、それより何より、この〝謎の男〟は、みずからの保険証を呈示できないやむをえぬ事情を抱えていたはずなのだ。おそらく、前日に彼は、〝第一の包帯男〟によって危うく撲り殺されそうになったあげく、あらゆる身分証のたぐいを強奪されてしまったのではなかろうか。とすれば、〝第一の包帯男〟は〝謎の男〟を殺害し、彼の身分証を奪い、事故で〝顔〟と〝声〟を喪った自身の不幸を逆手にとって、〝謎の男〟との入れ替りを謀ったと考えられるじゃないか。

4も非常に暗示的だよ。木乃秋人にとって、寺井睦夫は忘れられるはずもない相手の弟だ。かつて幾たびか顔を合せ、寺井青年いわく〝打ち解けていた〟間柄でもある。そのころと現在の寺井青年の外見にさしたる変化がないことを、僕は昨日確認した。つまり、〝第一の包帯男〟が秋人ならば、彼が寺井睦夫に気づかない道理はないのだ。

以上の点から、〝第一の包帯男〟と〝第二の包帯男〟の正体を明確に指摘することができる。

〝第一の包帯男〟は木乃秋人ではなく、彼の従弟の圭介だった。また、現在圭介と思われている殺された〝第二の包帯男〟──つまり〝謎の男〟こそが、圭介と酷似した容姿を持つ秋人だったのだ。この事実は同時に、飯塚が喰いとめるよう依頼された未来の殺人事件の姿をも照らしだす。圭介に襲われた秋人が危惧したのは、彼の家族に降りかかる災厄──自分になりすまして邸内に入りこんだ圭介の手で、近々のうちに遂行されるであろう、木乃光明一家抹殺の復讐劇だったのだ。とすれば、かかる結論が、仏舎利塔で起きた殺人事件の解釈にも重大な影響を与えずにおかないことは自明だろう」

「そうなりますね。被害者自体が違ってくるんですから」

まるで、手を取りあって謎解きに挑む同志のごとく、青年は答えた。

「そう、殺害されたのは圭介ではなく秋人だった……もっとも、この事実だけ取ってみれば、単に寺井睦夫の容疑をいっそう確実にする助けにしかならないようにも思える。何しろ寺井睦夫が憎悪を抱いていたのはもともと秋人のほうだったのだから。では、被害者の正体が圭介から秋人に修正されることで、にわかに浮上してくるのはどういった問題だろう？　いうまでもない、それは、遺体を見て圭介だと虚偽の申告をした、君たち木乃家の人々の意思だ。実際、今回の奇怪な出来事の謎を解くすべての鍵が、そこにあるといっていい」

「僕らの意思……。なるほど、いよいよお話は佳境ですか？」

立てた膝を小刻みに揺すぶりながら、一見茶化すような言葉を、しかし青年は恐ろしく陰鬱な調子で吐きだした。

「いや、まだまださ。……そう、君も聴いてるだけじゃつまらないだろう。足りない部分は補ってくれる約束じゃないか」

「いえ、いまのところ非常に順調のようですから」

「そうかい。だが、ここからが大変なんだ。よろしく頼むよ」

「ええ、どうぞ進めてください」

昼さえ動かさずに呟いて、ふたたび青年は眼を閉じた。それを見た男は、無言で眉をひそめて、また続けた。

「被害者だけじゃない、殺人事件の解釈すべてが、まるきり違っていると僕は思うのだ。……ねえ君、勝手なことをしてすまないが、じつは、ここへ来る前に僕は、裏庭へ回って仏舎利塔まで足を運んできたんだ。なかなか立派なものだったよ。十一月二日の黄昏どき、あの白堊の塔上に、二つの人影が目撃されたのだね」

「そのとおりです」

「二つの影――それは、寺井睦夫及び〝第二の包帯男〟と判断された」

「ええ。事実、その後に見つかったのは寺井と包帯男の遺体でした」

「そう……だが、考えてみるがいい、夕暮、遠く離れた逆光のなかの人影が、まさしくその二名であったという保証がどこにあるだろう」

男の声は急速に熱を帯びはじめた。

「加害者を寺井睦夫と認めたのは、ただ彼の服装と巨大な体軀からだ。被害者を〝第二の包帯男〟と認めたのは、やはり彼の服装と、頭部を蔽った包帯からだ。しかし考えてほしい、加害者を寺井睦夫と断ずる決め手となった桁外れの体軀だが、どれほどの巨体であろうと、それは比較の対象があって初めて巨体と知れるものじゃないか。

　要は基準値の問題だ。万が一、〝第二の包帯男〟と目される被害者側の人物が、別の……もっと小柄な人間であったなら、加害者側は桁外れというほどの巨漢でなくとも、遠目には恐ろしく巨大に感じられたに違いない。ましてや大川戸氏が裏庭から塔を見たのは、先ほどの僕と同様、このときが初めてだ。彼には、塔に立つ人間がどの程度の大きさに見えるかなんてわかろうはずもないのだ。

　寺井青年はずいぶん肥満していたらしいが、背丈さえ操作できれば、横に膨らます細工はいかようにでもなる。僕は下手な役者として舞台に立った経験があるけれども、一遍だけ或る芝居のなかで、えらく太った男の役を演じたことがあったよ。君のように長身痩軀という形容そのままの人間にでも、それは簡単にできることなんだ……

そう、いま芝居といったが、大川戸氏が見せられた塔上の殺人劇は、文字どおりの芝居だった。事前に仕組まれた演技だったんだ。その筋書きをいまから推測してみようと思うが、違っているところがあったらぜひ訂正してほしい」

　そこで男は刺すように青年を直視した。

　伸びすぎた前髪を掻き分けながら、青年と青年の影は、微風に揺らめくごとくうなずいた。

＊

「事の始まりは、十一月一日の深夜に、まだ見ぬ〝ミカ〟なる少女を救出するため、寺井睦夫がこの屋敷を訪れたことだ。彼は家のなかに忍びこみこそしなかったが、傍目には滑稽なほどの熱情に衝き動かされて、ひと晩じゅう辺りをほっつき歩いていた。一度は裏庭にも足を運び、どうやらそこで怪しい人影を目撃したらしい。もしもそれが見間違いでないとしたら、そのとき裏庭にいたのは何者なのだろう？　その人物が、すなわち納戸部屋を覗いていた男なのだろうか？　大川戸氏の手記から察するに、君らが納戸部屋の窓に人影を見たのは、おそらく午前二時を回った時分ではないかと思う。ところで、この前後から吊橋が壊された午前四時ごろにかけては、表面には現れていないものの、さまざまな出来事が起っていたはずなのだ。

ひとつは、〝第二の包帯男〟こと飯塚吾朗が行動に打って出たことだ。さっき君も読んだとおり、奴は大川戸氏に対してこんな言葉を残している。

〝大川戸さん、もしかしたら、これは大ごとに発展するかもしれません。網にかかるのは、思いのほか大きな魚かもしれませんよ。しかし……もう少し探ってみなくちゃいけない。先手を打たれないうちに、今夜じゅうにも動きださないと……〟

動きだす。飯塚が一刻も早く未夏ちゃんの居場所を突きとめようとしていたのは、想像に難くない。加えて奴は、途次、本物の秋人氏との遭遇によって、いままさに木乃家に尋常ならざる事態が勃発する危険を感じていた。……そう、いい忘れたが、飯塚というのは非常に記憶力のいい男でね。〃第二の包帯男〃となって木乃秋人を主張するに当って、彼はこの家の間取やら昔の思い出話やら、本物の秋人氏から前もってレクチャーを受けていたのだろうと思う。もっともすべてを完璧にインプットできるはずもないから、さすがに麻利耶観音像の話なんかは伝達洩れがあったというわけだ。

それはともかく、その夜、飯塚はいち早く動いた。未夏ちゃんを見つけること。この家に起ろうとしている犯罪を見極め、それを阻止すること。だが……どうしたことか、そのままぷっつりと消息は途絶えてしまったのだ。

残念ながら、奴はしくじったのだろう。油断があったのかもしれない。あるいは本人が警戒していた以上に、敵が死に物狂いだったのかもしれない。……君、教えてくれ。この夜、飯塚は邸内のどこかで殺されたのじゃないか。むろんこんな想像は間違いであってほしい。だが……どうだ、本当のところを答えてくれないか」

男はにじり寄るように身を乗りだした。押し殺された真剣なその声に、青年の表情には初めてたゆたうような動揺が走った。沈黙し、眼を伏せた彼は、やがて、あたか

もたったいま思いついたというふうに、

「例えば、裏庭のサボテン園に未夏さんとやらを呼びだそうとしたところを、誰かに狙われたとか……」

棒読みの科白めいた口調でそういったが、途端、相対する男の相貌は大きく歪み、発作のように息遣いが乱れた。彼の乾ききった唇は震え、こんな弱々しい電灯のもとでなければ、その瞼に差しのぼった朱の色も容易に認められるかに思えた。

「……まあいい、とにかく先を進めようじゃないか。同じ晩に起きていたであろう、もうひとつの出来事だ。この翌日に遺体となって発見される、いま一人の〝第二の包帯男〟こと本物の秋人氏……彼がここへやってきたのも十一月一日の夜のうちではないかと思うのだが、どうだろう。寺井青年が見かけたという裏庭の人影、君と大川戸氏が目撃したという、納戸部屋を覗きこむ人影——これらの正体は秋人氏であったというのが、僕の想像だ。むろんそれが飯塚であった可能性も否定はできないが、いずれにせよ、橋が落ちる前に秋人氏が峡谷を渡ってきたことだけは間違いない。

ひどい怪我のため、一度は飯塚に未来の殺人の阻止を託した秋人氏だが、飯塚だけでは心もとないと思ったわけでもなかろうが、やはり自分自身の手で惨劇を喰いとめるため、重傷を押して、ひと足遅れで八年ぶりのこの生家へやってきたのだ。ところが、手負いの秋人氏を待ち受けていたのは、じつに思いもよらぬ事態だった……。しかし、それについてはまたあとで触れるとして、続いて起ったのが、夜明け前の吊橋爆破と電話線の切断だ。

いまのところ、圭介が従兄弟の一家を殺害するために〝陸の孤島〟状態を作ったというのが真相とされているが、当然これは見当違いといわざるをえない。不穏な――君たちにとって、明らかに不穏な動きが、この日、立てつづけに屋敷の内外で起きていた。何があろうと死守しなくてはならぬ或る重大な秘密を抱えた君らは、すっかり疑心暗鬼の心境だったに違いない。そのために君らは、屋敷の周辺をうろついている、この時点ではまだ正体不明だった怪しい人間を、いったん足留めする必要があったのだろう。それゆえに、夜も明けきらぬうちに橋は落されたのだ。

さて、次に控えるのが寺井睦夫の訪問だが……、真夜中の徘徊のあとも付近に留まっていた彼は、陽が昇っていくらか頭も冷えたのだろうか、ようやく帰ろうという段になって橋が落ちていることを知り、ふたたびここへ戻ってくる。大川戸氏に連れられてきたこの一途な青年は、かつてのクラスメイトである美津留か、妹佐衣との面会を強く求める。だが、無惨にも、これによって彼は命を落す破目になったのだ」

ここで男はまた口を鎖すと、深い吐息をついた。彼の様子には色濃い精神の困憊が見えたが、みずからそれを振り切るごとく、低声に力を込めてきっぱりといった。

「塔の殺人は、君たち一家が総出で仕組んだものだった」

「僕たち全員ですって？」

まるで他人ごとのように冷静に問い返すのにうなずいて、

「寺井青年の訪問を受けて、応対に出たのは光明氏だった。彼は寺井青年と大川戸氏を二階に待たせておいて、その間に圭介と君に事態を伝え、急いで対策を練る。そこで初めて、塔の殺人計画は形作られていったのだろう。細かいところはあとにして、僕の推測した流れはざっとこんな具合だ。

1　大川戸氏が吊橋を確認しに出かけているあいだに、邸内の複数の人間が、二階で寝ている寺井青年を仏舎利塔まで連れだして絞殺、遺体のパーカを脱がせ、林のなかで首吊り自殺に偽装する。

2　1との順序は不明ながら、本物の秋人氏を殺害してその遺体を塔の裏の林に運び、ブルゾンを脱がせて顔面を包帯で蔽う。

3　寺井青年のパーカを着た贋の寺井睦夫と、秋人氏のブルゾンを着た贋の〃第二の包帯男〃が、仏舎利塔の上で殺人劇を演じ、それを裏庭から大川戸氏に目撃させる。

4　秋人氏の遺体にふたたび紺のブルゾンを着せ、寺井青年の遺体のそばにパーカを打ち棄てておく。

5　秋人氏の遺体を発見し、これを圭介だと証言する。

……と、これだけではいくら何でも端折りすぎだから、順に検証していこうと思うが、正直に白状すると、まだまだ曖昧な部分が多いのだ。まず、最初の寺井睦夫殺害だが、君たちのなかで誰がそれに関わったのかが定かでない。ただ、相手が非常な巨漢だけに、複数の人間によって犯行が行われたのは間違いないだろうと思う。

2についてはもっとわからない。いかに君たちが秋人氏と接触を持ったのか、また、1の寺井睦夫殺しとの順番、時間差というところが、悔しいかな僕には確かめる術がないのだ」

男はもの憂げにかぶりを振り、そこで急に黙った。対する青年は、短い逡巡ののち、はにかむような笑みを見せると、口を挟んだ。

「その点は、こう考えてはどうでしょう。重傷を押してやってきた木乃秋人は、その朝、裏庭の片隅で昏倒しているところを家人に発見された……。圭介に撲られ、崖から突き落とされたものの、彼は運よく谷底までは落ちずに一命を取り留める。けれど、やはりそのときに負った怪我は、致命傷に等しいダメージを彼の肉体に与えていた……」

おかしなことに、いまや青年の声は、乏しい抑揚のなかにも、一種思いやりに近い温かな響きを含んでいた。そこにはたしかに、対立する相手とのあいだに生ずる不可思議な共感があった。一方の男も、何らそれを訝しむ気色もなく大きくうなずき返し、

「なるほど、そういうことか。命がけの執念でここまでたどり着いた秋人氏だが、邸内の様子を窺うべく、いったん裏庭へ回ったところで力尽きて意識を失ってしまう。それを君たちのうち誰かが発見したのだね。君らは瀕死の秋人氏を一時どこかに軟禁し、のちに、改めて頭を撲りつけて殺害した。

……となると、おそらく犯行時間は寺井青年の殺害とほぼ同じころだったのだろう。だって、明け方に秋人氏を殺したのでは、寺井くんとの死亡時間の差が開きすぎるも

のね。二人は、夕方以降に殺され、また自殺した態になっている。ところが、実際に彼らの身に死が訪れたのは日中だ。この時間のずれは、しかし、吊橋を落とし、電話線を切断した〝陸の孤島〟状態のおかげで、割りだしが曖昧になったのだろう。実際、〝陸の孤島〟が原因で、検死が行われるまでにはかなりの日数が無駄に費やされたのだからね。

加えて二人の遺体は、現場保存などどこ吹く風、君たちの手で発見場所からサボテン園に移動させられている。当分のあいだ警察と連絡が取れない状況だったことを思えば、のちのち咎められることもなかったろうが、これによってさまざまな手がかりが消滅してしまったのもたしかだろう。

……さて、いよいよ3の〝塔の惨劇〟に移ろう。大川戸氏の記述を信ずるなら、納戸部屋から不穏な物音が聞えてきたのは、午後五時ちょうどということになる。そして、僕は大川戸氏のこの証言は正確であったと思うのだ。午後五時――それは、あらかじめ設定された動かしようのない時刻だった。加えてこの計画には、三箇所での連携プレイが必要だった」

「三箇所？」

「そうさ、しかも互いに連絡を取りあうのが難しい、各々離れた地点だ」

「では、それを実行するには、何かサインのようなものが必要ですね」

「ああ。その合図となったのが、毎日午後五時、周辺に鳴り響く役場のチャイムだったに違いない。だからこそ、君たちはその時間を選んだのだ」

何か見えざるものの意志に衝き動かされるごとく、男の唇は熱っぽく言葉を紡ぎつづけた。

「四時半すぎ、光明氏は、裏庭に呼びだした大川戸氏を打ちあわせどおり長話に持ちこむ。やがて五時、一帯にチャイムが鳴り、それを契機に、まずは邸内で〝第一の包帯男〟こと圭介が、美津留との架空の取組みあいを演ずる。このとき、叫び声や物音の発信源が納戸部屋でないかと指摘したのは光明氏だ。それを聞いて、大川戸氏は疑いもなく納戸部屋の奥まった窓に向う。そこで圭介から事情を説明されているところへ、この屋根裏部屋から美津留の声が聞えてくる……

ここで重要なのは、大川戸氏は美津留の姿を見ておらず、〝秋人兄さんなんて帰ってこないほうが良かったんだ！〟という叫び声しか聞いていないという点だ。じつに古い手だよ。……ほら、この部屋には電源もあればラジカセもあるじゃないか。だいたいのころあいを見計らって、たったひと声テープに叫ばせるのなんてたやすいことだ。しかし、当然ながらそのときの大川戸氏は、てっきり屋根裏に君がいるものと信じた。そこへ光明氏の切迫した声が響いて、大川戸氏はあわてて元いた場所へ取って返す。この間、およそ五分といったところだろうか。

大川戸氏が引き返すと、仏舎利塔を指さして狼狽する光明氏がいる。このとき、むろん塔の上では、こちらも台本どおりの殺人芝居が行われているのだ。寺井睦夫とおぼしき大男に撲殺される、〝第二の包帯男〟とおぼしき男。贋の〝第二の包帯男〟を軽々と担ぎあげた贋の寺井睦夫は、塔の陰に回って姿を隠す……。だが、さっき話したとおり、現実には寺井青年も〝第二の包帯男〟こと秋人氏も、その数時間前にはもう、林のなかで冷たい骸となっていたのだ。

さて、裏庭では、予定どおりに圭介がやってきて、塔まで様子を見にいこうと大川戸氏を誘う。一方、光明氏は、なかで待っていてくださいという圭介の提言に対し、こちらも予定どおり、あとから美津留と一緒に追いかけると答える。だが実際にはそのとき君は、この屋根裏部屋にはいなかったのだ。なぜならば、塔の上で寺井睦夫を演じていた人物こそが、ほかでもない、君だったのだからね。

塔の裏側に姿を消したあと、君は寺井睦夫の扮装を解き、林の奥にぶら下がった寺井青年の遺体の脇に、あたかも当人が脱ぎ捨てたかのごとくパーカを掛けると、じっと付近に身を潜めていたのだろう。

圭介と大川戸氏が塔までたどり着くのに、殺人劇から数えると、どんなに短く見積っても十五分から二十分は要したはずだ。君は藪に隠れて彼らをやりすごす。そして、懐中電灯を光らせながら遅れて坂を上ってきた光明氏と、何喰わぬ顔で合流したわけだ。

塔の裏手の林のなかには、昼のうちに殺害し、顔面に包帯を巻きつけておいた秋人氏の遺体が用意されている。もちろん塔の殺人劇のあと、こちらには、贋の〝第二の包帯男〟が拝借していた紺のブルゾンを着せ直してある。

ほどなく、陽の落ちた塔の周辺で、四人による捜索が開始される。しかし、本気になって捜していたのは大川戸氏ただ一人さ。秋人氏の遺体を発見するのは誰でも良かったはずだが、この場合は、光明氏と君だった。君が包帯を解き、圭介が、秋人氏の遺体をさも圭介であるかのごとく偽証する。もちろん光明氏も君も、それに同調した。秋人氏と圭介は従兄弟同士で容姿が似ているのだから、この身内の証言は捜査段階で大きな効力を発揮したことだろう。また、〝第一の包帯男〟こと圭介が、秋人氏と認められるためのお膳立てが調っているのは、先にいったとおりだ」

3

「僕の推測した殺人計画に異論はないだろうか」

囁くように男は問うた。

「ええ、特には」

青年はいやにぼんやりした調子で答えたが、膝頭のあたりを見つめていた眼をちらと上げて、

「ただ――」

といい添えた。

「ただ？」

「ええ。正直、よくぞそこまで洞察できたものだと感心せざるをえませんが……、ただ、塔上で贋の〝第二の包帯男〟とやらを演じた人物に関してだけは、一切言及がなかったようですね」

にわかに表情を硬くする男を尻目に、青年は軽く手記のおもてを叩いて、

「この大川戸氏の記録のなかで、二人の包帯男は〝ともに身長は一六五センチに満たぬ程度〟と描写されていますね？　僕はこれで一八三センチあるんです。寺井睦夫は

さらに十センチ近く大きくて、ですから、仮に一九三としておきましょうか。そうすると、寺井睦夫と〝第二の包帯男〟の身長差は約三十センチと見ていいでしょう。その比率でいけば、僕が塔上で贋の寺井睦夫を演じたのだとして、一方の贋の〝第二の包帯男〟は、一五〇センチ強の上背しかない人間ということになりますね。そうでなくちゃ、贋の寺井睦夫の巨漢ぶりが際立ちませんから、せっかくの計画もぶち壊しになる可能性がある……」

相変らず無感動な調子でそこまでいって、ふいと青年は、謎めいた微笑とともに男に問いかけた。

「進藤さん、その身長一五〇センチ程度の人間とは、では何者なんでしょうか。継母(はは)ですか？　しかし、彼女はもっと大柄ですし、大川戸氏の描写からも推察していただけるとおり、継母の精神状態で、そんな込みいった計画が実行できようとはとても思えないのですが」

淡々と問われ、凝然と相手を見返す男は、明らかに返答に窮した。彼は肩を波打たせ、音をたてて息を吸いこむと、わずかながら、得体の知れぬ敵に怖(お)じるような調子に変じて、

「君は――君はいったい何者なんだ」

押し潰された声で唐突にそういった。それから喘ぐように息を継いで、ぐいと彼は青年を睨みつけると、今度はその声に明瞭な糾弾の意志を漲らせて続けた。

「……そうとも、すべての秘密はここにあったのだ。もともと最初から……そう、忽然と出現した〝第一の包帯男〟が、峯子夫人を実母の雅代さんと見誤った時点で、とっくに木乃光明は、〝第一の包帯男〟が長男の秋人氏ではないことを看破していたはずなのだ。ところが彼は……いや、彼のみならず、君、美津留もまた、〝第一の包帯男〟を実兄と認め、反対に〝第二の包帯男〟の遺体を従兄の圭介と認めた。そこに作為があったのだ。策謀があったのだ。

いま一度、大川戸氏の手記を読み返したまえ。例の、納戸部屋で〝第一の包帯男〟が安楽椅子から麻利耶観音像を取りだす場面を。われ知らず〝馬鹿な……！〟と口走った、そのときの木乃光明の心情が、僕には手に取るようにわかる気がする。いいや、それは意外な場所から現れた麻利耶観音像に対する驚愕などではない。それは、手慣れた所作で座面をはずし、得意げに観音像を取りだす包帯姿の男が、わが息子圭介であることをはっきりと悟った父の狼狽だった……

つまり、今日まで木乃光明と思われていた人物の正体は、彼の弟茂樹だったのだ。従兄弟同士の秋人と圭介がよく似ているなら、彼らの父親――年子の光明、茂樹兄弟の風貌が似かよっていて何の不思議があろう。手記のなかでたびたび描写された薄茶の色眼鏡とやらも、あるいはわずかながら風貌に手を加えるための小道具だったのかもしれない。そうでなかったとしても、昔から木乃家は、めったに世間と顔を突きあわすことのない、隠遁者のごとき一族だった。

むろん、秋人氏や寺井青年が殺された理由もここにある。すべては一家丸ごとの入れ替りが露見しないように。秋人氏はいわずもがな、寺井くんもまた、君たちにとってはじつに危険な存在だった。彼は本物の美津留の顔を知っている。津田に宛てられた葉書のことも知っている。さらに彼は、ひと晩じゅう屋敷の周りを徘徊していた場合によっては飯塚殺害の現場や、秋人氏の姿だって目撃していないとも限らない。だからこそ君たちは、翌朝現れた彼を、秋人氏と一緒に始末してしまうことに決めたのだ」

憔悴しきったように、男はがっくりと首を落した。そのままの姿勢で、声低く、だが、切迫した調子だけは変らず保ちながらさらに彼は続けた。

「或る他愛ない理由から、僕は大川戸氏の手記を『模像殺人事件』と名づけていた。『模像殺人事件』……そう、いまこそ僕は、それがあまりにこの事件にふさわしすぎる表題であったことに戦慄せずにいられない。玄関先の魔像、納戸部屋の麻利耶観音像、仏舎利塔の釈迦牟尼像、だが――、真の模像はほかならぬ君たちだった。父光明も、長男秋人も贋者としたなら、次男美津留、長女佐衣はどうなのか。さあ、自称美津留くん、君は、何者なんだ。なぜこうも不可解な入れ替りが成し遂げられたのだ。この屋敷のなかで――、いったい何が起ったというのだ」

いつのまにか、青年はまた瞑目していた。男と同様、彼もゆっくりと頭を垂れた。しばらくのあいだ、青年はじっと膝を抱え、眠りこんだようにうずくまっていたが、やがて、眼を瞑ったままで唇を動かした。緩やかに放たれた彼の声は相変らず低かったが、意外にもそれは、幾多のしがらみを突き抜けたふうな、場違いなほどにさばさばとした口調であった。

「進藤さん、あなたはこの家が静かすぎるといいましたね。まるでほかに誰もいないようだと……。どうぞ、母屋の居間を覗いてみてください。悪事はいかなる結末を見たのか――」

のろのろと顔を上げた男は、遠い木霊でも耳にしたふうに、しばしあらぬほうを向いて凝固した。それから、ハッと相手のおもてを睨み据えたかと思うと、次の刹那、絶望にも似た恐怖の表情を顔一杯に貼りつけて、バネ仕掛けのごとく立ちあがった。

終　章

1

〈＊＊＊＊の告白より抜萃〉

私の死後、この手紙はおそらく警察関係者の手で発見されることになるでしょう。邸内のとある場所に隠しておきますが、目印にマリア観音の彫像を載せておきますから、すぐに見つけられるだろうと思います。

これを書き終えたら、私は警察に電話をかけます。できるだけ急いで来てほしいと願います。早急に救いだしてあげなくてはならない人がいるのです。

以下、この屋敷で起った出来事の真相を、なるべく簡潔にお伝えします。正直、長い文章を書くのはあまり得意ではないのです。

発端は、二年前の秋に遡ります。いかなる運命の悪戯か、偶然にもそれは、病死した木乃雅代の葬儀の晩だったといいます。父光明、次男美津留、長女佐衣——家族三人が揃っているところへ、光明の実弟である茂樹が、十五年ぶりにこの家を訪れたのです。多額の借金を抱えこんだ彼は、兄の援助を頼って舞い戻ってきたのでした。

そもそも、茂樹一家がここを出て行ったのは、光明一家との確執が原因だったといいます。どちらかに非があったのか、ともに歩み寄ることを知らなかったのか、本当のところは私にはわかりません。ひとついえるのは、唯一の特効薬となるべき十五年という歳月でさえも、彼らのあいだに穿たれた深い溝を埋めることはできなかったということで、久しぶりに顔を合せた弟の懇願を、兄光明はすげなく断ったのだそうです。結果、激しい口論となった末に——、この夜、茂樹は光明一家三人を惨殺してしまったのでした。

一見、それは突発的な犯行にも思われます。しかし、仮にこのとき光明が色よい返答をしていたとしても、いずれ来る結末は同じだったのではないかという気がしないでもありません。それというのも、ここを訪れる前から、茂樹の胸には或るひとつの策みが黒々と巣喰っていたように思われるからです。つまり、兄光明を亡きものにして、代りに自分がこの家に居坐るという策みが、です。そのために彼は、雅代夫人とよく似た女、峯子を連れてきたのでしょう。いえ、この峯子と知りあった時点で、茂樹の頭には、すでに邪悪な計画が芽生えつつあったのかもしれません。

また、これはのちに茂樹の息子圭介から聞いた話ですが、もともと茂樹は、兄の妻である雅代夫人に、狂おしいほどの恋慕の情を抱いていたのだといいます。詳しい事情はわからぬながら、その点でも、彼は逆恨みのように兄を憎んでいたのではないかと思います。

とにもかくにも、茂樹は帰ってきたのです。そして、訪(おとな)う人もない寂しいこの山中の屋敷で、ひっそりと光明としての生活をスタートさせたのです。殺害した三人の遺体は、お誂え向きに屋敷の裏にある、底知れぬ峡谷に投げ棄てたそうです。茂樹は、兇行に及んだその晩、たった一人で、一体一体を担いで始末をつけたのです。


光明と茂樹はよく似た兄弟でしたが、白髪頭の兄と違い、弟は髪の薄い男でした。彼は白髪の鬘(かつら)と色つきの眼鏡で巧妙に光明になりすましたのです。ひとつ、茂樹にとって大きな誤算だったのは、峯子が取って代るべき雅代夫人が、すでに死亡していたことだったでしょう。このため峯子は、よりいっそう陰の存在として暮さざるをえなくなったのです。

ただし、彼らは時機を見て、莫大な不動産をすべて現金に換え、どこかへ高飛びする心積りでいたため、諸々の辛抱もいっときだけという思いが最初からあったようです。

そうして、およそ一年半が経ちました。いまから半年ほど前のこと、茂樹と峯子が二人きりで息を潜め、暮しているこの屋敷を、私と津田未夏さんが訪れたのです。

私自身の素性については追々明らかにされるでしょうから、いまは多くを語りません。ただ、今年二月に起きた東京の××図書館爆破事件といえば、不特定多数を狙った兇悪犯罪として、ご記憶の方も多いかと思います。

あの事件では、すでに或る男性がみずから罪を認め自首していますが、じつは真犯人は別に存在しているのです。それがこの私です。

なぜ私があああした犯罪を犯したのか、なぜ無実の別人が犯人を名乗って自首して出たのか――その経緯、顛末については、ここには綴りません。それはまた、別の長い物語となるでしょう。

ともかく、曲りなりにも事件が解決を見ている以上、何も私は捕まることを恐れてここまで逃亡してきたわけではないということです。どうも上手く語れませんが、齢（よわい）わずか二十歳にして、もはや私は人生に飽き飽きしてしまった――私は、端（はな）から死ぬつもりでここまでやってきたのです。

　この地を選んだのは、子供のころから遺跡や古墳に並々ならぬ興味があったからにほかなりません。最後に一度、そこに立ち寄ってから、私は命を絶つつもりだったのです。

　津田末夏さんのことを書きます。もともと、彼女と私は知りあいでも何でもありませんでした。東京を発つ際、偶然に私たちは出逢い、ひょんなことから意気投合したのです。彼女もまた、或る理由から、当てもないまま遠くへ逃げたいと欲していました。

　私は多くを訊きませんでしたし、そのへんは詳しく述べる必要もないでしょう。ただ一点、彼女は私と違って、けっして自殺志願で家を飛びだしてきたのではありませんでした。彼女は、ただ漠然とどこか遠くへ逃げたいと望んでいただけなのです。それが皮肉にも、私と二人きりの長い逃避行の過程で、向うから一緒に死んでもいいといいだすまでになったのは、少女らしい、不安定な精神の揺らぎゆえでしょうか。

　しかし、そうはいいながら、彼女の同情をわがものとすべく、今日まで知らず識らずその心を私が操作してこなかったかといえば、はっきり否、と答えうる自信もないのですが。

その日、私たちがここにたどり着いたのは、本当にたまたまでした。あの底深い峡谷べりから望まれた、山上の白い円塔がわれわれの眼を惹き、私たちは幼い子供のように、恋人のように、手を繋ぎ、吊橋を渡ってここまで上ってきたのです。

あまりに辺鄙な場所に建っていることも併せ、当初私は、静まり返ったこの屋敷を、てっきり住まう者もない、打ち棄てられた空家と誤解していました。そして、二人が死に至るまでの短い休息の場所として、なかなかふさわしいところだと感じたのです。

くだくだしい説明は省きますが、空家と思い忍びこんだこの家で、私は、いきなり現れた白髪の男――木乃茂樹と諍いになりました。彼が警察に突きだす云々と喚きはじめたところで、私は鞄から手製の爆弾を取りだしてみせ（いうまでもなく、この爆弾こそが図書館爆破事件で用いられたのと同種で、のちに吊橋を破壊したものなのです）、自分がいつ死んでもかまわない兇悪犯である旨を告げたのです。

柄にもなく凄んでみせると、たちまち茂樹は震えあがりました。このとき、本気で彼に危害を加えるつもりなど、私にはありませんでした。爆弾をかざしてみせたのは、あくまで脅しに過ぎなかったのです。

しかしながら、完全に怯えきった茂樹が、そのとき保身を図るように持ちだしてきた提案こそは、じつに意想外のものでした。私がみずからを逃亡者であるかのように装ったこともあり、なんと彼は、ほとぼりが冷めるまでこの屋敷で共に暮さないかと持ちかけてきたのです。

もちろん、最初はまるで意味がわかりませんでした。しかし、先に記したような彼の恐ろしい告白を聞いて、信じがたい運命の引きあわせに、私は驚き、そして、われ知らず陶然としたのです。

それは、あまりにも、あまりにも出来すぎた偶然でした。何かに導かれるように迷いこんだこの家には、あたかも私たちのために用意されていたかのごとく、ちょうど二人分の家族の空きがあったのです。私と未夏さんとで、美津留、佐衣という名の殺された兄妹を演ずること――これが茂樹の奇想であり、同時に彼自身、本来存在していなくてはならぬはずの、二人の子供の不在を埋める必要を感じたうえでの発案でもあったのです。

私たちは、死ぬためにここまで足を運んだはずでした。しかし、未夏さんと相談の末、私は、たとえ今後どれだけ生き存え（ながら）ようと、もはや人生において二度とは起りえないであろう、この奇妙なゲームに乗ることに決めたのです。

結果ここに、完全なる紛い物の木乃光明一家が誕生したのでした。

　幸か不幸か、私はそもそもの目的であった自決を一時思いとどまる形になりました。まったく別の人間として、まったく知らない土地で生きること。それはとても興味深い経験でした。

　仮にこの歪（いびつ）な生活が永遠に続くとなれば、さすがにご免被りますが、いずれ、そう遠くない将来、茂樹夫婦と、私と未夏さんとは、それぞれ別れてどこか適当な土地へ立ち去ることになっていました。そうなれば、もはや私たちが彼らと関わることは二度とないでしょうし、もしも未夏さんが望まぬのであれば、私が彼女を束縛することもないでしょう。

　むろん、いざ事を起すそのときには、莫大な木乃家の財産のなかから、或る程度のものを茂樹は私たちにも分け与えてくれると約束していました。金銭には一切執着はありませんが、そうした先々の冒険を夢想するのは、いくぶんなりとも心躍らぬことではなかったのです。これは自分でも意外でした。

　しかし、危ういバランスのもとに成り立った、変則的なここでの暮しは、その後、お世辞にも上手く進んだとはいえません。困ったことに、光明一家惨殺という大罪の悪夢から、まずは峯子が精神に異常を来しはじめました。

さらに、一度は私との心中さえ望んだはずの未夏さんまでが、恐怖と孤独のあまり、いっそのこと捕まってもかまわないと、いつ私たちを裏切って逃げだしてもおかしくない心理状態に陥ってしまったのです。

事実、或るとき未夏さんは、寺井睦夫という郵便配達員を介して助けを求める葉書を出してしまいました。のちに、それは実家のお兄さんに宛てたものであったことがわかるのですが、そのころからもう、運命の歯車は刻一刻と破滅へ向って動きはじめていたのです。


さて、十月も終りになって、家族全員が入れ替っているこの屋敷を目指し、突然の帰郷を果したのが、長男の秋人と従弟の圭介でした。圭介は茂樹の一人息子で、あとから当人に聞いたところによると、彼は父と同様、多額の借金から逃れるため、東京においては従兄秋人の名を偽名に用い、生活していたのでした。

ところが、そんな彼の前に現れたのが、ほかでもない本物の秋人だったのです。かつて深刻な敵対関係にあった彼らは、故郷を遠く離れた都会の地において、一方は誠実な心根で、もう一方は策略に満ちた邪心で、思いもかけぬ和解を果したのでした。

　そのころ、すでに圭介は顔面にひどい怪我を負っていました。彼は、せいぜい打ちひしがれたさまをアピールして、生れ故郷に帰りたいと秋人に持ちかけたのです。過去の或る悲劇的な事件から、二度と故郷の土は踏むまいと心に決めていた秋人も、あまりに変り果てた従弟に同情心を抱き、とうとう傷ついた彼に付き添って帰郷を果したのですが――、じつは、この和解に至る初めから、圭介の本心はまったく別のところにありました。

　無惨きわまりない顔面の負傷が引鉄（ひきがね）となり、人生に夢も希望も見出せなくなった彼が目論んでいたのは、いまだ憎しみ消えやらぬ木乃光明一家への復讐だったのです。もとから彼には、過去の確執を水に流す気などさらさらなかったというわけです。

　去る十月三十日の夕刻――、人けのないこの界隈までたどり着いたところで、圭介は初めてその本性を剥きだしにしました。彼は、包帯で隠した邪悪な裏の顔に気づかぬ秋人の隙を衝いて、背後から彼を撲りつけ、身分証と玄関の鍵を奪い取ったあと、谷底へ突き落してしまったのです。

　こうして圭介は秋人になりすまし、八年ぶりに帰郷した長男を装ってこの家の敷居を跨いだわけですが、むろん、その時点での彼は、よもや、待ち受ける家族までが別人と入れ替っていることなど知るはずもありませんでした。

十七年前にここを去った彼は、佐衣はもちろん、成人した美津留の顔も識別できなければ、光明に扮した実父茂樹にも気がつかなかったのです。彼は、秋人としてまんまとこの家に入りこんだことに満足を覚え、いずれ時機を見て復讐を遂げる気で、仮面の下でほくそ笑んでいたのでした。

一方、木乃秋人を名乗る不気味な包帯男の突然の来訪に対し、茂樹を筆頭に、われわれは大いに警戒心を抱き、思い惑いました。何しろ、現れた男が本当に秋人ならば、これを生かしておくことは、私たち全員にとって身の破滅なのですから。

たしかに男は秋人の身分証を持っていました。少年時代の思い出も記憶していました。それでいながら——、奇妙なことに彼は、巧みに父光明に化けた茂樹のみならず、弟に扮したこの私に関してさえも（八年間の外見的変貌があったにせよ）贋者と看破することができなかったのです。これは不可解というほかありませんでしたが、ほどなくして、包帯男が峯子の寝顔を雅代と誤認したことで、茂樹は、男が秋人ではないとはっきり確信するに至ったのです。

そうなると、当然新たな疑問が湧いてきます。包帯男が秋人でないなら、彼はいったい何者なのか。何の目的があって秋人を騙り、ここを訪れたのか……

この段階で茂樹が、男を息子の圭介ではないかとわずかでも疑ったかどうかはわかりませんが、即かず離れず微妙な距離を保ったまま、互いに互いの様子を窺っているところへ、続いて、誰もがあっと驚くような出来事が起ったのです。

それは、秋人になりすました圭介が現れた日の翌々日、十一月一日のことでした。やはり夕刻、顔面に包帯を巻きつけた男が、またしても木乃秋人を名乗ってやってきたのです。

このときの圭介の反応こそは見ものでした。それもそのはず、後日聞いたところによると、二人目の包帯男は、谷底に転落したはずの本物の秋人の上着を身につけていたというではありませんか。圭介の場合同様、こちらもまた秋人本人であるとはにわかには信じがたく（彼もやはり、実の家族の入れ替りに気づきもしなかったのです）、それだけに、意図の読めぬその訪問は却って不気味でもありました。そのうえ彼には、末夏さんの存在を知っている節さえあったのです。玄関先でのちょっとしたやりとりで、私はそれに勘づきました。

二人目の包帯男の登場によって、混沌の度合いは飛躍的に深まりました。しかし、或る出来事をきっかけに、茂樹は、最初の包帯男が息子の圭介であることを見破ったのです。そして、そこから事態はひとつの方向に向って急速に動きだすことになったのでした。

茂樹は、二人目の包帯男及び、もう一人の珍客である大川戸氏（この人だけは正真正銘の部外者であったと思われます）――彼らに悟られぬよう、秘かに圭介を呼びだして、みずからと、美津留、佐衣――三人の正体を明かしました。もちろん、すぐさま私と未夏さんにも事情は伝えられたのです。

この時点で、圭介がどす黒い胸の内に秘めていた、光明一家抹殺という悪魔的な魂胆は自然消滅したわけですが、代りにわれわれのあいだには、世にも奇怪な共犯関係が成立することになりました。

共通の目的は、いうまでもなく、一家入れ替りの露呈を防ぐことにありました。それゆえにわれわれは、二人目の包帯男を早々に葬り去る必要に迫られたのです。秋人本人ではけっしてありえない、けれども、何らかの形で秋人と繋がっていることだけは疑いようのない、危険な男を、です。その機会は、すぐに訪れました。

同夜遅く、私は屋根裏部屋で大川戸氏と話す機会を持ちました。その後、離れに行くと、未夏さんの姿が見えなかったのです。直前、納戸部屋の窓から不審な男の影を目撃していたこともあり、私は胸騒ぎを感じて裏庭に向いました。そして、サボテン園のなかで未夏さんと密会する、二人目の包帯男を見たのです。

いいえ、すぐに彼と気づいたわけではありません。というのも、このときの彼は包帯を解き、素顔を露わにしていましたし、紺色のブルゾンも着用していなかったからです。

しかし、洩れ聞える声と会話の内容から、それが二人目の包帯男であることは容易に知れました。あとで未夏さんが語ったところによると、やはりその男は、以前未夏さんが書き送った葉書のメッセージを受けて、東京から彼女を連れ戻しにやってきたのでした。

彼は皆が寝静まるのを待って、内庭に面した離れの窓から、未夏さんをサボテン園に呼びだしたのです。

口早に未夏さんに事情を説明する男の背後に忍び寄った私は、いとも簡単に彼を撲り倒しました。いま、あの見知らぬ男の死体は、峡谷の底で眠っていますが、ひとつわからないのは、未夏さんを連れ戻しにきたはずの男が、なぜ木乃秋人のブルゾンを着て現れたのかという点です。彼の荷物は死体と一緒に投げ落しましたが、その際、秋人のものと思われるブルゾンだけは、念のために一時保管しておきました。これが、のちの殺人計画に一役買うことになるのです。

そう、間違いなく、私たちはずるずると底なしの泥沼にはまりこみつつあったのでしょう。未夏さんには、もう後戻りできないところへ来ているのだと、改めて釘を刺しました。ここへ来て以来、彼女の気持はずっと揺れ動いていたのだと思います。しかし、自分を救いにきてくれた使者（ただし未夏さんは、彼には見憶えがなかったそうです）があっけなく斃れたことで、ついにこの晩、彼女は一切の望みを放棄し去ったのです。

ところで、私が殺した二人目の包帯男が、果して納戸部屋の窓を覗きこんでいた男であったか、確証はありませんでした。私は何となく厭な予感を感じていたのです。じわじわと忍び寄る危機を、眼に見えない包囲網を、私は意識していました。

そこで夜明け前、ずっと隠し持っていた爆弾を使って、ここに至るルートを断ち切ったわけですが、事実、この夜、屋敷の周辺ではさらに二人の人物が蠢いていたのです。強引すぎる手段だったとはいえ、私の予感は正しかったといえるでしょう。

さて、屋敷の周辺にいたさらなる二人の人物についてですが――その一人は、驚くべきことに本物の木乃秋人だったのです。早朝、仏舎利塔へ続く裏門付近で昏倒している秋人を発見したのは茂樹でした。十月三十日の夕刻、圭介に殺害されたはずの秋人が、一命を取り留めていた――これによって、二人目の包帯男と秋人が何らかの形で結託していたことは、もはや疑いようもなくなったのです。

裏庭で見つかったとき、秋人はすでに虫の息でした。晩かれ早かれ彼には死んでもらわねばなりませんでしたが、協議の末、いったん私たちは彼をサボテン園の奥に寝かせ、ドアを施錠しておきました。

翌朝、もっと厄介なことに、今度は寺井睦夫がやってきました。この男こそは、未夏さんから葉書を預かり、投函したのみならず、ずっと以前から、木乃家とは因縁浅からぬ人物だったのです。かつて彼は美津留のクラスメイトでした。また、彼の姉は、その昔、木乃秋人と恋仲にあり、関係の縺れから自殺を遂げていたのです。秋人が郷里を出たのもその件が原因だったといい、こうした事情を知っていたのは、東京で再会した秋人本人から、すべてを打ち明けられていた圭介でした。

現れた寺井睦夫は、美津留、佐衣との面会を求めていました。しかし、当然のことながら、私が彼と会うことはできませんし、未夏さんと引きあわせるわけにもいきません。さらに、聞けば彼は、夜っぴいて屋敷の周辺をさまよっていたというではありませんか。

こうなると、彼にはどうしても死んでもらわねばなりませんでした。そこで、急遽われわれは、架空の殺人事件をでっちあげることにしたのです。すでに深淵の底に葬られた二人目の包帯男をいま一度甦らせ、これを寺井睦夫が殺(あや)めた態にする。図式としては、秋人に積年の恨みを持つ寺井睦夫が、二人目の包帯男を殺害し、当人も首を吊って自害するも、じつは彼が殺したのは秋人ではなく圭介であった、というものです。

私たちにしてみれば、これによって本物の秋人と寺井睦夫を一挙に始末できるばかりでなく、その後の圭介は、誰に脅かされることもなく、安全に秋人の立場に収まることができるわけです。もともと私は、日々の大半を過す屋根裏部屋で、読書の合間の手慰みに、さまざまなトリックを案出していました。今回の計画には、そのなかのひとつを当てはめたのです。

十一月一日の午後五時、それは、仏舎利塔を舞台に遂行されました。塔の上で、私が寺井睦夫を、未夏さんが包帯の男を演じ、架空の殺人シーンを創りだす。二人の身長差がミソでした。裏庭からこれを目撃してもらったのが大川戸氏で、ありがたいことに彼は期待どおりの証言をしてくれましたが、現実にはこのときすでに、本物の寺井睦夫と秋人は、死体となって林のなかに用意されていたのです。

寺井睦夫殺害については、同日午前、大川戸氏が出かけるのを見計らって、美津留の名で仏舎利塔へ呼びだし、そこで命を奪ったものです。

計画は奏功しました。事件は私たちが思い描いたとおりの形で終結したのです。

しかし、不幸にしてというべきか、案の定というべきか――、われわれの内なる魔は、われわれ自身にも牙を剥くことを、けっして忘れはしなかったのです。

2

磨ガラスの引戸を開き、啓作は目の当りに見た。

中央に囲炉裏のある薄暗い居間は、一面血の海と化していた。

思い思いのポーズで倒れ伏した年輩の男女が一組。男は禿頭で、彼の死体からやや離れたところには、色眼鏡と、血に染まった気味の悪い物体——白髪の鬘が落ちていた。さらに、縁側に面した障子戸が半開きとなり、ちょうど畳と廊下に跨るように、仮面の男が仰向けにひっくり返っているのが見えた。だが、本来白いはずのその仮面もいまや赤黒く斑に染まり、それ自体、焼け爛れた皮膚としか思われなかった。

啓作の頭蓋のなかで、何かが音をたてて消し飛び、脳が焦げた。身動きもままならず、戸枠を支えに、かろうじて彼は両脚を踏ん張った。

そのとき、背後で美津留の声がした。

「おわかりでしょう。今日、あなたが来なくても、終焉はすぐそこに迫っていたんです」

「これは……」

血走った眼で室内の地獄絵を見据えたまま、啓作は声にならぬ声を発した。

「わずか、ふた月足らず……結局、彼らの親子関係は、あっというまに瓦解してしまったのです。まったくひどいものでした。荒れ狂った圭介が茂樹と峯子を殺し、その圭介を止めるため……僕が殺しました。つい、おとといの夜のことです。

食堂に行けばわかりますが、圭介は湯山さんも殺していますよ。あの老人もまた、何やら後ろ暗い過去を背負っていたようですが、少なくともここで暮しているあいだは、まったくおとなしい人だったんです。可哀そうなことをしました」

そこで青年の声は途切れた。同時に、啓作は大きく振り返って呻くように問うた。

「未夏ちゃんは……未夏ちゃんはどうした。彼女も殺したのか！」

陰気な眼をした背の高い青年は、先ほどまでいた納戸部屋の方向を、黙って指さした。瞬間、その意味を悟った啓作は、力ずくで呪縛から藻掻(もが)き出て、青年を突き飛ばすと、さらなる呪縛の待ち受ける場所へ、みずから身を投じるごとく駈けだした。

長く暗い渡り廊下の奥の奥、母屋とは反対側の突きあたり――左手の壁に付いた引戸を勢いよく開け放つと、いきなりその向うが部屋であった。何も聞えず、何も動かぬ、寒々しいその小部屋の片隅に、長い髪の少女が一人、影のようにうずくまっていた。薄闇の底に沈んだ美しい少女は、髪型こそ異なれ、病室で津田から預かった、あの写真の主に違(たが)わなかった。

ゆっくりと踏みだし、啓作は少女に近づいた。怯えたように少女はこちらを見上げた。だが、その眼の光が、正気と狂気の狭間で絶間なく震え動いているのに気づいたとき、啓作は、いまに自分も間違いなく気が狂うと思った。

よろめくように一歩、さらに一歩、歩み寄り、跪(ひざまず)いて、啓作は憐れな罪人の冷た

い躰をひしと抱きしめた。抱きしめながら彼は、

「知也、知也、待っていろ、もうじき帰る、もうじき帰る……」

口のなかで、呪文のように低く呟きつづけた。

横を向いた彼の虚ろな視線の先には出窓があり、だらしなく開いたカーテンの向うに、狭い内庭が見えていた。いつのまにか外は霙(みぞれ)が雪に変ったようであった。

その庭は、名も知らぬ一人の青年によって、〝幻想庭園〟と名づけられていた。けれども啓作の眼には、それが何ひとつ語るべきところのない、荒れ果て、薄汚れた、ただ寂しいだけの空間に見えた。庭ばかりでない。彼の眼に映る世界はいまや、高速回転するルンゲの色彩球のごとく、一切が混沌とした灰色に塗りこめられた。

拾遺

かかる経緯を受けて、木乃家殺人事件は怒涛の勢いで新たな局面に突入した。筆舌に尽しがたい混乱と狂熱がいつ果てるともなく続くなか、成年に満たない津田未夏の処遇については、関係各所において慎重な配慮がなされた。

木乃邸を訪れた数日後、進藤啓作はふたたび車中の人となった。冷えた座席で項垂（うなだ）れる彼は、レールの響きにのみ耳を傾けながら、病人のように蒼い顔で東京まで運ばれていった。

啓作の帰京に先立つこと二日、津田知也は無事に死地から生還した。柔道部時代の鍛錬の賜物か、幸いにして予後は順調で、味気ない病室で彼はひっそりと新年を迎えた。

歳の離れた兄妹の再会には、いましばらくの日数（ひかず）を要する。

（了）

解説

巽 昌章

夢の中で本屋に立ち寄ったことがありますか。その仄暗い棚のならびに、思いもよらない収穫、たとえば、小栗虫太郎、夢野久作といった戦前探偵作家の未知の作品を見つけて狂喜したことは。この一冊は、ちょっとそんな気分を与えてくれるはずです。寡作で知られ、孤高の印象さえ漂う佐々木俊介の長編、しかも、孤島の館を舞台にした死の輪舞を描く『魔術師』と、包帯で顔を覆ったふたりの男をめぐる奇譚『模像殺人事件』という、いずれも探偵小説味濃厚な二作が収められているのですから。

だが、探偵小説味とは何なのでしょう。豪華で陰鬱な館、奇矯な一族、妖しい雰囲気、猟奇趣味、童謡殺人のような現実離れした事件、そして、独特の文体といったところでしょうか。この一冊にはすべてが揃っているかのようです。しかし、なお、過去の探偵小説の模倣、あるいは、横溝正史調といった形容ではとらえきれない作者の個性が、すべてを覆っていることも間違いありません。古風な探偵小説のようでどこかが違う――その違和感が、そもそも「古風な探偵小説」とはいったい何なのか？という疑問のささやきとなって耳の底に残る、こんな不思議な読書体験があなたを待っているはずです。

○

『魔術師』は、二〇一六年に著者がネット上で発表した長編小説です。

瀬戸内海の孤島にあった神綺楼、それは青茅龍斎と名乗る大富豪が、みずからの奇矯な理想を実現しようとして作り上げた広壮な館でした。どうやら、龍斎の企ては不吉な出来事のために潰えてしまったらしいが、いったい、彼の理想とは何だったのか、そして、挫折の顚末とは――その謎を追って物語は遡行します。

ある日、聖と名乗る若者が神綺楼を訪れました。若者を迎えた館は、プラトンからパラケルススに至る「哲学者」たちの肖像画、奇怪な事物を集積した「驚異の部屋（ヴンダーカンマー）」、人造人間（ホムンクルス）の創造など、いにしえの神秘学がなお息づくかのような空間で、そこに四人の少年少女が外界から隔離された隠遁生活を送っていたのです。この世離れした小世界にとまどいながら、聖は、四人の中の一人、火美子の美貌と奇妙な言動に惹かれてゆくのですが、そのときすでに、惨劇のプログラムは作動しようとしていました。神綺楼を舞台にした死の連鎖は、どのような構図を描き出すのでしょうか。

かたや、『模像殺人事件』は、二〇〇四年に東京創元社の「創元クライム・クラブ」の一冊として世に出ました。

山奥にひっそりと暮らす木乃一族。その屋敷に、顔中を包帯で覆った男が訪れ、この家の長男、木乃秋人だと名乗ります。果たして彼は、不幸な事故で変わり果てた姿となった長男なのでしょうか。ところが、屋敷にはもうひとりの包帯男が出現し、自分こそが秋人なのだと主張します。どちらが本物なのか、そもそも、なぜ時を同じくしてふたりの包帯男が出現するなどという事態になったのか。殺人事件の突発をまじえ、物語は混迷の度を深めてゆくのでした。

○

いずれも魅力的な、しかし、どこか既視感のある設定です。ひとによって連想するのは、小栗虫太郎の『黒死館殺人事件』だったり、横溝正史の『犬神家の一族』だったり、その他さまざまな名作だったりするでしょう。たしかに、本書は作者が意識的に過去の作品を振り返り、それらに挑んだ成果にほかなりませんが、『魔術師』も『模像殺人事件』も、妖しい雰囲気を濃厚に漂わせていながら、むしろ、一種の透明性、過去の名作のパターンを分析し、作り替えようとする知的な手つきから生まれる見通しのよさを感じさせるはずです。こうした分析的な手法から生まれた成果は実にめざましく、『魔術師』なら〈館に閉じ込められた人々の間の連続殺人〉、『模像殺人事件』なら〈一族の跡継ぎを自称する男の素性探し〉といったパターンが踏まえられつつ、どちらの結末も、そうくるか！という驚きに満ちています。私たちの目の前で繰り広げられていたドラマの意味が一瞬で書き換えられ、思いもよらない構図が立ちあらわれるのです。

しかし、知的なひねりだけがすべてではない。ここに収められた二作には、謎解きの意外性のみならず、静かに読者の感情を揺さぶる力が秘められていて、それもまた、作者と「古風な探偵小説」との交感からしか生まれえなかったものなのです。

いや、この表現では誤解を招いてしまう。はっきり言ってしまいましょう。「古風な探偵小説」など幻にすぎないのだと。むろん、『黒死館殺人事件』も『犬神家の一族』も実在しますが、問題は、それらをひっくるめた「古風な探偵小説」なるものが過去にあったかどうかです。私に言わせれば、日本の探偵小説の展開は実に多様で、これぞ探偵小説の正系であると名指せるような歴史的存在があったわけではないし、ましてや、この作者が探偵小説の「伝統」を踏襲しているわけではありません。『魔術師』と『模像殺人事件』が「古風な探偵小説」を感じさせるとすれば、それは、作家の力業が作りあげた幻影なのです。

現代的な小説を書きながら、「古風な探偵小説」が過去にあったかのような錯覚を生じさせること。この歴史の転倒ともいうべき現象は、いわゆる新本格の時代に特徴的な身振りでした。綾辻行人、法月綸太郎、有栖川有栖といった作家にはじまる新本格世代がしたことは、「本格の伝統」の踏襲でもなく、古き良き探偵小説のトリックをひと捻りするだけにとどまるものでもありませんでした。彼ら新本格の作家たちは、エラリー・クイーンをはじめとする先達の小説をおのおの受け止め、現代に生きる者の視点で読み替えることによって、自分の作風を作っていったからです。

たとえば、新本格の時代の推理小説では、孤島の館のような「クローズド・サークル」、見立て、操りが特権的な意匠でした。人里離れた館で起きる連続見立て殺人事件、その背後にいてすべてを操る悪魔のような犯人——本格とはそうしたものだといったイメージが作りあげられていきました。しかし、それは錯覚です。推理小説の歴史を振り返ってみたとき、見立てや操りが特権的な意匠だったことはないし、孤立した館が特権的な舞台であったわけでもない。むろん、これらの趣向を扱った名作傑作は少なくないものの、それが本格推理小説の主流だったとはとてもいえません。一言でいえば、クイーンは綾辻行人のようなものを書かず、カーは二階堂黎人のようなものを書かなかった。新本格作家たちにとってのクイーンやカーは、ひいては古き良き「本格」とは、あくまでそれぞれの心に映った像であり、彼らは過去の作品を想像力の源泉としながら、めいめいの興味に従ってそれを膨らませていったのです。あくまで現代に生きる作家として。新本格作家の作品に、奇怪な館、大がかりな推理やトリック、神のごとき名探偵といった非現的な趣向がみられるのは、彼らが現代社会と無縁だからではありません。現実離れした小世界を作り上げようとする衝動もまた、現代に生きる私たちの内部にあるからです。

一九九五年に『繭の夏』で第六回鮎川哲也賞佳作を得た佐々木俊介も、この意味において、新本格の余韻の中で歩み始めたひとでした。本書が「古風な探偵小説」を連想させるとすれば、それは、佐々木が「探偵小説」に求め、幻視しようとした何かが、この二長編にこめられているということにほかなりません。では、彼は何を幻視しようとしているのでしょうか。おそらく、それは孤独感、寄る辺なさの感覚です。『模像殺人事件』の文章はまったく独特です。詰屈としたスタイル、古風な言葉の選択は、確かに戦前の探偵小説という感じを与える。しかし、よく読んでみれば、そこに、「探偵小説」を模倣しようとする現代作家がしばしば使う、ああ何と恐ろしい企みでしょうか的な煽情的な言い回しはほとんどなく、あっても、意図的なコントロールのもとに使われていることが明らかです。むしろ、地の文も会話も沈鬱な調子に統一され、すべてが黄昏の空気の中で生起するような、あるいは、子供のころ垣間見た禁断の情景を回想するような、淋しく、どこかうしろめたい印象を生んでいます。『模像殺人事件』が私にとって唯一無二の作品であるゆえんは、こんなスタイルの徹底によるのですが、文章の密度こそやや譲るものの、『魔術師』においても作家の基本姿勢は変わっておらず、ここでは、より大掛かりな手法で、「探偵小説の孤独」が追い求められています。

探偵小説の孤独、それは、たとえば、夢野久作の『あやかしの鼓』で語り手が漏らす次のような述懐に結晶しています。

しかし私はこんな一片の因縁話を残すために生まれて来たのかと思うと夢のような気もちにもなる。

この語り手だけではありません。呪われた一族の末裔、復讐鬼、仮面の怪人、奇怪な実験に翻弄されるひとびと。探偵小説の登場人物たちはしばしば、そうした煽情的な役割を果たすためだけに小説世界にあらわれ、また消えてゆく。だからこそ探偵小説はまさに荒唐無稽であり、登場するのはすべて操り人形にすぎない。しかし、先ほどの一文を目にしたとき、何とも言えない淋しさを感じないでしょうか。一片の物語を残すためだけに現れ、消えてゆく異形のひとびとの悲哀、あらかじめ自我を奪われた操り人形のみが吐露することのできる、究極の寂寥といったものを。

『魔術師』にも『模像殺人事件』にも、こんな寂寥感が底流しています。そのひとつの露頭が「仮面」でしょう。『模像殺人事件』が包帯で顔を覆われた男の出現から始まるように、文字通りのお面や変装、あるいは、人間の入れ替わり、なりすましが、彼の書くものには横溢しているようです。佐々木にはウェブ上でのみ読める小説がいくつかあり、そのひとつに『仮面幻戯』が数えられます。いうまでもなく、仮面や変装は、乱歩や正史の小説世界でおなじみの煽情的なアイテムでした。そうしたものへの偏愛が「古風な探偵小説」を連想させることも当然です。しかし、たとえば、横溝正史の『鬼火』がそうであったように、「仮面」は煽情的で探偵小説的な小道具でありつつ、アイデンティティを喪った若者の苦悩を象徴する言葉にもなりえます。私が佐々木作品に感じるのは、そうした大きな振れ幅です。作家が常にその両極端をにらんでいるらしいことが、大事なのです。

このことは、彼のデビュー長編『繭の夏』を振り返ってみれば、一層明らかになるように思います。『繭の夏』から本書に、あるいは、本書から『繭の夏』にたどり着いた方は、おそらく、とまどいを抑えられないでしょう。『繭の夏』は、まぶしい青空をのぞむ安アパートの一室で幕を開け、若い姉弟が、だれにも気づかれずに眠っていた過去の殺人事件――スリーピング・マーダー――の謎を追う、ひと夏の冒険物語です。若竹七海も絶賛した青春ミステリの佳品であり、現代に生きる若者たちの日常を描く筆致はとても繊細でした。『繭の夏』の日常性と本書の探偵小説味と、どちらが作者の本領なのかをあげつらうつもりはありません。どちらも本気の作品である、そう言っておけば十分です。私が考えてみたいのは、一見かけ離れた両者を結ぶ地下水路のようなものの存在です。

というのは、『繭の夏』でも、魔術的思考と「仮面をかぶった人間」が隠れたテーマになっているからです。探偵役をつとめる姉弟は、アパートの天井裏に隠された古い人形に秘められた「ゆきちゃんはじさつしたんじゃない。まおうのばつでしんだんだ」という謎めいた書付から始まる推理行の果てに、やがて、自分の正体を仮面の下に隠して生きなければならなかった人物の悲劇を発見するのです。『繭の夏』はリアリズムを基調にして現代の若者たちの種々相を描いた小説ですから、そこに魔王など現れるはずはないでしょう。しかし、私たちの周囲を見回してみれば、魔術的思考が決して現代の日本人と無縁ではないことに気付くはずです。感染症の不安にさらされるとき、私たちは、医学的なファクトだけに安んじていることができないで、様々な呪術的身振りに心を惹かれがちです。あるいは、心を病んでオカルトにはまるひとが跡を絶たないことはもとより、誰でも、社会との葛藤に悩んだり、かなわぬ望みを抱いたりするとき、心の中で自分を脅かす存在を魔王に見立て、それを倒す勇者になろうと考えてしまうことがある。

『繭の夏』は、こうした意味で、本書の二長編と対称形をなしています。一方は、心の中に「まおう」を抱え込んでしまった人間や、仮面の下に自我の苦悩を秘めた人間を、日常の側から垣間見る小説でした。これに対し、本書に収められた二作は、魔術的な思考が支配する館や、奇怪な包帯男の跳梁する事件を扱いながら、実は、そこに登場する、いかにも「探偵小説」めいたひとびとにも、秘めた苦悩や悲哀があると気づかせるように書かれています。さきほど、振れ幅が大きいと言いました。リアルな現代社会に魔術的思考を見出し、「古風な探偵小説」的世界に人間の孤独を見出し、しかも、常にその両方に対等に目を配っている――佐々木俊介の一筋縄ではいかない作風は、こんなところに根っこがあるはずなのです。

「魔術師」は二〇一六年に書かれた作品です。
「模像殺人事件」は二〇〇四年十二月に東京創元社より
単行本として刊行された作品を改訂したものです。

〈著者紹介〉
佐々木俊介（ささき　しゅんすけ）
1967年生まれ
青森県出身、鎌倉市在住

魔術師・模像殺人事件

2021年9月15日　第1刷発行

著　者　佐々木俊介
発行人　久保田貴幸

発行元　株式会社 幻冬舎メディアコンサルティング
〒151-0051　東京都渋谷区千駄ヶ谷4-9-7
電話 03-5411-6440（編集）

発売元　株式会社 幻冬舎
〒151-0051　東京都渋谷区千駄ヶ谷4-9-7
電話 03-5411-6222（営業）

印刷・製本　中央精版印刷株式会社
装　丁　弓田和則

検印廃止

Printed in Japan
ISBN 978-4-344-93525-9　C0093
幻冬舎メディアコンサルティング HP
http://www.gentosha-mc.com/